—————— 阅读之前 没有真相

午夜文库

杰夫里·迪弗
林肯·莱姆系列

杰夫里·迪弗 Jeffery Deaver(1950—)

杰夫里·迪弗一九五〇年出生于芝加哥,十一岁时写出了第一本小说,从此笔耕不辍。迪弗毕业于密苏里大学新闻系,后进入福德汉姆法学院研修法律。在法律界实践了一段时间后,他在华尔街一家大律师事务所开始了律师生涯。他兴趣广泛,曾自己写歌唱歌,进行巡演,也曾当过杂志社记者。与此同时,他开始发展自己真正的兴趣:写悬疑小说。一九九〇年起,迪弗成为一名全职作家。

迄今为止,迪弗共获得六次 MWA(美国推理小说作家协会)的爱伦·坡奖提名、一次尼禄·沃尔夫奖、一次安东尼奖、三次埃勒里·奎因最佳短篇小说读者奖。迪弗的小说被翻译成三十五种语言,多次登上世界各地的畅销书排行榜。包括名作《人骨拼图》在内,他有三部作品被搬上银幕,同时也为享誉世界的詹姆斯·邦德系列创作了最新官方小说《全权委托》。

迪弗的作品素以悬念重重、不断反转的情节著称,常常在小说的结尾推翻,或者多次推翻之前的结论,犹如过山车般的阅读体验佐以极为丰富专业的刑侦学知识,令读者大呼过瘾。其最著名的林肯·莱姆系列便是个中翘楚。另外两个以非刑侦专业人员为主角的少女鲁伊系列和采景师约翰·佩勒姆系列也各有特色,同样继承了迪弗小说布局精细、节奏紧张的特点,惊悚悬疑的气氛保持到最后一页仍回味悠长。

除了犯罪侦探小说,作为美食家的他还有意大利美食方面的书行世。

杰夫里·迪弗 重要作品年表

少女鲁伊系列
　　1990 Death of a Blue Movie Star《蓝调艳星之死》
　　1991 Hard News《重要新闻》
　　1988 Manhattan Is My Beat《心跳曼哈顿》

采景师约翰·佩勒姆系列
　　1992 Shallow Graves《法外行走》
　　1993 Bloody River Blues《血河变奏》
　　2001 Hell´s Kitchen《地狱厨房》

林肯·莱姆系列
　　1997 The Bone Collector《人骨拼图》
　　1998 The Coffin Dancer《棺材舞者》
　　2000 The Empty Chair《空椅子》
　　2002 The Stone Monkey《石猴子》
　　2003 The Vanished Man《消失的人》
　　2005 The Twelfth Card《第十二张牌》
　　2006 The Cold Moon《冷月》
　　2008 The Broken Window《破窗》
　　2010 The Burning Wire《燃烧的电缆》
　　2013 The Kill Room《杀戮房间》
　　2014 The Skin Collector《人皮拼图》
　　2016 The Steel Kiss《钢吻》
　　2017 The Burial Hour《安葬时刻》
　　2018 The Cutting Edge《致命雕刻》

凯瑟琳·丹斯系列
　　2007 The Sleeping Doll《睡偶》
　　2009 Roadside Crosses《路边的十字架》
　　2012 XO《唱片》
　　2015 Solitude Creek《孤独的小溪》

詹姆斯·邦德系列
　　2011 Carte Blanche《全权委托》

科尔特·肖系列
　　2019 The Never Game《游戏中毒》（暂译）

杰夫里·迪弗 重要作品年表

非系列作品
1992 Mistress of Justice《正义的情妇》
1993 The lesson of Her Death《她死去的那一夜》
1994 Praying for Sleep《祈祷安息》
1995 A Maiden's Grave《少女的坟墓》
1999 The Devil's Teardrop《恶魔的泪珠》
2000 Speaking in Tongues《说悄悄话的熊》
2001 The Blue Nowhere《蓝色骇客》
2004 Garden of Beasts《野兽花园》
2008 The Bodies Left Behind《弃尸》
2010 Edge《先手》
2013 The October List《十月名单》

致命雕刻
The Cutting Edge

[美] 杰夫里·迪弗 著
王冉 译

新 星 出 版 社　NEW STAR PRESS

"我在大理石中看到了天使,于是我雕刻不停,直至使他自由。"

——米开朗琪罗

第一部分　画线

三月十三日 星期六

1

"这里安全吗?"

他略作思考,说道:"安全?为什么会不安全?"

"我就是说说,这地方有点偏僻。"女人环视四周:昏暗的灯光,简陋的大厅,老旧的亚麻色地板在经年累月间被磨得发亮。此时,大厅里除了站在电梯门前的他们再无他人。整座建筑被裹挟于曼哈顿中城的钻石区深处。因为今天是星期六,正值安息日,所以很多商家都关店休息了。只有三月的寒风在街上嘶吼呜咽。

威廉,也就是女人的未婚夫,开口说道:"我觉得问题不大,这里最多也就闹闹鬼吧。"

她闻言笑了一下,只是这个笑容转瞬即逝。

偏僻,的确是有一些,威廉想着。而且还很压抑……就是那种典型的中城区办公大楼的样子,通常都是在……哪里来着?第三十?还是第四十大道?即便如此,这里也不大可能会出什么安全问题。

只是有些不方便罢了,电梯呢?怎么还不到?见鬼了……

他又说道:"放心吧,这里再怎么偏僻也不会像南布朗克斯区那样。"

安妮的语气略带责备:"你又没去过南布朗克斯。"

"我去那里看过一次洋基队比赛。"他还曾经通勤经过那里,没错，而且还是好几年，但他不打算提起此事。

厚重的金属门后传来了齿轮和轮滑运作的嘎吱声，声音刺耳，令人不安。

是电梯。现在电梯似乎才是最危险的选择。即便如此，你也别想说服安妮爬楼梯上三楼。威廉的未婚妻肩膀平直，体态优美，身型极佳，是个活泼的金发美人。这都得益于她对健身房和那只红色乐活手环的痴迷。所以说，并不是她懒得爬楼，透过安妮有些揶揄的眼神，威廉记起，她曾经说过，淑女是绝不会在这样一座楼里爬楼梯的。

就算是为了件喜事，也不行。

她心底的担忧再次隐隐浮现："你确定咱们来这里没错吗，比利？"

他成竹在胸般地说道："当然没错。"

"它太贵了！"

确实，是太贵了。不过威廉做过一些研究，知道自己这一万六千美金花得物有所值。帕特尔先生正在为他们定制一款钻戒，即将戴在安妮纤美的手指上，白金底座上镶嵌着一颗一点五克拉重的公主方钻，色度F级[1]，也就是说它几乎是无色的，最为接近完美的D级色度。钻石本身的品质近乎无瑕——IF级[2]，意味着只存在极其微小的瑕疵（帕特尔先生解释称这些瑕疵为"内含物"），只有专家才能透过高倍显微镜检测到的微量瑕疵。它也许并不完美，也不够大，但透过帕特尔先生的头戴式放大镜，它美得令人窒息。

最重要的是，安妮十分中意。

威廉差点就脱口而出："毕竟人只结一次婚嘛。"好在上帝保佑，他及时地闭上了嘴。因为，这句话放在安妮身上来说确实没错，对于他却不怎么合适。安妮并不介意他的过去，也从未有过在意的

---

[1] 色度F级：美国宝石学院将钻石颜色分为由高到低的十一个等级，D级为最高，F次之。
[2] IF级：Internally Flawless，内部洁净级。

表现，但他最好还是不要提起这件事。另外，穿越怀斯特切斯特五年之久的故事，也不要提。

这鬼电梯到底在哪儿？怎么还不到？

威廉·斯隆再次按动电梯的按键，虽然指示灯早已亮起。二人都被他这举动逗笑了。

在他们的身后，大楼朝向街道的大门打开了，从外面走进一名男子。起初，只有男人的影子，背着光，透过门上污迹斑斑的玻璃窗映射进来。威廉忽然感到一阵不安。

这里安全吗……？

也许他几分钟之前的保证有些草率了。毕竟，十分钟之后，他和安妮走出这里时，她的手上将会戴着一座房子的首付。他四下打量，有些担忧地发现：这里没有安装监控摄像头。

但男人已经走近，向威廉点头微笑，随后，低头继续看自己的手机短信。他肤色苍白，穿着一件深色的夹克外套，头戴针织绒线帽，拿手机的手上还抓着一副布手套——都是在这样一个异常寒冷的三月天里必备的装备。他还带着一个公文包，看来应该是在楼里上班的人……又或者，他也要去帕特尔先生那里，给自己的未婚妻挑选一枚戒指。对威廉来说，无论是哪种情形，此人都不会对他们的安全构成威胁。威廉也酷爱健身，热衷于使用健康智能设备，所以身材健硕，孔武有力，想要制伏身后这样体格的男人还是没问题的。不过，他觉得自己不能太天真，不可能所有男人都在同一天订婚。

终于，电梯到了，吱呀作响的电梯门打开之后，几人都走了进去，那名男子也抬臂示意他们先行。

"二位先请。"男子讲话带有口音，威廉却无法判断他来自哪里。

"谢谢。"安妮回应道。

男子点头。

三楼到了，电梯门打开，男人再次伸手礼让他们。威廉点头表示感谢，和安妮走向帕特尔设计工作室，就在三楼幽深而昏暗的走廊尽头。

杰丁·帕特尔是个很有趣的人，他移民自印度西部的苏拉特，那里是印度——也是当今世界的钻石抛光中心。几周前，威廉和安妮来这里下单时，帕特尔曾经与他们闲聊，说决定钻石品质的主要工序，也就是钻石切割工作，大都是在苏拉特完成的，在一个个小锅炉房里，一个又一个狭小的作坊就像公寓隔间一样，又脏又热，还密不透风。只有最好的钻石才会在纽约、安特卫普或是以色列切割加工。而帕特尔，得益于他超凡的技艺，在万千苏拉特宝石匠人中脱颖而出，而且存够了本钱，来到美国，开了一家自己的店。

帕特尔主要做零售珠宝和钻石的生意。斯隆夫妇准备购入的钻石就是出自他手，但帕特尔最出名的，还是要数他从原石中切割选取高品质钻石的技艺。

上次他们来这里时，威廉就对钻石业产生了浓厚的兴趣。时不时地，他就会问帕特尔一些看起来无关紧要的问题，后者也会时不时地对这些问题选择性失聪，并且不着痕迹地转移话题，帕特尔这种避而不答的态度也大大地引发了威廉的兴趣。他认为，从诸多方面来看，钻石世界应该是一个隐藏在阴影里的秘密之所。不信你看看非洲的钻石开采，都是一些大军阀和恐怖分子在做，钻石带来的巨大利润又滋长了他们的恐怖罪行。不过帕特尔保证过，他们的这颗公主方钻绝对是合法开采的，并没有违背任何人道主义精神。威廉对此不置可否，总是忍不住怀疑这番话里有几成是真的。就像他昨晚蒸的有机西兰花，从店里买回来时，标签上贴着"有机"两个字，可谁知道到底是真是假呢。

这样想着，威廉忽然注意到，和他们一起乘电梯上来的男人不再与他们同行，他在帕特尔先生店门前面的一扇门口处停了下来，按下了门外的对讲铃。

看来这人并不可疑。

威廉暗骂自己疑神疑鬼，随后按下了"帕特尔设计"的门铃。扬声器里传来了声音："你好，请问是哪位？是斯隆先生吗？"

"对，是我。"

门内传来"咔嗒"一声，二人走进门内。

就在那一瞬间，威廉·斯隆脑中突然闪过一个念头。他们所在的这种老式建筑里，这层楼里所有商家的店门上方，都是有横楣的，横楣上镶着玻璃，外面还有一层铁条防盗窗。此刻，帕特尔的门上有室内的光映衬出来，是亮着的，而隔壁的那扇门，就是刚刚电梯里那个男人按铃的门，门楣上一片漆黑。

那家店根本没人。

糟了！

就在此时，一阵疾跑声突然从身后传来，威廉倒吸了一口气，回过头去，堪堪看见来人，此时，他已经戴上了一个滑雪面罩，正向他们奔袭而来！男人将他俩冲撞进屋内，帕特尔正坐在柜台里。入侵者的动作又快又急，安妮被撞得翻倒在地，惊叫出声。威廉转身欲动，却又立刻僵住了身体——那人手中握着一把黑色的手枪，枪口正对着他。

"上帝啊，不！求求你！"

大腹便便的杰丁·帕特尔虽然已经上了年纪，却也趁此时快速起身，准备按下紧急呼叫按钮。可是没等他靠近，那男人就猛地冲到柜台前，举起枪托，砸在了他的脸上。骇人的撞击声与骨头碎裂的声音同时传进了威廉的耳中。

钻石商人惨叫出声，帕特尔本就灰白的脸色变得更加灰暗了。

"听着，"威廉说道，"我可以给你钱，你可以把我们的戒指拿走。"

"都给你！"安妮也附和道，又转头对帕特尔说："给他。他想要什么，都给他。"

男人戴着手套的手里依旧紧握着枪，他收回了手，再次猛力敲击帕特尔的面部。帕特尔不断地哭叫、哀求着，终于骤然倒地，嘴里含混不清地念叨着:"我能给你钱!很多钱!不管你要什么!都可以!求求你。求求你,别……"

"放过他吧。"安妮哭着哀求道。

"安静!"男人环顾房间,快速抬眼看向天花板,那里有一个摄像头,正俯视着他们。然后,他又打量了柜台,柜台后面的椅子,以及房间深处的几间暗房。

威廉举起一只手,掌心朝上,向持枪者表示自己不具威胁,他小心地走到安妮身旁,另一只手臂环住她的腰,将她扶起来,威廉能感觉到安妮惊惧的颤抖。

歹徒从墙上扯下了一根电线,又从自己的口袋里掏出了一把美工刀,用大拇指将刀刃从刀身中推出。随后,他将枪收了起来,用刀将电线割成两根。他把其中一根递给了安妮,对着威廉的方向点了下头:"把他的手绑上。"又是这个口音。欧洲?斯堪的纳维亚?

"绑吧,"威廉轻声道,"没关系的。"而后又对她小声说,"他要是想开枪的话,早就开枪了,放心吧,他不会。绑我的手腕。"

"绑紧。"

"好的,她会的。"

安妮颤抖着双手,照做了。

"躺下。"

威廉依言躺倒在地板上。

现在,男人显然已经将这里的主要威胁——威廉,消除了。然后,他一边不时抬眼看着帕特尔,一边将安妮的手腕绑住,而后将她也推倒在地板上,与威廉背向而卧。

突然间,一个寒冷彻骨的想法犹如冬日冷泉般划过威廉的脑海。威廉想起,入侵者是在闯进帕特尔店里之前才戴上的滑雪面罩,目的就是防止被监控摄像头拍到。

但他在这之前却没有戴,为什么?因为他需要有顺路的顾客,将他带进店里。也许他一直在等待时机,跟着某对夫妻找到合适的目标下手抢劫!

帕特尔店里的摄像头不可能拍到他的脸。

但是威廉和安妮却可以指认他。

所以,这也就意味着一件事:他会杀了他们!把他们绑住是怕他们反抗!

这时,男人走到他们身边,居高临下地看过来。

"听着,求你了,求……"

"嘘——"

威廉心里不停地祈祷,如果死亡无法避免,那请神明保佑,让他开枪打死他们,这样会死得快些,不会痛。他设法抬头看去,拼命抬头,看见男人的手枪放在了柜台上。

男人蹲下身,靠近了他们,手里握着那把美工刀。

威廉一直背对着安妮,此刻,他抽泣着,尽量向后伸出手。终于,他握住了她的手指,可惜他永远不会知道这是哪根玉指,是不是差一点就戴上了那颗公主方钻,它足有一点五克拉,几近无瑕,璀璨生辉。

2

　　这就是他的生活。

　　今天也是平凡的一天。周六,六点起床,说出去谁信?帮母亲清理储藏室和厨房橱柜,主要是打扫清洁,再铺上新的垫纸;然后洗车——挑了这么一个又湿又暗的日子洗车!与父母拥抱告别,接着乘地铁,从他的家皇后区,一路坐到布鲁克林,去听候帕特尔先生的差遣。

　　在这之前,他要先乘一班地铁去曼哈顿,他要去那里取些石头。现在,他上了车,车身摇摆,带着他向北驶去。

　　周六,明明其他人都在吃早午饭、看比赛或者电影……也可能去剧院。

　　甚至去画廊。

　　而他呢,真是不公平!

　　唉,就算不出去玩,维姆·拉赫里觉得哪怕是待在他家潮湿的地下室里(实际上,对他来说,那里是求之不得的好地方),都很幸福。

　　但他没得选。

　　地铁继续前行,车厢微微摆动,维姆裹紧了身上的深灰色羊毛外套。这个二十二岁的年轻人个子不高,身材瘦弱。他小学的时候就已经长到了现在的身高,五英尺六英寸。当时他比同班的其他男同学都要高，这种优势仅仅维持了两年，那之后，他就渐渐被人追平、反超。不过，在他后来读的那所高中里，多是拉丁裔和东亚、南亚的学生，而不是非裔或盎格鲁撒克逊人，所以，他的身高也并不是最矮小的。尽管如此，他依旧时不时搞得浑身是伤——因为他家在移民到美国之前住在克什米尔，那里地处印度和巴基斯坦边界，历来是两国的争夺地。维姆觉得，自己大概是唯一一个因为边境争端而招来祸事的倒霉鬼（讽刺的是，殴打他的那两个高年级混混一个是穆斯林，一个是印度教徒，通常来讲，这两个教派的人应该互为死敌，谁知道，维姆却成了他们的共同敌人）。

所幸那些都是小伤，所谓的仇怨也很快就被抛诸脑后。主要是因为，维姆其实算不上是克什米尔人（他自己都说不上来祖上的故土到底是哪里）。更重要的是，维姆在足球场上运球时如花蝴蝶般潇洒自如。可见，小球转动大球，控球大师完败地缘政治。

地铁在第四十二大街车站停了下来。车轮发出刺耳的摩擦声，外面略带咸味的人间烟火气慢慢飘入车厢。维姆打开随身携带的纸袋，向内看去。纸袋中装有六块石头，他伸手从中拿出了一块，这块石头拳头大小，灰绿相间，表面带有晶体纹路，一端较为平整，有轻微裂痕，另一端是圆的。世界上所有的石头，无论大小，只要用心观察，花费点儿耐心，艺术家们总能看出它们最终能变成什么。而眼前这块石头，对于维姆来说，答案已经十分明显了。这是一只鸟，一只将双翅收拢在身体两侧、缩着头抵御严寒的鸟。维姆只用一天，就可以把它打磨出来。

但今天不行。

今天是工作日。帕特尔先生是一个极具天赋的匠人。很多人都说他是个天才，维姆对此也深以为然。再加上帕特尔先生本身还是个监工，维姆有一份阿宾顿的订单要完成。四颗石头，每颗重三克拉左右。他知道，打磨工作得花费整整八小时，而这老头子会戴着高倍镜，在这冗长难挨的八小时里不断审视他的成果，让他调整、调整、再调整。

地铁车厢的门打开,维姆为这件脑海中的雕塑取名"一月寒禽",可惜,永远也不能实现了。他将石头放回纸袋,走向站台出口,顺着楼梯来到了街上。还好,稍微有一点值得开心的是,今天是周六,由于许多东正教商店都关门了,钻石区会比平日更宁静,尤其是在这种恶劣的三月天里。附近的熙熙攘攘有时会令维姆抓狂。

几乎是本能般的,一迈入四十七大街,维姆就立刻变得谨慎起来——这条街上还有成百上千的员工都和他一样。这里,许多店主都不愿意将自己的生意对外界大张旗鼓地广而告之。没错,有很多店铺、公司的招牌上都写着"珠宝""钻石""宝石",但城里一些真正的高端产品加工商和少数重量级的宝石匠人的铺面没有这么直白,一般都会含蓄地写着"伊利亚基金""西部典当行"还有"风格风向标"之类的。

一年三百六十五天,每一天,都有价值数亿的珠宝钻石不断流入这条街上的大小店铺和切割工坊,又再次从这里被运往各地。全世界所有的盗贼歹人,就算是个半吊子,也知道这一事实。他们还知道,运输珍贵宝石、黄金、白金和成品珠宝的首要方法不是通过装甲卡车(每天进出的货物太多,卡车运输成本太高),也不是在手腕上铐一只铝制手提箱(这样做太引人注目,而且你去向医生打听一下,他们就会告诉你,用一把普通钢锯,只要六十秒,就可以把一只手锯下来,用电锯的话,会更快)。

运送贵重物品的最佳方式就是维姆现在所做的。穿着便装——牛仔裤、跑鞋、普普通通的运动衫和羊毛外套,手上拎着一个脏兮兮的纸袋。

维姆的父亲也曾是一名宝石匠人,他坚持让维姆谨慎行事。此刻,年轻的维姆正按父亲所说,四处观察是否有人特别地注意到他手中的纸袋,又或者欲盖弥彰地偏移视线,身体却向他靠近。

其实他也没有特别担心,即便在人流更为稀少的日子里,这条街上也有安保人员巡视，虽然他们看上去一个个手无寸铁，但在他们汗津津的腰带上，往往别着一只左轮或是半自动手枪。维姆现在就在对他们其中一人点头问好，他停在了一家珠宝店门前，一名非裔女子也在近前。女人一头卷曲的紫色短发让维姆止不住地赞叹。他不知道这个造型要如何打理出来。他觉得单就印度人来讲，平时见到的人，无论男女老幼都是一个发型（褐色浓密的卷发或是直发），所以眼前女子的发型给他留下了极深的印象。他曾琢磨过，自己要如何在石雕中将这个发型雕刻出来。

"嘿，小伊。"他向女人点了点头，打了招呼。

"维姆，周六也不得闲，老板不给你放假吗？真倒霉啊。"

他故作懊恼地耸了耸肩。

女子看了一眼维姆手上的纸袋，据她所知，那里面可能装了六块海瑞·温斯顿（被誉为"钻石之王"的珠宝品牌）钻石，价值千万美元。

他本来想说纸袋里是花生酱和果冻，小伊听了肯定会笑，但在第四十七大街上开玩笑有些不合适。钻石区没什么幽默感，也许是因为这里钻石的价值和令人迷醉的品质，使得这行成了一个开不起玩笑的营生。

维姆走进帕特尔先生工作室所在的大楼，他看都没看那部"遭罪电梯"，他觉得这是哈利·波特小说里才有的，异想天开的东西。他曾对阿黛拉这样讲过，她也觉得好笑。他抬脚走上了楼梯。地心引力对他轻盈的骨架作用不大，而且因为踢足球的关系，他的双腿健硕，心肺强大。

维姆推开楼梯出口的门，迈入走廊，他注意到走廊顶棚上的八盏灯里有四盏依旧是黑着的，于是又忍不住纳闷，帕特尔先生肯定已经赚得盆满钵满，为什么不换一间环境奢华的办公室呢？也许是因为情感上的恋旧吧，帕特尔先生的店在这座楼里已经开了三十年，那时整层都是钻石加工商，到现在已经所剩无几，帕特尔先生就是其中之一。这里的环境实在令人一言难尽,天气冷的时候(像现在这样),这里冷得要命;六月到九月,又会变得无比闷热、烟尘四起且潮湿难闻。帕特尔先生并没有所谓的"陈列室",他的"工厂"也不过是三个房间里较小的那个工作车间。基于他低产量高质量的工作模式,他需要的只是一个稍微大点的地方,能放下两台钻石抛光机和两台切割机就足够了。按这个标准,他可以随便挑。

但维姆一直不知道他到底为什么会留下来,因为帕特尔先生从未与他说过这些,他只会告诉维姆怎样使用工具,怎样调整钻石角度进行切割,钻石粉与橄榄油按多少比例混合才能让宝石熠熠生辉。

还有一半的路就到工作室了,维姆停了下来,那是什么味道?新鲜的油漆味。这里的墙体好几年前就该重新上漆了,但是没看到有工人来维修的迹象。

工作日的时候这里人来人往,即便涂了漆也很难维护,所以真的会有辛勤的工人在周五晚上或是周六来干活吗?

维姆继续走向工作室的门。这里办公室的门上有横梁玻璃窗,虽然外面有防盗窗挡着,但他还是可以看出,帕特尔先生的办公室里有人影在晃动。也许是买家,可能是那对找帕特尔先生定做订婚戒指的准夫妇。威廉·斯隆和安妮·马卡姆,维姆记得他们的名字,因为他们很和善。他们上次来时,还向他这个小雇员礼貌地介绍了自己。为人和善,却也天真幼稚——如果他们把买一点五克拉钻石的钱拿去好好投资,那将来,这笔钱就完全可以用作孩子的大学教育资金。维姆想起这对夫妇,只能叹息,又是一对被钻石市场忽悠的可怜人。

如果维姆和阿黛拉打算结婚,虽然他们从来没说过这事,而且离提起这事还早得很,但如果,他们两个打算结婚,维姆要送她一把手工雕刻的摇椅作为订婚礼物。他之前就为阿黛拉雕过一些东西。若是她想要一枚戒指,他可以用青金石做一个,上面再雕一只狐狸,不知道为什么,阿黛拉最喜欢的动物就是狐狸。

维姆在安全锁上输入密码。

他走进门，突然中止了大步前进的动作，呼吸骤然加重。

几乎是同一时间，他注意到了三件事。一是两具尸体，一男一女。那是威廉和安妮，他们的姿态扭曲而恐怖，似乎是死于极度的痛苦之中。二是还在向外漫延的血泊。三是帕特尔先生的脚。维姆看不到他身体的其余部分，只有他穿着破旧鞋子的脚，脚尖朝上，一动不动。

这时，前厅左侧的工作间里赫然出现了一个男人，滑雪面罩遮住了他的脸，但他的肢体语言表明，他被吓了一跳。维姆和男人都没有动。

入侵者随即放下了手中的公文包，从口袋里掏出枪瞄向他。维姆本能地侧身逃开，好像这样就可以躲开子弹。他举起双手，做出无谓的抵挡。枪口冒出火光，巨大的枪声震耳欲聋。腹部和腰侧瞬间爆发出尖锐而灼人的疼痛。他跌跌撞撞地走进昏暗且烟尘弥漫的走廊，脑海里充满了狂躁的念头：真是可悲又平庸的终结啊。

3

他没能及时回到城里。

他很失望。

林肯·莱姆操控着带有红色挡板的灰色美利驰轮椅，穿过了他位于中央公园西侧的联排别墅前门。曾有人说过，这个地方会让人想到歇洛克·福尔摩斯，主要有两个原因：第一，别墅古老的褐砂石很符合维多利亚时代的英格兰建筑风格（这座房子也确实可以追溯到那个时代）；第二，房子的前厅摆满了各种各样的法医仪器和设备，足以让英国的刑侦顾问赞叹不已。

莱姆在入口处停了下来，等着汤姆——他的护工，一个身材修长、肌肉发达的年轻男子，后者正把一辆残疾人无障碍奔驰停在房屋后面的死胡同里。门外的冷风吹进来，拂过莱姆的面颊，他转动轮椅，将半掩的门关上，然而风又将它吹开了。莱姆四肢瘫痪，最初，他的身体从脖子以下都失去控制，不过现在他已经十分擅用那些辅助残疾人活动的高科技配件了。触控板、眼睛和语音识别系统、假肢等。通过手术和植入物，他已经恢复了对右臂有限的操控。但是许多日常的简单动作，比如关门，或是自己打开一瓶单一麦芽苏格兰威士忌，对他来说却是心有余而力不足。

不一会儿，汤姆回到了屋内并关上了门，帮莱姆把外套脱下来——莱姆拒绝裹一条毯子保暖，坚持要穿外套。然后快速走进了厨房。

"吃午饭吗？"

"不吃。"

护工再次说道："嗯，是我问得不对，我想问你要吃什么？"

"什么都不吃。"

"回答错误。"

"我又不饿，"林肯嘟囔道。他费力地拿起了电视遥控器，重新调回新闻频道。

汤姆喊道："你得吃东西，热汤怎么样？大冷天的，就喝热汤吧。"

莱姆闻言皱起了眉。他的状况确实很糟糕，没错，皮肤遭受重压，或是身体功能需求得不到缓释都会造成危险的后果。但饥饿绝对构不成死亡威胁。

这个护工简直像一只护崽的老母鸡。

不多时，他就闻到了阵阵令人垂涎的香气。汤姆煲汤的手艺的确是一绝。

莱姆的注意力重新回到电视上，他平时并不怎么看电视，一般只看一些新闻追踪报道。他现在就想找一篇案件新闻，这篇报道与他此次去首都华盛顿一事有关。莱姆进门之前感到失望就是因为他和阿米莉亚·萨克斯没能早些从华盛顿赶回来。

屏幕上出现的并不是二十四小时新闻，而是一个网络纪录片。目前播出的是一部经由真实案件改编的犯罪剧。理所当然地，剧情被戏剧化了。罪犯眸光狠戾，侦探们若有所思，背景乐响起，犯罪现场调查员的手表戴在了手套外面。

天哪……

"这剧是你在看吗？"他向汤姆喊道。

没人回答。

莱姆按下按钮，找到了一个网络新闻频道。不过，目前没有任何新闻播出,只有处方药的广告。他完全不知道这些药物有什么作用,只知道广告演员们从忧郁的祖父母变成了快乐的、看起来不那么年迈的祖父母,在最后一幕中与年轻的孩子们嬉戏。看起来,他们无法与年轻人玩耍的毛病被治愈了。

然后,一个主播出现了,在播完一些当地的政治新闻之后,莱姆感兴趣的事突然出现:纽约东区正在审判一起案件。墨西哥毒枭爱德华多·卡皮利亚,也就是臭名昭著的"猎鹰",犯了一个低级错误,他来到美国,与当地有组织犯罪集团的头目在都会区秘密会面,并建立了一个毒品买卖和洗钱网络,该犯罪网络还涉及未成年人卖淫和人口走私。

这个墨西哥人十分狡猾。尽管他的身价已经顶得上好几个亿万富翁,但他还是乘坐商业航班和长途飞机,合法入境加拿大,然后乘坐私人飞机前往边境附近的机场。从那里,他非法搭乘直升机前往长岛一个废弃的机场,一直在警方的眼皮子底下行动,就藏在美国雷达之下。那个机场离他打算购买的一个仓库只有几英里远,据推测,这里将成为他在美国的业务总部。

不过,警方和美国联邦调查局已经知道了他的存在,特工和警察在那里截住了他。随后发生了枪战,枪战中,仓库老板及其保镖死亡。一名警官受重伤,一名联邦调查员受轻伤。

"猎鹰"被捕,但令检察官感到沮丧的是,那个要与"猎鹰"合作建立犯罪网络的美国同伙不在场,他从未现身,至今身份成谜。名义上的仓库所有者(枪战中被杀的人)是个有些头脑的人。警方进行了大量的调查,却并未发现任何有关其美国同伙的线索。

林肯·莱姆曾想参与这起案件的调查。他希望能够对证据进行分析,并在审判时提供专业的刑侦证词。但是他约好要去华盛顿特区与六名高级官员会面,为此,他和萨克斯在那里停留了整整一周。

失望,是的。他真的很想尽一份力,把"猎鹰"送进监狱。但是,没关系,总会有别的案子需要他。

巧的是，这想法刚一出现，他的手机便嗡嗡作响，来电显示表明，还真有可能想什么来什么。

"朗。"莱姆说道。

"林肯，你回来了吗？"

"我回来了。怎么，有什么棘手的案子吗？刺不刺激？难不难搞？"

打电话的人是一级警探朗·塞利托，几年前，莱姆还在纽约警察局的时候，与塞利托是搭档，但他们现在很少往来，也从来不会打电话闲聊。塞利托打电话给他，通常都是需要他帮忙的时候。

"不知道算不算你说的那样，但我有个问题。"电话里听起来，塞利托好像有些上气不接下气。可能是在出紧急任务，也可能是刚去杂货店买了一盒糕点走回来。

"然后呢？"

"关于钻石你都知道些什么？"

"钻石……嗯，我想想，我知道它是同素异形体。"

"是啥？"

"同素异形体。是一种元素——就是化学元素——以多种形式存在。碳就是一个完美的例子。元素世界里的超级巨星，碳，知道吧，我觉得就算是你也应该知道。"

"就算是我？"塞利托嘟囔道。

"碳可以是石墨烯、富勒烯、石墨或钻石。取决于其原子是如何排列的。石墨是六边形晶格，金刚石是四面体晶格。听起来似乎是没差多少，但失之毫厘，谬以千里。是铅笔芯还是皇冠上的珠宝就差这么一点。"

"林肯，我错了，我不该问。我应该这样问你：你在钻石区办过案子吗？"

莱姆回顾自己当初在纽约警察局做警探的日子，那时，他是警局里犯罪现场调查组的组长，后来，他成了幕后的刑侦顾问。这么久以来，确实有些案子涉及第四十七街那片，但并没有直接涉及珠宝店或是经销商的案子。他如实告知了塞利托。

"我们这里需要点援助。看起来是抢劫失控，连环杀人，"塞利托语气微顿，"还有些别的糟心事。"

糟心，一个有别于刑侦调查专业用语的修辞。塞利托不是在开玩笑。

"你有兴趣吗？"

反正"猎鹰"的案子已经办不成了，林肯当然是有兴趣的。"你最快什么时候能到这儿？"他问道。

"让我进去。"

"什么？"

莱姆随即听到了门厅处传来的敲门声。塞利托的声音经由手机听筒传来："我到了，就在门外，我本来也想着不管你愿不愿意，都一定要说服你调查这个案子。快点，赶紧开门。外边现在冷得跟一月似的。"

"喝汤吗？"汤姆一边问塞利托，一边拿起他皱巴巴的灰色大衣挂好。

"不了……等下，什么汤？"莱姆注意到，塞利托一边问一边抬起了脸，似乎是在调整鼻子的位置，找到更合适的角度，闻着厨房里飘来的阵阵香气。

"番茄浓汤，放了些虾。林肯正要喝一些。"

"不，我不喝。"

"是的，他要喝。"

"嗯——"朗·塞利托思索着，他身材结实，穿衣服总是皱巴巴的，不修边幅。之前，他的体重一直是个问题，至少从林肯认识他的时候就是如此了。但最近，他们追击的一个不明嫌疑犯对塞利托投了毒，虽然保住了性命，但这次重伤让他掉了几十斤。一个骨瘦如柴的朗·塞利托实在是让人不忍直视，他也正在努力，想办法恢复到自己的原始体重。所以，听到他说"那就喝点吧"的时候，莱姆感到很欣慰。

这样一来，汤姆就不用逼着他喝汤了，他真的不饿。

"阿米莉亚呢？"塞利托问。

"不在。"

阿米莉亚·萨克斯此时正在布鲁克林。她有一个公寓，就在母亲的住所附近。萨克斯的母亲罗丝做了一次心脏手术，已经渐渐痊愈，但萨克斯还是会时不时地去探望她。

"还没回来吗？"

"什么意思？"

"她在回来的路上了，应该快到了。"

"回来？你给她打电话了？"

"是啊。哎，闻着可真香啊。他经常做汤吗？"

莱姆说道："所以你认为，我们两个都要接这个案子。"

"差不多吧，我和蕾切尔也就是做速食汤，开个罐头就搞定了，一般用浦氏汤、金宝汤什么的。"塞利托回答说。

"朗？"林肯唤道。

"对，我是这么想的。"

汤盛上来了，两碗，林肯的那碗放在了轮椅的小托盘上；塞利托的那碗放在了桌子上。林肯看了一眼自己的那碗，还别说，闻起来确实让人食指大动。汤姆也许说对了，他可能真的饿了。毕竟，虽然莱姆极少承认，但是关于这种事情，汤姆的话一直都是正确的。护工想要喂他进食，莱姆摇头拒绝，打算用自己的右手和手臂试试。用他本就控制不稳的手臂拿起汤匙喝汤，本来是很有难度的，但他还是喝到了，并且没有把汤洒出来。莱姆很高兴，还好他不喜欢吃寿司，要知道，筷子对现在的林肯·莱姆来说可不是一般的难用。

又有人来了，让莱姆没想到的是，这人显然也是塞利托叫来参与调查钻石区那件案子的：罗恩·普拉斯基。莱姆一直觉得他还是个新手，总叫他菜鸟，虽然这么多年来，普拉斯基显然已经不是了。他身材高挑，形容整洁，一头金发，此刻规规矩矩地穿着制服。实际上，普拉斯基是隶属巡逻队的，但由于其出色的犯罪现场刑侦能力而被莱姆看中，并坚持将此人非正式地招募到塞利托和萨克斯的重大案件调查小组。

"林肯，朗。"在说后一个名字的时候，普拉斯基略略放轻了声音。毕竟，"菜鸟"普拉斯基在职衔、资历和气度上都要远逊于塞利托，直呼其名对他来说有些别扭。

此外，普拉斯基还饱受头部伤患的后遗症侵扰，这种状况从他一开始与莱姆和萨克斯工作时便有了。因为头部受伤，他曾有一段时间不再做刑侦工作，直到后来，他做出了艰难的决定，重返警局。不安与怀疑总是伴随着大脑创伤而来。这多多少少也影响了他。

有一次，他曾找到莱姆，告诉他自己想要离职，因为眼下他的状况似乎不再适合做一名警察，当时，刑侦专家厉声说道："你他妈的简直是脑子有问题。"

年轻的警员瞪着眼睛看莱姆，后者也绷着脸与他针锋相对，之后，两人同时笑出了声。"罗恩，每个人脑子都有问题，或多或少。现在，我有一个犯罪现场，需要你去调查，你能不能带着刑侦工具去走格子？"

当然，他去了。

此时，普拉斯基脱下了他的值班大衣。大衣里面是一件长袖的纽约警局深蓝色制服。汤姆问他要不要喝汤，莱姆对此有些不耐烦，差点开口说："够了，这儿又不是汤厨房。"他觉得这个笑话还挺有意思，但普拉斯基没给他机会说，礼貌地回绝了汤姆的好意。

过了一会儿，透过紧闭的窗子，传来汽车的轰鸣声，从声音便可以听出，汽车马力强大，是阿米莉亚·萨克斯来了。她给发动机加了些油，然后熄火。萨克斯走进门内，先把短夹克挂在衣架上，然后顺手调整了一下蓝色牛仔裤的腰带，把格洛克枪套向后滑了滑。她穿着一件蓝绿色的高领毛衣，莱姆知道，她还在毛衣里面穿了一件黑色丝绸短袖，他今天早上看见的。那时，他们听了收音机里的天气预报——今天天气将异常寒冷，就像上周一样。在华盛顿特区，他们目睹了成千上万的樱花凋零。

萨克斯对在座的几个人点了点头，算是打过招呼。塞利托摆了摆手回应，而后"吸溜吸溜"地喝完了碗里的热汤。

现在，他们的队伍已经基本到齐了，而且全都吃饱喝足、准备好了——莱姆觉得这句话还真是应景——他开始让塞利托将案情简单介绍给众人。

"大约一小时以前，发生了一起抢劫和多重谋杀案。案发地点在中城北区，第四十七街西五十八号大楼三层，一个叫'帕特尔设计'的工作室，店主叫杰丁·帕特尔，五十五岁，案件被害人之一，是个珠宝加工商和经销商。据说在业内很有名。当然我也是听说的，我对钻石没什么研究，所以也说不准，谁知道呢？上头把案子派给了重案组，重案组把案子派给了我，我现在又把它派给你们。"

重案组由警局总部警探局的副督察长监理，一般不会负责凶杀案或是零售商盗窃案。

朗·塞利托注意到，莱姆与萨克斯互相对视了一眼。似乎也对重案组的做法有些不解。他开始解释案件的特殊之处。

"这件事主要还是因为我们市政厅的一位朋友，这位朋友认为，钻石区出现暴力抢劫事件会产生恶劣影响。尤其是，万一犯案人的目标不仅仅是一家呢。人们就不会在那儿购物消费了，这会损害我们的旅游业和经济发展。"

"嗯，那些死者可能也不大喜欢发生这种事，你说呢，朗？"

"我只是在转述别人的话，不关我的事，林肯，好好说话，行吗？"

"继续。"

"现在，还有个比较麻烦的情况，但我们没有对外公开。凶手在帕特尔死前严刑拷打了他。中城北区的检查队长认为，凶手这么做很可能是想把剩下的好货都带走，为了问出保险箱密码什么的。不管出于什么目的，他用一把美工刀对帕特尔行凶，直到他开口，手段极其残忍。"

别的糟心事……

莱姆开口："行了，开始干活吧。萨克斯，去现场。我这就把梅尔·库柏调来。普拉斯基，你留在这儿，随时待命。"

萨克斯起身从衣架上拿起自己的夹克，顺势穿上。然后在左胯后别了两个备用弹夹，向门口走去。

汤姆刚走进客厅，才看到萨克斯，微笑道："哦，阿米莉亚，我没看见你进来。饿不饿？"

"饿，早饭和午饭都没吃上。"

"喝点汤？大冷天，再适合不过了。"

萨克斯回他一个苦笑，甩上了那辆福特都灵眼镜蛇的车门，都灵是拥有四〇五马力引擎、四速手动挡的复古车型，萨克斯要驾驶它风驰电掣地穿越曼哈顿中城区，喝什么都没空，更别说热汤了。真不容易……

她从口袋里拿出车钥匙，回道："晚点再说吧。"

4

萨克斯来到位于第四十七街的"帕特尔设计"工作室后，初步勘察了现场，发现了三个问题。

第一，凶手如果偷了东西，偷的到底是什么？因为现场打开的保险箱里还有几百颗钻石大刺刺地摆在那里。

第二，帕特尔为什么遭受了酷刑拷问？

第三，是谁打的匿名报警电话，并向警方详细描述了凶手的外貌细节特征？接下来的问题就是：报案人还活着吗？萨克斯一走进三楼就闻到了空气中的味道，马上知道有人在这里开过枪。她推测，这位目击证人应该是撞见了劫匪，不幸中枪但逃掉了，然后，此人在街边的付费电话亭报了警。

工作室面积很小，枪口与受害人之间的距离最多三米到五米，这么近的距离，枪手很难射偏，基本上应该是一击毙命。而且在工作室与走廊里并没有什么障碍物，所以，几乎可以确定，目击证人中枪了。

萨克斯穿着包裹全身的白色连体防护服，在体量可观的一摊血迹边缘小心地迈动步伐。血迹斑驳，粗略看去，轮廓有些像密歇根湖。周围还散落着小标识牌，标记案件中的重要证据和线索。在现场拍照取证后，萨克斯开始走格子：一寸一寸地勘查现场。走格子是她在犯罪现场调查中唯一会用到的方法，也是她从莱姆那里学来的。调查人员要从现场的一端，一步一步地走到另一端，然后转身，紧挨着刚刚走过的那一行，再走回来，就像修剪草坪一样，蛇形走动。完全走过之后，再换方向，垂直换到现场的另外两端走一遍，像莱姆说的"一横一竖，走格子"。

现在，萨克斯开始了现场调查的例行工作：整理痕迹、收集足迹、寻找不完整的指纹，并在罪犯可能留下DNA的地方提取样本。之后，她双手叉在腰间，站了一会儿，观察着整个房间的平面图，房间大约八十五平方米。萨克斯瞥了一眼被橡胶门楔打开的前门，注意到一个穿着与她类似的白色连体防护服的男人。于是对他说："电脑在办公室里，希望能有所发现吧。"

证据收集技术员都接受过安全摄像头和存储设备方面的专门培训。他正尽可能地从帕特尔办公室的电脑硬盘里提取信息；目前来看，只有一台从柜台后对准门口的摄像头尚可使用。摄像头闪烁的红眼发出嘲弄的光芒，一根电缆从相机连接到帕特尔的台式电脑，电脑旁边是一台大打印机，奇怪的是，旁边还有一台老式传真机。摄像头没有连接到中央台，仅仅连到了电脑上。

基于此地安全系统的状况，萨克斯确信祈求上帝保佑是远远不够的。这名罪犯十分小心，不像是会犯下忘记删除监控视频这种低级错误的人。然而，每个警察都知道，删除数字影像并非一劳永逸。如果这些数据一开始就被存储下来，那么大量的犯罪数据都是可以被挖掘出来的。只是希望渺茫罢了。

萨克斯分别在不同的证据监管链卡片上填写详细信息，再将其分别贴到不同的证据，或是装有各类证物的袋子上。

接下来，是调查工作中比较有难度的部分。

她将尸体放在调查的最后。

因为一般来说，如果不是需要紧急处理的尸体，都可以放一放再处理。

萨克斯一进房间就被眼前的场面深深震动，此时看去，那种触动依旧存在。那对惨遭割喉的夫妻手指交织在一起，虽然双手都被绑在身后，但在某一刻，也许是他们生命的最后一刻，二人的手指触到了彼此，而后紧紧交握在一起。尽管死亡中难挨的痛苦一直持续到最后，但他们从未松开手，这也许是他们惨痛的终结中唯一的小小慰藉。至少萨克斯希望如此。多年来，她一直在街头办案，见惯了各种血腥场面，而今，她成为一名办理重大案件的警探。长久以来的案件调查工作中，她见识过各种各样的邪恶与血腥，按理说，现在她应该已经心如磐石，不会为之所动。但是，此时此刻，眼前这样微小的温暖仍然会让她有落泪的冲动，即使并没有泪水涌出。一些警察确实早就对这些免疫了。但萨克斯认为，正是她的易感让她成了一名更优秀的警官。

工作室的主人，杰丁·帕特尔，同样是被割喉而死。与另外那对夫妻不同的是，他遭受了残忍的折磨。法医办公室的巡诊医生是一名身材苗条的亚裔女性，她指出，帕特尔的双手、耳朵以及脸颊上的刀伤，还有面部的枪托击打伤，都是在死前造成的。

不管是帕特尔还是那对夫妻，他们的个人物品都未被抢走。虽然在帕特尔身上和店里都没有发现他的手机，但一般抢劫案中的失窃物都还在受害人身上：钱包、手包、珠宝和现金，全都完好无损。萨克斯从各个角度对三具尸体进行拍照，用粘毛滚筒收集纤维和其他细小的痕迹，取毛发样本以待稍后检验。她还发现了指甲抓挠的痕迹，但尚无明显迹象表明三名被害人与凶手搏斗过。萨克斯用多波域光源灯照射尸体暴露在外的皮肤，尤其是灯线捆绑的手腕附近，也没有发现任何指纹。她也并未天真地期待凶手会如此大意。犯罪现场内同样发现了大量的戴皮手套的指纹，其中一部分还沾有血迹，但萨克斯几乎可以断言，靠这些是采集不到凶手的指纹的。

"很抱歉。"帕特尔办公室里传来技术人员遗憾的声音。

萨克斯走向门口。

取证技术员的肚子将连体防护服的拉链撑得几欲爆开，他对萨克斯说道:"没有硬盘,我的意思是,凶手把硬盘拿走了,也没有备份。"

"他……怎么拿走的?"

"他肯定随身携带工具,并不难,只要一把十字螺丝刀就够了。"

萨克斯谢过他,走到走廊,对外面一边耐心等候一边在手机上打字的法医点了点头。

"你可以去做尸检了。"

法医也点了点头,并用对讲机呼叫楼下的技术人员,他们会带着轮床和尸袋上来,将尸体运到停尸房,在那里进行全套的验尸工作。

"警探?"一个身着笔挺制服的中城北区警员自电梯处走了过来,在离门口有些远的地方停住了脚步。

"现场已经调查完毕,阿尔瓦雷斯,没事了。你有什么发现?"

阿尔瓦雷斯还有一名搭档,是一个二十多岁的非裔女性,他们刚刚兵分两路,去盘问了附近的人,寻找潜在目击证人,以及凶犯在来这里的路上或逃跑途中是否遗留下来什么线索。萨克斯已经猜到,目击证人多半是找不到的。大楼里的许多办公室都没有人,到处都张贴着招租标志。加上今天是周末,犹太人的安息日,这层楼的其他商店都关门了。阿尔瓦雷斯说:"三层除了帕特尔这间,其他店都没开门,二楼有三间办公室,四楼有两间店是开着的。有两个人说,大约十二点三十分到四十五分之间,听到了一声巨响,但他们以为那是什么器械发生逆火,或是工地施工的声音。除了他们,其他人都说什么也没看到,没听到。"

他们说的也许是事实,但萨克斯对这种排查对象的话一向不太相信。案件发生在午饭时间。来来往往午休的员工很可能见到过凶手,但目击者常常为了自保而表现出选择性的失聪和失明。

"还有这里。"阿尔瓦雷斯指着电梯旁边的大厅,大厅墙体上方安着一个监控摄像头。萨克斯刚刚进来的时候并没有注意到。她眯起眼睛仔细观察后,轻笑道:"喷漆?"

阿尔瓦雷斯点头:"你再看看喷漆的轨迹方向。"

萨克斯一开始没明白他的意思,再次观察后,知道了阿尔瓦雷斯说的是什么。凶手——很有可能就是凶手——在还未出现在摄像头镜头里时,也就是刚出电梯,在摄像头的后方,就对着摄像头喷洒油漆,然后再从正下方喷涂。以确保自己一丝影子都没被拍到。很聪明的一招。

拿走硬盘的做法也是一样。

"街上的摄像头呢?"

阿尔瓦雷斯回答说:"也许会有好消息,大门入口左右两侧的店家都在提取他们 MP4 格式的监控视频文件,我叮嘱了他们,要保存好原件。"

调查案件只看副本就够了,保留原件,是为了日后庭审的时候用作呈堂证供。

前提是能走到庭审那一步的话。萨克斯想。

她再次回到现场,刚刚进门时困扰她的三个问题不断在脑海中翻腾。凶手拿走了什么?她之前已经做过了细致的调查,一寸一寸地在现场走了格子,但显然,她还是没法确定这里原本存在的东西里少了什么。

她又扫视了一遍整个房间。帕特尔设计工作室并不像大多数珠宝店那样。没有展示橱窗,也就不会有人暴力打破橱窗抢走财物。帕特尔的工作室一共有三个房间:前方的等候室、相邻的办公室,再穿过左边的一扇门,进入帕特尔小小的工作间,里面摆满了各种仪器设备。萨克斯想,那些器具都是用来切割宝石或制作珠宝首饰的。最后这个房间是三个房间中最大的,里面有可供两人工作的工作台:一个旋转桌台,类似于陶匠用来转动瓶罐和碗碟的东西。还有一些破旧的工业设备,其中一件显然是一台小型激光器。看得出,这里也用作储藏室:架子上靠墙放着一堆堆的空盒子、办公用品、清洁剂。这里似乎没有什么值钱的东西。

前厅和等候区是一个长四点五米、宽三米的空间，一个木制柜台占去了等候室的大半。里面还有一张沙发和两把不配套的椅子。柜台上放着几块三十公分见方的天鹅绒垫子，用来鉴赏顾客的珠宝，还有几只放大镜和一沓白纸（都是空白的）。萨克斯猜测，帕特尔只做定制的生意。他会在这里与客户见面，再将订购的产品从工作间或办公室齐腰高的保险箱中拿出来给客人过目。通过网络搜索得知，该工作室的主要业务是为其他珠宝制造商切割和抛光原石。

第一个问题……

"你"从这里，拿走了什么？

萨克斯回到办公室，再次查看保险箱里面的东西：数百个边长八厘米的白纸折成的方块信封，像日本折纸一样。信封里装着一些裸钻。

凶犯手套的印记（包括血液和布纤维吸收的残留物）明显已经印到了保险箱和几个方形信封上。说明他也看到了这些裸钻，却并没有将其洗劫一空。萨克斯认为，他要么会将这些钻石都拿走，要么，他的目标非常明确——他有特别想要的东西，所以，他打开了保险箱，直奔主题，把他不想要的这些信封扔到了一边。

有一个办法可以将此事查明，那便是去收集所有能找到的商业文件。也许这些文件里，有哪一份是帕特尔工作室钻石的库存清单。在皇后区犯罪现场调查总部的证据技术人员，以及那些在HVE（高价值证据室）工作的人，会将库存与保险箱里剩余的证物一一进行核对，最终才会知道到底少了些什么。

但这样做要花好几个月的时间。

太久了。他们需要尽早知道失窃物是什么，这样就可以联系警方的机密线人，这些人有渠道接触到珠宝盗贼，并了解整个盗窃的销赃和洗钱过程。在抢劫案中，如果你不在犯罪之初就将其遏制住，那么调查工作将无可避免地陷入冗长的赃物追踪，要知道，现在这个光怪陆离的世界上，每时每刻都有赃物在流通。

可是，调查似乎已经没有捷径可寻了。

除非……

这事情太奇怪了，不对劲，凶手为什么没带走这些钻石？还有什么比它们更贵重？

萨克斯小心翼翼地蹲了下来，她的膝盖患有关节炎，在这种潮湿的天气时不时便会疼起来。她再次仔细检查保险箱。白花花的信封里，装的钻石也不尽相同，有些信封里只有一颗，有的装了几十颗。在她看来，这些钻石亮闪闪的让人眼花缭乱，十分引人犯罪。但她也没什么发言权，她并不是个热衷于珠宝的女人。她身上佩戴的唯一的珠宝是订婚戒指上的一颗蓝钻，含蓄地安坐于一条细细的黄金指环上，现在被藏在紫色乳胶手套里面。

萨克斯猜，保险箱里的这些钻石，价值应在数十万美元之上。

送到嘴边的肥肉。

但是他没有吃下去。

萨克斯站起身来，感觉有汗水顺着太阳穴淌下。天气很冷，但暖气片散发出阵阵热潮，她的体温升高，汗水升腾，又被困在白色特卫强防护服里。她还记得，在之前的犯罪现场调查中，调查员都是只戴一副手套，最多再换一双靴子就开始工作了。而现在，身着防护服已经成为世界各地犯罪现场调查工作的前提。其原因有两个，一是因为犯罪现场可能存在危险材料，二是因为辩护律师。虽然不穿工作服进行现场调查而造成现场被污染的概率非常小，但一个精明的律师可能会在辩护中利用这一点，在人们心中种下一颗怀疑的种子，从而使检方的案子脱轨。

好吧，如果保险箱不是他的目标，那到底是什么呢？

法医人员开始将被害人遗体带走，先是那对夫妻，然后是帕特尔。萨克斯再次审视着这三个房间。

有没有可能，萨克斯怀疑，这根本就不是一起抢劫杀人案，而是一次恶意袭击？会不会是帕特尔借了高利贷，但无力偿还，所以遭到报复？不太可能——他的事业小有成就，看起来也不像是那种会联系当地黑帮、去借百分之三十高昂月利贷款的人。

情杀？据她所知，帕特尔是一个鳏夫。这个五十五岁的中年男人长着一张圆脸，而且看起来有些蓬头垢面。不大可能会卷入危险又复杂的婚外情。如果凶手的动机就是杀掉帕特尔，那么为什么要在他死前折磨他呢？而且，为什么要大费周章地闯进工作室行凶呢？为什么不跟踪他到家里，或是在街上动手？

萨克斯的眼睛再次盯向那间工作间。难道是帕特尔或者他的伙计，在处理一颗价值连城的稀世珍宝？

她走进工作间。工作台很整洁，这里今天还没有开工，所有的工具都井然有序地摆放在台子或架子上。

然而，在其中一个工作台上，萨克斯发现了另外一个信封，跟保险箱里那些一样，白纸折成的方形小信封，用来装钻石，只不过这个信封是空的。信封上用钢笔写着：GC-1、GC-2、GC-3和GC-4。这可能是其中所含钻石的名称，因为旁边都标有克拉重量（从五克拉到七点五克拉不等）。后面还标记着一些字母：三克拉后面写着：D，IF。最后一个字迹更小一点，写着D，F。也许是钻石的品质级别。信封上还写着：业主，格雷斯·卡伯特矿业有限公司，开普敦，南非。边上是该公司的电话号码。

"唔……"萨克斯接下来看到了信封底部的另一行标注，忍不住叹息出声。这条标注说明了每颗钻石的价值。总价为六千八百万ZAR。她掏出手机，在谷歌上搜索，毫不意外地发现，ZAR是指南非货币，南非兰特。

令她感到惊诧的是，换算成美元之后的数字。

六千八百万南非兰特约等于五百万美元。

阿米莉亚·萨克斯认为，她已经找到第一个问题的答案了。

5

为了确认失窃的宝石就是信封上标明的这几颗，阿米莉亚·萨克斯又回到保险箱处，将几百个小信封全部查看了一遍。

没有任何信封上有标识 GC 字母或是公司名字。只要打电话给格雷斯·卡伯特矿业公司就可以确认，帕特尔是否持有该公司的钻石，但目前的迹象表明，"凶犯窃走了这些钻石"属于合理推测。

凶犯提前知晓这几颗宝石的具体所在吗？还是说，他仅仅是随机挑选帕特尔工作室为目标，然后找出最值钱的钻石在哪儿？

目前来讲，一切都只是猜测。

萨克斯将格雷斯·卡伯特公司的箱子与收据一一拍照，装入证据袋中。

现在，该解决第二个问题了：为什么要折磨帕特尔。

萨克斯不同意塞利托的说法。他认为，帕特尔遭受拷打，因为是凶手想知道保险箱密码，或是最值钱的宝物在哪儿。这起案子中，最值钱的显然是格雷斯·卡伯特宝石。萨克斯却不这样想，因为最终，这些石头都只是一些商品，身外之物罢了。面对死亡，甚至是更为残暴的痛苦的威胁时，帕特尔会放弃他的一切。因为这些都有保险公司的理赔。再说，没有什么稀世珍宝值得你付出生命或是多任何一秒的痛苦。

不，凶手这么做还有别的理由，是什么呢？

为了找出答案，萨克斯用了她不得不经常在犯罪现场使用的一个方法，当然，这个过程也令人不寒而栗：她要在精神和心理上将自己变成罪犯。那一刻开始，她不再是一名警察，不再是一个女人，而是那个制造这场血腥屠杀的凶手。

然后自问：我为什么要对他下狠手？

动机是关键，我感受到这样做的必要性，一种焦灼的渴望。

我为什么一定要让他吃苦头，然后开口说话？

她的脸周围又有一种针扎般的感觉，在脖子下面，脊椎上方。这不是她早些时候感受到的来自令人窒息的空气的热量，也不是对自己扮演的角色感到恐惧。不，这些症状来源于"他"全身的急躁。

出了点问题，我得解决它，什么问题，什么问题，什么问题？

回到过去，仔细回想，去想象，去勾画……

时间刚过正午，我走进了店里。是的，就在那对夫妇之后，威廉和安妮。这对爱侣是我的通行证，能混过安保检查。但他们必须得死，因为他们看到了我的脸。一想到只要杀了他们就能死无对证，我就放心了。这样最好，永绝后患。

他们推门进去，我紧跟其后。

我不能用一把刀控制住两个人。不，我必须把枪亮出来。但我不想开枪，因为枪声太吵，容易暴露。

可要是有必要的话，我还是会开枪的，他们也都清楚这一点。

威廉和安妮，还有帕特尔，他们都没有乱动。

老老实实地待着。

我也没动。

很好，一切尽在掌握，我很满意。

我开始打帕特尔——用手枪。制服他，让他失去行动能力。那夫妻二人已经被绑起来了。他们哭喊着，尽力向对方靠近，去感受对方的存在。因为他们知道，终结就要到了。

对此，我无动于衷。

这个认知让萨克斯一瞬间变回了自己，呼吸加快，咬紧了牙关，不寒而栗。她用戴着手套的食指狠狠戳进同样戴着手套的大拇指指腹，感受到疼痛，而后忽略掉。

回去，重新回到他身上。

她再次变成了"他"。

现在，我蹲下身，一只手抓住男人的头发，一只手割破他的喉咙。

然后轮到那个女人。

我能听到帕特尔的哭叫。但我并不在意，就好像我不在意看着这一男一女在地上，失血而死。

一个任务完成了，对，这就是我所想的，一个任务而已，做完了。很好。可以把这件事划掉了。杀人对我来说不过如此，就是打一个记号而已。

接着，我走向帕特尔。他躺在地上，已经不具威胁了。而且吓得要死。我问他，他最值钱的货放在哪儿。

他说了。他说出了保险箱密码，我拿到了格雷斯·卡伯特公司的钻石。但是——接下来是关键。我想要的，是更重要的东西，他没告诉我。

是什么？

现在，我弯下腰，又开始切割。不过，这次不是为了杀死谁，我要让他痛，让他痛不欲生，让他开口说话，看着鲜血喷涌，我感到满足，再来一下，再割一刀，割他的脸，他的耳朵，他的手指。

然后，终于，他告诉我了。

我放松下来了。再一次，刀刃划向他的喉咙，飞快的三刀。

结束。

帕特尔说了什么？

他给了我什么？

我最急切想知道的是什么？我如此迫切需要知道的是什么？

我拿到我的战利品了,五百万美元的钻石。为什么不就此离开?

而后,萨克斯懂了。

我需要保护自己。我一心只想保全自己。我的身份不能暴露,这就是我折磨别人的原因。去了解还有谁会威胁到我。我喷涂了一个安全摄像头,摄像头的硬盘没办法掩盖,于是我就拿走它,我杀了两个无辜的目击者,因为他们看到了我的脸……

我得确保,没有其他目击证人对警察说一个字。

有个男人走进这里,撞破这一切,我开枪打伤了那个男人,也就是他报了警。我会为了知道他的名字而折磨帕特尔吗?那个男人并没看见多少。他只看见我戴着滑雪面罩,他就是这样对警察讲的。而且,还可能是在帕特尔死后才来的,所以并不是多大的威胁。不,更有可能的是,也许还有别人看到了我的样子,我要折磨那个钻石匠,让他说出那个人的名字。

是的,这一点足够我动手让他受罪了。

萨克斯走出凶手的内心,低下头,靠在墙上,用力呼吸,擦去眼睛和太阳穴上的汗水,在黑暗的通道中渐渐平复后回到走廊,浏览着证据。她找到了帕特尔的日历,翻了一遍。条目表明"S"将在上午十一点到达这里,"W和A",也就是威廉和安娜,被谋杀的夫妇,会在十一点四十五分过来。"VL"写在本周六的页边空白处,没有标注一个特定的时间。那么"VL"可能就是第三个问题的答案——谁拨打了报警电话。不过,这也只回答了一部分,因为仅凭姓名的首字母并不能确认这个人是谁。

萨克斯推测:当S到达或离开的时候,凶手可能就在大楼里或者附近,他担心S也许看到了他的脸,所以需要帕特尔告诉他S的姓名,以便找到此人并杀害。对VL也是如此。

她翻阅了日历中其他几页的日程安排。在过去的一个月里,除了数百次会议记录和几次标记清楚的生意外,在过去十天曾有两次与S的预约会面。VL则经常出现，一周三到四次。所以VL可能是一个雇员或同事；这意味着这个人知道门上安全锁的密码，因此，他可能会无意间正撞上这次抢劫案，也因此惊吓到了凶手，导致凶手最终开枪射伤他。

你们到底是谁？"S"和"VL"？

你们现在又在哪里？

然后，萨克斯突然想到一个问题。

如果那个撞见抢劫的男人，中枪之后逃掉了……他是怎样逃跑的呢？

凶手开枪打中了那个男人，之后又立刻追了出去。凶手绕过尸体要用五六秒的时间，同时还要小心不要因为脚下的血迹滑倒，但就算如此，凶手仍有很大的机会追上这个目击者。

萨克斯仔细研究了一下大厅的布局，随即想到，凶手之所以从电梯上三楼，是因为他喷涂的摄像头就在电梯前。不然的话，他完全可以走电梯旁的楼梯上三楼。

然而三楼还有一扇门，就在帕特尔工作室的旁边，一个消防安全出口。萨克斯之前就看到了这扇门，之所以没有特别关注，是因为门上还有标识写着："消防出口，开门即拉响警报。"

楼里没人报告说听到消防警报，消防门也是关着的，萨克斯觉得，凶手不是从这里逃走的。他也绝对不会想到VL会从这里逃走。

凶案或抢劫案实际发生的地点是萨克斯之前调查过的工作室，当然也有其他犯罪现场。因为罪犯必须要来到案发现场再离开，这样一来，便会形成第二现场。在第二现场中，罪犯往往会留下比人们预想得还要多的证据。事实上，这类现场中发现的证据往往比主要犯罪现场中的证据更有帮助，因为作案者在赶往现场的途中，并不会一直谨慎行事，而在犯案之后，逃跑的过程中则会更为慌乱，容易留下证据。

萨克斯走到门口，拔出了手枪，推开门后，并没有警报声响起。

她慢慢走进昏暗发霉的楼梯间，握着手电筒，先是向上照去，而后光柱又移到了底部的楼梯平台上。她停下来听了听，有吱呀声和摩擦声。寒冷的三月强风呻吟着穿梭在老旧大楼的墙体缝隙中。但除此之外，她没有听到脚步声，也没有武器上膛的声音。

虽然没有证据表明凶犯此刻还在现场，但也没有证据显示他已经离开了。

萨克斯蹲下身，再一次将镁光手电筒的光束投进黑暗中。

她继续慢慢走下楼梯，在二楼和三楼之间的楼梯平台上，发现了一小堆散落在地的物品。

这和她在帕特尔办公室门口发现的东西很相似，里面有碎屑、谷物和深灰色石头的灰尘。她原以为是有人在地上踩了碎石，但受害者的鞋子都没有显示出类似的痕迹，看来并不是鞋子带进去的。此外，还有一些褐色的碎纸片——杂货店购物袋或午餐袋的碎片。地上还有一颗子弹，已经变形，被挤扁了，蘑菇似的弹头上还残留着同一块灰色岩石的碎片。还有几块石头碎片是带血的，子弹上却没有血迹。

一个合理的场景渐渐被拼凑出来。凶犯破门而入，偷走了格雷斯·卡伯特公司的石头，杀死了一对刚刚订婚的夫妇。然后，他担心 S 是个潜在的目击证人，于是严刑逼问帕特尔，得到了 S 的名字，杀死了帕特尔，准备离开。就在这时，知道安全锁密码的 VL 进入办公室。迎面撞见了他，凶手被吓了一跳，随即开枪射击。VL 手中提着一个纸袋，里面装着待打磨和雕刻的石头。子弹击中了石头，他也被石头的碎片打伤。VL 钻进逃生通道逃走，而凶手却没有发现，因为逃生通道门上写着的警报没有响，VL 因此逃过一劫。

所以，目前来说，已知存在两个目击证人，凶手也很有可能知道他们的存在：一个是 S，在残酷折磨下，帕特尔可能已经把此人的名字告知了凶手。还有 VL，见过凶手戴着滑雪面罩的样子，但很可能知道一些凶手极力隐藏的其他事情。

不管这个 VL 是谁，他现在的处境都十分危险，首要的隐患便是，他身上的碎石片有可能伤及重要器官，那么此时，他肯定已经大量失血。

当然，这种状况可能出现，也可能不会。

然而，另外的威胁却是真实存在的。萨克斯推测，凶犯已经看过了帕特尔的记事本，并知晓只有 S 和 VL 两个人是潜在的威胁。

也有可能，凶手已经带着他的天价钻石逃到了天涯海角。

但萨克斯在走入凶手世界的那短短几分钟里，隐约感觉到，他不会逃走。她确定，他此时正在暗处伺机而动；一个人能如此轻描淡写地策划一场血腥的屠杀，绝不会放任目击者活着。

6

再没有别的地方能像港务局这样令他安心。

这个位于第四十二街和第八大道的庞大而破旧的建筑群,实际上是一个巨大的巴士终点站,只是港务局这个名字让人觉得似乎正有一艘艘来自异国的远洋客轮排队等待停靠。

这里总是熙熙攘攘,人们来去匆匆。附近机场的飞机将游客载到此处,又带走另一群旅人。在这里,你还会发现来自世界各地充满活力与希望的年轻人,他们背着运动包,里面塞满了牛仔裤、汗衫、毛绒动物、避孕套、乐谱、速写板和蹩脚的剧本,还有许许多多坚定而又脆弱的梦想。

这里鱼龙混杂。商人、骗子、窃贼、劫匪,还有娈童的鸡奸犯,这些人的手段并不高明,但他们的猎物都是一群来自惠顿、伊利诺伊或大瀑布城的孩子,青涩稚嫩的年轻人充满热情又盲目天真。对他们下手,根本用不上什么高明手段。近年来,港务局这边类似的罪犯越来越少了,倒不是因为人们在道德层面出现了顿悟,开始重视保护年轻人,而是愈演愈烈的恐怖主义让警察变得草木皆兵,满大街的巡视。

维姆·拉赫里对这里了解甚多,对他来说,这就像是他的另一个家。

他会在午饭时间溜出来,到这里吃些快餐。这地方离帕特尔先生工作室所在的第四十七街很近。他总会在这里观察行色匆匆的路人，观察他们的表情、动作和情绪，以此来寻找灵感，等他回到家，在他那间狭小的工作室里，努力将脑海里的画面在石雕上再现。

维姆此刻坐在等候区长凳上，用双臂裹住自己颤抖的身体。他用力抱紧自己，疼痛减轻了一点，然后又卷土重来。这种感觉就像打碎了一小袋酸，强烈的不适渐渐扩散开来，蔓延全身，连没有受伤的地方都开始难受起来。最糟糕的是他的身体右侧，腰腹的位置，手肘那个高度，他感到皮肤下面有一个大肿块。凶犯举起枪时，维姆本能地转身躲避。但是子弹——要么是弹片，也可能是石头碎片——划破了他的衣服，扎进了身体。他听说如果你去急诊室说你中枪了，或是医护人员发现了你身上的枪伤，就会立刻报警。

维姆不能冒这个险。

他把手伸到夹克下面，又伸到运动衫下面，用左手慢慢摸索——只有左手能够到受伤的地方。他收回手指，看到了血，很多血。

维姆闭上了眼睛，大脑一片空白，感到茫然无措。他瘫坐在椅子上，脑海中却出现了一幅画面。帕特尔先生死了，他的脚尖斜斜地指向店里昏暗的天花板，这个噩梦般的景象无法消散。那对夫妇也是。威廉·斯隆和他的未婚妻安妮。然后是戴着面具的凶手走出门口，惊讶地眯着眼睛看他，接着举起枪，两个声音几乎同时响起：枪声和子弹击中手中纸袋的声音。

维姆跌跌撞撞地逃向来路，从消防出口一溜烟地跑了出来，他知道，楼里的警报器已经好多年没有响过了。维姆连滚带爬地跑下楼梯。他很害怕那个男人会在身后追上来，但是没有。他一定以为维姆是从大楼前方的楼梯逃走的。又或许，凶犯认为那一枪肯定会要了他的命。

而维姆·拉赫里却好端端地坐在这里。

也不算是特别好吧。

维姆把帽子拉得很低，蜷在长椅上。他环顾四周，即使是周末,这个地方还是很拥挤。港务局的终点站在戏院区附近,星期六日场的抢票已经结束了,戏已经开始或即将开始。即使是在寒冷的三月下午,周末这里的人们仍有无数的事情可以消遣:去时报广场的"迪士尼乐园"、看电影、吃早午餐、购物。还有他最喜欢的:逛大都会博物馆和第十四街南侧的画廊、现代艺术博物馆。

拥挤的人潮在他面前来来去去。

若在平时,他此刻一定在饶有兴致地寻找灵感,积累素材。他会盯着车站的电子告示牌,想象着不同班次的公交将他带上不同的旅途,最终去往一个陌生的地方(维姆还从来没有离开过大都会区)。现在他也在四处张望,不过,此刻他寻找的是那个有可能正在追杀他的男人。

帕特尔店外的消防楼梯把维姆带到了大楼后面的一个送货区。他飞奔到第四十六街,然后向西拐去,继续冲刺般狂奔。不可否认的是,一个瘦削的南亚人在钻石区全速奔跑,别人看见了,都会认为这孩子是在送外卖——但如果奔跑的是个非裔或拉美裔就是另外一回事了。没有人特别注意到他。他频繁地回头看,并没有看到凶手追上来。

逃跑的途中,维姆只停了一次。他跑到第六大道时,在那里找了很久,终于找到了一个付费电话亭。现在的纽约,付费电话亭都被有Wi-Fi连接功能的"Link NYC"(拥有Wi-Fi热点、充电功能和户外广告功能的"多功能电子立柱")系统取代了,它的可追踪性很强——报亭甚至可以录下用户的视频影像——维姆设法找到了一部老式的付费电话亭,拨打了报警电话。他不知道自己提供的这些信息是否有用。他打电话主要是让他们派警察和救护车去店里,万一有人还活着。虽然看上去店里的三个人都已经死了,但他也说不准。至于对抢劫犯的描述,他只能说是一个中等身材的男人,戴着手套和滑雪面罩,都是黑色的,好像是个白人。维姆不知道那是把什么枪。也许经常看电视电影的人会比他知道得多一些。对他来说，那就是把手枪。

然后他挂上电话，冲过另一个街区，一头扎进时报广场的人群中，不时回头看看。

现在他在他的避难所——熙熙攘攘的港务局。

他试图回想起任何有助于警察破案的线索，但维姆确信这只是一次偶然的犯罪。帕特尔先生的工作室从来没有遭受过任何威胁，店里也从来没发生过抢劫。帕特尔先生是世界顶级的钻石专家。的确，他的店里是有一些罕有的珍贵宝石，但外人并不知情。他的零售业务规模很小，客人都是其他珠宝零售商介绍来的，因为帕特尔先生可以满足那些有特殊需求的顾客。

在钻石匠这个圈子里，没有人在自己的同行身上谋财，更不用说害命了。这在他们的圈子里根本就是不可能发生的事情。

疼痛再次袭来。

他又碰了碰伤口。

更多的血流了出来。

有人注意到他的情况了吗？维姆扫视了一下人群，注意到附近椅子上的一个女人正在吃一块松软的椒盐卷饼，还有十几个人步履匆匆地拉着行李箱赶路，神采飞扬，像一只只骄傲的大公鸡。还有一群无家可归的男男女女，他们表情各异，有些人脸上满是对上帝的笃定，另一些人则完全不知所措。

维姆从口袋中拿出手机，一边忍受着伤口磨人的疼痛，一边发了一条信息，对方秒回了他，他为此感到欣慰。

维姆回复了一个微笑的表情，感觉自己像个傻子。都什么时候了，他这样做简直是犯蠢。

然后他盯着屏幕，思索着，拖延着。他没有收到父亲的短信，也就是说他的家人还不知道这件事。而且就算事件被曝光了，他的名字很可能也不会被报出来。因为，第一，他不在死者名单上；第二，帕特尔先生付工资给他时，从来都是给现金；第三，维姆没有把他的个人物品留在店里,所以,警方不大可能知道他的存在。

但是,一旦帕特尔先生被杀的事情被报道出来,那么他的电话就会立刻响个不停。

维姆盯着自己布满划痕的手机屏,想着,就发个信息,发了就没事了。

发吧。

这又不是打电话,不过是发个信息。没人会跟他讲话交流的,态度强硬一点,把他当成十岁孩子。快他妈的发吧。

他开始编辑短信内容。

  你很快会听到这个噩耗,帕特尔先生死了,死于抢劫。我没事,但需要离开一段时间。我会和朋友在一起。很快会再联系你的。

他的手指停在发送键上方,又加了一句:

  爱你。

维姆手指按在电源键上,打算关机,还没等他按下去,便收到了一条回复。

  你在说什么?你说的是什么朋友?现在就给我回家!

在关机的一瞬间,维姆的心脏开始狂跳,就像他之前被枪口指着一样。他意识到,父亲的这条回复太快了,像是自动回复一般迅速,这还不算他手动将短信的每个字母都大写了……

维姆还注意到,他说了那么可怕的事情,但回信里并没有提到任何关于帕特尔先生的死或是抢劫的事情,只问他那个朋友的身份。

这个所谓的朋友当然是不存在的，维姆并没有熟到可以待在一起的朋友，尤其是在这种时期。这样说，无非是为了让他的父亲，或者该说是让他的母亲和兄弟放心。

维姆的脑海中再次浮现出帕特尔先生的样子，那双脚。他用力闭上眼，想把这画面赶出去，却让那一幕变得更为清晰而恐怖。

他开始流泪，无声地抽泣着，转过身，背对人群。终于，他止住了眼泪，擦了擦脸，深深地吸了一口气。

这时，维姆又想起了一件事：他还记得凶手的另外一件事。那人右手里提着一个公文箱，老式的那种手提公文箱，现在已经不太常见了。凶手从工作间走出来时看到了他，维姆现在回想，那个公文箱可能就是他还活着的原因。那人一直用右手拿着箱子。他看到维姆时，先将箱子放到了地上，然后从口袋里掏出枪，这给了维姆片刻的时间——纯粹是一种本能反应——转身并举起双手抵挡。所以那人开枪时，子弹击中的是岩石，不是他的胸膛。

一个带着那种手提公文箱的男人，应该是很显眼的。维姆觉得自己得再打一通报警电话，把这个消息告诉警察。让整个中城区的警察全城搜捕。

维姆站起来，走向付费电话亭。他知道，一接到他的电话，纽约警察局的人就会通知这里的警员（他可以看到六人），并报告说有案件知情人在港务局这边。所以，他挂断电话后必须立即离开。

就在这时，他虽没有看到，却感觉到了，有人正在接近他。

维姆转身仔细观察，看到一个穿着深色雨衣的男人，大约三十五岁，正朝自己走来，一边穿过人流，一边左顾右盼。来人与杀手有着相同的身高和体型。面无表情。

杀手穿着一件外套，是不是？

而且这男人手里也没拿手提箱。

但一个聪明的劫匪会将犯案时的衣服销毁。

或者，妈的，他们本来就是两个人一伙的？这人就是……叫什么来着？帮凶！

不管是哪种情况，这人确实是冲着他来的。他手里还拿着一个黑色的小东西。不可能是那把枪，他不敢在这里开枪。应该是他用来割喉杀掉那对夫妇和帕特尔先生的刀。

维姆看向警察。最近的警察离他大概有六十米远，而男人就在他与警察之间。

而且，维姆最不想接触的就是警察。

走！快走！

维姆转过身，飞快地沿着最近的过道走去，过道里摆满了行李柜。胸口和身侧的疼痛加剧了，但他没有理睬，继续快速移动。

前面是一个T形的岔路口。向左还是向右？右边看起来光线更明亮些。他快速拐了进去。

糟了。这是一个死胡同，路只延伸了十几米远，尽头是一扇紧闭的大门，上面印着：有电危险！非维修人员禁止入内！

打开试试！

锁着的。维姆看到了地上投来的人影，男人走近了。

我要死了，他想。

这一刻，他脑子里浮现的不是母亲的脸，也不是弟弟的脸，不是他上周切割完成的那颗六克拉女侯爵钻石，也不是帕特尔先生对此做出的最高评价"相当过得去"。

不，在维姆存于人世的最后一刻，想到的是一块花岗岩，摆在他的工作室里：四面是金字塔的形状。表面有着丰富的绿色和黑色条纹，还有一点点金色点缀。他把石头的每一处细节都在脑中描绘了出来。

那人在十字路口停了下来，斜眼看着他。

维姆想：不。他深吸了一口气，向前走去，尽量站得笔直。他不会畏缩的，他要战斗。

维姆的个头不大，但他的爱好是各类岩石，他切割石头，雕刻线条,再将它们打磨抛光。他的工具都很重。有时他会举起一块石头,放在一臂之遥的距离,希望石头可以告知他自己的心声,然后他便能还它自由。

他身上,雕刻时紧绷的肌肉此刻也紧绷起来。维姆一只手伸进口袋,掏出了他的武器:最大的那块石头。他的一月寒禽,这块石头一直在纸袋里,眼前的男人——或是他的同伙开枪打他的时候,石头就在。维姆握着石头,将手藏在了背后。

他突然有些想笑,在这种时刻,他竟想到了小时候与弟弟桑尼一起玩过的游戏:石头、剪刀、布。

剪刀会剪破布,

布可以包裹石头,

而石头又磨坏了剪刀。

他紧紧地握着手中的石头。

是的,他要战斗……用力砸他,尽可能躲过那把刀,然后逃出去。

甩掉这人,再甩掉警察。

男人走得更近了,然后微笑道:"嗨,年轻人,我刚刚对你挥手来着。"

维姆停住了动作,什么也没说,只是依旧攥着石头。这笑脸也许是为了让他放松警惕的花招。

"你把这个落在椅子上了,在等候室那里。"

男人手里拿着一部手机,而非维姆猜测的刀。

维姆斜眼看向自己的口袋,用手拍了拍。是的,这是他的手机。两人渐渐走近对方,男人将手机递了过来:"你没事吧,孩子?"他皱着眉头,关切地问。

"哦,我……今天忙坏了。我这脑子真是,不好意思。"他将石头悄悄放回口袋,男人似乎并没有注意到。

"别提了,常有的事。有一次,我和老婆孩子去公园野餐,手机就忘在那里了，回家之后才发现。我拨通自己的手机，一个孩子，可能也就十岁吧，接了电话，我说这手机是我的，他却一直问我打开软件商城的密码是多少。"

好心人说完自己的故事后大笑，维姆也强迫自己跟着笑起来。

"谢谢你。"这句话说得有些含混不清。

男人点了点头，转身离开，走到了一队旅客中，这些人是要去往新泽西的。

维姆返回了付费电话亭。他低头站在那里，放慢呼吸，平静下来。然后拨通了报警电话。他一说出自己是第四十七街抢劫案目击者，接线员就立刻试图将他留在线上。但维姆并不理会，只是简短地说道："那人带着一个黑色的手提行李箱，那种商务人士会用的。"

他挂上电话，迅速走到出口处，最后看了一下车站内的出发板，里面排满了一个又一个不同的终点，都在向他招手。

但眼下最要紧的是保持低调。维姆转身钻回人群，向南走去，疼痛持续着，但他依旧尽他所能，快步行进。

7

要找到那两只母鸡。

要把它们剁了炖熟。

它们早就该死了,却逃走了。

难受,难受,难受。总是会有些不听话的漏网之鱼。

香烟的焦油味和老香料须后水的味道混杂在弗拉基米尔·罗斯托夫的身上,现在,他发现有人可以帮他找到那两只漏网的母鸡。

他现在就在钻石区,距离杰丁·帕特尔的工作室所在的大楼只有九十米左右。现在,那里周围站着警察,还围上了黄色警戒线,所以,他老老实实地保持着适当的距离。如今已是黄昏,钻石区的店铺都到了关门的时候,罗斯托夫盯着他的目标,一家小型珠宝店的老板或是经理,操作着遥控器关闭店里的安全门。巧合的是,他看起来也是一名南亚人,罗斯托夫希望他会认识帕特尔。纽约的钻石区并没有人们想象得那么大。

男人关门,上了两道结实的锁,然后又在控制安全门的遥控板上锁了一把。

那人身材瘦小,关好店门后紧张地环顾四周。啊,很好。罗斯托夫喜欢胆小的母鸡。软弱,容易控制,能帮上大忙。

俄罗斯人起身,融入渐浓的夜色中。纽约街头的人都身着黑衣,没有眼神交流,永远低着头,表情冷漠,隐入人海……但这个四十多岁、身材结实的男人却有一点与众不同。他身材健硕而不肥胖，有一张棱角分明的长脸。罗斯托夫曾是一位军人，他有军人的举止和体格，但他没有（也从来没有）军人的心态，也就是说，从未有过自律和服从命令的意识。

外表看起来，他很正常，但只有他自己知道，他正在努力克制自己，不要在街上贼眉鼠眼地张望。不要自言自语或是跟街上的人胡言乱语。他知道，那样做就糟了。他很清楚，自己与别人有些不同。

弗拉基米尔·罗斯托夫此刻，就如他自己形容的那样，"变成了一块石头"。

因此，他不得不强迫自己冷静，小心行事。有时一切都很好，但有时，他会感到自己快要疯了。此时此地，周围满是犹太人、印度人和中国人，向路人兜售廉价的商品，这一切忽然触到了他的神经，心里开始出现一只猫爪子，不耐烦地抓挠着。

无产阶级！罗斯托夫无声地笑了，而后立刻停止了狂躁的笑意。谢谢你，列宁，你是个疯子，但你懂我。

他瞥了一眼身侧的玻璃橱窗，看到了满眼的黄金、蓝宝石和祖母绿。

还有钻石。

钻石是地球的血液，第四十七街就是地球被割开的伤口里流出的血，就像帕特尔店里，地上的那摊血。

印度商人走进第五大道，向右拐去，丝毫没有发现自己被人跟踪了。你会帮我找到那两只小母鸡吗？罗斯托夫想着，手指把玩着口袋里的美工刀，一把手枪紧挨着它。

他的小母鸡……

在罗斯托夫的世界里，kuritsa（курица）这个词，单数形式下有很多种意义，不单单是"母鸡"的意思，还有 blyad（блядь）"婊子"和 dobycha（добыча）"猎物"，并且带有 prezreniye (презрение)"蔑视"的意味。不过，在他看来，这些都是很有趣的昵称。

据罗斯托夫所知，其中一只"漏网之鸡"是帕特尔店里的伙计，虽然不知道他确切的名字，但他知道对方名字的首字母是 VL。而另一个犹太人在自己之前见过帕特尔，就在"帕特尔设计"遭遇斯大林格勒战役之前。

两只小母鸡……

此刻，他正在狩猎的路上。

罗斯托夫点燃一支烟，深深地吸了几口，然后把烟灭了。竖起衣领，拉低帽子，盖住他金色的平头。他继续追踪印度商人。

他这是要去哪里？去乘地铁，还是公交呢？难道他住在上东区吗？纽约的豪华区？这人开了一家珠宝店，所以他应该是有钱的。但罗斯托夫觉得，没几个印度人会住在上城区。那里有很强的排他性，他们不怎么欢迎外地人。

两个人一前一后，继续走着，他们经过了第五大道著名的珠宝店，哈里·温斯顿，那一刻，罗斯托夫的心脏怦怦直跳。入口处低调奢华的金色招牌上写着：

哈里·温斯顿有限公司：瑰丽稀世珠宝。

哼，瑰丽稀世珠宝，这只母鸡是在轻描淡写。

罗斯托夫研究了这座华丽的建筑，推测里面宝石的数量和质量。难以想象。哈里·温斯顿是世界上最著名的珠宝商，在十九世纪七十年代去世，拥有希望之钻和超过七百克拉的巨钻瓦格斯原石，他还是明星珠宝商（哈里·温斯顿是第一个在奥斯卡颁奖典礼上为女明星提供珠宝的品牌，开启了女明星走红毯佩戴珠宝的华丽传统）。

罗斯托夫想起之前，该公司在日内瓦佳士得拍卖行购得一颗稀世罕有、净度无瑕艳彩蓝钻，被命名为"温斯顿蓝钻"，一颗重约十三克拉的异形钻（除了圆形以外的钻石都统称为异形钻）。这颗美轮美奂的水滴型蓝钻被认为是当时克拉数最大的净度无瑕艳彩蓝钻，根据美国宝石学院的标准，它真正当得起"完美无瑕"四个字。当然，罗斯托夫只看过照片，不知道那块石头现在是不是就在店里。

他对这颗钻石耿耿于怀，因为媒体的报道只关注了钻石的稀有度和纯度，文章的重点是每克拉近两百万美元的成交价，创下了蓝钻最高价格纪录。全世界都啧啧称奇于它的天价，而不是钻石本身。

该死的媒体。

该死的公众。

它现在就在这神圣的厅堂里吗？罗斯托夫忍不住猜想。他的心脏狂跳。但他知道，就算他现在没有跟踪前面的印度人，也不可能走进去。这里的监控覆盖了每一寸空间。他还听说，像这种高级别的安保摄像头甚至能拍下你的指纹。

那就不妙了。

可惜。

一阵咳意上涌，罗斯托夫尽量压低了声音。走在前面的商人并没有听到。他压抑住了咳嗽，猎物又继续向北走了二十分钟，而后向东转，走了四个街区——这里的住户就没有那么排外了。街上并无几个行人，他们经过一个带花园的底层公寓，公寓入口在街道水平线以下。就在这时，罗斯托夫迅速行动，将男子推下楼梯，亮出了自己的手枪，而后又放回口袋。

"不！怎么回事——"

罗斯托夫控制住了他的头，不是很痛，却足够让人惊慌失措："嘘——"

男人点头，畏缩起来。

软弱，容易控制，能帮上大忙。

此刻，他们就在底层公寓的门窗前，室内的灯光透过窗子，映在二人身上。

"求求你,别伤害我,我还有家人。"

"啊,很好,家人,很好。你叫什么名字,顾家男?"

"我……我叫纳辛姆。"

"印度人?"

"不,不是,我是波斯人。"

见鬼。

罗斯托夫恼怒道:"也就是伊朗人?"

男人被吓得瞪圆了眼睛:"是,我爷爷是伊朗国王的朋友,我不骗你,真的!"

"谁他妈问你这个了?"

这下任务就更艰巨了,但他必须完成这件事。

"你有钱包吗?"

纳辛姆的声音颤抖着:"有,有的。给你。还有戒指,我的手表不怎么样,但……"

"把钱包打开。"

"我没带多少现金。"

"嘘……打开。"

纳辛姆抖着手,打开了钱包。

罗斯托夫拿出了钱包里纳辛姆的驾照,用手机拍了一张照片。里面还有一张照片,他伸手抽了出来。那是纳辛姆一家,他和他的妻子,还有两个珠圆玉润的少女。

"你是个顾家男,幸运的男人。"

"哦,求你,求求你。"纳辛姆眼里噙着泪,恳求道。

罗斯托夫恍若未闻,对着照片又拍了一张。而后将照片和驾照还给男人。男人双手不住地颤抖着,甚至没办法把照片重新装进钱包。罗斯托夫接手,替他装好,然后将钱包重新放回男人胸前的口袋里,还用力拍了三下。

"现在,我要找一个人。至于我为什么要找他,跟你没关系。你要是能帮帮忙,一切都好说。我也不必到第一大道,一四二二的5C公寓,来拜访你如花似玉的家人们。"

"好,好。"男人哭着说,"我明白。"

罗斯托夫根本还没问他明白了没有。

"你认识杰丁·帕特尔吗?"

"是你……杀——"男人的话音消失在冷风中。

罗斯托夫低下头,蓝色的眼睛盯着纳辛姆,商人哆哆嗦嗦地开口:"不熟,我见过他一次。我只是知道他,大家都知道他。"

"他认识的人里,有两个人。一个叫VL,和他一样,也是印度人。一个小年轻,可能是给他打工的。或者之前帮他做过事。还有一个犹太人,叫索尔·温特劳布,在长岛的某个地方,做钻石生意。但我想知道他住在哪儿。明白吗?所以,难不倒你。我要的很简单。VL是谁?以及,我在哪儿能找到温特劳布?"

"哦,我要是知道的话肯定会告诉你的,真的,但我不知道,我发誓。我们都在钻石区干活儿,犹太人、印度人还有中国人和我们。但我们之间不怎么交流,也就是互相做做买卖,没别的来往了。我真的不知道他们两个可能是谁。求你,不要伤害我和我的家人,我能给你钱。"

"我跟你要钱了吗?"

"对不起。"

罗斯托夫相信他说的是真话,并未回应。他觉得,纳辛姆是个伊朗人这一点可以证明,为了保命,他会毫不犹豫地出卖一个犹太人,或者一个印度人。

"纳辛姆啊纳辛姆……咱们来玩一个游戏吧。你喜欢游戏吗?"

对方并未回答。

"寻宝游戏,你知道吗?"

"我知道。"

"现在,朋友,你要开始四处打听一下了。小心些,不能做得太明显,但是要问一问,VL和索尔·温特劳布都是谁。对,没错!你准备好开始游戏了吗?朋友?"

"我会问的,我保证会的。"

"把你的手机号给我。"

罗斯托夫在自己的手机上拨打了纳辛姆说的号码,纳辛姆的手机果真嗡嗡地响了起来。"很好,不错,朋友,你不是个骗子。好了,你得开始行动了。我明天会打电话给你,问问你游戏的进展。直到你玩到游戏的最后,我会一直保持联络,记着,我可是支持你的。现在,咱们可以各回各家了。"罗斯托夫拍了拍男人的后背,转身离开,忽然又停住了脚步,"你的两个女儿,都叫什么名字?"

难言的饥渴突然袭来。

变成一块石头……

伊朗人再次睁大眼睛,盯着他:"不!我什么都不会说的。"

罗斯托夫耸了耸肩,不以为然道:"没关系,我可以自己给她们取名字。个子高的那个就叫谢赫拉莎德①。年纪小一些的那个、更漂亮的那个,当然,只是我自己这么说说而已……就叫她小猫咪好了。晚安,纳辛姆,晚安,朋友。"

---

①谢赫拉莎德:《天方夜谭》中苏丹的新娘。

8

夜幕降临,莱姆家的客厅实验室里,大家开始了追踪嫌疑犯四十七的紧张工作。是的,嫌疑犯四十七——根据抢劫和谋杀案的案发地,第四十七大街命名。

此时,莱姆正看着萨克斯和纽约警察优秀的实验室刑侦人员——梅尔·库柏工作,后者正在对萨克斯从"帕特尔设计"带回的一系列证物进行分析。

朗·塞利托也在,就坐在角落里打电话,他在回答上级的问题。新闻界对钻石区持刀杀人的案件进行了一整天的报道,这是市政厅最不希望看到的。媒体就像动物园里饥饿的动物一样,总要喂给他们些吃的。然而,这些都跟莱姆没关系。他一直关注着库柏的工作进展。他身材稍显矮小,乍一看就是个书呆子,在他身旁的,是同样全神贯注工作的萨克斯。

警官罗恩·普拉斯基此时也已经在外面执勤。莱姆派他去钻石区排查目击证人,截至目前一无所获。五分钟前普拉斯基打过电话,报告说没查到什么。他现在拿着杰丁·帕特尔的客户和商业伙伴的名单,正在调查是否有人知晓帕特尔先生可曾遭受任何潜在威胁(同时也在调查这些人的嫌疑)。

但普拉斯基也好,别的警官也好,都没有在排查中得到任何有用的信息,没人知道"VL"和"S"是谁。

同样对此表现得毫不知情的，还有第四十七大街附近的商户和店主们。"根本没人愿意和我讲话，林肯。"年轻的警官说，"像是害怕被人看见他们在帮助警察，像是嫌疑犯就在附近监视他们似的，谁要是说了什么，就会被凶手惦记上。"

"继续调查，菜鸟。"莱姆说完挂了电话。他本就没有对目击证人的话抱什么希望，不指望他们说出什么来。因为他觉得，证人们的证词大多是不可信的。这些人只要能指引普拉斯基的调查方向就不错了，比如凶手的逃跑路线、中途意外落下的证据痕迹什么的。

莱姆看向面前单人床大小的白色证据板，萨克斯和库柏正在上面写下证据分析结果。

此前的匿名报警电话（假定报案人说的是真的）已经给他们提供了一些关于凶手的信息：凶手很可能是白人男性，戴了一个黑色滑雪面罩。戴着手套并持有武器，中等身材。不久前的另一通报警电话中，报案人说凶手还带着一个黑色的公文箱。但萨克斯没有在现场看到那只箱子，所以凶手很可能是随身带的。当然，还有一种可能是他已经随手把箱子扔掉了。

萨克斯认为报案人应该就是帕特尔的雇员或助手VL，他今早在犯罪现场撞见了凶手行凶，随后中枪。最近的报警电话来自港务局车站，警察去盘查，并未发现有人受伤。莱姆想派人去把公用电话亭里的硬币找出来，希望能在上面采集到报案人的指纹。

"打报警电话是不用投币的。"塞利托说道，显然被他逗笑了，"市里财政预算上有这一块。"警方已经通知了市里的各大医院和急诊室，如果有被石头碎片伤到的患者就诊，要立刻报案。但粗略估计，全市的急诊室有一千多个，就算每个急诊室都接到了通知，且都按警方的指示加以留意，能找到VL的概率也微乎其微。

今早，萨克斯给南非开普敦的格雷斯·卡伯特矿业公司打了电话。当时那边还是夜里，于是她留了言。必须弄清楚那些钻石的去向，毕竟，它们很可能已经被运到了其他地方，还可能是被外包给其他与帕特尔合作的钻石切割工了。

如果真是这样,案件将变得更加混乱,只有等高价值证据室的技术人员清点证物后,才能确定是否真有证物丢失。

至于实物证据,警方已经采集到了大量的摩擦脊痕迹——也就是指纹。分别来自案发店里、电梯里、通往街面的大门把手和楼梯井的门把手上。不过,这些指纹在综合自动指纹识别系统中均未发现任何匹配。莱姆对此本就没有指望,毕竟现场留下了大量手套的痕迹,嫌疑犯四十七应该没有摘下过手套。

追踪嫌疑犯总是要费些周折,从来都没那么容易,是不是?莱姆在心里默默想道。

有一些犯罪,比如性犯罪和涉及身体搏斗的犯罪行为,通常可以提取到大量的DNA痕迹,此种情况下,通过美国的CODIS(联合DNA索引系统)就可以查出嫌疑犯的身份。但像本案的情况,杀手戴着手套,穿着长袖外套和长裤,戴着滑雪面罩,就几乎不会留下DNA证据。

现场还发现了一些布料纤维,但没有一种与几位受害者所穿的衣服相匹配。他们在门把手和抽屉上发现了一些黑色棉料纤维,很可能是来自嫌疑犯戴的手套。另外,萨克斯还发现了黑色聚酯纤维,可能来自凶手佩戴的滑雪面罩。

案件中发生枪击,但现场没有发现空弹壳——可能也被凶手带走了。

"有什么发现吗?"莱姆有些烦躁地问库柏。他看着从杰丁·帕特尔店里发现的静电脚印,此时这些脚印已经被扫描到了高清屏幕上。

梅尔·库柏身着白色实验室服,戴着帽子和手套,同时还戴着面罩,全副武装。当然,还有他那双哈利·波特同款眼镜。"难说。咱们要找的人脚长在二十五厘米到三十厘米之间。"因为脚趾蜷缩程度和鞋跟高度的不同,有时候会很难精准确定尺码。"鞋子有穿过磨损的痕迹,但没有明显花纹。"

"所以是普通的商务鞋。"

"没错。"如果罪犯穿跑鞋就好了。一般来说,跑鞋独特的底面花纹会提供大量有效信息,鞋子的品牌或款型,有时甚至可以通过鞋子的款式来确定颜色。

"在血迹上,鞋印旁边,有没有细小的线条痕迹?"莱姆看着萨克斯的索尼相机拍摄的现场照片,开口问道。

"线条?"库柏反问。

"虫子似的,弯弯扭扭的线条。"莱姆喃喃地描述道。库柏依旧不明所以地回答说:"我不知道。"塞利托和他一样,困惑地瞥了一眼莱姆,他刚要开口解释,躬身在一张工作台前忙碌的萨克斯就脱口而出:"就是鞋带的痕迹,有可能会拖到地上,留下痕迹。虽然在静电取证中不太可能出现,但会出现在地上的血液中。"

莱姆笑了。他爱她。

"啊。"库柏恍然大悟,开始仔细检查现场的脚印照片。塞利托也看了一眼,然后就开始看手机短信。

"觉得我们很无聊是不是?多少案子能结案都是因为一些鸡毛蒜皮的细节,比如查清楚罪犯是不是穿了系带的鞋子。"

"嘿,林肯,你才是那个扭曲血腥线条的鞋印大师,不是我。"说着,塞利托接了另一个电话,离开了房间。

结果证明,没有弯曲的线条。罪犯穿的鞋子可能不系鞋带。

目击者报告说只有一个人在现场,现场采集的脚印也证实,凶手只有一个人。

通过现场发现的子弹头上的膛线痕迹推断可知,凶手所用凶器很可能是一把九毫米口径的格洛克手枪,就像萨克斯的那把。从过去到现在,这一百五十年的时间里,枪支的枪管内部都设计有凹凸槽(也就是膛线,现代炮管及枪管的管膛内壁上被锻刻加工出的呈螺旋状分布的凹凸槽)可使子弹在发射时沿着膛线纵轴旋转,产生陀螺仪效应稳定弹道，因而能更精确地射向目标。绝大多数枪的枪管内都有这种阴线和阳线——螺纹转凹槽。然而，格洛克手枪膛线的设计更是有别于其他手枪，因其凹槽边缘呈波纹状而非尖锐的分割，这加速了子弹旋转的速度和冲击的力量。虽然格洛克手枪的这一特性并不唯一，其他手枪，如 HK[①]、卡尔[②]、马格南[③]、坦佛格利奥[④]和切斯卡·兹布罗约夫卡[⑤]也有这种特性，但格洛克手枪是迄今为止最常见的具有多边形膛线的枪支。

塞利托挂断了电话。"刚接到消息，几个警察去了帕特尔姐姐家，通知被害人家属。帕特尔的妻子几年前去世了，姐姐是他在这儿唯一的亲人。可想而知，这个消息对她的打击有多大。他们说，他姐姐差点晕过去。警察一直等到她丈夫回来才进行问问。她说自己对这个行业不怎么了解。用她的话说'那是男人的事'。

"他姐姐说帕特尔从来没对他们夫妻表示过对安保问题的担忧，也没说过被什么人盯上。但他确实是这个圈子里很有名的钻石切割匠，不光是在这儿，甚至是国际上都很出名。所以，说不准就有人传言，说他手里有些好东西，让人惦记上了。最后这句是我说的，不是她。"

萨克斯问道："那么合伙人或者员工呢？她知道那个目击证人的身份吗？"

"她也不太清楚。帕特尔是自己单干的，没有合伙人，也没有全职的员工。一来是因为他开的薪水太低，二来是除了自己，帕特尔信不过别人的手艺。不过，他姐姐想起来，似乎是有个年轻人隔三岔五会去那儿工作，好像是个想做切割匠的学徒。至于 S 和 VL 是什么意思，她也不知道。"

---

① HK：黑克勒－科赫（Heckler & Koch），世界著名军火制造商。
② 卡尔：Kahr Arms KAHR，武器公司。
③ 马格南：Magnum Research，马格南研究公司，武器产销商。
④ 坦佛格利奥：Tanfoglio，意大利武器公司。
⑤ 切斯卡·兹布罗约夫卡：Ceska Zbrojovka，捷克武器产销公司。

萨克斯回道:"也许是现金结工资,没有书面记录,为了省钱吧。没有支付的工资条,也就没法查出来他是谁。"

皇后区犯罪现场调查队的一个小组搜查了帕特尔的小公寓,他住在曼哈顿上西区,公寓有些简陋,几年前他妻子去世以来,帕特尔一直独居。公寓里没有任何被闯入的迹象,而且,正如莱姆所想,格雷斯·卡伯特的钻石也没在那里。

帕特尔的手机也没有找到,纽约警察局的计算机犯罪部门正从通信供应商那里调取通信记录,希望其中能有帕特尔打给S或VL的电话。

萨克斯走到一边,打了一通电话,不时点着头、做着笔记。而后告知对方自己的邮箱地址。

不多时,一台电脑响起收到新邮件的提示音,萨克斯挂断电话,点开了邮件。

"来吧各位,观影时间。"她说,"案发大楼安保公司发来的邮件,这是今天早上案发楼层的监控录像。"她下载了邮件里的视频,开始播放,黑白画面出现,充满噪点。

莱姆摇动轮椅,凑近去看。画面中显示,今早八点半左右,帕特尔来到了工作室。其间一直无事发生。直到还差几分钟到十一点的时候,一个男人出现了,留着胡子,穿着一件黑色大衣,戴着一顶短边帽,看起来应该是留着黑色短发。他按下了帕特尔工作室的对讲门铃,随后进门,停留约二十分钟。

"可能就是那位S,帕特尔十一点的预约。"

据监控时间戳显示,在他离开五分钟后,镜头里开始出现黑色的斑点。在不到一分钟的镜头里,画面中隐约可见一只戴着手套的手和滑雪面具的头型,他在喷漆遮掩摄像头,在这模糊的图像里,长达十三帧的录像里,他的大部分形象都隐在镜头外,视频里无法得到任何确切的信息。

莱姆看向库柏,后者已经知道他要问什么了:"我检测过油漆了,是通用型,没法确定来源。"

莱姆嘟囔了些什么。

萨克斯又说道:"帕特尔工作室内的监控录像被嫌疑犯四十七带走了。不过中城北区的警员们正在收集街上的监控录像。虽然大部分商家的监控都是安在室内的,但也有一些摄像头是朝外的。我们等等看吧,看能不能有什么发现。第四十六街的装卸口那里也有警员去调查了,就是消防出口通向的地方。"

她问库柏要了一张 S 在视频中最为清晰的截图,就是在帕特尔工作室外面的走廊上出现的那一段。库柏处理了图片,通过电子邮件发给了萨克斯。"我把它发给排查目击证人的警员,看看他们能不能查出这人是谁。"说着,她在附近的一台电脑前坐了下来,登录系统并上传了这张照片,供全市发布使用。

梅尔·库柏转向其他人:"我已经查出那个学徒或雇员携带的是什么石头了——也就是被凶手的子弹击中的石头。看起来像是蛇纹石的一种,之所以叫蛇纹石是因为它的颜色和斑驳的纹理,看起来很像蛇皮。如果里面有石榴石或钻石,那就是金伯利岩。也就是这些我看到的像是钻石的细小的水晶斑点。帕特尔可能要把它切割打磨成项链或耳环。"

客厅的固定电话响了,来电显示上的区号是一个莱姆也不认识的国家区号。

萨克斯瞥了一眼:"南非。"

她按下免提键:"喂?"

"喂?你好。我想找一位叫阿米莉亚·萨克斯的警探。"电话那头的口音奇异地混合了荷兰语和英语的调调。

"我就是萨克斯。"

打电话的人说自己叫卢埃林·克罗夫特,是开普敦格雷斯·卡伯特矿业有限公司的总经理。

"克罗夫特先生,这通电话开了免提,现场还有朗·塞利托警督,几位巡警,以及林肯·莱姆,一位顾问。"

"我收到了您的留言,您说我们公司可能卷入了一起盗窃案?"

"是的。我没有在留言中细说,但很遗憾地告诉您,持有贵公司钻石的切割匠,杰丁·帕特尔已经在劫案中遇害。"

"不!哦,不。我上周还见过他。不,这太可怕了。"他的声音渐渐弱下去,"这真是……遇害?"

"很抱歉,是的,遇害。"

"我们公司跟他合作了很多年,他是全纽约最好的切割匠之一,也是世界一流的匠人。"他的声音哽住了,随后,他清了清嗓子继续说道,"你是说我们的钻石被偷了吗?你确定吗?"

"不,并不完全确定。这也是我致电贵公司的原因之一。我发现了一个空盒子,里面有一张四件物品的收据,编号是GC1至GC4。"

"没错,"男人答道,语气有些焦急,"是我们公司的。"

"按兰特[①]来算,它们总价达六千八百万?"

对面响起一声叹息,再无回应。

"先生?"

"是的,六千八百万是保值。这些石头还是未加工的原石,一旦加工完成还能卖上更高的价钱。"

"您好,我是朗·塞利托。据您所知,这些石头在帕特尔手上吗?他会不会把石头送到别处加工?"

"不,不会。他绝对不会那样做的。只有他的技艺能处理那些石头。上帝啊。那些石头……你们知道是谁干的吗?"

"我们还在调查。"萨克斯回答道。

塞利托又问:"有谁会知道帕特尔那里有这些钻石?"

短暂的沉默后,克罗夫特说道:"当然,我不知道杰丁会对谁说

[①]兰特:南非货币。

起。但我认为他不大可能告诉别人这件事。我不清楚你们对钻石行业了解多少,但没人会跟别人聊起自己的工作。尤其是涉及这种天价钻石。安保问题是首要的。即使在公司里,这也是一次内部工作,你们懂的。只有少数几位高管知道钻石在杰丁这里。但我们都是合作伙伴,而且说实话,我们也不差钱。至于流水线工人和矿工……原石一经开采,他们根本不知道会被送到哪里。也有运输公司会把钻石信息卖给盗窃犯,但这次是我亲自带着这批原石到纽约给杰丁的,它们太贵重了。"略作停顿后,他又补充说,"无与伦比。"

"这批什么?"莱姆插话道,"你之前提到'原石',是什么意思?"

"哦,抱歉,我们把未经加工处理的钻石叫原石。"他又停顿了一下,说道,"我的猜测是,窃贼并不知道石头的具体情况。他是随机盯上了杰丁的店,然后逼迫他交出未经切割的原石。切割处理后的钻石都有激光注册号码,得用高倍放大镜才能看见。但这也使成品钻石很难非法流通。未经加工的原石不易追踪,在黑市上更容易销赃。内行的大盗总是会对原石下手。"

萨克斯问:"你知道美国钻石黑市的消息吗?盗贼得手后会去哪里销赃?"

"在美国吗?不知道。但我可以给你我们保险公司纽约办事处的电话号码。反正我也得通知他们,他们的工作人员可以给你们帮忙。"克罗夫特给了他们号码,萨克斯将号码记了下来。

克罗夫特说:"真希望你们能尽快找到这个人,这种惨剧让人难以接受。"

三人被杀,其中一人遭受非人折磨,还有两个证人处在危险之中。但卢埃林·克罗夫特语气中的惋惜似乎并不在此。

"你们知道吧,我认为他不会马上就卖掉这些石头。他会尽快把这些原石切割处理掉——他会把原石大卸八块,切得七零八落,然后成品钻石就会消失在阿姆斯特丹、耶路撒冷或苏拉特的大众市场交易中。那些钻石本来是生而不凡，注定成就伟大的。现在呢？全毁了。"他重复道，"简直是人间惨剧。"

塞利托被这番话气得面部扭曲。阿米莉亚·萨克斯说："好吧，克罗夫特先生，我们会尽最大努力找到他的。"随后，她冷冰冰地说，"顺便确保再没有别人丧命。"

9

三月中旬的寒冷无孔不入,维姆·拉赫里颤抖着双臂环抱自己,坐在华盛顿广场公园,这是格林尼治村宁静宜人的城市绿地。天气更好的时候,这里会看到更多形形色色的身影:边缘音乐家和保姆、表情麻木的毒贩、认真的学生、记笔记的诗人、博学的学者和体面的白领精英。他们就住在这附近,本可以从对冲基金和华尔街律师事务所出门就步行回家,却经常选择乘坐豪华轿车。

此刻,正值傍晚时分,维姆蜷缩在公园偏僻无人的阴暗角落里,远离那扇与巴黎凯旋门遥相呼应的高耸拱门,那里灯火通明。维姆看了一眼纽约大学的教学楼和宿舍楼,看了看那些汉密尔顿时代的精美联排别墅,窗里透出温暖的灯光。里面的人也许正在洗澡、精心装扮,准备出门逛街。或者在准备菜品,小口抿着红酒,等待晚宴开始。这些细碎的、难以企及的幸福让他想哭。他心不在焉地把玩着阿黛拉为他编织的棕色手链。父亲担心手上戴着这个会影响他在工作台上加工钻石,所以他都是离开家后才把手链戴上。

从港务局走到这里,一路寒冷而漫长,维姆不停地回望身后,一路向南,绕过复杂迂回的路线,走过三十多个街区,到达这里。他本想坐地铁过来,但是车站的那个男人,那个拾金不昧归还他手机的男人吓到了他。维姆此刻如同一只惊弓之鸟。他不敢冒险,一路步行过来。

维姆知道，凶手不太可能在地铁里四处走动、在每一列地铁中追踪自己。但他知道，凶手见过他的脸，知道他的样子。而他只见过一个戴着滑雪面具和手套、全副武装的黑衣人。

维姆认为自己的偏执并非全无道理。来这里的路上他曾在一家酒吧稍作停留，猛灌了两杯可乐，看了看新闻。报道称凶手仍未落网，此刻还在城中，随身携带武器，很危险。任何相关知情人都应该站出来。讲话的人似乎是警方发言人，他还补充说：这也是为了知情人自身的安全。所以，也许他们已经知道了，凶手正在追踪维姆，因为他们发现了线索。

维姆再次回想起血腥的工作室。震惊褪去，取而代之的是恐惧和悲伤。帕特尔死了。他是一位苛刻且难以取悦的严师，但并非有意刁难。他一直以他特有的方式展现自己的善良。不管维姆对帕特尔毕生从事的行业有何看法，他都承认，帕特尔是一个天才。维姆深知，用双手将心中所想呈现出来有多难。

还有那两位顾客，那对年轻的夫妇！威廉和安妮。谁能想到他们居然走进了一场血腥犯罪，令人心碎。维姆记得他们半年后就要举行婚礼了。

他没怎么看清店里的尸体，因为他几乎是立刻就与凶手打了照面，巨大的惊惧之下，他什么都没看清。他只看见了帕特尔先生一动不动的脚尖，随后便无暇顾及其他。维姆·拉赫里相信，这个画面将一直深刻在他的脑海中，伴随他的一生。

维姆看了看手机（他只能通过手机得知时间），看到屏幕上显示他父亲打来了七通电话，发了十二条短信。就在他盯着这几条通知的时候，静音的手机屏幕再次亮起，父亲又打过来了。

他按下拒接键，收起手机。

维姆露出惨笑，如果内心的愧疚感也可以拒接就好了。

帕特尔先生、那对夫妇，真是太悲惨了。

然而……

维姆此刻心头感受到的暖意，是一种渐渐蔓延开来的解脱感，如同卸下了肩上所有的重担。长久以来，他一直觉得自己像是被深埋在黑暗的地下，在一百英里深的地底，无法抗拒的压力由四面八方缓慢袭来，将他压碎。永不停歇地压着，压着，压着，要将他压成坚硬的钻石。而现在，他终于有机会获得自由了。光靠他自己是不可能做到的。如果没有像抢劫和谋杀这样的天灾人祸，他会一直做他正在做的事：沉默地接受父亲为他选择的生活。一边默然接受，一边痛恨自己的软弱。每时每刻，无不如此。

尽管现在的处境惊险，维姆·拉赫里认为这同时也是一个机会。他决定抓住机会，他的生活将从此朝着一个新的方向发展。

公园对面传来动静，维姆看到她了。

无论如何，眼下这件事是最紧要的。

那是一个年轻的女子，留着一头乌黑浓密的长发。她步伐坚定地走到公园中央，目光左右搜寻着。尽管刚刚经历骇人的凶杀，身处极大的伤痛，维姆还是感到了一阵悸动。

他们已经交往好几个月了，可维姆每次见到她，还是会心动。

两人的关系并非一帆风顺，这对年轻的情侣并不能经常见面。阿黛拉是纽约大学一名繁忙的医学院的学生，维姆不停地工作辗转于帕特尔先生和其他父亲指派给他的钻石切割匠店。不工作的时候，他又经常需要在自己家的地下室里帮忙。

当然，这是如今许多现代城市里情侣相处的典型状态。也都是些可以解决的问题。但在他们的感情中，还有一个更棘手的问题。维姆的父母不知道阿黛拉·巴杜尔的存在，阿黛拉的父母也不知道维姆·拉赫里的存在。

阿黛拉并不高，但她苗条的身材会给人一种高挑的感觉。今晚她的头发是纯黑色的（偶尔，她会不顾保守母亲的反对，把一绺头发挑染成蓝色或绿色——这是温和的反叛，但这样的阿黛拉却从未出现在家族聚会中）。

现在，她看到了维姆，表情明亮起来。当然，这只是一瞬间的明朗，随后她的表情就变得阴郁，显露出惊慌的神色。也许是因为看到了维姆此刻的苍白和憔悴。

维姆抬头向她微微示意。他不想挥手。他还顾虑着那个戴滑雪面具的男人。环顾四周，附近只有十几个行人，都没有注意到他，正步履匆匆地离开这个潮湿阴冷的地方。

阿黛拉坐到长椅上，伸出双臂拥抱他。

"维姆……哦……"

拥抱挤压造成的疼痛令维姆身体一缩，阿黛拉立刻松开了手，坐直了望着他。维姆凝视着她美丽的脸庞，看得出她精心上了妆，妆容精致而自然，并不会让人感到刻意。

维姆握紧她的手，用力吻她。他能注意到，阿黛拉的双眼正仔细地看着自己。

"我看了新闻。帕特尔先生，还有那些顾客身上发生的事情……现在电视上到处都是这件事的报道。但他们没提到现场还有其他人。"

维姆告诉她，自己走进现场时正好撞见了凶手。

"我跑了。我觉得他应该是来追我了，但我在消防通道那里甩掉了他。"

"你的短信是怎么回事，你受伤了？"

维姆解释说那个男子向他开枪，但是射偏了，子弹击中了装石头的纸袋。有碎石或是子弹碎片划破了他的身体。"我的伤需要看一下。"

阿黛拉说："去医院。"

"不行。医生发现我中枪了就会向警方报案。这是他们的义务。"

"有什么问题吗？"阿黛拉扬起她形状完美的眉毛。意思是，这是件好事。

维姆却拒绝了："我做不到。"他也不可能解释原因——不，不能说出原因，他不能去找警察。"我要你带的东西都带来了？"

阿黛拉默不吭声。

"拜托了。"

"那，我去哪里给你看伤？"

"就这里吧。"

"这里？"她觉得这简直荒谬。三月天里，这么冷，在华盛顿公园这种鸟不拉屎的地方做医疗检查？

但阿黛拉也明白，他们别无选择，因为两人都还与父母同住。

她环顾四周，确定附近没有人，朝着维姆的夹克点点头。他拉开衣服拉链，卷起运动衫和汗衫。"还好，"阿黛拉轻声说，"雕刻家难免会被弹飞的碎石伤到。还好，你不是喜欢收集刀具武器的收藏家。"

阿黛拉的表情只轻松了这么一瞬，随后便转为严肃。她的注意力全部集中到了维姆的伤口上，这种专注会帮她成为一名出色的医生。对阿黛拉而言，面前的人不再是维姆·拉赫里，不再是那个会在做爱后让她想要亲吻拥抱的男人。维姆此刻是她的病人，而她是他的医生，仅此而已。

她眯起眼睛，仔细地观察他的伤口，然后伸手从背包里拿出一副蓝色橡胶手套。

"伤口怎么样？"维姆问。

"嘘，保持警惕。"

他确实保持着警惕。但是附近的人本就不多，没有人注意到他们。

她动作麻利地处理着伤口，用纱布和冰凉的褐色消毒剂给伤口消毒。随着她的动作，维姆能感到阵阵刺痛，但痛得并不厉害。

"轻微割伤，瘀伤。"

"我比较担心侧面的伤。"

"我看到了。"

阿黛拉伸手按了下维姆右下方肋骨的位置，尖锐的刺痛阵阵袭来。

"这里面有一块碎片,在皮肤里。"阿黛拉呼出一口气,声音中有明显的担忧,"维姆,你必须去看医生。"

他可以想见这样做的后果。"不。"

"我没有麻醉剂。"

维姆想,果然医学院的学生对于非处方药都很谨慎。

"试一试。"

"我确实学习生理学和有机化学,但那是在书本和电脑上,我们已经一年多没有做过尸体解剖了。"

"如果我能行的话就自己动手了,但我不能。拜托了。"

阿黛拉继续说:"而且还要缝针。"

维姆握住她的手。"不去医院。你只要把碎片取出来,尽力弄一弄就行,缠上绷带之类的。"

有那么一瞬,明亮的表情又回到了她美丽的脸上,阿黛拉做了个鬼脸。"我要给你绑个蝴蝶结。但是,如果出血止不住……"

她从包里掏出一把镊子。"给你,帮我拿着。"

维姆接了过来。

"我需要的时候,你就把它给我。"她又把iPhone递给他,打开手电筒,"照亮这里,你身侧这边。"

"你需要镊子吗?"

"暂时不用。"维姆能感觉到她的手就在那处跳动的伤口附近摸索,"马上就会用到。我要的时候,你就递给我。"

她的声音听起来很不安,难道还有什么更——

"啊!"维姆痛叫出声,仰起身子,一阵剧烈的疼痛从身体侧面快速蔓延到下巴,而后减退,归于隐隐的刺痛。

"拿出来了。"阿黛拉说着,伸手将一块纱布展示给他看,纱布上静静地躺着一块血淋淋的金伯利岩碎片。她刚刚用手指猛力挤压伤口,把碎片挤了出来。

"你骗我。"他喘着粗气小声说。

她把没用的镊子拿回来。"这叫精神麻醉。分散患者的注意力,然后快速行动。"

"这是你在学校里学的吗?"

"可能是在探索频道吧,《内战的外科医生》之类的。"

阿黛拉把纱布放在一旁,拿起一瓶消毒剂(他注意到,药瓶上写着优碘),在伤口上喷了一些冰冷的药水。她在患处垫上更多纱布,按压了一分钟。维姆却有种奇怪的冲动,想问问她的家人过得怎么样,她的生理学测试成绩如何?

"再照一下。"阿黛拉说着,又将维姆的手抬了起来。

她扯出一些绷带绑在伤口上。

"从一到十按级别排序,你现在有多疼?"她问。

"一〇〇八六吧……哈哈,我一直想这么说来着。"

"给你。"阿黛拉嘴唇紧抿,递给他一瓶泰诺和一瓶水。他吃了两粒药,喝下了半瓶水。

"只有一片碎石弹到了皮肤里,剩下的只是一些割伤和刮伤。"接着,她又按了按他的肋骨。也很痛,但没有那么痛。"还好,没断。"

为了将注意力从持续的疼痛中转移出来,维姆拿起了那片碎石,仔细打量着。碎片并不大,大约半英寸长,非常细。维姆把它装进了口袋里。

"留作纪念?"

他没有回答,只是将拉高的两件衣服穿好。

"拿着,"阿黛拉说,把棕色的优碘消毒剂递给了维姆,"这药水会把衣服染脏,但我觉得现在你应该不在乎衣服脏不脏了。哦,还有运动衫。"她从包里拿出一件纽约大学的紫色套衫。衣服很大,不是她的。也许是她给爸爸买的。维姆来之前跟她提过,要她带一件替换的衣服过来。他那件浅灰色的"一怪到底"衬衫上布满了干涸的血迹。他也可以买一件新的,但他的钱不多,能省则省。

两人沉默着,远处一个女人牵着三只法国斗牛犬在散步,小狗们兴奋地跳来跳去，打打闹闹。狗主人手忙脚乱地牵着手中的拴狗绳，以免它们缠在一起。

若是平时，看到这滑稽的一幕他们肯定会笑出声。但现在，他们都只是面无表情地看着，不发一语。

阿黛拉握住维姆的手，两人的额头碰在一起。

"你不打算回家，是不是？"她问。

"是的。"

"然后呢，你要去哪里？"

"先躲一段时间，避避风头。"

她冷冷地笑了："就像帮派电影里的目击证人一样，避避风头，是不是？但你现在确实就是目击证人。你能躲去哪里，维姆？"

"我还没想好。"

他当然已经想好了，一切都规划妥当，但他现在不打算谈这个。以后会有机会说的。现在，他只想进室内暖和一下。这里越来越冷，而他也已经筋疲力尽。

维姆松开了紧握阿黛拉的双手，转而环抱住她，将她拉近自己，忍住拥抱带来的身侧的疼痛。"我很快就会打给你的。记住，不管发生什么，都不会影响到我们。"他笑了笑，"要命了，你还有考试要准备，本来也没时间见我。"

他看得出来，她并不觉得好笑，维姆有些后悔开了这个蹩脚的玩笑。尽管如此，阿黛拉还是深深地吻了他。他们还没有听到彼此说出"爱"这个字，但他知道也许现在就要说了。阿黛拉靠得很近，把嘴唇贴在他的耳朵上，低声说："去报警。他们会保护你，不会让他伤害你的。"

说完，她把包甩在肩上，转身朝西第四街地铁站走去，她的步伐缓慢而坚定。维姆·拉赫里被留在原地，独自一人思考着，也许警察确实可以保护他不受凶手的伤害。

但他面临的伤害，远不止如此。

10

晚上八点，莱姆操控轮椅靠近客厅里的高清显示屏，说："播放吧。"

梅尔·库柏轻触键盘，一段视频开始播放。摄像头正对着帕特尔工作室所在大楼的后面，一个通往第四十六街的装卸口。

视频的时间戳显示，当天下午十二点三十七分，装卸口处的门被推开，一个有着浓密黑色短发的男人走了下来，他穿着深色外套，低着头快速走下楼梯，走上坡道，再到第四十六大街。视频中看不清他的脸，但似乎是印度裔，如果他真的是帕特尔的学徒，那么印度裔也是合理的。参照他经过的垃圾桶判断，男人身材瘦小，年龄也无法确定，但给人的印象很年轻，可能二十多岁。

"他受伤了。"萨克斯说道。

男人的手按在腰腹部。定格画面显示出他的手指间有一种浅色的东西，也许是被击中的纸袋。库柏按下"播放"键，那个年轻人离开了现场。

技术人员说："接下来是第二个。"

这段监控录像是在第四十七大街拍的，在帕特尔大楼旁边的一家珠宝店，橱窗里有一台照相机。中午十二点五十一分，一个身穿黑色或海军蓝短外套、黑色宽松休闲裤、头戴绒线帽的男人从店前走过。不过视频中无法看到他的脸。男人偏头看向别处，左手拿着一个公文包,右手放在口袋里。

"携带武器?"

"有可能。"萨克斯回答道。

"还有最后一个。"库柏说,"也是第四十七大街上,这家店再向西走两家店。"

刚刚出现在视频中的男人又被另一家珠宝店的摄像头拍到了。他依旧低着头,看向别处,同时还在讲电话。

塞利托嘟囔道:"这狗娘养的知道自己'上电视'了,故意躲着镜头。"

萨克斯又说:"再播一遍,放大他的手机。"

库柏照做了,但没用,他们看不到任何细节。

"检查信号塔的信号了吗?"

"在有演出的时间搜索剧院区和时报广场的信号?"塞利托苦笑着说,"派五十个警员花一个星期去查,行啊,我举双手赞成。"

"只是一个想法而已。"

"现在我们已经知道,目击者年纪很轻,男性,黑发,深色皮肤,可能是印度人。穿黑色或海军蓝外套,黑色休闲裤。"

她又继续说道:"还有,看他的动作,不管碎石给他造成了什么样的伤势,应该并不严重。"

"他就是我们那位神秘的VL?"塞利托问。

"有可能。"她答道。

有可能,也许,不一定。

门铃声响起,莱姆看向对讲机。

他和萨克斯对望了一眼。"保险理赔员?"

萨克斯之前联系了宝石投保的保险公司纽约办事处。冷酷的卢埃林·克罗夫特已经给公司发了一份损失通知,理赔调查员确实提出今晚会过来,而现在已经很晚了。

莱姆想,损失五百万美元的风险是相当强的动力啊。

"让他进来。"他对汤姆说。

片刻后,护工领着一名男子走进了客厅,后者向众人额首问好,在看到满屋子的刑侦设备后有些惊讶地眨了眨眼,低声赞叹道:"天哪。"

来人名叫爱德华·艾克罗伊德。他是米尔班克保险公司的高级索赔审查员,工作地点在曼哈顿下城区的百老汇大街。

男人的外貌平平无奇。不高不矮,不胖不瘦,不长不短的太妃糖色头发修剪得整整齐齐。甚至他的眼睛都是普通的淡褐色。与此同时,他正处于不上不下的中年阶段。

"这是多么令人痛心的悲剧。"男子的发音字正腔圆,语调标准,就像是在听BBC播音员讲话一样。"杰丁·帕特尔……被残忍杀害。还有那对夫妇,他们美好的未来,全都毁了。"

至少艾克罗伊德的第一反应是哀悼死者,而不是惋惜钻石。

汤姆接过他的米色大衣,露出里面的灰色西装。他还穿了一件西装马甲,这种考究的装扮在纽约很少见。他的衬衫是精心浆洗过的,领带也是。虽然这只是莱姆的推测,但考虑到这位先生的衣着打扮和当下的时间,他很可能是从一场豪华晚宴或大剧院里被拖过来的。他还戴着一枚婚戒。

众人相继做过介绍,艾克罗伊德得体地回应着,对于莱姆的特殊状况并没有做出过多反应。比起莱姆,房间里型号齐全的各类气相色谱、质谱仪显然更让他惊讶,所以当莱姆伸出自己能够活动的右手时,艾克罗伊德也从容地握住了,只是动作很轻柔。

"请坐。"萨克斯邀请道。

"不了,谢谢你,警探。我不能久留。只想过来与各位打个招呼。"他四下打量着客厅,说道,"我以为会是……我以为是警察局。"

塞利托回答说:"我们会在这里做些调查工作,林肯以前是犯罪现场调查组的头儿,现在是我们的咨询侦探。"

"更像是当地的歇洛克·福尔摩斯。"

莱姆闻言露出了一个有些疲倦的笑容,这个比喻他已经听过不下五百遍了。

"在进私企之前,我是伦敦警察厅——苏格兰场——的警察,"艾克罗伊德再次看向屋内林林总总的仪器,"相当不错的配置啊,还是在私人住宅里。"说着,他大步走向一台气相色谱仪,略带赞赏地看着。

莱姆说:"花了几年时间才凑齐。有了这些,就能在这里做一些基本的测试。更精密的化验再送到别处去做。"

"有时候基本的测试就足够了。"艾克罗伊德说,"有太多要素、太多线索可以查了。观一叶而知秋,是不是?"

莱姆点了点头。他能感觉到和保险员之间的那丝惺惺相惜。这人以前也是警察,后来也像自己一样,成了一名私家侦探。

哦,并不像,莱姆是一名咨询侦探。

像福尔摩斯一样。

塞利托问:"你认识帕特尔吗?或者其他给他干活儿的人?"

"不认识,但我知道他。只要是涉足钻石行业的人,没有人不知道他。他是一位钻石大师。"

"什么意思?"

"是指从事钻石生产或切割领域的杰出人才。拿帕特尔来说,他就是一位有名的钻石切割大师。现在大多数钻石都在印度、安特卫普,或以色列加工。纽约曾经是钻石加工的中心。现在这里的切割匠已经消失了很多,但能留到最后的都是不可多得的好手,帕特尔就是个中翘楚。"

萨克斯问:"帕特尔是怎么做到的?"

"要解释清楚这一点,我得先跟各位讲讲钻石产业的一些情况。"

"有何不可呢?"塞利托说。

"要把一块原石加工成一颗成品钻石,一共有五个阶段。首先是画线——观察原石并设计款式,最大限度地保留钻石重量,在钻石尺寸、质量和价值上达到最大平衡。第二个技术挑战就是劈割，在画线的位置，顺着钻石的纹理，猛击之下将钻石分割。在开料之前，有的切割匠甚至会花好几个月去研究一块原石，因为只要有一丁点儿的差池，你就会在十分之一秒损失上百万美元。"

"可是，"塞利托忍不住插话道，"我以为钻石是坚不可摧的。"

艾克罗伊德摇头："事实上，这是一种误解，警探。钻石确实是地球上自然界里最硬的物质。但这个'硬度'是指抗刮擦能力。实际上钻石非常脆弱，你可以用锤子轻松敲碎一颗钻石，却敲不碎一块石英。所以，就像我刚刚说的，第一步，画线；第二步，劈割；接下来第三步是锯切，一般会用激光或是镶嵌钻石的刀具逆着纹理将石头切割成想要的形状；第四步是打圆——也就是定型，将钻石放在绕轴上快速旋转，用激光或另一颗钻石接触研磨，也就是在这一步，将钻石切割成市面上最受欢迎的形状——圆形明亮琢型钻；第五步是要在钻石上磨出几何切面，也叫起瓣或是刻小面。"

莱姆猜测，保险从业人员一般不会流露出这种热情。但也许钻石行业与其他行业略有不同，它更让人热血沸腾，更让人着迷。

"现在，我们再来说杰丁·帕特尔。现如今，在全世界范围内，几乎所有的钻石切割匠都是用计算机加工钻石，百分之九十的加工都是机械完成的。尤其是面向低端消费市场批量生产的宝石——画线、切割、抛光全都是靠计算机设计好自动完成的。而且就算不是大部分，也有很多高端钻石是这样加工出来的。但帕特尔先生呢？他从来都是亲力亲为，纯手工操作。他出手的成品钻石都是别处找不到的顶尖品质。正因如此，他的陨落是钻石产业的巨大损失。如果用艺术界来对比的话，就像是失去毕加索或者雷诺阿一样。现在，长官——"

"叫我林肯就好，没关系。"

"好的，林肯。当然。现在，克罗夫特先生已经正式通知我们公司格雷斯·卡伯特原石失窃。根据公司条例，如果原石没能在三十天之内寻回,我们将支付近五百万美元的理赔金。显然,公司急切希望能在三十天之内追回失窃钻石。我也希望我们能做到。但如果不能,我公司将在支付理赔金之后变成代位求偿人。各位清楚这个概念吗?"

梅尔·库柏开口回道:"我十五岁那年被一辆失控的购物车撞了,缝了很多针,脚踝骨骨折。"他依然看着电脑屏幕,接着说道,"保险公司理赔后就起诉了那家杂货店,他们真的实现了'换位思考'。"

库柏横插一脚的叙述打断了艾克罗伊德的话,莱姆有些恼火地瞪了他一眼,但其他人好像并没注意。

"正是如此,对你的遭遇我很抱歉。"艾克罗伊德同情的目光颇为真诚。

"已经是很久之前的事了。"

"根据代位求偿权,在我们支付索赔后,米尔班克保险公司将继续努力追回被盗物品,并将其出售。用收益来补偿公司的损失。所以,很明显,警方与我们在追踪钻石这一点上有共同的利益。而且,就我个人而言……"他的语气里生出一丝愤怒,"……我希望这个盗贼能永远被关在监狱。钻石盗贼往往具备绅士风度,很少诉诸暴力手段,这人不守规矩,简直难以想象。所以,我会尽我所能帮助警方,听候差遣。为此,我发现了一个可能有用的线索。"

他从西装内袋拿出了一个笔记本,伸手翻阅着,纸张翻转间,可以看到他修剪整齐的指甲。"克罗夫特先生打电话给我的老板,把案子交给我处理后,我立刻开始打电话。联系到一个以前帮过我的阿姆斯特丹经销商,他说几小时前他接到一通纽约的来电,对方说有一些原石想要出售。总共约十五克拉,这大概是格雷斯·卡伯特原石的重量。经销商没有接手,他无权处置这种价位的货,但他还是记下了对方的号码,也许将来能用上。在这儿。"

"梅尔?"莱姆招呼道。

技术人员从艾克罗伊德的笔记本上草草记下了号码,随即打了一个电话。他与计算机犯罪部门的专家聊了几句，静静等待了几分钟，简短讨论后，他挂断了电话。"不管是谁打电话给你在阿姆斯特丹的朋友，他用的是带有纽约电话卡的一次性手机，号码现在已经暂停服务了，可能已经被销毁或者关机了。不过一旦号码再次被激活，就会出现在警戒名单里。"

没有合适的理由申请搜查令，莱姆想着，倘若这真是嫌疑犯四十七的手机号，那他总会开机的，到时候他们就能定位手机追踪过去。

"很好。感谢你的帮助，"塞利托说，"我们还在查盗贼可能会把钻石送到哪儿处理。我问了几个负责珠宝失窃案的侦探和FBI探员，但他们破获的多是一些低端货和成品。他们也不知道有谁能处理价值五百万美元的未切割原石。"

艾克罗伊德说："不是的，原石市场很特殊。我不知道克罗夫特先生有没有提过，但盗贼之所以盯上原石，就是因为原石极难追踪，不像成品钻石那样刻着序列号。"

"是的，"莱姆说，"他跟我们提过。"

"这批原石被盗的事情已经在圈子里传开了，基本上所有人都知道了。我已经通过关系在国内外都散布了消息，让人留意着，只要有人出手那批原石，或是要找匿名切割匠，都第一时间告诉我。"

莱姆又说："克罗夫特说他最不愿看到的就是这个。"

艾克罗伊德含蓄地笑了笑："克罗夫特先生……他确实是我们的客户，但我想就连他自己也得承认，他有些过于看重自己的产品了。要知道，他是作风老派的钻石从业者。现如今行业里有一种新的趋势叫'品牌钻石'，这类钻石通常都会被切割出额外的切面，尺寸和全深都有别于传统钻石。生产商通常以此向顾客加收的价钱远高于钻石本来的价值，声称这种消费是买取一种独特的品牌定制钻石。但这是骗人的。问题是很多公司都这样，他们并不认为钻石的品质才是成就其价值的根本。但格雷斯·卡伯特永远不会那样做。这批送到帕特尔店里加工的原石,怎么说呢,一旦完成加工将会是独一无二的。可是,如果被秘密分割了,最终就会流进百货商店和商业街的首饰店。"

"您说的那些'关系',"萨克斯问道,"都是些什么人?"

"哦,钻石专家、经纪人、矿业高管、珠宝零售商、贵金属和宝石经销商、运输和安保公司,还有投资公司——钻石和黄金一样,都是对冲商品。但请不要误会,这并不表明我能从这些人那里得到更多的消息。从事这一行的人往往不信任外人。这么说吧,作为一名保险公司的员工,我也是费了九牛二虎之力才得到这一点信任。虽然经过几年的努力情况有所改观,但即使对我来说,想让这些人配合工作,也是一场苦斗。"

莱姆想起罗恩·普拉斯基曾告诉他,在寻找神秘人VL时,那一片基本没有商户愿意帮忙。"我们确实也发现了,很多人都不愿与我们的调查人员交谈。"

艾克罗伊德认同道:"这些人本来就谨小慎微,再加上血腥暴力事件。我觉得人们只是单纯害怕了。"

锋利的美工刀的确让人害怕。

"唉,可惜阿姆斯特丹那里的线索是条死胡同。不过嫌疑人很可能会再开机的,保持希望吧。现在,我要回去继续调查了,如果有什么发现,我会告知各位的。"

"如果可以的话,当然欢迎。"塞利托说道,"谢谢。"

艾克罗伊德从衣架上拿起汤姆为他挂好的大衣。"如果有需要我的地方,也请告诉我。不自谦地说,在米尔班克,我为客户追回失窃物品的记录相当可靠。"他又轻声笑了。"我突然想到。'Loot'这个词来源于印地语单词,lut,'赃物'。可怜的杰丁·帕特尔——他也是印度人。有点讽刺,是吧?我会保持联系的。各位晚安。"

* * *

"所以呢?"莱姆问道。

"可能是个助力,"罗恩·普拉斯基说,"他确实有些本事。"

莱姆叹了口气:"说得再具体一点。"

爱德华·艾克罗伊德已经走了一小时了。罗恩·普拉斯基在钻石区的盘查工作一无所获,此刻也已经返回莱姆家中,他在寻找目击者和VL的线索,当然,还有嫌疑犯四十七的线索。现在还有其他警官继续在现场搜查。

普拉斯基简要介绍了保险调查员的情况,这是他的任务。调查爱德华·艾克罗伊德。他上网查核了艾克罗伊德的公司——米尔班克保险公司。该公司总部设在伦敦,同时在纽约、旧金山、巴黎和香港有办事处。普拉斯基还请了那位常与他们合作办案的FBI探员弗雷德·德尔瑞帮忙,跟伦敦苏格兰场核实了此人的身份。正如爱德华·艾克罗伊德所说,在从警队退休加入米尔班克之前,他确实因擅长破获入室行窃案而出名。普拉斯基无法证实该公司是否为格雷斯·卡伯特公司承保,因为保险公司的承保信息通常是保密的,但米尔班克宣传说,该公司专长的承保范围包括贵金属和宝石公司以及采矿业。

所以,艾克罗伊德算是合格了……还为案件提供了有用的信息——阿姆斯特丹的交易商。但是有一点问题。的确,艾克罗伊德与警方的目的是一致的,但这种一致也只存在于特定的阶段。一旦钻石被找到,米尔班克和格雷斯·卡伯特公司将立即开始走法庭程序,将原石从警方的证据系统中收回。莱姆和塞利托则希望原石能留在警察局,直到嫌疑犯四十七的审判结束,但这可能需要很长一段时间。如果这些钻石被找到了,而凶手没有被逮捕,那么它们将无限期地作为证物留在警方这里。届时,保险公司和矿业公司都不会高兴。

但此时,莱姆只想用那句老生常谈安慰自己:船到桥头自然直。目前,他的任务是找到凶手,如果这位彬彬有礼的英伦绅士能帮上忙,莱姆决定先将他对"顾问"的偏见搁置一旁(虽然他自己也算是"顾问",但这并不妨碍他对一切"顾问"的偏见),拉艾克罗伊德入伙。

"有个问题,"塞利托说,"如果那个英国佬可信,我们要不要告诉他装卸口的那个孩子和走廊上那个胡子男的事?就是那个十一点出现在帕特尔店里的家伙?"

几人讨论了一番,最后决定先不把艾克罗伊德牵扯到这部分调查中。莱姆的想法是,虽然他们可以相信他,但他的线人很可能会有意或无意地走漏风声给嫌疑犯四十七。

"但我们至少可以把那孩子的照片发出去排查吧。"萨克斯说。

莱姆和其他人再次围在一起,观看监控录像,库柏从视频中截取了可能是VL的年轻人的图像。莱姆说:"把图片放在系统里,全市范围内开始查找,尤其命令中城北区和南区的警员,要仔细搜查。告诉他们此人姓名的首字母缩写可能是VL,很年轻,印度人。"

"我觉得说是南亚人更妥当。"库柏纠正道。

莱姆嘟囔道:"那就归为南亚人中的印度人。如果有人不满,告诉他们,欢迎他们来起诉一个政治不正确的残疾人。"

第二部分　劈割

三月十四日，星期日

11

客厅里响起电话铃声,是陌生号码。他叹息一声,还是接起了电话:"你好?"

"索尔·温特劳布先生?"

他迟疑了片刻,然后说:"是的,请问你是哪位?"

"我是纽约警察局的警探,阿米莉亚·萨克斯。"

"啊。"

"先生,昨天上午十一点左右,您是否在第四十七大街约见了杰丁·帕特尔?"

坏了……

这是他最怕发生的事。索尔·温特劳布一直心存侥幸,以为自己可以躲在暗处。这位四十一岁的男人站在他位于皇后区狭小发霉的客厅。一个凌乱但舒适的世界,小小一间房子塞满了他们夫妻从上一辈人手里接过来的不配套的零零碎碎。他站在那里,紧紧地握着话筒。这是他家的座机。他的心跳加速,胃里翻腾着一阵恶心。

"我……"他无法否认,"是的,我见过他。"

"您知道他遇害的消息吗?"

"嗯,我知道……你是怎么知道我的?"

"我们在帕特尔店外的监控录像里看到了您。之后在街上问询您的消息,一家珠宝店的店主认出了您。"

坏了……

这个警探肯定要对他发火了，因为他明明知情却没有站出来。可他真的不想被卷进来，太冒险了。不光是钻石行业里他的名声会受损，还会招惹那个丧心病狂的歹徒，他杀了帕特尔和那对夫妇。

"我什么都不知道。要是能帮上忙的话我早就打电话联系你们了，我走了好久之后才出事的。"

显然这番有理有据的说辞并没有打动她。"温特劳布先生，我接下来要说的话很重要。我们认为杀害帕特尔的凶手知道您的名字。"

"什么？"

"我们认为凶手之所以折磨帕特尔就是为了问出您的消息。您被人跟踪了吗？您家附近有没有可疑的人？"

折磨？

"没有，可……"

温特劳布根本没有注意过。为什么要去注意？他走到窗前，凝视着清晨的街道，街上很安静。骑自行车的男孩，穿着米色外套的卡瓦诺太太牵着她那条该死的狗。

"我这就派一辆车过去，请将房门锁住，不要离开。他们会在十五分钟内赶到。"

"我会的。但是……我在杰丁那里什么都没看见。真的什么都没看见。"

"我们认为您可能在外面见过凶手，可能是在街上，在他闯进帕特尔店里之前。不管是哪种情况，凶手可能怀疑您看到了他。我们只是在确保您的安全。接下来还需要您来看一些监控录像。"

"可是他怎么知道我住在哪里？杰丁并不知道我家在哪儿，我跟他不熟。我给他做过几次宝石鉴定，六七次吧。我们之间只有这点联系。他知道我的办公室在哪里，但不知道我住在哪儿。"

"但愿凶手不知道您的住址，不过凶手若是想追踪您并不难。还是谨慎行事比较好，是吧？"

他叹息道:"你说得对。"

温特劳布有些焦躁地在房间里踱步。地毯下的地板随着他的动作吱嘎作响,这张东方地毯是几十年的老古董了,是表哥莫里斯送给他的结婚礼物。此刻,温特劳布突然想起自己想要减重十五磅的心愿,然后意识到这个任务现在看来是多么的微不足道。

电话里的女警察又说:"凶手还拿走了几颗格雷斯·卡伯特矿业公司非常贵重的原石。帕特尔跟您提过吗?或者说,有别的人知道这件事吗?"

"没有,他什么都没跟我说。"

"我们晚点再讨论这件事,现在我还有别的问题要问您。有一个印度的年轻男子,很可能是给帕特尔工作的员工,这个人闯进了抢劫现场然后逃走了。他的姓名首字母缩写是VL,您知道这个人吗?"

"我不知道。说实话,我之前就说过了,我只是时不时给他做点零活。我们几个月才联系一次。"

"我们派去的车应该快到了,温特劳布先生,您有家人?"

"这周末我妻子去大学看女儿了。"

"如果我是你的话,我会去找她们,总之先离开这里出去几天。"

"你们真的觉得凶手在找我吗?"

"是的。"

"天哪……"

"锁好门。"

电话挂断后一阵寂静,温特劳布听着散热器发出的噼啪声和嘶鸣,墙上华而不实的时钟嘀嘀嗒嗒地响着。

见鬼了。

温特劳布当然听说过这起案件,但并不知道太多细节,因为那天是安息日。那一天,他获取新闻的渠道很有限。温特劳布是有信仰的。理论上讲,他是东正教教徒,但他并没有十分严格地遵守那些规则,并没有杜绝在安息日禁止进行的三十九种创造性劳动。当然，他没有开车去杰丁·帕特尔的办公室，但也不是走路去的（从皇后区走到曼哈顿）。他是坐地铁去的，这是一种折中的妥协。到了帕特尔工作室所在的大楼，他爬楼梯去了三层，而不是乘电梯。虽然安息日没有特别禁止看电视，但打开电源这个动作是违禁的。他也不能耍小聪明，周五晚上打开电视，一直开着，因为他不能在工作日看无聊的有线电视新闻。日落之后，他第一时间打开电视，得知了这一可怕的消息。

现在安息日结束了，他打开了电视机，画面里喷涌而出的……全是广告。没什么好惊讶的。有关那起犯罪的报道已经不见踪影。

他拉开沉重的金色窗帘，再次看向外面。

没有神秘人，也没有杀手。

温特劳布将挂在前厅的大衣拿了起来。再有十分钟，警察派的车应该就到了。根据那个警察来电号码的区号可以判断，车子是从曼哈顿来的。那个女警察听起来很和善，没有因他的默不作声而训斥他。她就在曼哈顿上班吗？警察询问他之后，他又该去哪里？他的妻子和女儿在一起，享受母女二人的周末。他不能去。说实话，也不想去。

温特劳布握紧双手又松开，他想起了帕特尔。多令人伤心啊！杰丁·帕特尔去世了，世界顶级的钻石专家就这样没有了。那些石头一定很值钱，因杰丁·帕特尔向来只接最好的原石订单。可是居然会有人为了宝石在这里杀人？这种事发生在非洲、俄罗斯、南美洲都有可能，但不会是在纽约。

他又想起刚刚打电话来的女警察，她人真好，阿曼达，不，是阿米莉亚。温特劳布想不起来她姓什么了，只记得听起来像是德语。她有可能也是犹太人。温特劳布好奇她今年多大了，有没有结婚。他有一个二十八岁的儿子还没结婚。

他叹了一口气。

手机嗡嗡作响。

奇怪。是他办公室隔壁的店主打来的，差不多隔着十个街区远。他和这个店主有些交情，但两人很少通电话。

"阿里。怎么了？一切都好吗？"

"索尔。我觉得我得告诉你一声。刚刚进来一个男的。喝了点咖啡，然后就开始打听你的事情。那人看起来还不错，他问你是不是那个住在迪特马尔斯法院附近的温特劳布，珍妮告诉他是。她刚刚才告诉我。"

"这是什么时候的事？"

"差不多半个小时以前吧。"

温特劳布的大脑快速转了起来：帕特尔告诉了凶手我的名字和我的办公地点——但帕特尔不知道我住在哪里，于是凶手就开始在我的店四周打听消息。他八成拿着一张单子，上面记着长岛上所有的索尔·温特劳布。在熟食店里，他问柜台女孩，开店的温特劳布是不是住在迪特马尔斯法院附近的那个。他肯定说他是温特劳布的朋友，珍妮回答他，是的。

该死的互联网！

糟了……

"我得挂了。"他挂断电话，点开拨号键盘。

然而，还没等他拨通急救电话，一个身影从他身后飞快地走上前，一把拉住他转过身，夺走了他手中的电话。温特劳布发出惊恐的叫声。眼前站着一个男人，头戴滑雪面具。他立刻想起来：地下室的窗户、后面卫生间的窗户他都没有锁好，他应该锁好的。

"不，不，求求你！我什么都没说！我发誓。我什么都没看见，我不会威胁到你的！"

他的心脏怦怦狂跳。

入侵者看了一眼手机屏幕，随后将它装进了自己的口袋。

温特劳布绝望地哀求着:"求求你。我可以给你钻石、金子。你想要什么都行!求你!我还有老婆和女儿,求求你了。"

男人伸出一只手指放在温特劳布唇边,像是在安抚一个吵闹的孩子。

12

昨天他在杰丁·帕特尔店里进行了一场狂欢,但是有两只小母鸡逃掉了,他逮到一只,杀掉解决了。

索尔·温特劳布。

永别了,愿你的犹太上帝接纳你的灵魂,或是把你扔进地狱之火,或是别的什么地方。弗拉基米尔·罗斯托夫年纪不够大,没能亲身感受苏联时期的社会,但他通过史料了解了那个时期,并且完全认同苏联的无神论。他不相信灵魂会有第二幕返场秀。

现在解决了一只,还有一只在逃。那个瘦小子。罗斯托夫有些不耐烦地等待着,等那个叽叽歪歪的波斯老鼠——纳辛姆的消息。就算是休息日,罗斯托夫也希望纳辛姆已经给钻石区的印度合伙人打电话了,不然……他知道后果。

罗斯托夫想起了纳辛姆的两个女儿:谢赫拉莎德和小猫咪。

迷人的小姑娘。

弗拉基米尔·罗斯托夫正在给自己补充燃料。他住在布鲁克林的俄罗斯飞地布莱顿海滩,此刻就在附近的羊群头湾,坐在一家布鲁克林地标一样的著名餐馆里,也是他最喜欢的餐馆之一。这里是社区的"交会处"[①]——他听别人用过这个词,但并不是很明白,因

[①]交会处:Joint,连接处、交会处。

为英语不是他的母语。不过他查了查这个词的意思后也觉得很恰当。他在这儿就像在自己家里一样自在，尤其是这家店，他家的烤牛肉三明治非常棒，里面有奶酪，奶酪才是王道，更不用说店里的可口可乐了，比莫斯科的都好喝。

罗斯托夫唯一的遗憾是店内禁止吸烟，不然的话，在这里用餐就太美妙了。

一位母亲带着两个小男孩从他身前走过，那两个孩子和他一样，一头金发，脸颊宽阔。他们盯着罗斯托夫的饭菜，对他的食量感到惊奇。他面前摆着两个半三明治、一堆炸薯条。

由于他们在俄罗斯移民社区小敖德萨附近，罗斯托夫用俄语对他们说："你们好啊。"

孩子们钢蓝色的眼睛一眨不眨地看着他。孩子的母亲点了点头，厚重妆容下属于斯拉夫人的面孔露出一丝微笑："日安。"

罗斯托夫的视线从女人的面部滑向裆部，然后，当她经过时，又瞄向了她的屁股。她穿着一件红色短外套和一条黑色紧身短裙。女人渐行渐远，她的臀部也一摇一摆。罗斯托夫经过了激烈的思想斗争，最后认为没有合理的方案可以使他的幻想变为现实。强迫自己和一个带着孩子的母亲在一起只会引发严重的后果。罗斯托夫对女人，就像对牛肉（还有很多东西，包括钻石）一样，十分专一。

变成一块石头……

这句话用俄语说出来更有感觉。对此，他感谢自己的父母，还有他此刻的遭遇。杜绝一切情绪，变成一块石头，这就是他控制自己的方式。

这一切都得从他父亲说起。那天晚上，他父亲一滴伏特加都没喝，在完全清醒的情况下捅了母亲（用螺丝刀，扎在了母亲的脸上，并不致命）。罗斯托夫脱掉衣服，跑进附近的森林，在那里过夜，那一晚他追逐着夜行动物，不住地号叫。黎明时分，他拿起石头将周身的冰块砸碎。那一晚他昏睡在了溪水中。回到家后，父亲已经原谅了母亲的婚外情,开始有条不紊地和准前妻讨论离婚条件,讨论房产、金融和保险方面的细节,但谁都没有提到弗拉基米尔该去哪儿。夫妻俩能在最后一刻想到他已经不错了。

最后,他们决定让他暂时与叔叔格列戈尔和婶婶罗住在一起。

就这样,十二岁的男孩收拾了一个手提箱,箱子上连轮子都没有。他提着行李箱,还拎着一个购物袋,登上飞机,去了俄罗斯一个风景秀丽的小镇——米尔尼镇。

如果世界上真的有什么地方能让一个男孩变成石头,那就是军队。

罗斯托夫把剩下的三明治拿起来,囫囵吞枣地咽了下去,接着又吃了一块。他的注意力回到面前的笔记本电脑上,滚动了一下屏幕。他靠这台电脑生活。看色情片、玩游戏、发电子邮件、做黑客(他是俄罗斯人,所以当然是个黑客),还用来看新闻。

现在他就在看新闻。罗斯托夫一边大口咀嚼着,一边尽量不去想那个斯拉夫母亲的臀部。他读了几篇帕特尔店里的案件报道。

没什么新消息,没什么让他担心的。到目前为止,索尔·温特劳布的死与帕特尔工作室的案子无关,至少媒体认为两件事没关系,不过警方也许已经知道了。事实上,温特劳布案并没有占据太多篇幅,也没有出现在全国性的新闻报道中。只有"第四十七街大屠杀"(纽约时报的标题)引起了所有人的注意。

嫌疑犯是一名白人男性,中等身材,穿着深色衣服,头戴绒线帽。

嗯,这样的人在纽约还真是不多呢。

罗斯托夫吃完了最后一个三明治。

啊……

他继续看着网站上的新闻和警方对公众的声明。他们公布了一些细节,但没有太多。没有关于另一只小母鸡(VL)的新闻。

他用餐巾捂住脸,止住了一阵剧烈的咳嗽。吸气,呼气。慢慢来。咳嗽被压下去了。他把网页窗口切换到一个主流有线电视网络的流媒体站点，戴上了一副耳机，调高音量。一边喝着可乐、嚼着薯条，一边继续浏览网页。他没看到任何犯罪报道。随后，由该网站"资深犯罪记者"主持的一段关于谋杀和抢劫的报道出现了，这段描述让罗斯托夫觉得很好笑，因为这个所谓的"资深"女记者才三十岁左右。

金发女郎（长得非常迷人）坐在演播室里，远程采访一位瘦弱的中年男子，男人的头发修剪得很整齐，他穿着笔挺的西装外套、白色衬衫，还打着领带。

"现在加入我们的是阿诺德·摩尔博士，他是俄亥俄州坎伯兰大学的心理学专家，专攻犯罪行为分析。欢迎您，博士。现在，根据警方的说法，昨天闯入第四十七街珠宝店的劫犯拿走了一些钻石，却留下了价值数十万美元的"余款"。一个强盗把这么值钱的财物留下，正常吗？"

"谢谢你，辛迪。一般来说，对帕特尔这样的高端珠宝店和工厂下手的窃贼都是专业的好手。如果没有最大限度的回报，他们不会无耻地下手抢劫。这也就意味着他会把能带走的钻石都拿上。"

"'回报最大化'。你是说，这次抢劫更像是一场生意？"

辛迪看起来似乎是被吓到了。罗斯托夫喜欢她的胸部，黄色的连衣裙让她的胸部更为突出，可惜被一条木质圆盘似的项链遮住了。她到底为什么要戴这个项链？他想了想，然后把注意力转移回来。

"正是如此，辛迪。但并不是那种典型的'交易'。"

哈，这男人做了一个引号的手势。罗斯托夫不喜欢他。

"这也是为什么，我认为在案件调查中还有其他的事情需要考虑，比如窃贼的其他动机。"

"那您认为还有什么动机呢？"辛迪问道。

"我不能随便推测。也许他杀死钻石切割匠是因为其他的原因，而拿走那些钻石不过是为了误导警方，让人们以为这只是一场抢劫。"

但这难道不是你的推测吗,博士?罗斯托夫想着。瞎猫碰上死耗子了。

辛迪打断了他:"您是说,也许凶手的目标其实是那对情侣?也就是住在纽约大颈镇的威廉·斯隆和安妮·马卡姆?"

屏幕上短暂地出现了两人微笑着的肖像。罗斯托夫灌下一大口可乐,慢慢地将嘴里的薯条冲下喉咙。

"有可能,辛迪。但据我所知,他们看起来只是遭遇意外的旁观者。但你说得对,凶手可能是故意挑选的他们。"

罗斯托夫喜欢他们这样不断踢皮球般的问话。一个说:"你是这个意思吗"另一个就说:"你说得对",就像士兵之间互相投掷手榴弹一样,都想将不负责任的猜测扔给对方。

"对于被害人,那对年轻夫妇——您有什么想法吗?"

"他们是来拿订婚戒指的。我们不知道凶手是否知道这一点,很可能是知道的。"

"他的目标是订婚夫妇?"

又扔出去一颗手榴弹。

"我只能说,从我的研究来看,被害人身上一般都有着凶手无法拥有的东西,令凶手不满。"

闪避成功。

"您是说,他可能被逃过婚,或因为父母婚姻不顺而遭遇不幸。"

博士耐心地微笑道:"怎么说呢,我们需要学习的还有很多,但是很显然,这种推测并不适用于专业的宝石偷盗犯。"

一则广告跳了出来。罗斯托夫将新闻窗口关闭,让戴尔电脑进入休眠状态。

他用剩下的薯条将番茄酱全蘸了吃掉,还剩下的一点点也用手指头刮干净吃掉。随后,他把手指泡进水杯里洗了洗,再用纸巾擦干,同时擦了擦杯子。罗斯托夫站起身,又买了几份三明治,这些外带的三明治是他在抽烟时吃的,一边吃一边抽烟,就像正常人一样（俄罗斯大部分地区都禁止吸烟，这是他对普京唯一的不满）。罗斯托夫付了钱，转身走进了阴霾的三月天里。

好吧，博士，你还挺他妈的聪明的，是不是？

聪明得让我们很想去拜会你一下，我和我的美工刀都想去。

罗斯托夫脑海中出现了一个画面，他用刀片缓缓割开博士的手指或耳朵，男人发出经久不息的尖叫。但这就像大汗淋漓地和那个斯拉夫母亲做爱、女人的臀部快速晃动的画面一样，都是他的想象而已。

罗斯托夫轻轻咳嗽几声，在拥挤的人行道上稳稳地走着，一边咬上几口美味的三明治，一边吸着他那刺鼻的俄罗斯香烟，无法判断到底哪个更合口。

13

萨克斯将都灵车缓缓停在长岛县寂静的路边,把纽约警察局的标志扔到仪表盘上后,从车内走了出来。眼前的阵仗让她有些吃惊。

室内有四个穿着制服的警察,还有一个便衣,外面停着一辆救护车,只是已经没有必要了。前廊尸体上盖着一张聚乙烯防水布,救护车也救不了他了。

死者正是温特劳布。

萨克斯的第一个念头是:他们若是做得更好,他是不是就不用死了?

没人能回答她。

凶手在中城区行凶之后,没有丝毫犹豫,立刻就开始追踪温特劳布。他的调查比警方要顺利。在得知温特劳布名字的那一刻,萨克斯就打电话给他,警告他锁好房门,别让陌生人进来,而当地的一一四分局也在第一时间派车赶了过来。

虽然温特劳布本应该在得知帕特尔死讯的时候立刻报警,但没有警察会因为一个目击证人的胆小怯懦而责怪他们。

萨克斯的手机嗡嗡地响起来,是莱姆打来的。

"我到了。"她说道。

"发现了一些有趣的东西,萨克斯。我们收到一条一次性电话的信息,当然已经追踪不到来源了。信号追踪到五六个电视台和广播电台上，再没有进展。现在新闻上都在播这个，我发给你了。"

萨克斯点出通话界面，点开了信箱。

> 婚约是男人对自己女人的承诺。现在，我要对我的猎物们承诺。我在找你们，每一个角落。去买戒指，把它戴在手指上吧，这样我就能找到你，这样我就能让你们看到血染的爱情。
> ——承诺人

"天哪，莱姆，你觉得这是嫌疑犯四十七吗？还是一个模仿者？"

"我不确定，我已经让市中心的语言学家研究这条信息了，但我没指望会有什么发现。直觉告诉我这就是他发来的，但你也知道我一向不信任直觉。这样吧，你先去调查现场，等你回来我们再谈。"

萨克斯挂断电话走近现场，温特劳布的住所是简朴的白色排屋，有些地方需要补漆了。窗台上摆着棕色的空花箱，像是下垂的眼睑。萨克斯本能地伸手轻触腰间的格洛克手枪，确定武器的确切位置。此刻，街边已经围了一大群人。很难说嫌疑犯四十七是否藏在其中偷偷观察警察的调查进展。人群大概有五六十个人，除了看热闹的民众，还有一些电视台的记者和他们装载着拍摄设备的工作车辆。嫌疑犯四十七会在这里吗？街头犯罪部门的警官们正在周围盘查有没有人看见可疑人员，或是正在逃离的身影，若是有，他们会追查下去。但萨克斯认为，凶手应该在杀人之后就飞速逃离了现场。这次的作案方式是一枪毙命，她没看到美工刀行凶的痕迹。不过同样的，这位被害人生前也遭受过殴打。

"嗨，阿米莉亚。"

萨克斯闻言对本·科尔点了点头，科尔是一一四分局的警察。"所以，你们怎么会卷到这起案件里？"

这位警探身材偏瘦，五十四岁左右，有些谢顶。听到他的问题，萨克斯简短地解释了一番："死者是昨天在钻石区发生的一起谋杀案的潜在目击证人,就在第四十七大街。"

"哦,那个案子啊。老天,凶手是怎么找到他的?他们认识?"

"我们还不清楚,你们有什么消息吗?"

"报案人听到枪声就报了警。"

"有人看到什么吗?枪手长什么样子?"

"可能确实有人看到了什么,但没人愿意说出来。我们一直在盘查,但目前什么都没发现。是这样的,这个案子我们可以交出去,我知道你确实想接手,不过重案组想接吗?"

科尔声音里透露出几分期待。

"我想借几个人去盘查目击证人,可以吗?"

"怎么不可以?"科尔笑了,"我今晚要带老婆出去庆祝结婚纪念日,全交给你了。我派三四个人给你,你得让凶案组的人全程参与调查,这个案子最终会录入凶案组的数据库,毕竟我们还得交报告,你知道的。"

"当然。"

萨克斯走得更近了一些,一边注意不要污染现场,一边等待着犯罪现场调查车到来。设备齐了她才能开始调查。

迈克尔·奥布莱恩此刻正在脑内展开一个思量已久的计划。

婚礼结束后,他们夫妻俩会在这片社区再将就一年,对,就一年。三百六十五天。如果可能的话,还会更短点。但绝对不会超过一年。一年后,他就会升职为银行的高级经理(好吧,高级出纳员),每年能赚四万五千美元,艾玛在医院也能拿到三万美元,要是她多上夜班的话,还能赚得更多。这些钱完全付得起拿骚东部一栋房子的首付。

那边距离他们的亲戚都不算远,也不算近,亲人可以去看望他们,但又不会太频繁。

二十六岁的红发男子身材偏瘦,此时正满怀希望又有些骄傲地大步走过 U 大道,经过美黑沙龙、健康医疗中心、熟食店、肉类市场、药房,还有各种挂着希腊语和意大利语牌匾的店铺。

他们现在居住的格雷夫森德倒也没什么不好,只不过,这里不是落脚的地方。

至少对迈克尔·奥布莱恩来说是这样的,作为布鲁克林联邦银行未来的地区经理,他可不能屈居于此,属于他的天地在远方。

隔着一个街区,迈克尔就看见了那个女人,她正在街角等他。他们今天早上计划在这里会和,然后一起回公寓(临时落脚的公寓而已,最多一年,他坚定地告诉自己)。

迈克尔一见到她就笑了,艾玛·桑德斯长得很美,金发碧眼,比他还要高一点。她体态丰腴,一副好生养的样子。想到这个,迈克尔不禁又笑了起来。他们会有三个孩子。名字都已经取好了,备选的有迈克尔三世、安东尼、梅根、埃莉和米凯拉。在这方面,艾玛和他意见一致。

迈克尔·奥布莱恩是个幸福的男人。

"嗨,宝贝。"他们亲吻彼此,艾玛身上传来好闻的花香。

他起初只猜是花香。因为迈克尔对这方面并不了解——他天生不擅园艺,只觉得这香味闻起来像花香。随即他反应过来,这确实是花香,因为新郎要帮忙支付一部分婚礼的费用,新郎——也就是迈克尔本人——要帮忙的部分就是支付花店的账单。

"谈得怎么样?"奥布莱恩问道。

他们继续向前走,走向两人的公寓。

"哦,亲爱的。她特别棒,真的,完全没有向我推销些别的东西。我都准备好让我的大坏蛋迈克尔去对付她了,但她没有,她很清楚咱们的预算——"

本来就连请这个婚礼策划都是很没必要的开销,迈克尔腹诽道,不过没有表现出来。

"——并且不打算再多花钱了。诺拉的婚礼策划就哄着她请了一个八人乐队,你还记得吗?"

狗屎乐队。

"但是史黛西没让我请八人乐队。她也觉得有键盘手、吉他手、贝斯手和鼓手已经够了。"

他什么时候同意要请四人乐队了?乔伊结婚的时候就请了一个DJ,不是很好吗?

沉默,保持沉默。

实际上,在迈克尔·奥布莱恩看来,他们根本没必要请婚礼策划。结婚不应该是自己就能搞明白的事情吗?他自己组织过单身派对,还组织过守灵派对,都挺顺利的。

但艾玛想要一个婚礼策划,因为她姐姐结婚的时候请了策划,她在医院里的闺蜜诺拉结婚时也有婚礼策划帮忙,所以,亲爱的迈克尔,求你啦。

唉,真要命啊,都依她,谁让她这么好看呢。

艾玛伸出胳膊环抱住他,两人相拥走在这片有些奇特的街区。居民楼和商户奇异又和谐地交织在一起。又走了两个街区后,他们拐了弯,走向两人的公寓。迈克尔能感觉到艾玛丰满的胸脯紧贴着他的上臂。

一股低沉的欲望在他心中悄悄萌芽,努力拉扯他的注意,就像一匹马在地上焦躁地弹着蹄子。

也许能在卧室里耽搁半小时?沙发上?或者客厅地板上?不,他对自己说,不行,没时间。他们需要尽快收拾好然后去长岛见艾玛的父母。

风摇晃着头顶上的树枝,冰冷的水洒在这对夫妇身上。迈克尔拍下肩膀上的水滴,下意识地回头看了看。他注意到,身后大约三十英尺的地方跟着一个穿深色外套、戴手套和绒线帽的男子。格雷夫森德的治安还可以,不算是特别危险的地区。但这里毕竟是纽约，多加小心总是没错的。不过身后这人显然只是在独自赶路，没有成群结队。他边走边低头看手机屏幕，一副纯良无害的样子。

很快他们就到家了。这条街区有些拥挤破旧，人行道早就需要清理和修缮了。还有，那些该死的大楼管理员到底是干什么吃的？那张绿沙发已经在人行道上放了多久了？都发霉了！他们还不知道要把这东西挪开，非得等垃圾车来收吗？

但总的来说，这里还算温馨。

只住一年的话，还算温馨。

他还有搬家计划。

他们爬上五楼，停在了公寓前门。那是一栋没有电梯的四层褐石建筑，楼里光线暗淡，破旧不堪。他们停下来找钥匙，忽然间，他觉得艾玛将他拉近，带着某种不容置疑的暗示。他转过身来，他们又接吻了，长长的拥吻似乎停不下来。心里的马已经彻底脱缰跑了出去，此刻正小跑着穿过田野。

婚礼两周后就要举行。没人会注意到一个婴儿早了十五天出生，除了迈克尔的母亲。

他能搞定母亲的怀疑。

"宝贝，"迈克尔对艾玛低语道，"你想不想——"

然后，就在那一瞬间，他们身后那个貌似无害的路人突然向前冲来，把头上的绒线帽一拉，变成了一个滑雪面罩。该死！该死！该死！男人手上依旧戴着手套，只是手中多了一把枪，枪口正抵在艾玛的头上，他说："叫出声就打死你。"

尖叫声还是响了起来。

是迈克尔发出的，不是他的未婚妻。

迈克尔喘息着："给你，给你！我的钱包。给你拿走。"

"嘘……我们进屋里说。"男人讲话带着口音，但迈克尔听不出他是哪国或哪个地区的。他也许像迈克尔一样，会故意改变口音，让自己听起来更像一个美国人。

"亲爱的。"艾玛小声喊他。

"闭嘴，闭嘴，小母鸡！"男人咆哮着，一把抓紧了艾玛的手臂，拧到她的背后。激烈的动作间，艾玛的手机掉到了地上。男人的枪口依旧对准他们，他弯腰捡起了手机，手机屏幕上是拨号界面，已经输入了九和一，还差一个数字，还没来得及点击通话。男人关掉了手机电源。

他向迈克尔靠得更近了，呼吸时传来大蒜、洋葱、肉，还有淡淡的须后水的味道。"你不一样，你是个明白人，对吧？"

迈克尔心跳得飞快，下巴颤抖着："是的，我不会反抗的。现在，求你了，我跟你进去，你放她走。"

男人听了他的话笑了起来，似乎被他的说辞取悦了。

"别废话。"

迈克尔用颤抖的双手打开了前门，他们一起走了进去，径直走向了位于二楼的公寓。

14

"听说我,求求你,你不想这样做的。"

"嗯。"入侵者抬起头,像是在闻什么气味一样打量着他们的小公寓。之后,他转头看向艾玛,后者正用手捂着嘴抽泣。最开始,迈克尔以为他是在看艾玛的胸或腿,后来发现,不,并不是,男人一直在盯着艾玛的双手。确切来说,只有她的左手。

他到底想要什么?他们什么都没有,不,也不是什么都没有。因为婚礼策划,他们已经背上了一些债。

迈克尔开口说:"我叔叔是赛奥赛特的警察,他是个狠角色。你现在拿上想要的东西,然后离开,我保证什么都不会对他说的。"

"警察?你叔叔是警察?"

迈克尔当时就后悔自己说了这句话。他紧张地看着歹徒手里的枪,想着但愿自己现在没被吓得尿裤子。

"亲爱的,亲爱的……"艾玛紧张地呼唤他。

"没关系,宝贝。"迈克尔再次对男人说道,"求你行行好,你到底想要什么?我家里没有钱。但我可以帮你弄到一些,几万块都没问题。"

虽然迈克尔深知,这个男人并不是为了钱。像他们这样生活在布鲁克林的贫穷夫妻,身上是榨不出什么的。他会杀了自己再强暴艾玛。

但迈克尔暗下决心，无论如何，都不能让他碰艾玛。那人手里有枪，看样子也不是随便拿出来吓唬人的，也许他真的会开枪。不过他长得并不算高大。哦，迈克尔知道自己可能会死，但他身体里还燃烧着愤怒的火焰和爱尔兰人深刻于骨血的疯狂。这种狂怒平时很少发作，不过一旦被激发，他就会借着这股劲儿扑过去跟这狗杂种拼命。那时，艾玛就有机会了，她就能从窗子或前门跑出去。如果歹徒开枪了，子弹穿过迈克尔的大脑或心脏，虽然他会死，但歹徒也会因为怕被抓住而趁机逃跑。

谁知道呢？也许他能突袭这个男人，夺过他的手枪，开枪打碎这狗杂种的蛋，还有手肘和膝盖，让这狗娘养的疼上一阵再报警。

迈克尔的身体因为愤怒而颤抖着。他上一次跟别人动手还是八年前。那次，有个杂碎嘲笑他患有唐氏综合征的妹妹，他下手很重，把那家伙打了个半死。对方比他重三十磅，但还是被他揍趴下了。那人下巴骨折，肩膀脱臼。软趴趴的像纸箱子一样被他打倒在地。

就现在……他没在看你！冲过去弄死这个狗杂种！

几乎就在这一瞬间，男人的目光突然转向左边，他扬起枪托猛击迈克尔的脸颊。灼热的疼痛伴随着一道黄色的闪光袭来，迈克尔被打得摇摇晃晃直往后退，被一个脚凳绊倒了。那个脚凳是他父母的，二十年前，他和弟弟做游戏，曾把它当成航空母舰……

艾玛大叫着跑过去，紧紧地抱住他。

"混蛋！"她喊道。

"听着，小母鸡。"那个人对迈克尔轻声道，"我能顶知别人的行动，你不知道吗？就像灵媒一样。你倒是个有血性的。"

闯入者站起身来，从口袋里掏出一把美工刀。艾玛恐惧地喘息着。那人伸出手，从灯座上扯下一根电线，把它割断。他把艾玛推倒在地，也让迈克尔面朝下趴在地上，将他的双手反绑在身后，也绑住了艾玛的手，不过是绑在她的身前。

接下来，他又把两个人都拉成坐姿，自己则坐在了那张小脚凳上。

"求你了,求求你!"艾玛哀求着,"我们把所有钱都给你,你走吧!"

他冷酷的蓝眼睛从迈克尔身上移开,看向了她。"你。"他用刀指着艾玛说道,"手伸过来,快点!"

艾玛看向迈克尔,后者对她摇头,叫她不要照做。但她还是伸出了双手,右手放在左手上面。

"我他妈的要你的右手有什么用?你个傻母鸡。"

艾玛抽泣得更厉害了。

"左手,我要左手。"

他握住了艾玛左手的手指,盯着她的戒指。

他之前也是在看艾玛的戒指。

迈克尔突然就懂了:"你就是那个杀手,新闻里说的那个'承诺人'!是你杀了中城区那对夫妻!求求你!先生!求你了!我们从来没招惹过你。"

"承诺人。"男人小声重复道,似乎是很享受这几个字从唇齿间溢出的感觉。

艾玛的头垂了下来,眼泪掉得更凶,口鼻处湿气越来越重。

"你想要,就拿走吧。"艾玛小声说,"很值钱的。"

"过去是很值钱。"歹徒说着,用刀背轻轻敲击那块小小的钻石,眼里流露出轻蔑的意味,"现在可是分文不值了。"

迈克尔此时意识到,这个人一直在婚礼策划的办公室前蹲守,盯上了一对倒霉的订婚夫妻。昨天,他跟踪那对夫妻到了中城区的珠宝店,今天,他又跟着艾玛来到这儿。他的目标是屠杀订婚夫妻,新闻里就是这么说的。

迈克尔开始哀求:"求求你……"

"嘘……我已经听腻了。"他沉默了片刻后,"你们知道这曾经是什么吗?"他声音低沉,抬起艾玛的手,更加用力地敲了敲那枚钻石。

艾玛被他的力道吓到,喘息着说:"你……你是什么意思?"

这显然不是他想要的答案。

他大声吼道:"知不知道!"

艾玛再次低下了头。

"十几亿年前……你们在听吗?"

迈克尔立刻小声回道:"我们在听,在听的。"

艾玛也点点头。她的眼泪还在流,手指此刻还被歹徒捏在手里。

"十亿年前,有一小块碳,就像木炭一样,仅仅是一块木炭而已,什么都没有,数百英里的地下深处只有一片漆黑。它孤零零地埋在那里,啊……"他眼中闪着光芒,"但是后来,奇迹发生了。像是一个新生命的诞生。两千摄氏度的高温炙烤、巨大的压力锤炼,一英寸大的小小木炭,承受着成千上万磅的压力。这样经过数十亿年,会发生什么?世界上最完美的事物诞生了。钻石。大地之心。钻石是地球的心脏。你们知道耶稣吗?"

艾玛点头:"我们是天主教徒。"

"耶稣是救赎者。"

"是的。"迈克尔答道。

"钻石是大地的救赎。"他身体向后躺,将三角形的刀尖从面前的一个俘虏点向另一个。

神经病。

尽管此刻他坐在地上,双手还被反绑到了身后,迈克尔依旧在悄悄努力调整身体的角度。比上一次要小心得多。

歹徒又说道:"可现在,大地的救赎被玷污了,毁坏了,大地之心变成了你们手上的狗屁装饰。"

"对不起。我不……我们不是故意的。"

他用力扯过艾玛的手指,暴露在阳光之中:"看见了吗?"

彩色的光从钻石中折射出来,就像在三棱镜里看到的那样。

他低语:"这是'火彩'。是上帝的怒火,因为你们把大地的奇迹切碎了戴在手指上。"

"对不起。"艾玛正慌张地想要辩解,试图说服男人,他们对这宗罪责毫不知情。

解释是没有用的。这个男人就像飞机失事、燃气罐爆炸和心脏病发作一样,毫无道理可言。

然后他平静下来,身体往后靠了靠,有些自满地说:"我只是在执行任务。让正义归于上帝,归于人间。我昨天还救出几颗大钻石,幸好,我赶在了钻石匠对它们下手之前。我杀了那个可怕的钻石刽子手,他再也不能玷污石头了。印度是全世界最先发现钻石的地方,在那里,切割钻石是一种罪恶。那个人应该是知道的,他背叛了自己的同胞,就该为此付出代价。"

"你弄疼我了!"

"哦,可怜的小母鸡……"他一边说着讽刺的话,一边抚摸着她的手指,盯着那枚戒指,"让我给你们这对小情侣讲个故事吧。大萧条和战争之后,没有人买订婚戒指。因为没有钱,也没有时间订婚!人们直接结婚生孩子,搬到郊区。大家开开心心。但是钻石公司戴·比尔斯,却偏偏要制作出那条有史以来最著名的广告。'钻石恒久远,一颗永流传。'于是钻石生意又回来了。大家都要买钻石!如果结婚时没有钻石,你丈夫就是个混蛋,你就会沦为笑柄。所有这些石头,美丽的石头,被切割,被砸碎,被分解。"他的眼中燃起怒意,脸上绽开了恶魔般的笑容。"我在想,也许还有别的东西也是永恒的。"

他掰直了艾玛戴着戒指的手指,刀刃抵在了戒指基座上。

天哪……他要割掉她的手指,然后杀了他们!

男人右手握着刀,左手更紧地抓住艾玛的手指。然而,当他慢慢向前移动时,艾玛发出一声尖叫,扭动着身体挣脱了。他左手抓空,艾玛向后倒去。歹徒立刻拿着刀猛冲过来,却又扑了个空。

就在那时，迈克尔靠在地板上，双脚用力踢向那个男人，毫无保留地用全力去踢他。那人从脚凳上跌下来，撞向书架。他撞到了自己的头，头晕目眩地躺倒在地，痛苦地眯起眼睛。

艾玛因为双手绑在身前，所以很快就站起了身。

"跑！快跑啊！"迈克尔一边喊着一边挣扎着想要站起来。

他是想让艾玛一个人逃命。他刚刚的计划是用牙咬住那个疯子身上的肉，或是咬掉他的手指头。他会死，但他的爱人可以活下来。

艾玛没有犹豫，但她并没有朝门口跑，而是跑向迈克尔，她抓住迈克尔的肩膀，拉着他站了起来。

"不要！"

"我偏要！"她大吼道。

迈克尔看到，那个疯子一边擦去疼痛刺激下流出的眼泪，一边紧抱着自己受伤的脑袋。在凶手恢复过来之前，他们只有几秒钟的时间可以逃跑。两人一起向门口冲去，艾玛走在前面，飞快地把门拉开。随后他们冲到了走廊，就在这时，身后传来了一声震耳欲聋的枪响，一颗子弹射进了走廊对面的墙壁，再偏一英尺就会打中迈克尔的头。

二人脚下不停，继续朝走廊尽头的楼梯跑去。只要下了楼梯，他们就能跑到街上。

当然，若是那人也追上来，在他们下楼的时候从背后开枪，他们就必死无疑。但现在除了跑下去已经没有别的活路了。至少，迈克尔有些疯狂地想着，他们没有认命地死在公寓里。

迈克尔改变自己的站位，站在艾玛的正后方，两人一前一后，大步跑下楼去。

艾玛先一步迈入一楼大厅，几乎是跳到门前，伸手拉开门。

就在这时，迈克尔摔倒了。

还差三个台阶到一楼大厅的时候，他失去了平衡，由于双手被反绑，他的身体重重地摔了下去，先是侧身着地，然后是腹部，细碎的木屑毫不留情地扎进他的脸颊和下巴。

艾玛哭叫道:"不!亲爱的!"

"继续跑!"迈克尔大喊。

但艾玛再次无视了他的话,一步跨过来,蹲下身扶迈克尔站起来。

这时,就在他们上方,突然响起了"砰"的关门声,还有地板的嘎吱声,迈克尔知道这声音是从哪儿来的,是他们家门外的走廊,松动的地板会发出这种声音。这也就意味着,杀手下一秒就会出现在上方楼梯口处。

接着,他会举枪瞄准。

迈克尔猛地一用力,站直了身体,依旧站在艾玛的身后,他大吼道:"跑!"

他祈祷着自己的身体能够挡住子弹,让它停下,给自己的爱人,他美丽的姑娘一个活下去的机会,一个安然无恙地逃到街上的机会。

15

索尔·温特劳布被害的地方，就在他家门口壁龛前一个四乘四平方英尺的地方。

嫌疑犯四十七是从地下室一扇没有上锁的窗户钻进来的，之后径直走上楼梯，朝温特劳布开了三枪，一枪打在脸上，接下来两枪连射在胸口，随即从前门逃走。萨克斯是通过凶手的脚印判断的案发经过，外面正飘着小雨，凶手湿漉漉的脚印清晰地表明了他的行动轨迹。

尽管温特劳布身上没有被美工刀凌虐过的痕迹，但他似乎是被凶手用手枪狠揍过，因为他家里没有别的钝器可能会造成这种伤口，萨克斯也没在现场发现任何血迹或肌体组织。她猜测，凶手之所以拷打温特劳布，是想知道他对警方都说了些什么，或是逼问他VL的身份。还有另一种可能性：凶手逼他做了些事情。温特劳布的外套就在尸体旁边，衣服的一个口袋被翻了出来，好像凶手逼迫他掏出了什么东西。

又或者其实并没有这么复杂？不过是温特劳布预料警方的车快到了，于是一边向外走，一边从外套里掏出手套打算戴上？因为手套也放在了一边。

萨克斯穿上白色的连身防护服和靴子、戴上兜帽和淡蓝色的橡胶手套，开始在房间里走格子。同时还有另外两名总部的犯罪现场取证人员在外面的第二现场进行取证调查，也就是后院、小巷和人行道。凶手可能就是从这条人行道逃离现场的。萨克斯认为，房子后面或许会找到一些有用的证据，而房前的人行道上找到相关线索的可能性很小。因为繁忙的人流会积累数不清的干扰痕迹——污垢、泥土、垃圾、动物粪便、尿液等。

萨克斯将本·科尔借给她的那几名警员派到了街上去盘查目击证人，范围延伸到凶手逃跑方向的三四个街区外，萨克斯之所以能确定他的逃跑路线，是因为一个遛狗的女人说看到一名男子在枪击后不久从温特劳布家里跑了出来，途中他摘下了帽子或面具一样的东西，她看到了。他是一名白人男性，留着浅色的短发。

萨克斯整理了一下她收集到的证据。并没有什么特别有用的线索。鞋印看起来是一样的，手套和滑雪面罩上的纤维也是。

现场还发现了三枚废弃黄铜弹壳，菲奥奇九毫米口径子弹——与凶手在中城区射伤目击者的子弹应该是同一种，虽然中城区现场的那枚废弃弹壳被他收走了。实际上，能在这里发现凶手遗落的弹壳也能证明，凶手这次确实行事匆忙，很可能是因为巨大的枪声惊到了他。现场的弹壳被弹射出了一段距离，萨克斯发现的这几枚就是在家具下面找到的。

身边一名警员腰上的对讲机叽里呱啦地响了起来。萨克斯听不清楚到底说了什么，但这名警员随即对着肩膀上的麦克风回复了一句"收到"，然后向她走来。

"警探，一个出去排查的警员在雨水渠里发现了些东西，就在两个街区远的地方。"他指了指凶手逃跑的方向，"她还没有碰那个东西，好像是件衣服。"

萨克斯带上了几件证据收集装备，沿着人行道向指定地点走去，路上对围观的群众点头示意。这些人满脸的好奇与担忧，萨克斯不时地还要回答他们一些千奇百怪的问题。一个女人问道："是仇杀吗？"

"我们还在调查。"萨克斯回答道，继续向前走去。走过两个街区后,她放慢了脚步,这里并没有警察,是走过头了吗?但视线一转,她看到了街边小巷里正站着一名女巡警,看起来像是拉美裔,二十多岁的年纪,正在朝自己挥手。萨克斯转身往小巷里走去。

"警官。"

"您好,警探。"身材健美的女警拥有一张美丽的面孔,圆润的脸上画着精致的妆容。萨克斯很高兴这位名叫M.洛佩兹的警官能在个人爱好和工作中找到完美的平衡点。从这小小的细节中萨克斯也可以看出,眼前警官的职业生涯应该会很长远。"我按您的意思一直向南调查,但是又觉得应该查查这边,从这里可以抄近路去地铁站,只要再向北走一个街区就够了。因为排查目击者时,没有人在听到枪击后又听到车轮声,所以我猜测,他也许会乘地铁逃走。"

的确,跳上一班地铁逃之夭夭显然比开法拉利逃离犯罪现场更加迅速便捷。

洛佩兹接着说:"因为咱们的目击证人——那位遛狗的女士看到了他,所以我就在想,如果是我的话,我会把外套扔了。于是就开始检查附近的垃圾桶,还有……"她点了点脚下的格栅,"雨水渠,发现这里好像有一件衣服。我没碰它。"

"很好。"萨克斯在格栅旁边放下一个数字标牌,随后用自己的手机拍了照片取证,"你有没有……"

"我问了附近的居民,没人看见他。"

萨克斯回给聪明的女警一个微笑。接着,她弯下腰,用玛格丽特手电筒照向雨水渠内。那是一团深色的衣服,似乎没怎么浸湿,也就是说,这件衣服出现在这里的时间并不久。要知道今天可是飘了一天的毛毛雨了。

她戴上手套,把衣服捞了出来。那是一件羊毛夹克,相当新。根据匿名报警电话和来自帕特尔所在大楼附近第四十七街那家商店的监控录像来看,嫌疑犯四十七也穿了一件类似的衣服。

洛佩兹补充道:"我不确定这是不是他的,可以看看袖口处有没有枪弹残留物来确认。"

萨克斯确实有这样的取证计划。她把夹克装进口袋，又在排水沟里搜寻了一番，没再找到别的东西。

"你说的地铁站是几号线？"

洛佩兹告诉了萨克斯，萨克斯记了下来。

"谢谢你，警官。干得漂亮。"

"那我继续去排查目击证人了。"

"有劳了。我马上派一队证据收集小组过来，你可以协助他们调查。我会把这次发现写进你的报告里。"

巡警脸上有着难以掩藏的喜悦："不胜感激。"

萨克斯用黄色胶带将附近区域全部围了起来。她给犯罪现场调查组总办公室打了电话，指名调派一位她认识的技术人员过来。萨克斯说了雨水渠的位置，并要求他进行更彻底的检查。他们需要一组调查员使用光纤摄像机和照明灯仔细查看下水道，看看嫌疑犯四十七（如果是他的话）是否扔掉了面具或其他东西。

安排好后，萨克斯回到索尔·温特劳布家中，发现街边围观的人群基本已经散去。她脱下防护服和手套，开始填写证据监管链卡片。

萨克斯的手机响了，她看了一眼来电显示。

"莱姆，我这里结束了。我现在就把证据带……"

"萨克斯。"

听莱姆的语气，似乎是出了什么问题。

"怎么了？"

"让技术员把证据带回来就可以了，你得去一趟格雷夫森德。"

"布鲁克林那边？"

"对，咱们的杀手惜时如金，萨克斯，你还有一个现场要调查。"

16

林肯·莱姆喜欢布料证物。

尤其是缝制成衣以后,这种复杂的物质会显示出罪犯的体格身量,甚至还能判断出其年龄、衣服经常被存放的地点,通常还能追踪到购买来源。而且衣服上可以快速采集到大量纤维,这可比金毛猎犬的鼻子快多了。更妙的是,布料能捕捉并保留下一些极有用的痕迹证据,而且在某些罕见的情况下还能保存指纹。更不用说它可以像海绵一样吸收并储存最奇妙的物质——脱氧核糖核酸。也就是DNA。莱姆曾形象地跟刑侦学学生描述:这三个字母就是罪犯的丧钟。

莱姆看着梅尔·库柏处理嫌疑犯四十七丢在皇后区的夹克。

他们确定这件衣服就是嫌疑犯四十七的,因为上面检测出了微量的枪弹残留物,其成分与温特劳布身上的几乎完全相同,与钻石区帕特尔的犯罪现场发现的残留物也吻合。库柏还在温特劳布的尸体附近发现了一些岩石粉尘痕迹,与在帕特尔店里发现的相同,都是金伯利岩。事实证明,这种物质对于案情进展很有帮助。在帕特尔的店里,凶手的子弹击中了石头,大量的岩石灰尘和碎片散落在现场,其中一部分落在了凶手身上。就像是一个标记,将凶手与地点和案件相关人联系在了一起。

以法国犯罪学家埃德蒙·罗卡命名的著名的罗卡定律认为:在

罪犯与受害者，或犯罪现场的每一次交互中，都存在着物质的转移（"凡有接触，必有痕迹"）。聪明用心的刑侦调查员会找出这种痕迹，并查清到底是什么。当然，这并不意味着发现了这种痕迹就可以直接揪出罪犯，但它至少给案件的调查指明了方向。

在本案中，金伯利岩就是罗卡定律的一个完美的例子，它成了莱姆一行人追踪不明嫌疑犯的有力证据。

莱姆问："有指纹吗？"

"没有。"库柏回答说，他用多波段光源仔细检查了外套的每一寸衣料，然后尝试了金锌真空金属沉积法，用这种方法有时会在布料上采集到指纹，只是希望很渺茫。

莱姆又对他说道："把样本送到皇后区化验室，让他们提取DNA试试。"

"已经申请化验了。"一般来说，衣服上可能会留下一些DNA样本。比如汗液、唾液、眼泪等，而且，有的外套上还发现过大量精液。如果这件衣服上能检测到DNA痕迹，那么他们就能在综合DNA检索系统或国际数据库中试试运气，并以此揭露凶手的身份。就算没有大量的液体或机体组织可以调查，至少可以在衣服上发现些皮肤细胞，只要六个皮肤细胞就可以用于触碰DNA分析。虽然这种证据远不如完整的DNA数据——分析结果不一定正确，也不适用于刑事审判，但至少可以用来拼凑出凶手的真实身份。

库柏把外套塞进了一个证据袋，又在证据监护链卡上补签了自己的名字。之后，他将证据袋放在了门厅处，等待皇后区DNA分析部门的人来取。

嫌疑犯狡猾地将这件夹克上的商标剪掉了。这是一件中等尺寸的男装。从缝合处的细节可以判断出，这件衣服款式普通，质量一般，应该是在第三世界国家批量生产的。这种衣服，全美大概有上千家商店在售。从这个角度是查不到线索的。

库柏将夹克上提取的纤维样本放进证据袋。当然，还有口袋里的纤维样本——黑色的棉絮,与帕特尔店里的手套纤维样本非常相似,还有聚酯纤维,应该是滑雪面具上的。

罗恩·普拉斯基打电话报告说他仍然没有找到神秘的VL。莱姆回忆起,那位保险调查员曾告诉他们,钻石圈子里的人不愿与外人交谈。再加上人类规避危险的本能,他们更不愿卷入这样一起凶杀案中,毕竟凶手可是个带着真刀真枪的疯子。

"继续查。"莱姆对菜鸟命令道,随后中断了通话。

VL到现在也不联系警方,这件事令人费解。的确,他不联系警方也许是怕暴露自己,凶手很有可能会找上他。他会害怕,这很正常,但一般情况下,目击者都会立刻报警,寻求警方的保护,并协助调查,抓捕凶手。还有一点奇怪的是,他的朋友或家人也没有联系过警方,VL肯定会将自己撞见凶手的事告诉别人。他年纪很轻,肯定有家人在世。

当然,凶手对他开了一枪,他身上带着伤,所以他也有可能已经因为伤势过重死掉了。虽然从录像里看不出来他的伤势有多严重,但莱姆也见过很多受了严重枪伤的受害者,前几个小时还能讲话走动,然后转眼间就不行了。

又或者,嫌疑犯已经先他们一步找到了他。像杀掉温特劳布一样,杀了他并处理掉了尸体。他一直在等待人口失踪报告那边的情况,目前还没有任何发现。库柏对相关辖区的搜索也很快有了结果,依旧是一无所获。

技术员此刻正盯着显微镜认真查看。"夹克外套上的痕迹有:大量的金伯利岩,还有一些植物材料。两种类型的,一种是叶子和草,和阿米莉亚从雨水渠周围采集的很像——和你想的一样。但是还有一些从没见过的斑点。"

"是什么?"

"等等。"他正在浏览数据库中的细胞图像,那是莱姆几年前在纽约警察局创建的。他现在还在帮助维护这些数据。他喜欢犯罪现场中发现的独特的植物痕迹。

"是一种叫……嗯,这是芸香科松风草属灌木,也叫五彩灌木。不是本地的植物,多生长于非洲,通常用作除臭剂和百花香。"

所以,凶手近期去过礼品店?还是他住在一个气味很糟的公寓?

"黄铜。"莱姆喊道。

库柏是一位受枪弹和工具痕迹检验协会认证的检测员,他知道莱姆说的是什么,他把目光转向萨克斯收集的两枚九毫米口径的黄铜弹壳。子弹都留在了温特劳布体内,尸检结束后将从法医办公室送走。考虑到案件的紧迫性,进行尸检的医生拍下了一枚子弹并将照片发送给了库柏。初步分析表明,这枚子弹与帕特尔枪击案中使用的子弹是同一武器发射的。这并不奇怪,毕竟两个现场发现的枪击残留物几乎一模一样。所有子弹中的火药都来自相同制造商的同一批次产品。

"弹壳上有指纹吗?"

库柏摇了摇头。

嗯,这也不奇怪。

随后,库柏检查了萨克斯收集到的各种痕迹和微量证物。

"锯末、柴油燃料、焊接在一起的金属、取暖油、空调冷却液。还有三氯苯。我不知道这是什么东西。"

"可能是杀虫剂吧,要么以前被用作杀虫剂。很麻烦的东西,查一查。"

库柏从一份政府环境报告中读道:"三氯苯有多种用途。它是一种中间体,用来制造除草剂。它还被用作溶解蜡、油脂、橡胶和某些塑料的溶剂,以及介电液(一种很少或几乎不导电的液体),你说得对,还曾用来清除白蚁。"

这一发现表明,他们的不明嫌疑犯曾在工厂、旧建筑、地下室、加油站或建筑工地附近活动。这虽然给他们的调查提供了一些建议,但并不能帮助他们确定凶手的位置。

库柏接到一个电话，简短的交谈后，他走到电脑前，打开电子邮件，随后对着电话说："收到了。"便结束了通话。

"什么事？"

"阿米莉亚派一个证据搜查小组在雨水渠打蜡，就在发现夹克那边。他们中奖了。"

"发现什么了？"

"一张地铁卡。"

"好吧，是他的吗？"

"我觉得是，应该是被扔在那儿不久。"库柏继续说，"湿了，但没有特别湿。跟那件夹克一样。"

从二〇〇三年开始，大都会运输署的地铁卡取代了所有乘坐公交车和地铁所需的代币。莱姆喜欢地铁卡，因为每张卡都有唯一的标识符，这样就可以确定每个乘客的出发站点。再加上大都会运输署庞大的监控系统和面部识别算法，所以偶尔能以此推断出乘客在何时何地下了地铁。

"他们正在扫描数据，然后单独发送过来。"

当然了，嫌疑犯四十七不太可能用自己的信用卡买东西。不过他一旦使用了这种公交卡，警方也许能够在他刷卡的站点截取到一些清晰的面部图像。

莱姆又问道："卡上有指纹或 DNA 吗？"

"没有，只有手套印痕。"

一声叹息后，莱姆再次开口："雨水渠里还有别的吗？"

"没了。"

莱姆盯着证据表。结合目前所有已知和未知的线索，他证实了自己对嫌疑犯的判断：这个人极其聪明，没留下任何指纹；他知道遮挡监控录像，被发现后立刻丢掉外套；在摄像头下戴着滑雪面具或是扭头躲避；在抢劫得手后不遗余力地清除所有目击证人。

但林肯·莱姆并不是第一次遭遇聪明的罪犯。他想起了目前为止他对付过的最聪明的对手之一：查尔斯·维斯帕西安·黑尔，绰号"钟表匠"。这个代号源于他对钟表机械的痴迷，同时也因为其犯罪行动策划精密，如同钟表装置一样精确。黑尔就是一个售卖各色犯罪服务的百货超市，只要付得起他高昂的费用，他什么都能做——从恐怖袭击到残忍谋杀，从普通绑架到一般盗窃，还有涵盖在这其中的所有犯罪活动（包括越狱，每次想到这个明明已经落网，却又设法逃脱的法外之徒，莱姆都感到难以言喻的愤怒）。

他听到汤姆在门口迎客进来，抬头看去，只见塞利托正走进客厅，一边走，一边将自己的外套脱下来。

"这是什么三月天，冷得不像话。你见过这样的三月吗？"

对于天气的话题，莱姆向来不予理睬。就像此刻一样，他直接向塞利托简短地说明了案情的进展。

塞利托皱了皱眉："市政厅要不高兴了，咱们的动作得快些。"

"好呀，那你去劝劝嫌疑犯，让他多配合配合我们吧。"

"林肯，咱们没有告诉那个英国佬 S 和 VL 的事情，现在已经死了一个了，我们还是和他说一声，让他去找那个学徒小子吧，你觉得呢？"

莱姆耸了耸肩。这是他的身体现在可以做到的为数不多的几个动作之一。"都到这份儿上了，通知他吧。"

塞利托打电话给艾克罗伊德，问他能否来一趟，然后挂断了电话，说："他马上到。"

库柏的电脑发出了新邮件提示音。

"运输署发来的，录像。"

莱姆告诉塞利托他们发现了一张地铁卡。

"妈的，这可太好了。"

纽约市的交通系统由两支独立的警察部队监管。大都会运输署的警察负责大部分地面交通的执法工作，包括一些边远的郡县。纽约警察局的交通部门负责地下交通。这条信息来自纽约交通部位于舍默霍恩街的布鲁克林总部,一名工作人员称,这是一张用现金购买的单程卡,在两天前使用过。此人在布鲁克林卡德曼广场附近的某一站上车,不能确定是在哪里下车或转车,但他一开始是朝曼哈顿方向行进的。通往曼哈顿方向的地铁有很多,所以他可能乘坐其中任何一趟前往第四十二街。

塞利托低声说:"他是步行去帕特尔店里的。"

就在杀人的前一天。他步行到那里,也许是提前踩点,观察那里的安保监控。

库柏又说:"犯罪监控中心的人说有件怪事我们应该关注一下。"

纽约警察局是"域感知"系统的一部分。域感知系统是一个监控系统,由七千个遍布全城的摄像头组成的网络,其中三分之二为私人公司和个人所有,当然警方对这些摄像头是有介入权限的。位于警察总部的实时犯罪中心,数十名警探在这些摄像头中配备了监视器。该软件非常复杂,它可以自动标记"可疑包裹",或识别和跟踪潜在嫌疑人,只需输入"六英尺,中等身材,浅蓝色夹克"这样的关键词即可。

乘客在站点刷卡时,实时犯罪监控中心已经从地铁站提取了视频录像。

"怪事?"莱姆低声重复道。

库柏敲击键盘,屏幕上出现了一段视频,是彩色的,分辨率也不错。中等清晰度。

"就是这个乘客。"他指着显示器上的一个人说道。

视频中的人看起来和他们在第四十七街拍到的嫌疑犯很像,时间显示,此人正是在凶杀案发生后不久被拍到的。这件夹克看起来和他们刚刚分析过的那件一模一样。他戴着一顶黑色的绒线帽,也可能是一个卷起来的滑雪面罩。当然,他依旧低着头,把公交卡在读卡器上一扫而过。

"大都会运输署的摄像头正对着地铁入口外的街道。这是五分钟前,他正在走向地铁站。"

库柏把这段录像放了好几遍。

"他在做什么?"他嘟囔着,"我看不明白。"

确实很奇怪……

画面显示,嫌疑犯四十七先是从街对面沿直线靠近地铁,但他突然停下,转过身,朝来的方向走去。然后他又一次改变方向,继续走向车站。

莱姆说:"那里有个垃圾桶,他转身把什么东西扔进去了。那是什么?黄色和橙色。我能看到橙色。是什么东西?"

库柏又播放了一遍。

这次是塞利托看出来的:"看到了。"

"是什么东西?"莱姆问。

"你看他身后是什么。"

啊,莱姆想,原来是这样。他点了点头,也明白了过来。地铁站的对面有一个建筑工地,几名工人正穿着橙色安全背心,戴着黄色的安全帽。和嫌疑犯四十七手上的东西颜色一样。

塞利托又说:"他是从工地过来,把安全帽换成了绒线帽,然后想把帽子和背心扔了,但在地铁站前没找到垃圾桶。他转身,发现了一个,于是走回去把手里的东西扔了,才又回来赶地铁。"

"他不是工地的工人——他穿着普通的衣服,再说工人是不会把自己的安全帽扔掉的。"

"我猜背心和帽子是他为了进入工地偷来的,可他去工地干什么呢?"

莱姆答道:"有一种可能,他是去见人,那个人在工地干活。"

塞利托说:"还有一种可能。这个地铁站在政府大楼附近,是吧?"

"卡德曼广场,"库柏说,"大街上到处都是监控摄像头,还有警察,旁边就是联邦大楼、法院、行政办公室。除了那个建筑工地,他还得经过十几个摄像头才能到达车站入口。"

塞利托道："他住在建筑工地的南边？"

莱姆回复说："不，他不能每次想坐地铁都去偷安全帽再偷偷潜入。我猜他是去见什么人。他也可能把武器藏在那里？或者，咱们一直没想到——他可能会把原石藏在那里。"

尽管与过去相比有所减少，但纽约市的建筑行业依旧有很多人涉嫌进行有组织犯罪活动。

塞利托给犯罪监控中心的人打了电话，说明了视频拍摄位置信息，让警察对不明嫌疑犯刷卡之前周围街区的监控视频进行调查，主要集中在一小时以内的录像。搜索关键词为一般男性，穿戴或是持有黄色安全帽和橙色背心。

莱姆看着梅尔·库柏把案件的最新细节写在白板上，心想：为什么？到底为什么这样做？

"答案很简单。"一道女人悦耳的声音响起。

莱姆转过头。他不知道阿米莉亚·萨克斯已经从布鲁克林回来了，也不知道自己在不知不觉间，将心头的疑惑问了出来。

"他就是个疯子。"

17

维姆连乘了两趟巴士，去拉瓜迪亚机场凑合了一晚。

他蜷缩在巴士的后排座椅上，忍受着崎岖车程的颠簸，还有伤口一阵接一阵的疼痛。

他在机场售票处附近的候机区找到一个座位坐下，一副等待改签早班飞机的普通乘客模样。他仔细观察了周遭，都是一些匆忙而疲惫的旅人。没人注意到他。

本来，维姆想去他心爱的港务局过夜，但他担心，那里应该已经被警方监控起来了。还有凶手，很可能仍在市中心的街道上徘徊。维姆睡得并不安稳，噩梦不断，但醒来后又记不起梦见了什么，脑海里浮现的是帕特尔先生的脚。他很难过，沉默着任由眼泪流了几分钟。随后，他强迫自己站起来去卫生间洗漱。在一个厕所隔间里，维姆再次检查了自己的伤势。伤口依旧很痛，周围有巨大的瘀伤。虽然看起来很吓人，但好在伤口并没有肿胀发炎。他笨拙地更换了纱布，在伤口上又涂了一些优碘。

他再次搭上一班巴士，来到了皇后区。此刻他正走在法拉盛的人行道上。终于，维姆找到了要找的店——N&B珠宝店，一间开在繁忙街道上的珠宝批发零售店。他走进去，径直走向那位身材丰腴的年轻东南亚女店员。

"努里先生到了吗？"

"他在开会。"

"你能告诉他维姆·拉赫里想见他吗?"

店员瞥了一眼他身上皱巴巴的、满是灰尘的衣服,打了个电话。挂断后,她对维姆说:"努里先生五分钟之后下来。"

维姆谢过店员,在店里闲逛起来。周日中午刚开门,还没有其他顾客,只有一名武装警卫,茫然地盯着天花板。

他看了看厚厚的玻璃橱窗里的展品。为了吸引品位、预算各不相同的潜在买家,努里在店里摆放了各种款式、尺寸和价格的珠宝。

也有些人会到N&B来买那种特别的钻石。当然了,订婚戒指是这一类钻石中最主流的商品。

不过戴·比尔斯,还有其他矿业公司也开发了许多不同类型的商品:周年纪念戒指、女儿怀孕的纪念品、豆蔻少女的耳环、毕业舞会头饰、祖母的胸针。就像贺卡公司一样,钻石行业不断想出新噱头来吸干你口袋里的钱。甚至会让你因为没有买他们的钻石而感到羞愧。带着些许愤世嫉俗的厌弃,维姆也曾在帕特尔先生店里浏览过一些宣传材料,都是品牌钻石公司直邮过来的。这些宣传册不遗余力地向钻石销售商介绍吸引客户的手段,比如针对同性恋情侣:"老一套早就过时了,"一本小册子中这样热情地写道,"建议双方都佩戴钻石来象征他们即将迎来的幸福……并保证在每一次婚礼上让你的收入翻一番!"

还有所谓的"学位宝石"。"她的文凭证书是您的骄傲!证明您对她取得的成就有多么自豪!"

维姆曾跟阿黛拉开玩笑说,这个行业或许很快就会想出一个"葬礼钻石":与"石"长辞,伴您长眠。尽管在经历了昨天的事情之后,这个笑话已经不再好笑了。

这时,展厅后面的一扇门打开了,德夫·努里走了出来。他是一个大约五十五岁的秃头胖子,头上还挂着一个十倍放大镜,镜头朝上。这是业内标配的装备。他摇摇摆摆地走上前,两人握了握手。

店主关切地四处看了看，维姆明白，努里可能在担心那个"承诺人"会跟到这里来。

这想法有些荒谬，但维姆也看向了窗外。

他并没有看到像是凶手的人。努里先生邀请他"去楼上聊"。听到对方这样说，维姆承认，他确实更放心了些。

他们走进走廊，努里用指纹打开了一扇厚重钢门上的密码锁。他们进门后爬到二楼——店主的办公室和钻石加工室就在那里。维姆的父亲曾对他说：印度苏拉特的钻石切割匠，手艺好比本田汽车，帕特尔先生制造的则是劳斯莱斯，而努里的宝石也完全可以归入宝马这一等级。

他们走进凌乱的办公室，刚刚坐下，努里便开口问道："跟我说说吧，案发的时候你在那里吗？杰丁什么时候被杀的？"

"是的，我当时在，但我跑掉了。"

"太可怕了！杰丁的姐姐……还有他的孩子。他们得多伤心！"

"很可怕，太糟了。"维姆不安地抚弄着阿黛拉送他的布手链，"努里先生，我需要您帮忙。"

"需要我？"

"是的。父母和我都认为我现在应该出城，躲一段时间。他们已经把所有钱都给我拿上了，但还不够。我希望您能帮帮我。"

努里先生并没有怀疑他的谎言，他似乎对维姆要向他借钱这事更紧张。"我？我没有——"

"我不是要借钱，我有东西想卖给您。"

"是从帕特尔店里拿的吗？"努里有些迟疑。

这也是维姆没有报警的原因之一。严格来说，这些石头确实是帕特尔先生的。如果警方知道了，就会把它们作为证据没收，而维姆又非常需要它们。这样一来，警察甚至可能以盗窃罪逮捕他。

维姆还是诚实地说道："确实是帕特尔先生店里的，但不是客户的。帕特尔先生已经欠了我一个月的工钱了，直到现在我也没拿到钱。"维姆说着，拿出了纸袋中的一块石头，纸袋就是他遭遇枪击时随身携带的那个，而他拿出来的，正是那只"一月寒禽"。

"但，这是？金伯利岩？"

"是的。"

努里先生从维姆手中接过石头，戴上放大镜，仔细端详。

"我从来没见过这东西。"

金伯利岩是世界上大部分钻石的"母岩"。这种矿物以南非的金伯利镇命名。十九世纪末期，人们在金伯利岩矿脉中发现了一颗重达八十四克拉的南非之星，由此引发了世界上第一次钻石热潮。

但是，钻石原石通常是在矿区内就被开采出来的，剩下的金伯利岩则被丢弃，因此，那些位于宝石制造链更下游的人，即使有机会，也很少能看到他们所加工钻石的"母岩"。

努里再次把放大镜推到头顶。"你想卖掉它？"

"是的，您可以买下来吗？"

"但我买它做什么用呢？"

维姆将石头举起来，凑到灯光下："看，您能看到的这些晶体，都是钻石，您可以把它们提取出来，加工一下再卖掉。这里可能还有一些大体量的原石。看这个。"他指着石头侧面一块闪闪发光的小圆点，"这能值好几千美元。"

努里先生笑了："你知道钻石是怎么从金伯利岩里面萃取出来的吗？"

"我知道，工序很复杂。"首先，要用足够的外作用力将金伯利岩敲碎，同时又不能破坏其中的钻石。随后，将含有钻石的金伯利岩碎块放到装满水的铁桶中，用硅铁砂进行分离处理。过程十分漫长。

"确实很复杂，而且我这里没有设备，也不认识能进行分离处理的人。所以我得把它送到加拿大去加工。但就算送去了，也不会有哪家矿业公司接这一小颗石头的生意。他们都是成吨处理这种石头的。"

维姆听完后,渐渐变得失望甚至绝望:"可是——"

"维姆,很抱歉,我借给你一百美元吧。"

他闭上了眼睛,片刻后又睁开,肩膀垮了下来,凝视着那块石头,一遍又一遍,翻来覆去地看着石头里那些微微闪烁的荧光,一颗颗小小的原石。他知道努里先生说的没错:从这么一小块金伯利岩里提取钻石未免得不偿失。

"不用了,我不想借钱。谢谢。"维姆将石头放进了口袋。

他转身向门口走去,努里先生同情地看着他,有些不忍,说道:"等等,这样吧,你帮我处理一块石头,我付给你一千美元。"

一千美元虽说对于开始新的生活来说有些杯水车薪,但他现在已经走投无路了。"好的,太好了,谢谢您,但我的时间很紧。"

"不会耽误你太久,对别人来说可能要费些功夫,对你来说绝对不会。跟我来。"

18

"我还以为他们死了,莱姆。"

"谁?"

萨克斯答道:"迈克尔·奥布莱恩和艾玛·桑德斯。"

"哦,谁?"

"格雷夫森德的那对夫妇。"

"是吗?"

萨克斯刚刚从两个犯罪现场赶回来,一个是位于皇后区的温特劳布家里,另一个是布鲁克林的袭击案现场。"你说案子受害人不止一个。"

"我也只是听人说,辖区内发生了枪击案,有两个受害者,队长是这么告诉我的。说歹徒从珠宝店一路跟踪受害人到他们家里。"

"不,是从婚礼策划那儿开始跟踪的。"

"好吧。"

塞利托见到萨克斯走进来,朝她点头示意。他正在通话,他们在格雷夫森德调查目击证人。他一只手拿着手机,另一只手拿着一块丹麦面包。塞利托把糕点切成两半,吃下一半之后,终于受不住诱惑,开始吃剩下的半块。

莱姆对心理侧写不感兴趣。萨克斯则与之相反,更像是一个自诩的"人民警察",她认为对罪犯的心理机制进行感同身受的移情有助于追踪他们。莱姆对此不置可否,但他尊重萨克斯,对萨克斯如此判断表示好奇。

疯子……

萨克斯向莱姆和库柏说明了那对夫妇的证词,说他们二人是如何死里逃生。凶手这次只绑住了他们的双手,没有绑住腿。迈克尔将罪犯击倒,二人借机跑了出来。在追杀他们的途中,罪犯开了一枪,但是没有打中,等他终于追上来时,艾玛已经跑到了外面开始大声呼救。嫌疑犯四十七见此没敢停留,立刻从后门逃掉了。

"是我们要找的嫌疑犯吗?确定吗?"莱姆问道。

"是的,确凿无疑。就是嫌疑犯四十七——'承诺人'。他动手切掉艾玛的手指之前,解释了自己为什么要杀掉帕特尔店里的那对夫妇。"

塞利托挂掉了电话,抬起头说道:"他从格雷夫森德跑了,排查一无所获。"

虽然令人沮丧,但也在意料之中,莱姆耸了耸肩,告诉他说萨克斯已经确定,格雷夫森德的歹徒正是他们要找的"承诺人",也就是嫌疑犯四十七。

门铃响了,汤姆去开门。随后,他和那位保险理赔员爱德华·艾克罗伊德一起走了进来。汤姆接过了艾克罗伊德脱下来的米色外套——因为他是英国人,也许应该叫这件衣服"大衣"。

"喝茶吗?"他问道。

爱德华微微笑了一下,也许是因为汤姆为他选择了具有英国特色的茶饮,但他还是礼貌地拒绝了,选择了咖啡。

"过滤咖啡?还是卡布奇诺?"

艾克罗伊德选择了后者。

汤姆将他的外套挂在了衣架上,回到了厨房。

"谢谢你能赶过来。"塞利托说。

"客气了。"

"不知道你有没有看新闻。咱们的嫌疑犯找到了一个目击证人。被害人名叫索尔·温特劳布,被枪杀在家中。"

"天哪。"艾克罗伊德叹息道,"他遇害之前有说过什么吗?"

萨克斯回答道:"没说什么,只说了他跟帕特尔并不熟悉。我派了一辆车去他家,打算接他过来问话,但是……"她表情黯然,看来事情并没按照他们计划的发展。

"嫌疑犯是怎么找到他的?"艾克罗伊德疑惑道。

塞利托答道:"我们认为,凶手是通过折磨帕特尔获知他的名字的,但是并不知道他住在哪儿。这座城里叫索尔·温特劳布的人太多了。凶手做了些调查,最终找到了温特劳布。现在,我们确定,还有另一名帕特尔案件的目击证人在外面,凶手正在追击他。这位证人姓名的首字母缩写是 VL,是个年轻的印度裔男人。也许是帕特尔的助手或者学徒。我们希望你能帮帮忙,赶在凶手之前,先一步找到他。"

萨克斯对库柏说道:"把他的照片调出来。"

"安保录像拍到的,就在他逃离现场后不久。"

艾克罗伊德仔细看着装卸口处模糊不清的人影,皱眉凑近了一些:"二十出头,不高,一米七,一米七五,很瘦,南亚人。"

"我在想。"莱姆说道,"你行动时最好再谨慎些。最好不要提他名字的缩写,联系线人时,只说是找帕特尔的学徒就好。"

爱德华点了点头:"嗯,当然,嫌疑犯可能会和我的线人有接触。"

"还有一件事得告诉你,"萨克斯说,"凶手刚刚又袭击了另一对订婚夫妇,就在布鲁克林的格雷夫森德。"

"天哪,他又行凶了?"艾克罗伊德问道,显然是被吓到了,"刚刚杀掉温特劳布,他又动手了?这对夫妻也死了吗?"

"没有,他们活下来了,受了些伤,但并不严重。"

"当真?"英国人的脸色缓和了下来,露出欣慰的神情,"啊,太好了,太好了,对他们和咱们都是。他们有说什么吗?"

莱姆看向萨克斯,后者接话道:"他们所说的话,让我对凶手有了判断,他就是个疯子。我想我们已经掌握了他的犯罪动机,他之所以拿走原石根本不是为了卖掉换钱,而是留下来。"

艾克罗伊德闻言点了点头:"留下?这么做的人倒也不少,钻石是一种可靠的投资,也是一种对冲通货膨胀的手段。"

"不,不是的,我的意思是说,就像是拯救一个濒临灭绝的物种一样:拯救钻石,让它们逃离戒指制造商之手。他偷走帕特尔店里的原石,是为了保护它们原本的纯洁。这对夫妇说,这个疯子认为钻石是地球的心脏,切割钻石就是在玷污和杀害它们。"

疯子……

汤姆为艾克罗伊德端上了一杯咖啡,后者接过喝了一口,称赞了汤姆的手艺。他一边喝着咖啡,一边摇头:"拯救钻石,'地球的心脏'。这说法已经有几个世纪之久。确实有些脑子有问题的人喜欢囤积钻石,但大多是因为钻石的价值。他们认为若是发生核战或是大战乱,钻石可以当作货币使用。搞不懂他们是怎么想的,难道经历了原子弹的大灾难之后人们第一时间想到的会是这种花里胡哨的小玩意儿吗?"

萨克斯又说道:"而且,他是有意针对帕特尔下手的。他对受害者夫妻提到过,他昨天杀的那个'印度人'帕特尔背叛了自己的同胞。"萨克斯翻了翻笔记,补充道:"他还说钻石是神圣的。"

"在古印度时期,确实如此。对那时的印度人来说,切割钻石是一种不可饶恕的罪孽。希腊人和罗马人最先开始加工钻石,将其做成饰品,不久之后印度也入了行。正如人们所料,钻石原本的自然属性被商业化和虚荣化了。"艾克罗伊德对此似乎也有些感触,随后又有些困惑地问道,"他说过他把原石放在哪儿了吗?他住在哪里?他说起过自己的事吗?"

"没说什么,他不是在威胁就是在吼他们。他们还说了别的细节。歹徒的眼睛是浅蓝色的，讲话带外国口音，但是他试图掩饰这一点，刻意模仿了美式发音。他的语法基本上就是'一团糟'。他还吸烟，他们能闻到烟味。他还有一把新的，或是第二把武器。一把左轮手枪。迈克尔对枪支有些了解。我在现场的墙上找到了一个空弹壳。弹壳还算完整，我可以确定，是点三八口径的子弹。"

塞利托又说："他杀了温特劳布之后把自己的外套扔掉了，也许那把格洛克也被扔到垃圾桶或是别的雨水渠里了。"

"我这就派证据搜查组的人去查皇后区的其他雨水渠。"萨克斯说着，联系了犯罪现场调查总部的人安排搜查工作。

萨克斯和库柏开始查看她从格雷夫森德的现场带回来的各种证据。

现场没有发现指纹，地板上铺了地毯，所以萨克斯没能提取到静电脚印。她在公寓家具上采集了一些痕迹样本，嫌疑犯应该就是在家具旁边的位置开的枪。库柏对这些样本做了一份枪击残留物检测。萨克斯还收集了一些其他证物，这些证物不大可能是迈克尔或艾玛身上的，更有可能是来自嫌疑犯，当然了，也有可能是来自访客的，包括一些黑色的棉纤维、一些煮熟的碎牛肉和两根金色发丝。嫌疑犯直接接触过的物体表面留有毛发和沾染痕迹，法证人员用棉签蘸取了一些痕迹，又将棉签送到警局总部的实验室，警方将对这些证物进行 DNA 检测。

莱姆申请的有关"承诺人"所留文本的分析，结果已经出来了。电话追踪是不可能了，因为此人的一次性电话是用现金买的。初步的分析表明，文本的第一句来自维基百科。

婚约是男人对自己女人的承诺。现在，我要对我的猎物们承诺。我在找你们，每一个角落。去买戒指，把它戴在手指上吧，这样我就能找到你，这样我就能让你们看到血染的爱情。

因为第一句是嫌疑犯引用的,所以也分析不出什么。从其余的内容来看,有些细节确实为警方的调查提供了一些帮助,与萨克斯的调查结果大致吻合:英语并不是凶手的母语。比如,表达中缺少一些修饰语和冠词。同样,全文中都没有出现缩写。这也侧面证明了萨克斯的调查结果。

在国家刑事犯罪信息中心和其他数据库中,都没有发现任何符合嫌疑犯行为的人。

"承诺人。"艾克罗伊德喃喃低语。他看起来好像有些失望,似乎是本以为这个案子会更复杂一些。他放下空咖啡杯,走到挂大衣的衣架前,穿上自己的衣服,"我看看能不能找到这个神秘的 VL,你们没有线索吗?"

"什么都没有。"塞利托说。

英国人离开了。莱姆和萨克斯说了有关地铁卡的调查,以及他们最终得出的结论,他们认为嫌疑犯四十七两天前去过地铁站对面的工地。他可能是去那边踩点,规划好路线,避开政府大楼和卡德曼广场上的摄像头。也有可能他是去工地跟人碰头,也许跟涉及有组织犯罪的工人有关系,比如向他们购枪——就像迈克尔看到的点三八口径的左轮手枪。

"我现在就去那边看看。就算是周日,至少能看看他们的安保摄像。"萨克斯拿起夹克,走出门去。

她离开后,塞利托接到了一个电话,结束通话后说:"嫌疑犯走进地铁站之前,在离皮尔庞特几个街区远的希克斯街上,有摄像头拍到他了。他戴着安全帽,穿着反光背心,一个人走在路上。摄像头只拍到了这些。不过他现在已经被系统记录下来并定位了。如果他再出现,我们会提高警惕。"

莱姆点了点头,目光再次回到证据板上。这些调查提供了一些方向,也确实有一些帮助。但他隐隐感到不安,就像一种缓慢的低烧一样,令人不适。有种感觉告诉他,答案之所以百思而不得,并不是因为问题太难,而是他们似乎一开始就问错了问题。

就在这时,莱姆的手机响了,收到了一条短信。他低头看向屏幕。

"汤姆?"他喊道。

"我就在——"

"把车开出来。"

"开出来?把车?"

"对,把车开过来。"

塞利托看向莱姆:"有线索了?"

"没,出了点别的事。"

19

好吧，有点小问题。

维姆·拉赫里此刻正坐在 N&B 二楼的工作室里，努里先生和他一起，聚在钻石加工台前。心跳加速，呼吸加重。

维姆需要这笔钱，但现在出了点小问题。

他盯着努里先生的动作，后者正从一个折得整整齐齐的小信封里倒出一颗钻石，这就是努里想让他切的钻石。

"很棒，是不是？"努里轻声说。

维姆也只能赞叹地点着头。他摘下头上的放大镜，一遍又一遍在鹅颈灯的强光下翻来覆去地看着这块石头。

自然界中发现的钻石原石形状各异。最常见的原石呈八面体状——就像是两个底座相连的四面体。一般这类原石都会被切成两个金字塔形状的四面体，而后分别进行切割加工，通常是用激光或另一块金刚石对其进行打磨。而后，市场上最为常见的圆形钻就成型了。市面上很多钻石饰品，比如戒指、耳环、别针和项链，多是镶嵌圆钻。这种切割的钻石一般有五十七个刻面，偶尔也会有五十八个刻面。这种刻面设计最早出现在一个世纪以前，由著名的钻石大师马塞尔·托科斯基首创应用于钻石切割，他是最早将几何学应用于钻石加工定型的匠人。

但是偶尔也会有一些其他形状的原石出现：三角晶体、立方体、四面体以及其他更为复杂或不规则的形状。钻石加工商对这类钻石通常都采用"花式切割",将其处理为异形钻石——除圆形钻以外的任何形状。比如橄榄形、心形、垫形、梨形、椭圆形、祖母绿形,以及最近流行的公主方形钻石。

维姆将要切割的钻石是特殊的细长复合晶体——圆角的矩形晶体。现在这块石头像其他原石一样,并不剔透,石头呈现有些污浊的奶白色。只有在切割和打磨之后,钻石才会变得晶莹剔透。但即便是原石阶段,依旧可以对钻石的品质做出一定的判断。维姆知道,只要经过加工,这块石的色度将是 G 级,接近无色的钻石,同时净度可以达到微瑕 VS1——只有微量内含物,肉眼无法观测的细小瑕疵。总的来说,这是一颗品质不可多得、相当不错的钻石。

维姆瞥了努里一眼,然后看了看他们旁边显示器上的图像,计算机制订了最合适的钻石切割方案。

通常一块原石会被切割成两到三块,经过多年的发展,计算机已经能够制订非常精确的计划来加工这些原石。

因为这颗钻石体量很大,有七克拉,形状又很特殊,绘图软件给出了四处切割指令,将原石分为了五颗钻石,每颗钻石都是圆形切割。努里先生已经用红色记号笔在石头上画出了分割线。

"但你可以重新画线,"努里先生说着,将原石上的标记展示给维姆,"看到了吧?这就是为什么我需要你,维姆。切这块石头没有犯错的余地。哪怕一个闪失,成品的价值就要降低四分之一。甚至更多。我做不到,我手下的人也做不到。"

维姆又一次把石头举到面前,摘下高倍放大镜:"给我块布,要湿的。"

努里先生递给他一块纱布,和阿黛拉治疗伤口用的纱布很像。维姆接过纱布,将原石上的红线擦掉,又仔细地研究起来。

米开朗琪罗写过,每一块石头里面都深眠着一尊雕像,雕刻家的使命就是找到它。维姆对这一点深以为然,他觉得这个理论不仅适用于大理石或花岗岩,同样也适用于钻石。

他拿起马克笔。就算他此刻心跳如鼓,手却像笔下的石头一样坚定。八条线一气呵成,转眼间出现在了原石上。

"好了。"

努里先生瞪着眼睛,有些不解:"这是什么?"

"切割的画线。"

"我不明白你的意思。"

"就是这几条线。"维姆指了指原石上的画线。

"这是什么切割,我看不出来。"

"我不会把它切成很多块。"

努里先生笑了:"维姆啊。"

"我不会那样做的。"

钻石加工商的表情变得凝重起来:"这块原石我可是花了大价钱的,我得卖出五颗圆钻才能回本。"

"五颗平平无奇的圆钻,不会给世界增添什么光彩。"

"世界。"听到维姆的话,努里先生冷笑。

"这颗石头必须切成平行四边形。"

"平行四边形?"

"就是一个梯形,不过对边都平行。"

"我知道那是什么形状,我大学时学过数学。只是钻石没有这么切的,没市场啊。"

"对,这种切割可以说是绝无仅有的。你再也找不到相同的形状了。"维姆回答道。

努里先生耸了耸肩,他并不在乎这一点。

"不,我不会把它肢解的,要我切,我只会切成平行四边形。"

"那我就去找别人了。"

"嗯,您肯定能找到的。"

维姆说着,将手中的钻石轻轻放下,随即站起身。

努里先生挤出一丝苦笑:"你要是按我说的来切割,我就给你两千。"

"不。"

"两千五。"

维姆不发一语,开始转身向外走。在经过努里先生身边时,他停住了,弯下腰,凑近面前这位长者,低声道:"为什么不试一试?"

维姆这样说着,心里却有些讽刺地想着:对自己的父亲唯唯诺诺,在这里倒是会重拳出击了。

"什么?"

"我知道您的手艺。我知道您手下还有其他切割匠。你们都很厉害,为顾客打造心仪的钻石,让那些新婚、已婚夫妇,还有他们的家族长辈心满意足。你们切割出一颗又一颗圆形明亮式钻石,但就这一次,就这一颗石头,做点不一样的新鲜东西吧。"

"这可是做生意啊,维姆。"

是啊,当然,年轻人心里想着:"我该走了。"

在他距离门口五步远的时候,努里先生开口道:"等等。"

维姆回头看他。

"你觉得这样切是最好的,是不是?"

"这样切才配得上这颗石头,我只说这么多。"

努里先生摇头,似乎是在努力理解维姆的这番说辞。然后,他伸出了手。

维姆并未握住:"还是两千五吗?"

珠宝商点了点头,二人握手。

维姆问:"我在哪儿开工?"

20

"收到你的短信了。"林肯·莱姆说。

躺在床上的男人抬眼看到是他,露出了笑容,还有几分惊喜。

"你来了,林肯。你居然亲自来了。我就是……就是想聊聊天,本来还想打电话呢。"

"巴里。"莱姆操控轮椅,靠得更近了些。

这张复杂精密的病床位于一家综合医院的内部,医院地处中城区东部迂回错落的深处。莱姆他们着实花了一些工夫才找进来,让人眼花缭乱的指示牌并没有什么用处。

"你好,汤姆。"

"你好。"

巴里·塞尔斯被藏在浆洗过度的床单和毯子下,他稍微动了动,找到一个遥控器,按下按钮,在液压床垫的帮助下坐了起来。他快四十岁了,皮肤苍白,留着稀疏的棕发。

他的眼睛在动,却没有神采。

莱姆的轮椅靠得更近了,二人都只能微微点头,算是打过招呼。面对此种情形,莱姆还是没忍住,笑了出来。塞尔斯似乎也有同感,微笑起来。

莱姆不能跟塞尔斯握手,因为他只有右手可以活动,而塞尔斯经历了那次差点要了他的命的火并之后,只剩下左边手臂。

莱姆环顾四周，他是绝对不想留在这种地方的。事故以来，所有的医疗场所带给他的只有麻烦和折磨。他也曾妥协过，激烈地反抗过，最后只能咬牙接受。但如果有选择，他真的一辈子都不想再来这种鬼地方了。

但今天，他别无选择，必须要来。

几年前，莱姆还在纽约警察局的犯罪现场调查部门工作时，塞尔斯就是他的同事。

那时候，塞尔斯是所有调查员中出类拔萃的明星。对于其他调查员来说，只要完成取证调查，现场的工作就算是做完了，只有他会花上数小时，不厌其烦地在现场走格子，一遍又一遍。

后来，塞尔斯决定调去一般调查组工作，莱姆对此并不认同。他一直关注着塞尔斯的发展，得知对方年纪轻轻就在重案组身居要职，更是在莱姆离开警局以后带领队伍做出了突出业绩，就这样一步步脱颖而出。

莱姆问："他们这里没有迷你吧吗？"

"天哪，林肯，"塞尔斯说，"你还是老样子。"

"喝上一杯之后再推理，提神醒脑嘛。"

"可惜啊，"塞尔斯说道，"医院的酒保下班了。"

"那就开除他。"莱姆说着，对汤姆点了点头，后者会意，拿出了两瓶"冰茶"，反正瓶子上是这么写的，不过里面的液体却是可疑的金色，就像是，怎么说呢，就像是单一麦芽威士忌。汤姆将其中一瓶放在餐具柜上，打开了另外一瓶。

"行吧，去他大爷的，"塞尔斯说着，"我又不开车。"只是他的声音突然哽住了，他挣扎着调整呼吸，设法止住不停留下的眼泪。"真他妈的操蛋，怎么会变成这样。"

"我懂。"莱姆说道。

汤姆将打开的"冰茶"倒出了两杯，递了出去，然后坐回到房间的一角，开始看手机。

两人各自喝下一口威士忌，就在此时，一个活泼的菲律宾裔护士走了进来，他们机智地藏起了酒杯。护士检查了塞尔斯的各项体征，离开时，咧嘴笑道："哎，不听话的坏孩子，可要把东西藏好哦。"

塞尔斯又喝下一口，看向柜子上的那瓶酒。

"你是怎么搞的？"

"用漏斗。"莱姆以为他在问藏酒的事。

塞尔斯有些糊涂地眨了眨眼，随后笑了起来。

"你是问，我是怎么搞成残废的？"莱姆明白了。

"对，出了什么事？"

"你知道的，我讨厌说那些陈词滥调。"

"我知道。"

"但有些时候，这些陈词滥调特别适用，就比如我的身体，就应了那句'一步踏错终身错'。"莱姆的第四节脊椎断裂，造成了他的四肢瘫痪，神经失去控制，只有一根手指保有些许功能。塞尔斯的右臂自手肘以下被截肢，其他肢体功能完好无损。

但有趣的是悲剧从来都是主观的。塞尔斯的痛苦源于现在的生活与事故之前的反差，而不是和莱姆的情况相比。

"而且总会有人陪着你。"莱姆朝汤姆点头，后者歪着头，一副平常模样，没有表现出任何同情或悲悯。

"即使是个烦人精。"

"啊，你们俩这老夫老妻的样子。"塞尔斯对汤姆并不陌生，他曾去过几次莱姆家里。

"琼一直在。"

塞尔斯面无表情地提起这个名字："我不能跟她同处一室，我能看出来，她一直控制自己不去看。"是说自己的右臂。"我试过跟她开玩笑，问她能不能搭把手，她差点崩溃。"

"一步错终身错。总会有人陪着你的。还有很长的路要走。天，一连唱了三句陈词滥调，我要吐了。"

塞尔斯止住了眼泪："医院里有个不错的心理医生，你有没有合适人选给我出院以后用？"

莱姆回答道："我也试过做心理咨询，但没什么用。他们……"他看向汤姆，"那个词叫什么来着？"

"瞎糊弄。"

莱姆耸了耸肩。

"不过对大多数人来说还是有用的，我可以给你推荐几个人。"

"谢谢。"

莱姆知道，这段对话虽然有些漫不经心，却是一个破冰的信号。毕竟，塞尔斯就像他一样，像大多数留下重大伤患的人一样（不管是脊柱损伤还是别的什么），他们最后都会对自己说："去他妈的，爱咋咋地，我还有日子要过。"比如莱姆，他最终选择尽量忽视自己的身体状况。他终究是要成为一名刑侦专家的，只有这个才能定义他，再无其他。莱姆没有抱怨，没有借此募集善款，没有求援公共医疗服务，也不在乎所谓的政治正确。如果让他客观地描述自己，他一定会用"瘸子"或者"拐子"这种说法。也曾有人端着高高在上的架子，伪善地称他是"残疾人互助小组"里的榜样人物，莱姆当时狠狠地瞪了这人好几眼。他希望这个词永远不会被编到韦氏词典里。

不，塞尔斯之所以发短信给莱姆并不是为了向他咨询治疗方案，而是为了另一件事。

就在这时，塞尔斯提起了这件事。

"你有他的消息了？"

莱姆当然知道，塞尔斯话中的"他"指的是谁。

射伤他手臂的人。

犯人已经被抓住，正在进行审判。

塞尔斯说："我们队里狗屁都打听不到。领导们总用同一套说辞，'哦，那家伙已经被抓起来了，我们能搞定他。'但他们这话说得自己都心虚。"

莱姆的缺点是脾气暴躁、缺乏耐心,他最讨厌人们懒散、无所作为,时不时地还会毫不顾忌地发火。但他也向来都是有话直说,实事求是。

"抱歉,巴里。我听说的也差不多。"

庭审就像是一场混乱的火并,控方想要死死咬住被告人不放;辩方律师拿人钱财,替人消灾,巧舌如簧地狡猾顽抗。

塞尔斯点头:"你知道的,面对着枪手、明明白白地中枪是一回事,但从没见到那个混蛋开枪、从没直视他的眼睛,稀里糊涂地挨了一枪是另外一回事。就像那个在现场闲逛的凶手一样。辛普森枪击案,几年前的那个疯子,记得吗?"

在一些案件中,嫌疑人会留在现场或附近——可能是出于好奇,或是为了获取警方的工作进展,或是因为纯粹的嗜血冲动。在辛普森一案中,凶手把房主开膛破肚后,并没有离开,而是藏在了房子里的肉类冷藏库中。莱姆手下的一个调查员对此毫不知情,他专心取证时,凶手走出来,掏出手枪,对准调查员疯狂地扣动扳机,射光了全部子弹,但都射偏了。因为他一直藏在冷库里,体温已经只有二十多摄氏度。凶手的手抖得厉害,现场被纷飞的子弹毁得一片狼藉,调查人员却毫发无伤。

听完莱姆的描述,在场的三个男人都笑了。

"上帝,我真的希望这人能消失。"塞尔斯舔了舔嘴唇继续说道,"你还记得邦尼吧,我妹妹。我让她把特鲁迪和乔治带过来让我看看。她嘴上答应着,但我知道,她心里并不愿意,我明白她在想什么,她不想让两个孩子看到他们的巴里舅舅变成了这样。真见鬼,我也不想让他们看到我这副样子,会吓坏他们的。我不能去看他们比赛,也不能去听他们的独奏会了。"塞尔斯双唇紧抿,咬紧了牙。

他深深地吸了一口气,继续说道:"我有点累了,想睡一会儿。"

"我去把车开过来。"汤姆站起身说道。他记下了塞尔斯的电子邮箱，并再次表示，他会将自己熟识的靠谱理疗师和义肢专家推荐给塞尔斯。

莱姆将轮椅摇到一边，将另一瓶还没开封的"冰茶"塞到了塞尔斯左手边的床被下。他还想说些什么，但男人已经闭上了眼睛，躺在了枕头上。莱姆可以看到塞尔斯来不及止住的眼泪，顺着脸颊滑下来。他调转轮椅，离开了房间。

21

维姆跟随德夫·努里先生穿过一扇厚重的门,来到了工作间。

考虑到种族和宗教信仰,对于努里先生店里的人来说,周日并不算休息日。此时,工作间里有五个切割匠围在旋转的钻石抛光盘周围,其中有四个是印度人,还有一个中国人。他们都穿着深色休闲裤和浅色短袖衬衫。年龄从二十岁到五十岁不等,毫无意外都是男性。在纽约,维姆只认识两个女钻石切割工。这也是钻石圈的常态吧。他经常听到这样的话:钻石这种东西,男人负责制造,女人负责闪耀。

努里先生的儿子巴萨姆也在其中。巴萨姆与维姆年纪相仿,滚圆的脸在看到维姆的时候露出了惊讶的神情。他放下手中的钻石夹咀站起了身。

"维姆!我听说帕特尔先生的事了,到底发生了什么?"

"新闻不是都报道过了吗?差不多就是那样,有人抢劫。"

"那你呢,你怎么会来这里?"

维姆犹豫片刻,回答说:"给你父亲做点活儿。"

巴萨姆有些困惑,但努里先生严肃地对他点了点头,示意他坐回工作台继续。巴萨姆顺从地坐下,再次拿起夹咀,戴上多倍镜,开始打磨钻石。

努里先生的工作间与办公室不同,这里的物品和布置整洁有序,设备也很齐全。全世界一半以上的钻石都是在印度苏拉特切割的，那里的大型工厂基本上已经从手工操作升级到了计算机操作。机器会自动执行全部四个阶段的加工：画线、切割或是锯切，然后是打圆、刻面或是刻小面。努里先生有两台这样的机器，看起来和其他工业设备很像，都是那种蓝色的金属箱子，长六英尺，宽和高都是五英尺。

当然了，计算机的程序里没有平行四边形的切割设定，再者，维姆也绝不会完全用机器来切割钻石。这次切割必须是手工来做。

"我就不打扰你了。"努里先生说着，起身离开，他看着那颗钻石，恋恋不舍，似乎是在向一个即将远渡重洋的老朋友告别。

维姆点点头，他并没有听清楚努里先生说了什么。现在，他的全部心神都被眼前的钻石占据了。石头上画着红色的线条，那是他选定的、将要切割的地方。

按照他的想法来切割这颗石头，也就是要顺着画线进行劈割，再逆着纹理锯切。所有这些工作都靠一个由操纵杆和鼠标控制的绿色激光来完成。维姆·拉赫里不仅精通旧式的钻石加工工具（比如锤、凿子和锯子），也可以用激光切割钻石。对于这种工具使用上的巨大变迁，他的理解是，自钻石切割诞生以来，钻石匠人一直都在使用最为前沿的科技手段进行宝石加工，所以钻石切割也随着科技发展不断更新其操作方式。

现在，维姆开始工作。他先是将一团黏合剂填进夹咀，然后将钻石压进黏合剂里，等它干透固定，再把夹咀放进激光装置，关上设备门，打开电源。维姆坐在屏幕前，可以看到激光装置内宝石的特写。他将手放在了鼠标上。

他移动了一下屏幕上的十字准线，使其与标记的线对齐，然后通过操控键盘和鼠标，开始刻画一个平行四边形。伴随着嘶嘶声和医用核磁共振扫描仪一样的脉冲声，激光光束开始了切割。切割途中，维姆时常需要停下来。大约一小时后，他打扫了钻石碎屑，将装置清理干净，并将钻石取下，调整角度后，再次将其粘在一根新的夹咀上，重复刚才的操作。切割，停下——擦去脸和手上的汗水——继续回到屏幕前工作，又一次调整钻石在夹咀上的角度，重新黏合。半小时后，基本的劈割工作完成。平行四边形的钻石成型了。

维姆将钻石取下来，清洗了上面残留的黏合剂，透过放大镜仔细查看。

不错，很好。

接下来是刻面，就是在石头上刻出一个又一个切面。在这一阶段，维姆和其他钻石切割匠一样，追求的无非是将钻石的三要素最大限度地体现出来，即亮光（直视一颗钻石时看到的白光）、火彩（侧看可见的七彩流光）以及闪光（移动时刻面上明暗交替的闪光）。

维姆坐在抛光台前的凳子上。抛光台约四英尺见方，像一张结实的桌子，以抛光盘（一个水平放置的铸铁盘）为中心。抛光盘的转速可达每分钟三千转。切割匠们将钻石抵在高速旋转的抛光盘上，从而在钻石上形成刻面。工作间的墙上有一个工具架，上面林林总总地摆着许多不同型号的夹咀，都是在钻石刻面这一阶段会用到的。

维姆挑出一根合适的夹咀，将钻石固定在其顶端，然后启动了抛光盘。抛光盘的大小与他父亲那台保留至今的旧唱片机转盘差不多。他将浸有钻石粉的油滴在抛光盘上，再把夹咀上两条软撑安在工作台上。维姆将钻石压向抛光盘，一两秒钟后举起，戴上多倍放大镜观察形成的刻面，而后再次研磨。渐渐地，刻面出现了，先是在石腰——也就是侧面，然后是表冠和亭台，钻石的顶部和底部。

高温下，橄榄油挥发的味道弥漫在空气里，将维姆笼罩。这一刻，对他来说，浩瀚宇宙中除了这颗石头什么都没有。没有阿黛拉，没有弟弟桑尼，没有父母，没有可怜的杰丁·帕特尔先生，也没有家中未完成的雕塑——那件"海浪"。

他也不必躲藏。

此时此刻,他已经完全忘记了外面还有凶残的杀手正在追杀他。只有这颗钻石,还有它逐渐苏醒的灵魂。

他将石头轻轻与抛光盘接触不到一秒,而后举起观察,一次又一次,仿佛永无止境。

橄榄油一滴滴点进抛光盘里,旋转的铸铁盘嘶嘶作响,钻石渐渐变小,磨下的钻石粉尘变成了油乎乎的残渣。

钻石加工的微妙之处在于,要克制自己过犹不及的贪念。不能过度加工,以致损伤了钻石恰到好处的完美。如此这般,一小时还是二十小时,或是仅仅只过了十分钟——他早已经失去了概念——维姆·拉赫里的切割完成了。他关掉抛光盘,嘶嘶声逐渐停歇。维姆喘着气,向后靠坐在椅子上。直到这时他才发现,四名切割匠不知何时离开了他们的工作台,全都围在他身后,看着他将平行四边形的钻石打磨成型。他们就这样静悄悄地聚在一起,维姆一直都没察觉。

一个叫安迪的切割匠开口请求道"我可以看看吗?"他说着,渴望地伸出了手掌。

维姆将钻石递了过去。安迪将多倍放大镜戴好,细细地看着。"你在表冠上多加了一个刻面,这我可绝对想不到。什么角度?"

"七度。"

安迪将钻石传给其他匠人,那几个人也一边赞叹地笑着一边戴上放大镜端详着石头。他们惊讶又赞叹的表情让维姆觉得有些好笑。

"快洗洗。"其中一人急切地说道。

维姆将钻石拿到清洗台,放进煮沸的酸中清洗,除去石头上的黏合胶剂、油、钻石粉尘和其他附着物。

这通常是一个让人紧张非常的时刻。因为好多你以为不是问题的问题都会在清洗过后显现出来,比如你以为切割得十分完美,却发现了黏胶或油脂掩盖下的失误。不过,维姆对此从未有过担心。哦,不对。在他长达八年的钻石切割生涯中,他犯过些错误,也毁掉过一些石头（被帕特尔先生或他的父亲暴跳如雷地大声责骂过）。但是当劈割、锯切或刻面出问题时，他立即就能意识到。他自信在这颗石头上没有任何失误。这块石头是完美的。最糟糕的部分已经被他切掉，有些内含物。一些微小的夹杂物藏于钻石的心脏，即使是最挑剔的眼睛也看不到。钻石的刻面清晰且对称。亮光、火彩和闪光三大要素达到了完美平衡。这块钻石，几乎完美。

维姆用镊子夹起切割好的钻石，再次细细查看，这次不是审视，而是欣赏。

他发现了石头里面被困的灵魂，并释放了它。

他欣赏着成品钻石闪耀的光华和耀眼的色彩，可是这时，一阵突如其来的悲伤攥住了他。

帕特尔先生不在了，无法见证这一刻。

恰在这时，努里先生走进了工作间——刚刚已经有两个切割匠去通知他了。肥胖的男人面色依旧灰白，此刻却露出微笑，他拿过维姆手中的镊子凑近细看看，还用印地语念念有词地说着些什么。维姆听不太懂，但他能看出男人脸上惊讶的神情。

"你没有把底座弄成平面。"底座就是亭台的底部。钻石匠人通常都会将这里磨平，以保证钻石坚硬不易碎裂。但平坦的底部会使钻石变暗。著名的"光之山"钻石就是很好的证明。十九世纪时，钻石匠收到维多利亚女王的丈夫——阿尔伯特亲王的命令后，对其重新进行了切割，然而正是这次切割产生的宽而扁平的亭台底部将原本闪耀非凡的钻石变得黯淡平凡了。

"嗯，我没有。"

维姆预感到自己这异想天开的做法或许会遭到反对。

努里先生却有些激动地说道："干得好！你看看这光，看看！不管是谁，能有幸买到这颗钻石都得看清楚，它就得这么切。"他眯起眼，"你在表冠上多加了一个刻面。"

"必须要这么刻。"

"当然，是的，是的。老天，维姆，你做得太绝了！"

但维姆没有心情也没有时间去享受赞美，他现在就得离开。

"我得走了。那么，之前说好的，两千五。"

"不行。"

维姆僵住了身形。

"三千。"

二人都笑了。

这么多钱足够他离开这座城市，如果他节省一点，甚至可以支撑他找到一份工作。苦一些、累一些的底层工作就好，也许他还能进到一所设有艺术课程的大学里工作，就算是当看门人，或者在食堂打杂都好。长久以来的生活让他变得仿如行尸走肉，但此刻他似乎感受到了久违的快乐。

维姆走到角落的洗手池去清洗，钻石刻面会把身上弄得很脏。他一路走过去时，身边的几个切割匠都用钦佩或赞叹的眼神望着他。他却不喜欢这样的关注，任何将他与钻石加工绑在一起的东西都令他反感。维姆洗完手，匠人们已经回到各自的工作台。他走到门口，走进了努里先生的办公室。

努里先生正将一沓现金装进信封，就在他将信封递给维姆的时候，通往楼道的门敞开了，两个人走了进来。

维姆倒吸了一口气，瞬间手足无措地僵在了原地。他看着向他走来的迪普罗·拉赫里，他的父亲，他身旁就是巴萨姆·努里。敦实的男孩此刻垂着头，不看他。

不，不……

"爸，我……"

身材矮胖的父亲怒气冲冲地走向他。

"迪普罗。"努里先生皱眉，有些困惑地叫住了他。

迪普罗却只是看了一眼那只信封："这是我儿子的钱？"

"对，但是——"

他一把将信封从男人手里抓了过来:"这钱我替他保管,他现在做不了主。"接着,他转向维姆,厉声道,"你,现在就给我回家!"

努里先生懂了,维姆之前说的并不全是实话,他问道:"你爸不知道?你是骗我的?"

"对不起。"

迪普罗走向维姆放在一旁的皱巴巴的外套,伸手从衣服内侧的口袋里拿出维姆的钱包,把钱包和装着现金的信封一并放进了自己的外套口袋里。

此时此刻,是谁出卖了维姆已经很清楚了。迪普罗对着巴萨姆点了点头,用眼神对他表示感谢。原来他父亲发了悬赏,圈子里任何人有维姆的消息,就能得到这笔钱。

维姆怒不可遏,心里又痛又怒。

他冰冷地看向巴萨姆,后者却不敢看他,只是念叨着:"他是你父亲,你要尊重他。"

维姆想着,父亲到底悬赏了多少钱,怒从心头起。他突然转向迪普罗。父亲只比他高一点点,既没有他结实也没有他强壮,维姆想象着,自己将父亲撞翻在地,伸手从他口袋里把钱抢回来,然后快速冲出门逃跑。

但这幻想如同钻石粉尘一样,毫无意义。

"跟我回家。"

说得好像维姆还有其他选择一样。

维姆缓缓走向门口,父亲就跟在他身后,语气郑重地说:"儿子,我这么做都是为了你好,希望你能明白。"

22

阿米莉亚·萨克斯此刻就在卡德曼广场附近的地铁站，嫌疑犯就是在这里扔掉了安全帽和黄色背心，乘车离开去曼哈顿。她盘问了地铁站附近的商场和酒店，但是一个多小时下来一无所获。谁也没看见是否有人扔掉装备，这也是意料之中的。

调查后萨克斯发现，嫌疑犯四十七经过的工地并不是在建造公寓或居民楼，而是一个高科技能源项目。

萨克斯观察起这个占地广阔的施工现场，四周是八英尺高的胶合板。就在她的眼前，两根木桩上矗立着一块巨大的招牌。

东北地质公司。

地球最洁净的温暖，温暖您和您的家人。

下方是一个小广告牌，白色背景，绿色文字，做成藤蔓的样子。草叶簇拥在一起的样子很是生动，非常绿色环保。文字解释说，地球本身就是一个巨大的太阳能集热器，无论地球表面是冷还是热，它都能从太阳吸收能量并保持恒定的温度，而人类其实可以利用这些能量来为建筑物制冷或供暖。现在正在建造的地热设施就能做到这一点，为该地区的数百栋建筑物提供服务。管道沉入地下，液体将通过管道泵入，返回地面时，液体将通过调节器来制冷或供热。

该公告指出，这基本上是一个大型热泵，可供具有环保意识的居民在家中使用。

减少使用化学制剂供暖和制冷，在萨克斯看来，这个理念是好的。

但显然也有人不这样认为。三十多名抗议者此刻手持抗议标语站在人行道上，明确表达反对钻井作业。一个须发灰白的瘦高男人似乎是这次抗议活动的领头人。观察这些抗议者手持的海报和佩戴的翻领别针，萨克斯得知，抗议活动组织叫"一个地球"。她有些不解，这些反对者抗议的是什么？毕竟这个地热工程也算是环境友好项目。随后，她在一些海报中看到了，他们认为钻井作业会造成水力压裂和水资源污染。

瘦弱的领头人拦在装有大梁的平板卡车前，双臂高举，交叉在一起，而后站定不动。余下的人群爆发出欢呼声。每次卡车司机按下喇叭示意警告，人群都会爆发出更大的叫喊声与之抗衡。

这种时候就该有个巡警来管管了，但显然这周围没有巡警。

萨克斯走向对峙的街口。"先生。"她亮出了自己的警徽，"请离开街道。"

"我要是不离开呢？你要逮捕我吗？"

当然了，这绝对是萨克斯最不想要的结果。不是说她办不到，而是因为她没有引文在身，若是逮捕这人，她还要去一趟当地的警局。不过萨克斯依旧回答："是的。"

"你被这群人利用了，整座城市都对他们俯首称臣。"他指的是工地。

"先生，为这种事进监狱实在没有必要，请您离开街道。"

男人依言离开了街道，但萨克斯的语气如此轻描淡写，将他的战略说得像蚊虫叮咬一样不值一提。

"请出示您的身份证件。"

男人再次从命。他叫伊齐基尔·夏普罗，住在上城区。

萨克斯看了一眼后，将证件还给了他："您没有妨碍交通，但我希望您口袋里那罐东西是自己家里装饰要用的。"

那是一罐喷漆，萨克斯之前就注意到现场的墙上和标语牌上有没被清理干净的涂鸦。

"全都被他们毁了。"夏普罗瞪大眼睛看着工地，"全都毁了。"说着，他转身回到人群，人们热情地簇拥着他，在他们看来，夏普罗并不是拦下了卡车，而是孤身一人面对千军万马，胜利归来的将士。

萨克斯把环保问题抛诸脑后，开始行动，她的车就停在附近。她从车里拿出一个红色帆布证据收集袋，走向地铁站入口。正是这里的监控摄像头捕捉到了嫌疑犯四十七的身影。她转身往回走，重复嫌疑犯的行动轨迹，找到了他扔掉安全帽和背心的垃圾桶。垃圾箱里并非空无一物——在纽约，你永远也找不到一个空的垃圾桶——但里面的东西不多，可以清楚地辨认出那里并没有安全帽或背心。

随后，萨克斯发现了嫌疑犯四十七离开施工现场时要走的大门。巨大的铁丝网门是开着的。尽管今天是周日，但她还是希望现场有工人在。萨克斯走进去，门口的保安身材颀长，穿着安保制服，皮肤黝黑，似乎是刚刚度假回来，面对萨克斯时一脸警惕。她出示了警徽，说想和他们的负责人聊聊。保安拿起对讲机，汇报说有一名纽约警察局的警探找他。

对讲机里传来一个声音："啊，好，等等，告诉这位先生我一分钟就到。"

"女士。"

"什么？"

"是一名女警探。"保安说着，有些尴尬地看了萨克斯一眼。

"哦，女警探，一分钟。"

萨克斯趁机观察了一下现场。这个占地三英亩左右的项目并不像城市里的大多数建筑工程，暗红色的铁制摩天大楼呈格子状拔地而起。这更像是她想象中的石油钻井平台。现场有许多钻孔,宽约有二十英尺,长约有五十英尺,周围是六英尺高的绿色栅栏,标记为区域一到十二。有些区域上方还架有四层楼高的井架。其他绿篱区域似乎已经关闭,也许这些地方的钻探工作已经完成了。

虽然此时这个工地人并不多,但依旧很嘈杂。钻井机的柴油发动机发出刺耳的轰鸣,周围的推土机喧闹不止,将地上的施工废料铲起,伴随着巨大的撞击声,将其扔进自卸卡车里。

主管说他一分钟就到,他也确实准时出现了。是一个身材敦实的男人,穿着棕色的卡哈特工作服和橙色的安全背心。他戴着时髦的有色眼镜,镜架上还有鲜红色的固定器。安全帽被高高地推到了头顶。

两人做了自我介绍并握了握手。主管名叫艾伯特·肖尔,他看了一眼大门外的抗议者,说道:"所以,这回又是什么花样?"他在机器的轰鸣中大声问道。

"什么?"

"他们的投诉。"

萨克斯疑惑地挑起眉毛。

肖尔继续问:"是不是有人投诉我们了?"他的声音很不耐烦,灰色镜片后的眼神也是如此。

"我并不是为此而来的,为什么会有人投诉你们?"

"哦,抱歉,这是他们的手段。有人报警,当然都是用付费电话或一次性电话,说我们这里有人卖大麻,有裸露癖,还有人举报说我们的工人宰杀鸽子,但你知道的,没人能给出确实的证据。"

"'他们'指的是谁?你说'他们的手段'。"

"那些抗议者。那伙人的组织叫'一个地球'。他们就是为了给我们找麻烦。"

萨克斯说道:"夏普罗,是的,我碰到他了。"

主管叹气:"伊齐基尔。他又做了什么事把您弄到这儿来了?"

"挡住了一辆运输卡车。"

"哦,这是他们钟爱的招数之一。还有涂鸦和假警报,他们还点燃过一些垃圾箱。没造成损失,但也惊动了消防部门,把整条街都堵住了。"

虽然夏普罗此刻离他们还有些距离,但可以看出,他已经激动起来了,兴奋地挥舞着手臂,激情满满地带领着他的追随者们吟唱难懂的圣歌。

"他们的诉求是什么?"萨克斯问,"水力压裂?我看到一张海报上是这么写的。"

肖尔露出嫌恶的表情:"胡扯,我们建造的是近地表的闭环地热。不会向地下排放任何东西,也不会从地下泵取任何东西。输送的液体就在管道里,绝对不会流出管道系统,管道破裂的可能性就像蟑螂的屁股一样小。我有时候觉得他们根本不知道我们在做什么,只是单纯想来抗议。就像是,哦,今天是星期天,好无聊啊,让我们抱抱大树,欺负欺负老实人,给那些累死累活的工人添添堵吧。"

蟑螂的屁股?

"不说这个了,如果不是他们投诉,我还能为您做些什么呢,警探?"

萨克斯先是问了肖尔他周五是不是也在工作,因为她不想泄露任何信息,尤其是在还未查明是谁与嫌疑犯四十七会面之前。但肖尔说他那天休息,周四和周五是他的"周末"。

"我的资历没那么高,"肖尔苦笑着说,"所以即使是周日我也还在上班。休息日,哈!"

萨克斯解释说,据他们调查,有一名嫌疑犯曾在周五从这个工地走出去,但并没有说具体是什么案件。

"我们的员工中有嫌疑犯?"

"应该不是,他是从这里走出去的,去地铁站。但是又想起来自己还戴着安全帽、穿着安全背心,所以又转身走回来,把背心和安全帽扔掉,再去乘车。"

"没错,干我们这一行的没人会把安全帽扔掉。背心有可能,但头盔绝对不会。他来这里做什么?"

萨克斯对他解释了两种可能性。一种是将这里当成一条捷径,为了躲避卡德曼广场的监控——那边到处是政府部门的大楼。还有一种可能,是来这里见了什么人,很有可能是来买武器的。

肖尔觉得嫌疑犯不大可能会为了抄近道来这里。工地一共有两个入口,一个是萨克斯走进来的那个,另一个离这边有半个街区远,是卡车专用的通道。"要是想进工地,基本上只有一个入口。"

至于第二种可能性,肖尔说:"我们一直仔细检查每个工人,不过都是为了搜查毒品和酒。我说,这可是纽约城的建筑工地,也许我们的工人中确实有人能搞到枪来卖。我们这里没法用金属检测器,毕竟所有人每天身上都要带着差不多二十多磅的施工工具。"

萨克斯环顾四周。"你们这里安了监控吗?"

"只有供货仓库和工具室有监控,小偷也只对那两个地方感兴趣,但是都在工地的另外一头。他是从这个大门出去的,所以那里的摄像头应该不会拍到他。那么,您想怎么做呢,警探?"

"盘查你的工人,问问他们有谁在周五的时候见过他。我有他大概的样貌。"

"没问题,我会帮您的。我哥哥就在波士顿的警力部门工作,在南湾。"

"那就太好了。"

"得先给您穿上装备。雷吉!"肖尔叫住了一个路过的工人,"拿个安全帽和背心来给这位小姐。"他顿了顿,改口道,"给这位警探。可能穿起来不太好看,但规定就是规定。"

萨克斯穿上了橙色的背心,戴上了安全帽——她得先把头发绑成马尾才能戴帽子。她还想拍个自拍发给莱姆和妈妈。

然后又想,算了吧。

"他没有许可也没有身份证明,是怎么通过保安进来的?"

肖尔耸了耸肩:"这不难。只要穿着安全背心,戴着安全帽,混在一群工人里走进来,保安是不会发现的。我们倒不担心有人混进来,就是怕在下班时间有人进来,把我们的推土机,或是装着价值几万美元铜管的卡车开走。对不起,我刚刚叫您'小姐'。"

"比这更难听的我也听过。"萨克斯从证据袋里拿出一张照片,是从大都会运输署安保系统里打印出来的,图片中几乎看不出什么细节。黑色外套,黑色运动裤,黑色棉线帽。图片上的文字描述此人为白人男性,中等身材,身高约一米八。

"警探,这人干了什么?"

有些时候要守口如瓶,有些时候,就要知无不言。

"他杀了一个珠宝商,还有一对夫妻,就在中城区,昨天的事。"

"天哪,是承诺人。太可怕了,那两个年轻人,刚要结婚……他杀了他们。"

"就是他。"

"你们觉得他的枪是从工地的人手里买的?"

"我们就是要查清楚这件事。"

他们四处走动,与周日当值的工人交谈。这些工人无论男女——确实有少数几位女工——都十分愿意交流,也不会回避眼神接触,表现得都很正常,这似乎也在证明这些人没有和嫌疑犯四十七有过接触。

半小时过去了,他们一无所获,萨克斯几乎和所有在场的工人都聊过了。她已经开始想,也许她或者罗恩·普拉斯基明天还得再来一趟。她不想等到明天,嫌疑犯四十七此刻肯定还在追踪VL,还在猎杀那些在他看来戴着罪恶钻戒的无辜情侣。

但片刻后,事情就出现了转机。一名个子高挑的非裔工人听到她的描述后几乎立刻就点了点头。

"我那时的确看到了一个人,周五的时候。我以为他是其他部门的人,但他没有穿卡哈特制服,而是穿着一件黑色外套,外面套着安全背心,还戴着安全帽。"

工人名叫安托万·吉布斯。

肖尔解释说:"总部的一些高层会来工地,他们很多时候都不穿制服。"

吉布斯又说:"然后这个人,他当时在和另一个人讲话。我觉得可能是和哪个工人吧——因为和他说话的人穿着靴子,也穿着卡哈特制服。他们聊了一会儿,又四处打量,然后就走开,去七号那边了。还挺奇怪的,我觉得有点可疑。但我当时没想那么多。"

"七号?"萨克斯问道。

吉布斯指着六英尺高的绿色栅栏周围的一个钻圈。这个钻圈边上没有立着巨大的井架,旁边有一个标志。

七区
钻孔作业:三月八日到三月十日
HDPE(高密度聚乙烯)管道:四月四日
灌浆:四月四日

他们走向七区,萨克斯问高个子的工人:"你看到他的脸了吗?"

"没有,看不清,抱歉。身形跟你给我看的照片差不多,但是没看到脸。"

萨克斯看向七区外面围着的有些破烂的围墙。

"他们会不会进到里面去了?也许他们之间有什么见不得人的交易。"

吉布斯回答说:"他要是有钥匙的话就能进去,很多人都有。"

"里面有什么?"萨克斯指着围墙内问。

肖尔答道:"矿井和泥坑。"他看出萨克斯并没有理解他的话,于是又补充道:"你看,地热的工作原理是将地表的液体打到几百或几千英尺的深处，然后再返回地面。"

"我看过你们的公告牌。"

"那是公关人员写的，但也能说明一个初步的概念。我们做的第一步是在基岩中钻一个五百英尺到六百英尺深的竖井，然后把管子放进去。我之前提到的闭环循环，基本上就是两条厚软管在末端连接，这种管道叫HDPE，是高密度聚乙烯材质，这样液体就可以在管道内循环。由于地热只在管道与地面接触时起作用，所以我们要在管道就位后将导电浆液注进去。这个七区，有二十个钻井。我们已经把所有竖井都钻好了，在接下来的几周内，也就是四月三日，才会按工程进度铺设管道，在那之前七区是关闭的。"

萨克斯对主管说："就是说，这里没人干活儿，他们能躲在这里私下交谈。你可以打开门让我进去看看吗？"

肖尔向吉布斯问道："泥坑？"

"还没挖干净。"

肖尔又转头对萨克斯说："你要小心脚下。钻探工作的方式是一边钻，一边往地下注水，泥浆和岩石被泵回我们所说的泥浆坑。最终这些泥坑会被清理掉，把污泥和石头运到垃圾场，但七区的泥坑还没有全部清干净。都是些恶心的东西。"

他说着，从腰带上拿起一把钥匙，打开了门。萨克斯走了进去，又说道："你们可以在外面等吗？"

肖尔点了点头，但他的神情表明他并不理解为什么他们不能进去。

萨克斯解释说："嫌疑犯很可能来过这里，我不想破坏现场遗留的证据。"

"哦，对，对的，当然了。犯罪现场调查。我看过那些节目，和我老婆一起，特别爱看。我听说你们在凶杀案现场抓到一只蝴蝶，甚至能从蝴蝶的翅膀上看到凶手的样子。太神奇了，你们这样做过吗？"

"从来没有。"萨克斯心想,一定要把这件事分享给莱姆。

她戴上手套,在鞋子上绑上橡皮筋——用以在现场中区分自己和不明嫌疑犯的脚印——她并未解释,只是任由一旁的主管自己脑补,这或许是另一种高科技刑侦手段。

蝴蝶翅膀……

但萨克斯一进到七区就意识到,调查这里毫无用处——不,比毫无用处还要没用。她不由得笑了,刚才那句话语法上根本说不通。莱姆一定会喜欢的,就像是"独一无二的唯一"一样。

或者说"一无是处"更恰当?

从调查的角度来看,这里的难题是随处可见的泥沙和岩石,根本提取不到任何脚印,所以她完全不知道嫌疑犯和那个工人当时到底在哪里见面,他们甚至可能都没有来过这里。

但她依旧戴着手套,在入口附近的地上刮了半磅泥下来,装进证据袋里,因为他们最有可能在这里停留。

七区的中心是一个大泥坑,从围墙的一端延伸到另一端,大概有十五英尺宽,一条布满石头的小道环绕在外。像肖尔说的那样,里面是一个盛满泥水的大坑,泥水是灰褐色的,上面漂浮着废弃的油料和其他化学物质,光照下反射出斑斓的色彩。从泥潭中间竖立的量尺上可以看出,泥坑有超过六英尺深。

真恶心。

在泥坑当中,还有十几个地热井,井口直径十二英寸,被塑料布盖住。旁边是一台看起来像小型固定式水泥搅拌机的机器,大概是用来在管道铺设进竖井后灌浆用的。

穿过矿井的唯一方法就是走竖井间铺设的木板……必须小心谨慎,木板只有十英寸宽,却有十八英尺长,每走一步,木板都会微微颤动。

萨克斯想着,不明嫌疑犯会不会也走过这些木板,从一处矿井走向另一处。远处围墙上有一扇窗,开在头部的高度,不明嫌疑犯也有可能走过去寻找安全出口。所以萨克斯觉得自己也有必要过去，就算是从窗户下面的地上取一些样本也好。

她看向脚下颤颤巍巍的木板，摇了摇头，现场调查就是这样，有时简单，有时困难。

没多久萨克斯又笑自己：现场调查什么时候容易过？

她跨上木板，小心翼翼地走着，一步紧接着一步，窄窄的木桥上下颤动。她终于走到了窗户那边，从地面上刮了一层石头和泥土，然后往回走。

意外发生的时候，她已经往回走了一半。

萨克斯周围的地面忽然剧烈地摇晃起来，她听到了巨大的、低沉的轰隆声。到底发生了什么？是钻井平台塌了还是施工的大楼倒了，又或者是有飞机在附近坠毁？

她身后传来了肖尔和刚才完全不同的高声叫喊："上帝啊！"

汽车警报器响起，人们开始尖叫。萨克斯挣扎着站起来，但木板上下晃动得厉害，她拼命挣扎着，稳住身形，却重重地摔倒，单膝跪在了木板上。这下摔得又快又重，令她本就脆弱的膝盖雪上加霜。火辣辣的疼痛从四肢传到了下巴。木板桥因为她的体重向下弯曲，又反弹而起，终于，像跳水板一样把萨克斯甩了下去。阿米莉亚·萨克斯挥舞着手臂跌进了泥浆里。在落入泥坑的那一秒，她疯狂地试图挺直身体，以保持脸对着天空的姿势，这样一来，她落进泥浆后至少是可以呼吸的。

然而一切都是徒劳，恰恰是她的脸先掉进了棕灰色的泥浆里，身下黏糊糊的泥水不断涌来，缓缓地将她拖向泥潭深处。

23

"你感觉到了吗？是房子在晃吗？"罗丝·菲利普将杂货放进储物柜中，回头对丈夫喊道。

他没有回答。

这种情况时有发生。不是她丈夫的听力有问题，而是他们房屋构造的问题。

他们住在布鲁克林的一套平房里，就在高地的边缘，房屋是铁路风格的建筑。这个说法是她几十年前刚搬到这里时学的，这种建筑在南方更为常见。之所以叫"铁路"建筑，是因为房屋内部有一条长长的走廊，从前门经过客厅、三间卧室和餐厅，一直延伸到后面的厨房。就像你在老电影里看到的火车一样，一节一节的车厢旁边是一条走廊。罗丝觉得现在应该已经没有这种设计的火车了，但也许别的地方还有。她唯一一乘坐过的火车就是长岛火车，每次都是坐这趟列车去牡蛎湾看他们的大女儿。

阿尼此刻正在客厅，临街的位置，离罗丝有六十英尺远。

他们相隔在"火车"的两端。

罗丝放下手中的青豆罐头，又扯着嗓门问了一遍。

"什么？"他还是没听清。

罗丝又一次大声道："你感觉到了吗？是房子在晃吗？"

"吃饭？哦，是啊，今晚吃什么？"

罗丝的身材有些肥胖，此时，她伸手将黄色的毛衣外套紧紧地裹上，走出厨房，来到后门。是车祸吗？还是飞机失事？"九·一一"那天晚上，她和阿尼在外面散步，目睹了第二架飞机撞击大楼的全过程。

她回到屋里，走向客厅，刚走到走廊的中央，就发现丈夫还坐在电视机前。

他们夫妻俩都是六十岁出头的年纪，刚刚接近可以开始为退休做准备的时候。阿尼想要一辆房车，罗丝想要一个湖边小屋，最好是在威斯康星州，离她的二女儿家近一些。因为每次阿尼讲一些无聊的笑话时，这两个年轻人总是会捧场地哈哈大笑起来。刚才的晃动又使她回想起了对恐怖主义的忧虑，罗丝想：是时候将计划变为现实了。

"不是'吃饭'，是房子在晃，好像是有什么东西在动。是哪里出了事故吗？你没感觉到？"

"我感觉到了，确实有些动静，可能是哪里在施工。"

"周日的时候施工？"

玻璃在颤动，窗户也吱嘎作响。罗丝能感到脚下传来轰鸣般的震动。他们从杂货店回来后，她立刻换上了拖鞋，开始将购物袋里的东西整理好。

"不知道。"阿尼在看比赛，他太喜欢这场比赛了，随后又说道，"不管怎么说，既然已经提到了，晚饭到底吃什么啊？"

"我现在还不知道。"

"哦，我以为你已经开始烧饭了呢。"

"已经开始？才没有。"

罗丝转身回到厨房，继续整理刚刚买回来的杂货。她的储物顺序向来是比较合理的。首先是将冷冻品放好，然后是保质期较短的易腐烂的食物。用阿尼的话来说，就是会生菌宝宝的东西——肉类、鱼和牛奶等。接着就是新鲜的水果和蔬菜。然后是盒装的东西，最后才是可以长期保存的东西，比如绿巨人青豆罐头，总是最后一道工序。

"那你是在烤点心吗？"阿尼跟在罗丝身后，到走廊上，这样他们就能用正常的音量交谈了，"是不是在烤什么派？我一直想吃大黄派。"

"我也没有烤点心。"

"嗯……"阿尼此时走进了与厨房相连的餐厅里。他的眼睛却没有看向已经结婚四十三年的妻子，而是看着微波炉。罗丝看出他脸上的疑惑，于是也皱眉问道："怎么了，亲爱的？"

"微波炉也没开？"

罗丝摇头，表示没有。

"我能闻到燃气的味道，还以为你打开了燃气但是没有点火。"

"我没有，但是……"罗丝的声音消失了，她也能闻到，燃气的臭鸡蛋味。

"也许是城里在做什么工程，不小心碰到燃气管道了，就是刚才的晃动，你闻到了吧？现在味道更重了。"

"是的，确实更重了。"

阿尼饱经风霜的脸上眉头紧锁，他挠了挠头顶已经稀疏的卷发，走到前门，向外看去，随后对罗丝大声喊道："街上没有卡车，也看不到出了什么事故。"又补充说外面有些人，都站在自家房前，同样茫然地四处张望。

罗丝想着，也许是哪里撞了车，一辆丙烷卡车被撞了。但好像也不太对，丙烷闻起来不像燃气。罗丝知道这一点是因为他们夏天总喜欢自己做烧烤。

她走到地下室，打开门。瞬间，比之前浓烈的十倍的臭鸡蛋味扑面而来："亲爱的！快过来！"

阿尼立刻走了过来，看到了地下室敞开的门，随即也闻到了："上帝啊。"

他往楼下看了看，想伸手去够地下室灯的开关，正当罗丝想要高声喊叫阻止他时，阿尼停住了。他瞥了一眼火炉旁的灭火器，这东西已经在这里放了七年了。

罗丝说："我们得出去，现在就得走。"

"我要打电话，必须得打电话。有专门负责燃气泄漏的电话号码吗？怎么找这个号码？"阿尼说着，伸手去拿墙上的电话筒。

"燃气公司？"罗丝有些拿不准地答道，"别管了，亲爱的，我们可以在外面报警。"她一边说着，一边去拿自己的手包，"快点！我们得赶紧出去。"

"我要先——"

浓烟和火焰从地下室门口猛然窜出，瞬间席卷了阿尼。他只来得及举起手臂盖住脸，就被爆发的火焰和气流吹到远处的墙上。阿尼跌落在地，痛苦地呻吟出声。

不！不！不！罗丝蹲下身，躲过门口涌出来的灼人烈焰，一边大声叫着丈夫的名字，一边保持蹲下的姿势，向阿尼身边爬去。

突然间，罗丝的脚下一阵晃动，她身形不稳，跌倒在地，而她脚下的地板也瞬间塌陷下去，足有三四英尺。爆炸破坏了地下室的横梁。滚滚浓烟里，火舌肆虐，尘土飞扬。罗丝还能看见阿尼，他侧身躺在地上，正慌张地扑打着衣服上的火苗。阿尼在罗丝上方，那部分地板没有下陷，却处于厨房地板破碎的断层间，猩红的火焰和呛人的黑烟席卷了一切，飞溅的火星如同蜇人的蜜蜂。灼热的痛苦从四面八方袭来。

罗丝挣扎着站起来，惊慌失措地四下打量着。因为地板塌陷，后门已经走不了了。大火从地下室烧了上来。

前门，他们只能走前门。但罗丝得先爬到上面去，爬到阿尼的位置去。

"亲爱的，亲爱的！"她大声叫道，"前门！走前门！"但她的喊叫被轰鸣的大火吞没了。她从来不知道，原来火声这么响。

罗丝躲闪着狂舞的火舌，开始向阿尼爬去，阿尼疼得喘不过气来，扭动着身子。幸好，罗丝看到他设法脱掉了烧着的衣服。

她伸手搭在厨房地板断层处，开始往上爬。"前门，我们从前门——"

但是在那一刻，罗丝脚下的地板完全陷了下去，她直接掉进了地下室，地下室的混凝土地面上蹲着一个布偶，罗丝跌在了它身上。紧接着，木板、饭桌、烹饪书和豆子罐头劈头盖脸地砸了下来。罗丝的头、肩膀和手臂都没能幸免。

她周围到处都是火。储物箱、阿尼的杂志、圣诞节装饰品、女儿们的旧衣服、闲置的家具都燃烧起来。火舌还在舔舐阿尼工作台上的各种易燃化学剂——清洁剂，油漆稀释剂，松节油和酒精。随时可能引发另一次爆炸。

罗丝知道，自己要死了。

想到克莱尔和萨米，还有她的外孙们，当然还有阿尼，她的此生挚爱，从前，现在，直到永远。

另一条横梁也被烧断了，砸在了地上。罗丝侧身躲闪，横梁只差一点就会砸到她的头上。

她被烟尘呛得咳嗽不断，扭动身体躲闪着尖锐的余烬和炙热的火舌。

但随后，罗丝决定：不能这样。

她不想就这样死去，不想被痛苦地活活烧死。

透过浓烟，她努力看向周围。地下室的楼梯已经毁掉了，但在角落里，残存的厨房地板下——就是阿尼躺倒的地板下——立着罗丝母亲的旧梳妆台。她爬上去，抓住了地板边缘，却没有力气支撑起身体翻到上面去。罗丝踢掉拖鞋，用力抓住，抬高一条腿，踩在梳妆台的镜子上，腿上的肌肉像是被撕裂了一般痛。

她忽视传来的阵阵疼痛。

火焰不断逼近。一罐松节油爆开了，带着松油味的火焰和浓烟在她身旁爆裂开来。罗丝转身,感觉到脚踝和手臂上传来尖锐的刺痛。但幸好,她的衣服没有烧着。

罗丝看见,一罐油漆稀释剂正在大火中炙烤。

最后的机会。

她紧紧抓住头顶上的碎木板,脚下用力地蹬着,笨拙而绝望地向上爬,终于翻滚到阿尼身边的厨房地板上。

"罗丝!"阿尼向她爬去。他只穿着平角短裤。一半的头发和眉毛都不见了。他的脸、脖子、胸部和右臂都有烧伤,但这些并没有让他失去行动能力。

"出去!我们必须出去!从前门!"

他们压低身形,艰难地挪动着,因为屋子里只剩下一点空气了。他们开始沿着走廊往前摸索,但才走到中间,就不得不停下了。因为房间里弥漫着浓烟,所以他们之前没能看到,客厅和前门的门厅也早已是一片火海。卧室的窗户也不行,因为也已经烧着了。

"车库。"罗丝哭叫道。那是他们最后的希望。

他们紧紧地抓住对方,向前冲去。躲避着烈火焚烧间死神的追逐,在被火焰置于死地之前,他们终于来到了车库的门口。罗丝刚握住门上的金属把手,就立刻松开了。

"好烫。"她忍不住说道。

两人都顿了一下。随后笑了,带着点疯癫。当然很烫,现在整栋房子就像是一个大火炉,什么都是滚烫的。

罗丝又握住门把手,扭了扭,推开了门。两人蹲下身,走了进去。这里没有着火,只有从排气孔和踢脚线下面冒出来的浓烟和热气。他们跌跌撞撞地滚了进来。很难透过刺目的浓烟看到外面,但车库很小,它并没被用来停车,而是存放了一些杂物。幸运的是他们可以沿着很久之前堆积起来的一排排箱子、厨房用具和运动器材之间的小路前行。

他们不停地咳嗽和喘息着,擦着不停流泪的眼睛,顺利地走到了车库的前端。罗丝开始感到头晕,跌跌撞撞间还摔倒了一次。也正因为摔倒了,她得以呼吸到一口相对新鲜的空气,她再次深呼吸,在阿尼的帮助下,又站了起来。

丈夫和妻子相拥在一起,他们终于来到了车库前。罗丝再次笑起来,这一次是因为终于放下心来。她笑着,按下了车库门的按钮。

24

"深呼吸,警探。"

萨克斯对医护人员点了点头,试着像他建议的那样呼吸。慢慢地……吸气……呼气。咳意立刻涌上喉咙。

一点也不好。

她剧烈地咳嗽,又吐了出来。

再来一次,控制住……注意感受自己的肺,胸腔的肌肉。是的,控制住。吸气,呼气。慢慢来。

好的,控制住。

没有再咳嗽了,很好。

"听起来好多了,警探。"医护人员说道。语气乐观的男人留着一头褐色卷发,皮肤呈摩卡色。

"我好了。"萨克斯嗓音粗哑地回道。

接着便吐了起来。

人吐特吐。

她坐在救护车的后座上,深深地弯下腰,呕出大量肮脏的泥水。大部分泥水都涌进了她的肠胃,没有进入肺部。

她又干呕了几分钟,恶心的感觉渐渐消退。

萨克斯接过急救员递来的瓶装水,漱了口,然后把剩下的水都倒在了脸上。她无法想象自己脖子以下的部位是什么样子。萨克斯脱下衣服,穿上一套特卫强防护服,她总在车后备厢里放上一套备用品。她觉得自己的头发有三十磅重。她的指甲一直剪得很短,现在指尖仿佛画着哥特式的黑色月牙。

身侧是她的格洛克手枪。其他琐事暂且搁置,萨克斯最先对枪做了简单的拆卸检修。还用浸泡了霍普牌擦枪液的棉布通了通枪管。枪管已经被堵死了,这是很危险的。

"我吞下去的,"萨克斯问道,"都是些什么鬼东西?"

这句话是问亚瑟·肖尔的,此人是东北地质公司的高层,此刻正站在救护车旁边,对发生在萨克斯身上的事感到十分愧疚。

"泥汤。就是水、土壤、黏土还有些钻井机的柴油。没有其他有毒物质了。"

是啊,她嘴里却有股油味。萨克斯想起了曾经那段"坏女孩"的岁月:科迈罗需要加油,她却没有钱,只有一根长长的虹吸软管。她还知道当地那几个跑车赛车手和黑道的阔少爷都在哪儿停车。

又是一阵咳嗽和呕吐之后,萨克斯终于没有那么恶心了。

她安慰自己,至少她的膝盖伤势并不严重。虽然在摇晃的木板桥上摔了一跤,但她还能活动自如,至少没有像折磨她多年的关节炎一样。

萨克斯用力眨眼将呕吐时涌出的眼泪挤掉,注意到肖尔的衣服上有着一条一条的泥巴印。

"是你把我拉出来的?"

"我和吉布斯,之前和我们一起的那位。"

"他在这里吗?"

"没在,他去给他爱人打电话了,问她是不是还好。"

还好?萨克斯可是很不好。

"我得付钱给你。"萨克斯对肖尔说道。

男人眨眨眼,点了点头,可是显然他并不知道萨克斯在说什么。

"感谢这次泥浴,要是在会所做这个起码也要几百美元。"

肖尔笑了。

萨克斯也笑了起来，同时用尽全身的力气抑制住即将迸发出来的呜咽。

这个玩笑并不是为了取悦肖尔，而是为了转移心头残留的恐惧。被深埋地下，动弹不得的绝望和灭顶的恐惧。

这次事故深深地困扰着她，深入骨髓。她无助地不断下沉，下沉，下沉，差一点就被活埋了——埋在干燥的沙土还是湿冷的泥沼中并没有什么区别。对萨克斯来说，都是地狱般的牢笼。

她克制不住再次开始颤抖的身体，想起了被埋葬多年的一段记忆。她还是个小女孩的时候，读过一本书，似乎是叫《比想象更离奇》，书中写的都是一些匪夷所思但真实的经历。其中一个故事，是说人们挖起了一具棺材，却在棺材板内发现了很多指甲抓痕。读完这个故事后她有整整两天夜里不敢睡去，即便是后来不得不睡，她也拒绝盖毯子或者被褥。

"嘿，警探。你还好吗？"

她努力压制住崩溃的冲动，就像止住喉头的咳嗽，说道："嗯，还好。"

深呼吸，萨克斯默念。

没事，没事。

她想打电话给莱姆。不，她不想。她想把车速开到一小时两百英里，疯狂地飙出去，就算烧爆引擎也没关系。不，她想回家，想回到自己的床上，缩成一团。

僵硬的双手、双脚、腰腹和脖子。她被潮湿阴冷的情绪掳住，无法摆脱。

萨克斯颤抖着，心想，不要沉沦。

医护人员说："警探，你的心率……"

她的手指上还夹着一枚血氧夹，与急救车上一台重型设备连在一起。

呼吸，呼吸，呼吸……

"好些了。"

"谢谢。"萨克斯将血氧夹取下来，递给了医护人员，"我现在没事了。"

医护人员认真地看着她，点了点头。

直到此时，萨克斯才注意到，东北地质的工人们正三五成群地聚在一起，聊着什么。每个人的表情都有些不安，但似乎并不是因为萨克斯的濒死事故。

她又想起，刚刚主管说，之前与她交谈的那位工人吉布斯，去查看家中妻子的安危了。

出事情了。

她听到远处传来了鸣笛声，救护车和警车都有。

萨克斯记起来之前感受到的震动。当时她的第一反应是恐怖袭击，也许是双子大厦悲剧的重演。

"发生了什么？"她轻声问道，虚弱的语调一方面是因为担忧，另一方面是她的声带状况让她没法大声讲话。

一名男子回答了她，既不是肖尔也不是医护人员："不管你信不信，地震了。"

话音未落，声音的主人——一个瘦削的男人走了过来，他皮肤有些苍白，四十岁左右，穿着灰色的休闲裤和白色衬衫，蓝色的风衣下还有一件必备的橙色安全背心。他将佩斯利花纹的领带塞进了衬衫的第三个和第四个纽扣之间，也许是为了不被工地的施工机器搅进去，而且脸上还戴着一副圆框眼镜。

他看起来挺特别的，萨克斯想了想，特别有科技感。

萨克斯看得很准，事实证明，此人正是一位科学教授。

肖尔向她介绍了唐·迈克利斯，他是隶属纽约州环境保护部的矿产资源部检查员，还是一名工程师和地质学家，迈克利斯解释说，监督钻探作业是他的工作，东北地质在建的地热项目已经获批，但由于该项目挖掘的钻井有五百英尺甚至更深，环保部对他们的施工进行了规范。一旦钻井作业超过那个深度，税务部门就将负责监督施工。

"地震？"

"没错。"

萨克斯回想起之前在一档电视节目或文章中看到过，纽约地区确实发生过地震。

"地震造成了什么损失吗？"

迈克利斯说道："截至目前，引起了一处火灾，这也是地震对发达国家带来的最主要的损害。就算一幢大楼没有防震设计，一般还是不会倒塌的，但是建筑内的燃气管道却很可能因为地震受损，从而引起火灾。一九〇六年，旧金山大地震，并不是地震造成建筑物倾覆，是大火焚毁了整座城市。"

"我要站起来了。"萨克斯对医护人员说道。

医护人员有些不解地看着她："好的。"

萨克斯以为他会劝阻。

"我要站起来。"

"你可以的。"

萨克斯站定不动，她感到有些晕眩，但站起来也并没费什么力气，只是身体摇晃了一下——主要是因为头发里糊住的泥巴，着实有些分量。

"地震强度多少？"

"不大。三点九级——这是里氏震级。"博学与天真同时体现在科学家的身上，他条理分明地向众人解释说，大家所熟悉的著名的里氏震级，现在已经不适用于多数的地震震级测量，只是用来描述等级较低的小震。"任何超过五级的地震都是靠 MM（Moment of Force），也就是力矩大小来衡量的。"

萨克斯没再向他询问更多，因为她知道，此人一定不吝赐教，再次滔滔不绝地给她科普起来。

但迈克利斯继续说道："这种小震就像我们在工地看到的一样。纽约地区的断层不像加州那么活跃，也没有那么分明。又不像是墨西哥、意大利、阿富汗等地。对我们来说，这是好消息：这说明纽约发生地震的概率较小。但也有坏消息：这里的地质也决定，如果发生较严重的地震，就会造成非常大的破坏，受灾区域也会更广。而且，我们的建筑并没有抗震的设计。不像现在的旧金山，抗震保护做得非常好。但在这里呢，要是纽约市力矩震级达到六级——也不是很强的震级——就有可能造成一万人死亡，两万人被埋在瓦砾中。整个社区将被封闭，因为这些建筑太不稳定了。"

被埋在瓦砾中……

萨克斯再次强迫自己镇定下来，用尽全力压制心底的恐慌。

"震中是哪里？"

"就在这附近。"迈克利斯说，"非常近。"

肖尔看着七区，那里的大门还是敞开的。他们甚至还能看见盖着塑料布的钻井。主管的神情有些凝重。萨克斯回想起先前的那些抗议者，他们说铺设地热的施工会造成水力压裂。也许肖尔也在思考这个，不管他之前怎么认为，也许真的是他们的钻井作业引发了地震。

又或许，他只是在担心这次地震会给抗议者竖起新的靶子，会迎来他们更猛烈的攻击。

萨克斯又从医护人员那里拿过一瓶水，她报以感激的微笑，抬起头，看向天空，将瓶子里的水全倒进头发里。医护人员又给了她四瓶水。最后一瓶水浇下去，萨克斯才觉得头发里的泥巴被清理得差不多了。

好多了，泥巴也好，恐慌也好。

萨克斯觉得自己准备好了，拨通了林肯·莱姆的电话。

"你听说了吗？"

"听说什么?"

"地震。"

"什么地震?"

他的反应已经回答了萨克斯的问题。

"半小时之前,纽约市发生了地震。"

"是吗?嗯。"他的语气表明他此刻心不在焉,"你在工地有什么发现吗?"

"算是吧,我要先回趟家,很快就去你那里。"

"为什么?"

"我想洗干净。"

"别费事了。谁在乎呢,直接过来吧。"

萨克斯沉默了一会儿,莱姆一定不解,她为什么不说话。

"我很快就好。"

萨克斯先他的抗议一步,挂断了电话。

25

维姆儿时的卧室在他家的二楼,小小的一间。他家的房子也很小,普普通通,位于皇后区的杰克逊高地,这里是专属于印度人的社区。

房子是一栋简单的两层单户住房,前院和后院都不大,平时也只能练练足球,想要踢球的话,却是哪里都不合适。

他迄今为止的人生里,一直住在这四面墙围困的小小空间里,狭小而幽闭。但至少,这里现在是他独有的空间了。在此之前的好多年里,他都是和弟弟桑尼挤在一起住。直到祖父去世,桑尼搬到了祖父的房间。

从德夫·努里先生店里回来后,维姆只是简单地擦了擦身体——只洗了衣服——他不想破坏阿黛拉为他精心包扎的绷带。检查过伤势之后,他意识到阿黛拉做得很棒。伤口没有流血也没有感染。此刻,他坐在自己的卧室里,一只手擦着腿和胸脯,另一只手抓着遥控器,在三星电视上搜索新闻。

钻石区的谋杀案的确引起了广泛的关注,却算不上头条新闻。现在席卷屏幕的是一次撼动布鲁克林和纽约市大部分地区的地震。

主持人提到帕特尔和新婚夫妇的谋杀案时说,这起"大胆"的抢劫杀人案中有一些新的细节被揭露出来。维姆想,不知道走进一幢几乎无人居住的大楼,杀掉三个手无寸铁的人再堂而皇之地逃跑,是不是光靠"大胆"就能做到的。

他把毛巾裹在瘦弱的腰上,盯着屏幕,接下来弹出的一条新闻却让他大惊失色。

帕特尔先生经常联系的珠宝鉴定师和评估师索尔·温特劳布也被杀了。警方认为这四起谋杀案之间存在某种联系。

维姆沮丧地闭上眼睛,沉重地坐在床边。

所以凶手——也就是承诺人——认为温特劳布先生在星期六早上看到了什么,他是个潜在的目击证人。维姆想起来,帕特尔说过,他和温特劳布先生在周末有约,但没说是具体什么时候。

凶手是怎么知道温特劳布先生住在哪里的?

维姆记起周六下午的时候,警方在新闻发布会上说,任何案件知情人都应该站出来。

还有维姆自己从他们的话中解读出的其他意思。

为了知情人自身的安全考虑……

他现在有多安全?

维姆认为,他还是很安全的。他再次回想他和帕特尔先生之间微弱的联系:帕特尔先生一直用现金支付酬劳,他在店里没有留下任何私人物品,也就是说没有任何东西可以指认他,就算是搜查整个钻石区也不太可能找到他。与以往不同的是,西四十七街五十八号大楼里入住的钻石商人屈指可数。只剩下一两个切割匠、两家珠宝店。维姆确信,大楼里或街上,没人知道他是谁。他几乎不与这里的人交流,宁愿在结束一天的工作后躲在家中的地下工作室里。大多数钻石商和其他可能认识他的人都在杰克逊高地,离曼哈顿钻石区还有一段距离。维姆的熟人有的在SOHO区或诺霍区的画廊工作,有的在他非常想去的地方学习艺术:比如帕森斯,还有布鲁克林的普拉特,但维姆和他们也不算特别熟。

维姆在钻石圈里最亲近的朋友也是一个切割匠:科尔坦·波什。科尔坦和他年纪相仿,他们经常一起吃午饭、喝点东西,有时还会安排一场四人约会，和阿黛拉还有科尔坦的女朋友——一个事业心很强的模特。科尔坦工作的珠宝店离第四十七街不远，就在时尚区的一栋大楼里。店铺门面上没有任何信息表明店主是印度人，甚至没有明说这是一家珠宝店。

不可能的，不管那个杀手有多执着，都不可能找到他。

维姆将毛巾扔到一旁，穿上内衣和蓝色牛仔裤，套上 T 恤运动衫，穿上耐克球鞋。

电视上还在播放新闻：再次回到地震方面的消息。他听不清评论员们说的内容，但那两个男人似乎正在争论些什么。屏幕下方滚动过一行注释：某环保组织认为深度钻井应为引发地震负责。

维姆关掉电视，他自己的事已经够让他烦心了。

他认命般地缓缓走下楼梯。弟弟桑尼正在客厅里，桑尼比他年纪略小，个子却比他要高一些。听到维姆下来，他的视线离开电视，抬头看向哥哥，暂停了画面中的游戏。

"哟，老哥。"

少年刚满十八岁，尽管他若无其事地低声问候了维姆，脸上还带着有些别扭的微笑，维姆还是从他的眼神中读到了深藏的关切。桑尼是亨特学院的大一新生，他听从家人的安排，希望能去医学院。但其实维姆认为，桑尼应该遵从自己内心的想法，去科学院。

"你还好吗？"

"好啊，很好。"

弟弟尴尬地站起身，似乎是在犹豫要不要给维姆一个拥抱，维姆主动化解了他的尴尬，在他不安地想要伸手抱住自己之前，维姆先一步倒在了沙发上。他抓起手柄，继续玩起刚刚暂停的游戏。

"你走开。"桑尼说道，故意大声地笑了起来。

"你才打到第七级？"

"我才打了十分钟，你一天也打不到七级。"

"我打到第八级了，周四那天，四个小时。"

"给我。"

维姆远远地拿开手柄,他的弟弟伸手来抢。经过几次人仰马翻的争夺之后,他将手柄递了过去。两个人开始联机玩。不多时,又有几个外星人死了,另一艘宇宙飞船爆炸了。维姆发现桑尼几乎是贴在了他身上,正仔细地打量着他。

"干吗呀,兄弟,吓到我了。"

"你说什么呢。"

"别瞪着眼睛看我。"

桑尼控制的角色震动了一下就消失了。他似乎没注意到,只是抬头问维姆:"是什么感觉?"

"什么感觉?"

"被中枪?"

维姆纠正道:"不是被中枪,是中枪。"

"不是吧!"

"是的,我走进去,他就在那儿。砰!很大一声,特别大的声音,和电视里不一样,巨响。"

身后的一个声音打断了他们:"你受伤了?"他的父亲似乎一直站在房间过道里,此时一边说着话,一边走进客厅。

维姆不知道他是不是一直躲在一边,偷听他和桑尼的对话。要不是为了偷听,他站在过道做什么?维姆不看他父亲,回答道:"没什么,我就是随口一说。"

"新闻里从来没说有人中枪。"

"因为我真的没中枪,我是在逗他。"说着,他用下巴指了指桑尼。

"但肯定发生了什么。"他父亲语气肯定地说道。

"子弹打中了我手里的石头,石头碎片弹到了我。没别的。"

父亲回头喊道:"迪维娅!过来一下,快点!"

维姆的母亲身材苗条,今年四十三岁,她讲话一直轻声细语的。

现在听到丈夫的呼声,马上出现在了客厅门口。她先是目光柔和地看向两个儿子,随后被丈夫的表情感染,皱起了眉头。

"怎么了?"

"维姆在抢劫案里受伤了,那个男人开枪打了他,他都没告诉我。"

"不!新闻里可不是这么说的。"母亲说道,眉头紧锁,径直走向维姆。

"天哪,让我看看。"

"根本没有破皮,就是一些擦伤。"

"你必须让你妈妈看看,立刻。"父亲的声音变得低沉而缓慢。

"伤到哪里了?"母亲问他,轻轻地扶住儿子的肩膀。

"侧面,没什么要紧的。"他为什么要跟弟弟说呢?

"去医院看过了吗?"

"没有,妈。已经没事了,真的。"

"够了!"父亲喊道,"给她看看!"

维姆紧闭着嘴,转向母亲,背对着父亲和弟弟。他母亲是西奈山医院的儿科肿瘤科护士。此时,她弯下身,掀起两层衬衫,看到了青紫色的瘀伤、蝴蝶结绷带和优碘留下的痕迹,母亲有些惊讶地眨了眨眼,不过只有维姆看到了她的这个反应。接着,她仔细检查了金伯利岩碎片造成的伤口,可能意识到了这是医院级别的缝合处理。母亲不知道阿黛拉的事情,但她猜测,儿子之所以不愿意透露是谁帮他处理了伤口,意味着他找了某个非印度教徒的朋友帮忙(她万万不会想到,维姆去找了与他同床共枕的穆斯林女友)。

母亲抬起头,两人的目光相遇,她拉下维姆的衣服。

"他没事,一些擦伤而已。晚饭好了,吃饭吧。"

26

拉赫里一家每周大概有三天会吃印度的传统食物,剩下的几天是西餐。妈妈并没有特定的食谱决定哪天吃什么,但父亲不在家的时候(他是个保龄球俱乐部的成员,而且玩得非常好)她就会给儿子们做肉卷、意大利面、比萨,有时也会做汤、沙拉和三明治。今天晚上,她做了烤鸡、玉米棒、撒了肉桂的奶油菠菜。印度的传统食物是烤饼,但比起美食广场、全食超市,或者步行街上的韩国美食,烤饼就没有那么浓厚的亚洲风情了。

但谁不喜欢烤饼呢?

妈妈的厨艺很棒,是个有天赋的调味大师。维姆喜欢母亲的手艺。

然而今晚,他却意料之中的毫无胃口。

他最不想做的事情就是吃东西。不,第二不想做的事情就是吃东西,最不想做的是提起抢劫案。幸好,父亲似乎是理解这一点的。母亲开始说起帕特尔先生的姐姐、孩子、葬礼和追悼会时,父亲就摆摆手让她闭嘴。维姆觉得父亲本就颤抖的手指似乎抖得更厉害了。

母亲的耐心到底什么时候会用光啊——这个问题维姆已经想过几百次了。他觉得是工作让她锻炼出了这种品质。一名护士必须要有韧性、够坚强、镇定,同时还要有慈悲之心,才能照顾病人、安抚患者家属。她整天都在锻炼这种品质。毕竟医生只是时不时进入病房,而护士整天都在面对患者。

话题突然毫无预兆地转移了,爸爸问起桑尼生物课考试的事。问了维姆好几次他是如何将那颗钻石切割成平行四边形的、怎么想到要这么切的、钻石夹咀的角度多少。

维姆含糊地说,他不记得了。这基本上也是实话,他实在太累了。这两天的恐怖经历让他身心俱疲。每隔几分钟,帕特尔先生竖起的脚尖就会闪现在他的脑海里,在昏暗的店铺里毫无生气地指向天花板。父亲正滔滔不绝地说起英超联赛和欧冠赛,似乎是他和朋友们打完保龄球比赛后去了拉格酒吧,在那里一边喝着翠鸟啤酒,一边看了比赛。他告诉儿子们,皇家马德里的比赛简直扣人心弦。在另一场比赛中,曼联的前锋扭伤了脚踝,似乎伤得很重。不知道为什么,他说这个消息时,还别有深意地眨了眨眼。

父亲提醒母亲明天要从裁缝那里取回他的衬衫。他真诚地赞美了今晚的食物,并补充说,再加一点盐会更好。不过盐放少了总比放多了要好,就算是烧饭时盐放少了,吃的时候再加一点就好了。若是盐放多了,那这一餐饭都要重做了。他微笑着赞美母亲在厨艺方面的大智慧。

维姆叹了口气,但父亲并没有注意。

晚饭过后,母亲开始清理餐桌,父亲却罕见地露出笑容,还令人意想不到地提议道:"拼字游戏,我们要不要玩拼字游戏?"

维姆瞪大了眼睛。

"怎么样?"他父亲问道。

"我……我不想玩游戏。"

"不想?"

"维姆。"弟弟开口叫他,因为桑尼感觉到了父亲的期待,大概希望自己能帮他动员一下维姆。桑尼总是如此,像是敌军侵袭后的另一波支援部队。

"我不想玩,今晚不想。"

父亲缓缓点头:"那你想做点什么?"

维姆看着父亲的眼睛,知道这一刻还是到来了。他现在很累,还有伤在身,他的计划就像从帕特尔先生店里拿走的石头一样,碎了满地。

"我去楼下的工作室。"维姆有气无力的回答更像是一种胆怯的询问。

父亲再次微微点头:"我等一会儿下去找你。"

"我待会儿就去,先去穿一件厚毛衣。"他起身上楼,找到了自己要找的东西,然后走进厨房,来到地下室入口。缓缓走下台阶后,进入了他小小的工作室。

维姆在地下室,紧张地等待父亲的到来。时间一分一秒地过去,他的紧张丝毫没有缓解,甚至已经开始反胃了。他坐在一条长凳上,看着一件他刻了一半的雕塑。他目前主要雕刻一些花岗岩、软玉、虎眼石和天蓝色天青石。房间的角落里还有一个巨大的抛光盘,类似他用来打磨平行四边形钻石的设备。父亲是一个有才华但并不出众的切割匠。从钻石区退休之后,他依旧在自家的地下室里接一些零活。直到最后,他不得不彻底告别这一行,也是从那时起,维姆接手了这里,地下室也变成了他的雕刻工作室。

他可以待在这里,直到天荒地老。

这个房间本来是给亲戚准备的住所。房内配有浴室,还有一个迷你厨房,有炉灶和小冰箱。在原本是客厅的地方,改造出了一个工作台,上面放着精心整埋好的工具和装有石头的纸箱。有一把四分之三英寸的D型气动工具、锤子、杯凿、衬套凿、楔子和垫片,用于加工石头,还有镶着钻石的锯片——效用等同于维姆之前使用的激光。为了缓解紧张,他顺手拿起了自己最喜欢的一把锤子,足有四磅重,然后伸手轻抚着锤子凹痕累累的锤头。

在一面墙的下方,放着一个纸箱,里面是成百上千张拉赫里家族的照片。一部分照片是父亲的家族从克什米尔到苏拉特的血泪迁移史，另一部分则见证了他们从苏拉特到美国的乏善可陈的时光。

维姆在雕刻途中会停下休息，每当这时，他就会去翻看这些装满家族历史的纸箱。有时他会怀疑这些是父亲故意放到这里的，为了培养他对家族传承的热爱。可他根本用不着父亲刻意的培养，他很喜欢看祖父的照片，尤其是那些祖父年轻时候，在苏拉特钻石工厂拍的照片。充满汗味、油腻而昏暗的切割室里，挤满了六七十个像爷爷一样的切割工，其中有四个人围在抛光盘旁边，弯着腰，手中拿着钻石夹咀棒。所有切割工都是二十几岁的年轻人，照片拍摄的时候，只有爷爷咧嘴笑着看向摄影师。其他的切割工似乎不太理解，怎么会有人想要把他们如此烦闷的日常工作记录下来。

爷爷最终成了苏拉特顶级的钻石切割匠，他想着也许在纽约会有更好的发展，花了自己存下的所有卢比，设法将妻子和年幼的迪普罗，以及他的三个兄弟、两个姐妹带到了美国。可惜结果并不如他所想，印度人也许能主宰苏拉特的钻石圈，但美国的钻石加工行业，却是犹太人的天下。

一个接一个，拉赫里一家还有其他的印度切割匠开始了他们的"入侵"。

在父亲的坚持下，维姆去了祖父的工作间，位于第四十五街一座老旧大楼的顶层，房间昏暗而局促，散发着霉味。他坐在祖父身边，整整一天，看着祖父的双手，握着钻石夹咀棒，在不断旋转的、令人昏昏欲睡的抛光盘前打磨钻石。

也就是从那时起，维姆决定，他要赋予石头不一样的生命。

虽然和他父亲期望的有些不同。

如果爷爷知道了，维姆不想像家族先辈一样成为钻石匠人，而是想当雕刻家，他会怎么想？维姆觉得，祖父不会特别反对的。毕竟，爷爷已经抓住了自己人生的机会——他跨越了一大步，将家人带到了一个全新的国家生活，即使这个国家差不多是他们祖国的敌对国。

母亲家族这边的先祖却没有被如此记录下来，倒不是因为爸爸不想保留家族女性的历史（也许是有那么一点吧），而是因为母亲已经是第六代移民了，而且她的祖先来自新德里，人口超过四千万人的国家首都辖区，一个和克什米尔天差地别的地方。母亲已经完全西化了，她的家族也像是一盘大杂烩，血脉延伸颇广。跨种族婚姻、离婚、一两对同性恋之类的在家族里也很常见。这一切都让母亲只是欣赏印度文化而不是忠于传统，所以，在与父亲的婚姻中，她只是大部分时候都比较文静温和，而不是逆来顺受的贤妻良母。

维姆打开工作台上的台灯，仔细研究这几天一直在雕刻的一件东西——"海浪"。原料是一块很大的委内瑞拉产米白色大理石，造型也很简单：一波高高扬起的海浪，浪尖似乎已经到了最高点，下一秒就要落下。维姆最近一直着迷于用石头的纹理将"动态"通过"静态"的质感表现出来。他将石头变为木头、蒸汽、毛发，还有手上正在完成的这件——水。他想表现水，因为米开朗琪罗在雕刻斜躺的波塞冬时略过了海浪的部分，而他不才，想要先大师一步。

他眼下的遭遇就是上天对他狂妄自大的惩罚吧？不自量力的凡人偏偏要班门弄斧，最终引来众神的怒火，遭受惩罚……

来吧，维姆想，抬头望着天花板，让这一切快点结束吧。他的心脏怦怦直跳，膝盖也因为紧张而颤抖。他发现自己又在无意识地抚弄腕上的手链，这才惊觉原来他还戴着它。父亲看见了吗？维姆将它摘下放进了口袋。

他听到楼梯上传来了脚步声，维姆明白，就像爷爷说过的那样，他和父亲之间是时候"聊几句"了。也就是"争吵"的委婉表达。早些时候，和父亲对上目光时他就明白了，他们之间，平等的交流是不可能了，但父亲与儿子的交流还是有必要的……而且已经被忽视太久了。

父亲走了进来，坐在凳子上。维姆放下了手中的锤子。

他并不啰唆，直奔主题："你有话要说。"

"我们一直不正视存在的问题。"

因为你总是发脾气,并且不接受任何不同意见。当然了,维姆并没有将此话说出口。

"问题?"

"没错,爸爸,我们要解决这个问题。"

"你说的'解决'是什么意思?"

父亲两岁时就来到了美国,每天要看两份英文报纸,从头读到尾,除了收听印度新闻以外,还要收听公共广播的新闻。他非常明白这个词是什么意思。

父亲摆了摆颤抖的手:"说吧,我还要教你弟弟写作业,说说你是什么意思。"

男人故作不知的态度激怒了维姆,他不由得急躁地说道:"好,是这样的,我不想再浪费时间去切什么碳块,最后挂到一群女人的胸脯上晃来晃去。"

话一说完,他立刻就后悔了自己的用词,担心迎来父亲激烈的怒火。

可父亲只是微笑:"不想?为什么?"

"我不觉得兴奋,没有感觉。"

父亲抿了抿唇:"你切的平行四边形钻石,努里从来都没见识过,我也没有。他还拍了一张照片给我。"

我到底为什么要答应去切那鬼东西。

他今天遭受的最大的背叛并不是来自巴萨姆,而是他自己。他同意父亲对他的看法,也许他确实是一个独特而优秀的钻石匠。但他为了钱出卖了自己,违心地去切割了钻石。

我才是出卖自己的犹大。维姆咬紧了牙关,愤恨地想着:看吧,钻石毁了一切。

父亲继续问道:"难道你对它也没有感觉吗?"

"切割那颗石头在技术上很有挑战,我确实很享受那个过程,仅此而已。我并没有……我不知道该怎么说,没有觉得兴奋。"

"可我觉得你有,儿子。"

"随便你怎么想,爸,我只是不想把一辈子都花在做首饰上。就这么简单。"

这是维姆反抗得最为直接的一次了。

父亲的目光转向另外一件雕塑。这件作品是一系列几何体作品的其中一件,由一种形状变为另一种形状。维姆将这一系列命名为"传话筒",就是每个人都玩过的那个传话游戏,一个人对身旁的人耳语一句话,这个人再小声将话传给别人。传话的过程中,这句话会变成完全不同的意思。这套大理石作品赢得了SOHO区菲尔德画廊举办的比赛的头奖。维姆回想起当时的情景,人们都对他表示了恭喜和赞美,却没人愿意买这套作品。当时他的出价是一千美元,是今天切割钻石收入的三分之一。

父亲又说:"我不明白,儿子。"他用下巴指了指"海浪","你是一个艺术家,很显然,你很有才华。你懂石头,这不是谁都能做到的,是不同寻常的天赋。但为什么不做一个艺术家,同时还能……"

"赚钱?"维姆当即的抢白,让他自己也觉得很惊讶。

"——还能在珠宝界大放异彩呢。"

维姆说:"在珠宝界是不会有什么异彩的。那就是个取悦顾客的世界,没别的。"

他刚刚说的话不仅羞辱了自己的祖辈父辈,还有拉赫里家族其他的血亲。但爸爸对此并没有什么反应。

"那么……你的计划,逃跑的计划——你想做什么?"

维姆的情绪激动起来,他也没有像往常一样压抑自己:"去加利福尼亚,读艺术硕士学位。"维姆十七岁开始读大学,早就毕业了。学习对他来说就像雕刻一样,并不是难事。

"加利福尼亚?哪里?"

"加州大学洛杉矶分校,还有旧金山州立大学。"

"为什么去那儿?"

他们都知道为什么,因为那里离家有两千五百英里,但维姆却说:"那里有纯艺专业,还有些很棒的雕刻项目。"

"你必须得工作,去那里需要很多钱。"

"我会工作的,我有这个打算,我会做点什么来赚学费。"

父亲再次打量了那件尚未完成的雕塑。

"很不错。"

他真的这么想吗?维姆从他的眼神中什么也看不出来。也许他确实那么想。但也有可能就像是一个顾客去看一枚戒指或吊坠。丈夫或男朋友脸上的表情一直是赞赏的,他们的另一半呢,虽然也会微笑并低声说着:"天哪,真不错。"但实际上,她的眼神却传达着另外的意思。她想要更耀眼、更华丽的东西。

或者一般来说,她想要的都是:更大一颗。

"听我说,儿子,我知道这件事你已经想了挺久了。"他叹了口气,继续说道,"我也明白,一直以来,我都没有真正听你讲话。这次,帕特尔先生的遭遇让我想了很多,改变了我对很多事情的看法。我想换不同的角度去了解事情。你可以先在家里住几天吗?让警察抓住凶手,然后我们再好好谈谈。我还想多听听你想做什么。我们可以一起想办法。我保证,我们能做到的。"

维姆从没听过父亲如此通情达理地对他讲话。原来这桩残暴的罪行也深深地影响了父亲。维姆几乎要落下泪来,他努力忍住哭出来的冲动,拥抱了父亲:"当然了,爸。"

父亲再次对着"海浪"点了点头:"看起来确实很像真正的水,我不知道你是怎么做到的。"说完,他离开了房间,关上了门。

维姆看了看自己的雕塑。他戴上手套和护目镜,启动电钻雕刻壁纸刀,继续完成将石头变为水的神圣使命。

27

亨利·埃夫隆简直完美。

很美，夺人心魄。

朱迪丝·摩根即将成婚，很快就会变成朱迪丝·惠勒。她之前还不确定，到底应不应该选择亨利·埃夫隆。这家位于上城区麦迪逊大道的婚纱精品店一共给她提供了五十种婚纱选择，为了选出最好的那个，她着实花了不少时间。肖恩显然是帮不上忙的，他是新郎，在朱迪丝走上红毯之前，他是不能看到身披白纱的新娘的。而朱迪丝的母亲，一直深信一分钱一分货的道理，认为价钱体现品质。若是按她的意见来选，她不会选摩根最喜欢的，而是一条贵到让家里破产的婚纱。

金发女郎再次看向镜子里的白色缎面华服，脸上并没有露出欣喜若狂的表情，因为她完全不知道该说什么才好。摩根缓缓转身，尽力去看背面的效果，而后又回身站定，她毫不含糊地坚持减掉那十三磅是正确的，现在这件巧夺天工的衣服，该服帖的地方服帖，该宽松的地方宽松，甚至还有裁剪的空间。

看着轻柔低垂的头纱，长度适中（只有她姐姐那条古怪头纱一半长），丝绸的面料闪着柔和的光，肩上的轻纱若隐若现，衬得她整个人愈发温婉美丽。她知道，自己的选择是正确的。

"就是这件了，亲爱的。"弗兰克也不得不承认，就算他很想把那条更贵的、三千美元的婚纱卖给摩根，但显然这件更合适。摩根知道弗兰克说的是真心话。

她拥抱了弗兰克，这是最后一次试装。距离婚礼还有两周，可摩根过几天还要去她所在的广告公司的客户那边出差，等她回来之后就没什么时间策划婚礼了，要知道婚礼的宾客足有两百五十七人。所以，她必须要提前选好婚纱。

而她确实选好了。

"伴娘们什么时候来？"弗兰克问道。

伴娘要穿相配的青绿色伴娘服、相配的鞋子、连裤袜和胸衣。弗兰克简直是天赐的礼物啊。

"过几天，丽塔会提前打电话预约的。"

"我会带香槟过来。"

"我爱你，你知道吧。"摩根说着，给了他一个飞吻。

此时已经是傍晚七点，店里要关门了。她一小时之前刚到的时候，店里还熙熙攘攘的，所有准新娘们工作日时都没空过来，只有周六周日才有时间挑选和裁剪婚纱，这可是女人一生一次的盛典华服。现在店里已经冷冷清清，除了他们两个和后面的裁缝再无他人。

摩根一直站在试装台上等待最后一次修剪，然后弗兰克扶着她走了下来。

在她走下试装台之前，摩根最后看了一眼镜子，却碰巧看到了另一个人影，那人站在橱窗外，身后就是繁华的麦迪逊大道。麦迪逊大道总是车水马龙，就像现在，人们赶着去赴宴，或是结束了周日一整天的购物、游玩、观影、聚餐后，匆忙赶回家。

但窗外这人之所以引起了摩根的注意，是因为他正透过窗子往店里看。

摩根看不清他的脸，现在街上天色已晚，他又背对着店前灯和路灯。

奇怪。一个男人，穿着黑色的外套，戴着同色的绒线帽，站在一个摆满婚纱的橱窗前。

男人离开了。也许是某个刚订婚女儿的父亲，停下来忧郁地看着另一笔开销，随后又欣慰地想到，他的女婿，约翰、基思或者罗伯特决定代劳了。

几分钟后，摩根从更衣室中走了出来，换回了自己宽松的牛仔裤，她很高兴见到裤子松松垮垮的样子，减肥的效果很棒。摩根穿了一件T恤，外面还套了一件驯鹿毛衣，她的心情与这件毛衣相同。喜悦萦绕在朱迪丝·"准"惠勒的心头。她将围巾缠在脖子上，披上黑色棉外套，戴上柔软的皮手套。

摩根与弗兰克道别，后者正在关店里的灯。

走出婚纱店后，她转身开始向北走，那是她公寓的方向。

她想到了她的婚纱，还有婚礼后的蜜月。

他们会在巴哈马群岛的亚特兰蒂斯度过。

伴着海浪声与爱人亲密相处，这是他们从未做过的事。同样，他们还要尝试海螺油条。摩根早就做过功课，知道这是巴哈马群岛的特色美食。她向来细致入微。

摩根走进了街角的一家熟食店，拿了一瓶灰皮诺葡萄酒，然后在沙拉吧将生菜、西红柿和"fixens"①装进一个塑料盒子中（她曾听到一位顾客抱怨店里把这个词拼错了，但摩根却觉得这就是吹毛求疵，难道这样写人们就看不懂了吗？难道你很懂韩语吗？）

做完这些后，摩根又回到了街上，再次向家走去。是的，这里确实是上城区，但也不是所有地方都那么高大上。像她居住的四层褐石公寓就很朴素，没有电梯，外墙也有待重新粉刷。

摩根走到楼门口，拿出钥匙打开门。就在她迈入大楼的一刹那，听到了身后传来急促的脚步声。那个穿黑色外套的男人，也就是在

---

① fixens：正确拼写为fixings，调料。

弗兰克店外窥视的男人，此刻头上戴着滑雪面具，一把将她推进了门内。

没等摩根惊叫出声，男人就一把捂住了她的嘴。他将摩根拖到一楼的楼梯间，这里停放着她和三楼租客的自行车。男人将车子推到一边，把摩根推到了楼梯间深处，让她坐在地上，然后将她肩上的背包和手中装熟食的袋子都扯走。

摩根惊恐地看着男人手中的枪。

"求求你……"她声音颤抖地说道。

"嘘……"

他似乎是在听周围有没有人过来，说话声或是脚步声。什么都没有——除了摩根疯狂的心跳和她艰难的呼吸声。

男人将枪放回口袋，把自行车扶起来，靠墙停在楼梯间的外侧。这样就算有人从门外进来也只能看到楼梯间的自行车，不会发现什么问题。摩根将脚伸到了楼梯间外，却被踢了回来。所以，外面的人什么都不会看到。然后，男人俯身，蹲在了她面前。

"你想要什么？求求你……你想要什么都行，都拿走……"

"手套。"男人厉声说。

"你想要我的手套？"

男人嘲讽地笑了，然后又怒声说："我他妈的要你的手套干吗？我要你把手套摘下来！"

摩根照做了。就在男人看着她左手的时候，摩根突然伸出右手，一拳打在了他的下巴上。"你个混蛋！"她继续捶打，只是低了几寸，没有打中男人的裆部。

他吃惊地眨了眨眼，并没有觉得多疼，蓝色的眼睛里还透着笑意。

摩根收回手臂，刚要出拳，对方的拳头却先落了下来，同样打在了摩根的下巴上。摩根的头被打得后仰，撞到了墙上。她被这一拳打得眼前一黑，头晕目眩。过了好一会儿才回过神来。

"这可不好，小母鸡。"他蹲在摩根身边，一把抓住了她的头发，将她拉近。摩根闻到了浓重的烟味和洋葱味、淡淡的须后水和酒味。她忍得很辛苦才没有吐出来，而后又想到，也许吐出来会把这人恶心走，于是便不再压抑，试图吐出来。

他再次猛烈地摇晃着摩根的头，轻声说道："不不不，不能那么做。知道吗？"

摩根点点头。她注意到男人的眼睛并没有像她以为的那样盯着她的身体，他唯一感兴趣的似乎只有她的手指。确切来说，只有她戴戒指的那根手指。

他是想要这个。摩根现在明白了。当然了，一个女孩儿出现在上东区的精品婚纱店里，多半是订婚的准新娘……那她手上一定有颗死贵的钻石。

他猜得没错，摩根确实戴着钻石。

肖恩在哈珀·斯坦利公司的外事部门工作。他的父亲是大型对冲基金马什和罗亚尔的创始人，母亲是华尔街罗根、夏普和汤尼律师事务所的合伙人。

摩根手上的戒指价值四万两千美元。钻戒主体是一颗五克拉的圆形钻石，两边各镶嵌着一颗一克拉的橄榄形钻石。

"你拿走吧。"她轻声说。

男人的眼睛转向她："拿走什么？你的贞操？哈，说什么笑话。我能闻出来，你就是那种学校里乱搞的骚货。你订婚之前睡过多少男人？"

摩根瞪圆了眼睛："我——"

"你未婚夫知道吗？"说完，他又皱了皱眉，"还是说，你是让我拿走你的包？信用卡？嗯，嗯。"随后，他才故作惊讶、夸张地说道，"哦，哦！你是说你的戒指。这颗戴在可悲的手指上的钻石。你的未婚夫喜欢你的手吗？他叫什么？"

摩根终于忍不住哭了出来，说道："我不会告诉你的。"

男人拿出了一把壁纸刀,摩根开始尖叫。那人突然对她晃了一下刀刃,她立刻安静了下来。

歹徒看向前门,再次倾听周围的声音。没有动静。实际上,这座楼里三分之二的住户都不在家。有一对夫妻出去度假了。那对男同性恋去汉普顿和朋友过周末了。还有两间套房没有租出去。

摩根知道,基耶斯洛夫斯基夫妇今晚应该在家,一边吃中餐外卖一边看《权利的游戏》。他们帮不上忙的。

她看着面前的刀刃。

她不会说出肖恩的名字的。虽然她觉得就算这混蛋真的找上了她的未婚夫,肖恩也会好好收拾他一顿。肖恩每周去五次健身房。

但男人似乎对她的爱情生活失去了兴趣,注意力再次回到了她的戒指上,强行将她的手拉到自己面前。

"几克拉?他们怎么说的?四点五?"

摩根吓得发抖,这混蛋到底想做什么?

"他妈的几克拉?"他语气轻柔而阴沉地问道。

"五。"

男人摇头,说道:"他们杀掉了多少?"

摩根皱眉。

"他们切掉了多少,才把它做成戒指戴在你手指上?"

"我……我不知道你是什么意思。我可以给你钱,很多很多钱。十万块。你想要十万美元吗?"

他似乎没有听见:"开心吗?把钻石切开的时候?"

"求你了。"

"嘘——小母鸡,看看你,可怜的东西。"他一把将摩根推到一边,说道,"男朋友给你买了这颗被玷污的钻石,你当时感动得哭了吗?没哭吗?嗯?"

这人是个疯子……哦,上帝啊,她明白了。摩根的心沉了下去,他是"承诺人",那个憎恨订婚情侣的家伙。星期六的时候,他在钻石区杀了那对夫妇，还对另外两个人下了黑手。现在她有点明白了，出于某种病态的心理，他在保护钻石。

一瞬间，摩根感到无比愤怒，她小声说道："你这个死变态。"

男人抓住她手指的力道突然变大了，疼得摩根头皮发胀。他把刀压在了她的脖子上。朱迪丝·摩根躺倒在地，泪流不止。她闭上眼睛，无声地念起祷文，一遍又一遍。男人凑近她，前额抵着她的额头。

"爱情鸟啊，爱情鸟……我喜欢那部分誓词，你知道吧，直到死亡将你们分开。"

他将刀压在摩根的喉咙上。

哦，妈妈……

忽然，他停下了动作，咧开臭烘烘的嘴，笑了一下。刀刃离开了摩根的脖子。"我想到了一个更好玩的游戏，比割喉有趣……是的，我喜欢这个。你们玷污钻石。好的，你要吞了它。这就是后果。"

"什么？"摩根小声说。

他做了个奇怪的表情："吃了这枚戒指，咽下去。"

"可是我咽不下去。"

"那就去死。"他耸了耸肩，刀刃再次靠近摩根的脖子。

"不不不！我吃。我会咽下去的。我吃。"

摩根将戒指从手指上脱下，低头看着它。会发生什么？戒指卡在她的气管里，让她窒息而死？还是会划过食道，锋利的边缘划破她的内脏，让她因为内出血而死？

"或者被我割喉。"他愉快地建议道，"我不在乎，你选吧。现在，立刻。"

摩根颤抖的手将戒指举到面前。此时看来，小小的戒指变得无比巨大。

她感觉到冰凉的匕首贴上了脖子。

"好了，好了。"

摩根迅速将戒指扔进了嘴里，几乎是立刻就呛住了，戒指差一点从口中掉出来，但她还是把它推到了喉头，使劲咽了下去。

疼痛顺着胸腔和脖子袭来。她一下又一下地做着吞咽的动作，活动咽喉处的肌肉，想把微小却致命的戒指咽下去。眼泪流出来，戒指没有落入她的气管，她还可以呼吸，只是随后便卡在了她的食道里，小钻石锋利的边缘划破了她的食道内壁。血立刻流了出来。摩根尝到了甜腥的血液，而后，涌出的血液呛进了她的气管和肺叶，她剧烈地咳嗽起来，猩红的血液火焰般从她口中涌出。

摩根发出了凄厉的尖叫。

男人脸上依旧挂着愉快的笑容："啊，小东西，看看你自己的下场，你们搞残了钻石，钻石就要搞死你。"

朱迪丝·摩根在疼痛与窒息间挣扎，她快要被自己的血呛死了。摩根双手扼住脖子，努力挤压，想把戒指吐出来。但没用的，戒指已经死死地卡在她的喉咙里，挣扎只会让疼痛来得更猛烈。毫无预兆地，摩根伸手去抓她的背包。男人先一步将包提起来打开，将摩根的手机拿出来，扔在地砖上，砸个粉碎。做完这些后，他笑了笑，若无其事地大步走过走廊，从前门离开了。

朱迪丝·摩根猛烈地咳嗽着，疼痛从胸口蔓延到太阳穴。她跌跌撞撞地走出楼梯间，爬上楼，蹒跚着奔向二楼的基耶斯洛夫斯基家。

她祈祷着他们没有出门，祈祷着他们如自己所想，正坐在笨重的沙发里，一边吃着外卖，一边欣赏着兰尼斯特和史塔克家族的爱恨纠葛。

28

又是一起袭击案。

晚上八点,莱姆通过电话听着来自上东区十九分局警员的汇报。

"是的,长官。"警员说,"与新闻报道中的嫌疑犯是同一人。被害人没事,没有生命危险。但是——您敢相信吗?他让被害人吞了自己的订婚戒指。被害人现在正在做手术。"

"现场保护起来了吗?"

"是的长官,我们从皇后区调来了犯罪现场调查组的车,但因为您这边是案件的主要负责部门,所以您也许想要派自己的人去?"

"我们会的,让技术人员先在外面等等,地址是?"

莱姆记下地址后,又问道:"排查目击者了吗?"

"附近五个街区以内的人都排查过了,没有线索。被害人没能提供更多消息,只说犯人是一名白人男性,蓝色眼睛,头戴滑雪面罩,带着刀和手枪。被害人对我提的其他问题只能简单地点头回应,她说犯人的口音很奇怪,但她听不出来是哪里怪。被害人情况紧急,我们只问了几句话,她就被送往医院了。"

莱姆向他表达了感谢,随后挂断了电话,打给了罗恩·普拉斯基。

"林肯。"

"另外一个现场需要调查,在上东区。"

"我在无线电里听到了点消息,是我们的罪犯吗?"

"没错。"

"听说这次的被害人没什么事。"

"还活着,有没有事我不清楚。"试图吞下一枚锋利的戒指会怎样?莱姆将犯罪现场的地址告诉了普拉斯基。"犯罪现场调查组的人已经去了,我需要你马上去走格子,不管发现什么,都带回来,要速战速决。那边会有警察和一个十九分局的警探接应你。问问被害人在哪个医院,去找她问话,带上记事本和笔,让被害人写下来。她不能讲话。"

"她……什么?"

"快去,菜鸟。"

他们挂断了电话。

门铃响起,汤姆去查看,片刻后,他领着保险理赔调查员爱德华·艾克罗伊德走了进来。后者对莱姆和库柏有些郑重地点头示意。

护工接过艾克罗伊德的外套——不,莱姆思索着,他纠正了一下自己的用词。应该叫风衣。

"还是卡布奇诺吗?"汤姆问。

"如果您不介意的话,就再麻烦您一次了。"

"不不,"莱姆快速说道,"一杯单一麦芽。"

"嗯……既然您提议,我就不客气了。咖啡留到下次吧。"

汤姆给两人倒好了酒,小得可怜的一杯。莱姆和艾克罗伊德都不得不又加了一点点水。

"格兰杰①。"艾克罗伊德小酌一口后,轻轻说道。他的发音很标准,在重读了第二个音节。他举起酒杯,看着杯中琥珀色的液体,举止优雅,像是在拍酒水广告。

"高地。你知道,低地威士忌和高地威士忌的味道是不一样的,

---

①格兰杰:Glenmorangie,威士忌酿酒商。

两者间有很微妙的差别，我倒是尝不出有什么不同。然而，高地酿酒厂比低地多得多。你知道为什么吗？"

"不知道。"

"并不是因为泥炭之类的酿酒材料或是酿造过程有什么不同，而是为了逃避英国的消费税，所有的酿酒商都在往北迁，至少我听说是这样的。"

莱姆却满不在乎地将凡尘琐事抛在脑后，对着英国人微微倾斜酒杯，饮了一口烈酒。

艾克罗伊德保持着他优雅的身姿，在莱姆旁边的椅子上坐了下来。

莱姆对他讲述了刚刚发生的袭击案。

"老天！吞下了她的订婚戒指？上帝啊，她还好吗？"

"我们还不知道。"

"因为买成品钻石而遭受了报应？天哪，这个男人彻底疯了。"他露出难以理解的神情，又说道，"现在来讲讲我的发现吧。我在阿姆斯特丹的那个朋友联系我了，你还记得他吧？"

那个接到匿名电话的珠宝商，有人向他出售一批原石。莱姆点了点头。

"卖家在纽约，手里有十五克拉原石，他给威廉回了电话，钻石来源是合法的，此人是一名耶路撒冷的钻石经纪人，他当时在纽约，因为不想用私人电话谈生意，所以在机场买了一部手机。这个线索断了。我向很多钻石圈的匠人打听过了，没人听说有人要出手格雷斯·卡伯特钻石，也没听说又有人接了大宗的钻石切割生意。虽然很荒谬，但这人似乎真的深信自己是在拯救钻石，帮钻石摆脱被人类切割加工的命运。"

"不过更关键的是，一小时之前，我打电话给一些经销商和熟人，问帕特尔的助手的事，其中一个在布鲁克林的经销商跟我说，很奇怪，因为今天早些时候有一个人问了差不多的问题，也是打听这个为帕特尔工作的人，还提到助手的名字缩写是 VL。这个经销商什么也不知道，也就没说什么，挂了电话。"

莱姆放下了手中的威士忌，看着艾克罗伊德，说道："问话的人也没说自己是谁，对吧。"

"对，而且如你所想，这也是个被屏蔽的号码。但还有一个重要的消息：这名经销商是俄罗斯人。所以他从问话人的口音里听出，对方也是俄罗斯人。他很确定，说打电话的人应该是土生土长的俄罗斯人，他英语是在俄罗斯学校学的。他是通过那人的表达结构和用词判断出来的。很可能是莫斯科人，或者那附近的人，应该是最近才来到这里，因为他不知道'行政区'是什么意思，也不知道布鲁克林和皇后区是纽约的一部分。他以为纽约只有曼哈顿。"

"是个线索。"莱姆说，随后，他想到了该如何利用这条线索。他拿定了主意，编辑了一条短信，发了出去。

几乎是立刻，他就收到了回信，信息里预约了电话详谈的时间。

莱姆回复了同意，而后转头对库柏说："梅尔，把爱德华的发现记下来，记到板子上，好吗？"

库柏走到证据板前，将最新的线索填到了嫌疑犯四十七的表格里。

手机嗡鸣声响起。莱姆注意到，艾克罗伊德注视着屏幕，皱起了眉头，然后回复了一条信息。很显然，他收到了对面的回复。艾克罗伊德眉头皱得更深了。他的表情变得有些凝重，一副心事重重的样子。

英国绅士注意到了莱姆的目光，回了他一个微笑，并说道："不是案子的事，只是一些小事，伦敦那边的事。我加入了一个竞争激烈的纵横字谜游戏团队，你参加过这种团队吗？"

听起来完全是在浪费时间，但莱姆只是说："没有。"

艾克罗伊德走近莱姆，给他看自己的手机屏幕。屏幕上是一个很眼熟的纵横网格，有些格子已经被填上了。

"我丈夫和我……"片刻的犹豫后，艾克罗伊德继续说道，"他在牛津大学任教。我们两人和另外两个剑桥的教授，都在这个队伍里。我们称自己是'牛剑四杰'。我觉得有点傻气。但特伦斯——我丈夫——他认为字谜可以帮你活动头脑。他父亲是填字游戏迷，每天都要填一张，通常是没有图表的那种，没有黑色格子告诉你单词的起始位置。特伦斯觉得正是纵横字谜让他父亲保持头脑清醒，直到他去世。"

"你们现在是在比赛？"

"哦，没有，比赛只能等我回家之后才能进行，这种比赛也要选择适当的地点，像国际象棋比赛一样，也要裁判监督，所以不能作弊。查字典或者用互联网都不行。比赛里出现过一些丑闻，引起了很大的争议，我以后会告诉你。"艾克罗伊德看着屏幕说，"这是我们之间联络的方式，大多数是一些隐意字谜。你对这个熟吗？"

"并不怎么熟。"

也就是，一点都不熟。

"隐意字谜基本上是英国人创造的，数百年来一直出现在我们的报纸上。字谜的创作者——也叫"设定者"——都拥有很神圣的地位。而这些人的笔名通常只有一个词，像是天蝎或者内丝托拉斯。顺便说一下，这两个人都很有名。最著名的是制定了隐意字谜规则的德里克·萨默塞特·麦克纳特，他的笔名叫希梅内斯。

"我给你讲一下游戏规则，你也许会喜欢的。隐意字谜也是有方格的，和普通的字谜一样，但它给你的线索是一个谜语，你必须破解谜语才能获得线索，不是普通字谜那种很直接的线索，比如'乔治三世的妻子'。最优秀的隐意字谜设定者，给出的谜语都具有相同的特点：都是看起来极其复杂，实际上又极其简单的谜语。"

艾克罗伊德原本有些呆滞的面孔被流露的热情渲染得生动起来。

"那么，线索是一个谜语，记住这一点。这个谜语里包含着某种描述，答案通常是一个单词或短语，同时也会告诉你这个字谜的类型。你也许要解决一个异序词，或是需要找一个隐藏的或者颠倒的词，又或者去通过发音猜一个词的意思。"艾克罗伊德笑了，"我知道这听起来很扯。我来给你举一个例子吧，这是几年前《卫报》上刊登的一个经典字谜，设定者名叫'蝉蜕'。我现在把它写下来，这样更容易找到答案。"

艾克罗伊德几笔写下：

非常悲伤的　未完的故事　关于升起的烟（8）
[Very sad unfinished story about rising smoke (8)]

"现在，谜语的答案应该填在字谜的纵横格子里，纵向十五格。懂了吗？好的。我们开始吧。我们要解的是什么字谜呢？看到数字八了吗？它的意思是，答案是一个八个字母的单词。谜语前两个单词是答案的含意。所以，在纵向十五这列格子里，我们要填的词是一个八个字母的单词，意思是'非常悲伤'（very sad）。"

莱姆的不耐烦已经消失无踪，变得兴致勃勃、全神贯注。梅尔·库柏也转过来听着。

艾克罗伊德继续说："接下来的词，'未完成的'（unfinished），是对它后面词语的修饰。'未完成的故事'（unfinished story）。在隐意字谜里，一定不能只看字面意思。如果设定者说'故事'，那他说的一定是别的东西，也许是'故事'（story）的同义词。"他又笑起来，"很显然，因为我知道答案，所以我们就节省点时间。我要挑的同义词是'传说'（tale）。而'未完成的'（unfinished）的意思是说，这个词是不完整的，它的最后一个字母缺失了。所以，我们现在有了三个字母'T-A-L'。也就是说，最后的答案，表示'非常悲伤'的这个词里面，有三个字母是TAL，你还在听吗？"

"是的。"莱姆答道，他已经开始在大脑里破解剩下的线索了。

库柏有些不确定地说："嗯，继续。"

"让我们继续看线索里最后的词,'上升的烟'。这可能指任何事情,但是——兵不厌诈,所以,我们还是节省时间——就选'香烟'(cigar)。然后,因为这个词是在竖向十五(down 15:down 有'向下、朝下的'意思)这一列的,那么'上升'(rising)这个词,其实在表达一种'相反'的意思,说明后面的'香烟'(cigar)的字母拼写,要倒着来拼:ragic。所以,最后谜底的另一部分字母就是'R-A-G-I-C'。最后——"

莱姆接着说道:"'关于'(about,也有'左右'的意思)这个词是说,一个线索中的字母会被分开放在另一个线索的左右。"

库柏说道:"你这么说,那就是了呗。"

艾克罗伊德却微笑着说:"不不,他说得对,非常棒,林肯。你是怎么想的?"

"接下来就很明显了:将T-A-L分开。把T放在R-A-G-I-C的左边,A-L放在它的右边。答案就是'悲剧的'(tragical)。"

"恭喜你!"艾克罗伊德说道,眼睛发着光,"你之前从来没猜过隐意字谜吗?"

"没猜过。"

英国绅士说:"有人觉得,玩这个是浪费时间。"

莱姆忍住不笑了。

"我却不这么认为,你知道恩尼格玛密码机吗?"

库柏回答说:"知道,布莱切利公园①的数学家们破解的密码装置,艾伦·图灵和他的团队。"

这些听起来倒是有些耳熟,但除非是对现在或未来的破案工作有帮助,否则莱姆是不会浪费脑容量记住这些信息的。

显然,他对此麻木不仁的反应真切地表现在了脸上。库柏又说:"恩尼格玛密码机是'二战'期间纳粹的加密设备。盟军无法破

---

①布莱切利公园:Bletchley Park,"二战"期间的密码破译中心,别名"X站"。

解德军的信息,导致数万名士兵和平民死亡。"

艾克罗伊德接着说:"一九四二年一月,《每日邮报》举办了一场竞速隐意字谜比赛——参赛者必须在十二分钟内完成一个非常复杂的谜题。之后他们公布了比赛结果,这场比赛引起了陆军部的注意,军方借此招募了一批比赛中的一流解谜好手,组成布莱切利公园,他们帮助破解了恩尼格玛密码机。"他又说道,"我之所以喜欢隐意字谜,其中一个原因就是:它们既是弥天大谎,又是最简单的事实。不过是在似是而非里寻找答案罢了,要不要再试一个?"

"来吧。"莱姆回答道。

艾克罗伊德接着写下:

坐落于罗马尼亚,盛产石油(4)
Location in Romania rich in oil (4)

库柏转回了身,继续摆弄他的仪器:"我看我还是好好玩我的数独吧。"

莱姆看了一会儿这行字,说道:"一个四个字母的单词,表示一个位置。"

他知道罗马尼亚(Romania)是一个国家,除此以外他对这个地方一无所知。

"罗马尼亚境内有成百上千个城镇、地区和公园,还富有石油。也许不是油田。也许会是运输石油的港口,还可能是专门提供石油行业贷款的银行。"莱姆摇了摇头。

"记住,"艾克罗伊德说,"在隐意字谜中,答案往往就在你的眼前,只是你还没有看到而已。"

但随后莱姆就看到了。他笑了:"是的,答案就是罗马尼亚(Romania)的某个地方——但不是在这个国家境内,而是在'罗马尼亚'(Romania)这个词里。答案是'阿曼'①，一个有石油储备的中东国家。"

"干得漂亮，林肯。"

莱姆必须得承认，他也觉得很开心。

然后，他注意到门口监视器里的动静，看到萨克斯走上楼梯，从包里拿出钥匙。她应该是刚从施工现场过来，嫌疑犯四十七可能在那里见了什么人，目前他们尚不清楚这次会面的原因。

放松时间结束了。

---

①阿曼：Oman，阿拉伯半岛东南沿海的一个国家。

29

萨克斯进门时,莱姆细细地观察了她。

头发是湿湿的——她洗过澡。天色确实有些阴暗,但外面并没有下雨。

我想先洗干净……

她的眼神有些疏远,拇指指甲用力掐着另一根手指,随后两根手指互换了角色,继续"自相残杀",莱姆都能看见她皮肤上的血印。

她对艾克罗伊德点点头,打过招呼,后者温和地微笑回礼。

莱姆对她说道:"又出了一起,你听说了吗?"

萨克斯立刻回道:"地震吗?"

"什么?不,袭击案。"

"承诺人做的?"

莱姆点了点头。萨克斯显然有些心不在焉,甚至有些烦恼。他也想不明白,为什么她这么久才回来。

但他什么都没说。

"被害人还活着,她被迫吞下了自己的戒指。"

"天哪,她现在怎么样?"

"还不清楚。我派了罗恩去现场走格子,了解一下细节。被害人手术结束后他就去问话。我问了十九分局的警员，他们说了几个问题。但没什么新线索，都是之前就听过的。犯人是为了保护钻石。盘查周围的居民也没有任何发现，他们还在继续。"

莱姆看了一眼爱德华·艾克罗伊德，后者对萨克斯说起他的发现——阿姆斯特丹的经销商那里没有线索，但嫌疑犯很可能是个俄罗斯人，而且是最近才来纽约的。

萨克斯陷入沉思："所以，格雷夫森德的那个孩子，他说那人故意隐藏自己的口音。俄罗斯人。这条线索能查下去吗？"

"还在跟进。"莱姆说，想起自己刚刚发送的短信。

萨克斯咧嘴："我还是第一次碰到这样的凶手，这么执着于除掉目击证人。真是活见鬼。我们找的那个男孩呢？有进展吗？"

"罗恩还没什么发现，爱德华这边也没查到，没人和他有过交集。计算机犯罪部门在查帕特尔的通话记录，希望帕特尔最近经常联系 VL。"莱姆看向萨克斯，"所以，在工地发生了什么？"

萨克斯眨了眨眼："什么？"

"四十七去那里做什么了？"

"哦。"萨克斯告诉他，嫌疑犯应该不会是为了抄近路才走的那里。没错，工地旁边的政府大楼周围有很多监控。但工地的进出口有限，所以抄近路这个假设是不成立的。

而后她又说起自己与地热项目负责人的对话。她说，嫌疑犯确实去过工地，在那里见了什么人。对方的身份尚不明确，她也没查到更多关于嫌疑犯的线索。"现场情况很糟，到处都是碎石，污染很严重。发现了这个。"她拿出两个装着泥土和石头的证据袋，递给了梅尔·库柏。"这是从他可能站立的位置采集来的。但我不确定他是不是真的站在那里。"

技术员接过证据袋开始化验分析其中的内含物。

莱姆注意到萨克斯依旧眼神疏离、姿态紧张。她用手使劲儿挠了几下头皮，又将右手食指的指尖用力掐紧拇指指腹。这是她的老毛病，她一直试着控制这种自残行为，但有时候她无暇顾及。遇到极端情景的时候，萨克斯的精神十分脆弱。

莱姆看着萨克斯将手覆在膝盖上，发出轻微的呻吟。

"萨克斯？"莱姆问道。

"我摔了一跤，没事。"

不，并不是没事。不管发生了什么，对她的打击都很大。但此时，萨克斯只是轻轻地咳嗽了几声，清了清喉咙。莱姆很想问她还好吗，但她看起来并不希望他这么做。

莱姆又说："有迹象表明他是去买另一把枪的吗？"

"没有，但是我查得也不深入，还得进一步盘查那些工人。"萨克斯转向库柏，"说到枪，弹道分析结束了吗？"

库柏解释说，嫌疑犯在格雷夫森德现场用的是一把点三八口径左轮手枪。也可能是更小口径的，比如点三六口径或是柯尔特执法者型左轮手枪。都是经典的短枪管五发手枪，准头都很一般，后坐力很大。但近距离射击时的杀伤力跟其他手枪没什么差别。

他又补充道："皇后区证据收集小组的人汇报说，在索尔·温特劳布家附近并没有发现格洛克手枪。不管是雨水渠还是垃圾桶里，都没有。"

萨克斯耸耸肩："我本来打算明天再去工地那边继续盘查，但是出了个问题。我在那边碰见了一位州督察，他在矿场资源部工作。他说，这个工地的地热项目暂时被叫停了，他们要查清楚，是不是钻井工程引发了地震。"

艾克罗伊德说："哦，他们在建地热设备？"

"是的。"

"钻井有多深？"

"我想有五六百英尺吧。"

"嗯，我猜也差不多。我的公司之前也为一些水力压裂和高压水开采造成的损失投保。这些肯定会引起地震，破坏建筑物和房屋。

但后来我们就放弃了这一块的业务,因为代价实在太高了。而且我也听说,有一些地热项目的钻井会引起地震。之前还发生过地震造成燃气泄漏引发火灾,烧毁了一所学校。还有一次,两个工人被活埋了。"

萨克斯再次用食指"残害"着大拇指。留下深深的印迹。手上的皮肉红肿起来。莱姆大概猜到了她在工地那边经历了什么。

她继续说:"东北地质公司正在商量停止施工的事情,但在没查清楚之前,所有工人都不得进入工地。我们得去工人家里问话了。"

"有多少人?"

"大概九十个。我已经通知了朗,他会召集一些警员过来。麻烦得要死。但也没别的办法。"

库柏抬头看着一台电脑显示器:"工地样本的检测结果出来了,阿米莉亚。和帕特尔店里还有温特劳布家里发现的一样,矿物质痕迹,也就是说嫌疑犯肯定是去过工地的。但是再没有别的发现,还有些柴油燃料和泥。那边有很多泥吗?"

萨克斯沉默了片刻,然后回答说:"有一些,没错。"

"就这些了。"

门铃响起,汤姆开门让罗恩·普拉斯基走进了客厅。

年轻的警官向在场的人点点头,跟爱德华·艾克罗伊德做了自我介绍。这是两人第一次见面。随后普拉斯基将上东区朱迪丝·摩根袭击案中收集的证据交给了梅尔·库柏。技术员开始工作。普拉斯基开口,向众人讲述了袭击案的一些细节。二十八岁的摩根在一家婚纱精品店里试穿,一名在店外偷窥的男子尾随她来到了公寓,并将她强行拖到了楼梯间里。

"歹徒一直不停地说被害人如何残害了钻石,将一颗美丽的钻石大卸八块做成戒指是如何的大逆不道。被害人以为歹徒会直接杀掉她,或是切掉她的手指,抢走戒指。但是那人后来改了主意。他说,既然被害人伤害了钻石,那她就应该血债血偿。"

萨克斯问:"他还说了别的什么吗?他的住处?工作?"

"没有了。但被害人说,她可以闻到须后水、酒味和烟味,非常难闻,还有洋葱味。歹徒的眼睛是蓝色的。"

萨克斯说:"和之前的被害人证词一样。"

"被害人还说,这人是个外国人,但听不出是哪里的口音。"

莱姆告诉普拉斯基,他们认为嫌疑犯应该是俄罗斯人,最近才来到纽约。

"摩根觉得嫌疑犯拿的是一把左轮手枪——我给她看了些图片。那把多功能刀是灰色金属材质,就这么多了。"

萨克斯将这些发现写在了证据板上。

库柏转过身来,向众人说明朱迪丝·摩根袭击案中痕迹样本的分析结果。"有用的东西不多。现场的足迹太多,无法辨认哪些是嫌疑犯的。还有一些黑色的棉纤维——我猜可能是滑雪面罩上的。其他的一些痕迹都是楼里居民的。在这个现场没有发现金伯利岩。"

萨克斯在一张柳条编织椅上坐了下来,用手指敲着自己的膝盖,像是在挑西瓜。她盯着电视,屏幕上正在播放新闻,视频播放已经被静音,只有字幕在一旁用笨拙的英语讲述新闻中报道的事故。

新闻是关于地震的。

莱姆注意到,萨克斯皱着眉头,轻声说道:"哦,不。"

莱姆也转头去看新闻。播音员说,在两起火灾中,有一起是因为地震造成燃气管道破裂,引起大火。目前已经造成两人死亡。

两位死者是六十多岁的夫妻,阿诺德·菲利普和罗丝·菲利普斯,住在布鲁克林地区,死因是吸入过多浓烟。他们本来已经逃出大火,逃到了车库,但因为大火造成房屋断电,车库电控门无法打开,而夫妻俩因为伤势和吸入的浓烟,已经无力将门抬起。

很快,分割的屏幕上出现了两个头像,还有一头黑发的男主播。其中一位嘉宾身穿深蓝色西装、白衬衫,打着红色的领带,有些富态,一头黑发打理得整整齐齐。此人名叫丹尼斯·德怀尔,是东北地质公司的首席执行官,正是在建地热项目的公司。

另一位受访者神情局促而紧张,五十岁左右。他穿了一件蓝色工作服,袖子卷起,灰色的头发和胡须因为疏于打理而显得有些邋遢。此人正是伊齐基尔·夏普罗。屏幕上对他的介绍字幕显示,他是"一个地球"运动组织的领导者。

"我今天在工地那里见到过他,"萨克斯说,"他们一直在骚扰工地的工人。这人脑子有些不好——"她转头问艾克罗伊德,"你们是怎么说的来着?脑子不正常的人?"

"失智。"

"说得好。"

屏幕中的两人开始了激烈的唇枪舌剑。夏普罗瞪大了眼睛,激动地挥舞着双手。他信誓旦旦地说,正是地质公司的地热钻井引起了地震,还说,铺设地热不仅会引起地震,造成燃气管道破裂和建筑物倒塌,完成之后还会造成水污染,引起其他环境问题。他呼吁城市叫停钻井施工,言辞激烈地表示市长和市议会在一开始就不应该批准这个项目。

比起夏普罗,德怀尔要冷静得多,他说禁止工程建设是巨大的错误,并声称钻探作业不会引起地震,纽约地区并不处于活跃的地震带,不像加州。若是夏普罗担心地热项目会造成环境污染,那说明他对整个地热铺设工程存在误解。地热系统的管道是封闭的,即便发生破裂,泄漏的也只是一些惰性溶液。夏普罗反驳说,这种泄漏造成的后果也将是无法估量的。

主持人此时又火上浇油般地邀请了第三方的访谈嘉宾。这人比德怀尔打扮得还要商务。他叫C.汉森·科利耶,是阿岗昆联合电力公司的首席执行官,该公司是纽约地区最大的电力供应商。你可能以为他会反对地热项目——毕竟东北地质公司算是他的竞争对手。但他却说,近地表的钻探施工,比如东北地质在布鲁克林的这个项目,要比在火山地区开采天然气和高温储量发电安全得多。"我们得充分利用大自然馈赠的所有形式的资源。"他说。

争论逐渐白热化，莱姆对此却毫不关心，他面无表情地看着电视，镜头切换到了布鲁克林的地热项目施工现场。画面中，一部分工地围着绿色防护网，显然正是钻井所在的位置。

萨克斯看了一眼屏幕就站起了身："我该走了，得去看看我母亲。"

罗丝·萨克斯最近刚刚做过心脏手术，术后恢复得很不错，莱姆知道这一点，因为他几小时前刚刚与这位风趣、活泼的岳母聊过电话。多年前，她对女儿找的这个对象很不满意。罗丝·萨克斯还是希望女儿找个健康些的另一半。如今这种不满早就烟消云散。罗丝和莱姆成了朋友，他再也找不到更好的丈母娘了。

但莱姆觉得没这么简单，萨克斯确实会去她母亲那里——就在布鲁克林——但她要飙上一程。她会跳上那辆都灵车，开上合适的车道，远离市区，将车速飙到八十或九十。

她会用这种方式忘记在工地发生的事情。不管发生了什么，她依旧深受折磨，洗澡并没有洗去她周身笼罩的阴霾，深陷泥沼的恐惧。

如果真有什么可以让萨克斯转移注意力，那就是在开车的时候，经过某个急转弯，将车速从四挡降到二挡，车身从转弯处漂移而过，然后在直道滑行，接着，她会再次将汽车提速，在引擎的轰鸣声中，将车速表指针推到三位数。

莱姆深知萨克斯骨子里的冒险精神，他全然接受这位冒险家。但高速飙车只能暂时转移她的注意力，并不能彻底解决她的问题。

"萨克斯。"莱姆唤她，用一种肯定的语气。萨克斯会明白，他是想要和她聊聊在工地发生的事情。他不会指指点点，甚至不会去安抚她，只是想给她一个倾诉的机会。

但萨克斯拒绝了他。

阿米莉亚·萨克斯只是说："晚安，明天早上见。"这句话是对所有人说的。

普拉斯基和库柏也离开了。艾克罗伊德也拿起自己的风衣。莱姆从他迟疑的动作中看出，他似乎有话要说。

英国绅士语气轻柔地说道："虽说与我无关。但是……她还好吗？"

"不太好。"莱姆回答，"她有些问题。"他皱起了眉，"我说的也许不准确，不过在我看来，萨克斯是停不下来的人。她需要自由，一直如此。我想她应该是遇到了困境，或者说被束缚住了。不是与人交火，也不是追击逃犯，甚至不是寻找狙击手。不可能是这种事，萨克斯喜欢这种行动。但是被困住、被抓住、被限制行动，这些对她来说就是地狱。"

"我看到了她的表情，情况一定很糟糕。"

"应该是吧。"

"她会说出来的，早晚会告诉你的。"

"也许不会。我知道，因为我们两个这方面很像。"莱姆微笑，意识到自己比以往表露了更多私人的一面，"像是磁铁，异性相吸？但我们两个的情况却正相反。我们都是将事情藏在心里的类型，是同一类。"

艾克罗伊德笑起来："就像一个科学家用极化电极表现心理问题……那么，如果有什么我能帮上忙的，还请不要客气。"

"谢谢你，爱德华。"

男人点了点头，离开了。很快，汤姆走了过来。

"该睡了，林肯。很晚了。"

过劳和疲倦会轻易地危害到四肢瘫痪的人，压力过大时甚至会影响他们的血压。

但是，莱姆今晚还有一项任务。

"再等五分钟。"他对汤姆说，后者并不赞同。莱姆又说道："巴里·塞尔斯。"

护工点了点头:"好的,我先去楼上收拾一下。"

莱姆拨通了塞尔斯的电话,他已经出院了,正在家里休养。莱姆和他的妻子简单聊了几句,她将电话转交给塞尔斯,两个人立刻聊了起来,若是现在有人在他身边,一定会惊讶于莱姆竟然如此健谈。他真的不是沉默寡言,只是没时间与人闲谈。

然而今晚,他与塞尔斯这通电话的主题,就是闲聊,话题也是想到哪儿说到哪儿。塞尔斯已经联系了汤姆推荐的复健专家,虽然还没见过,但他会告诉莱姆后续进展的。

莱姆很遗憾地告诉塞尔斯,情报部门那里传来消息,关于那个射伤他的犯人,因为对方精明的律师、技术性问题上的争议,还有被恐吓的证人,审判进展得很慢。

挂断电话后,莱姆快速看了一眼证据板上的记录,记住一些难懂的信息。做完这些后,他转动轮椅,跟随汤姆来到电梯处。他躺在床上,在睡与不睡之间挣扎了一会儿,最后选择用案件调查里一些难解的谜题来消磨这段时间。

莱姆笑了,他突然想起一句话,可以用来描述嫌疑犯四十七案件中的线索。正是爱德华·艾克罗伊德之前讲过的、关于纵横字谜的描述。

它们既是弥天大谎,又是最简单的事实……

30

地下室是他儿子的工作间。迪普罗悄悄走下楼梯，听起来，儿子正在用工具雕刻某块石头。

他站在地下室的过道里，工作室的门外。

已经很晚了，该休息了，但他还在雕刻。他们早前的谈话还算愉快，但维姆显然还处于一种消极对抗的状态。不停鸣叫的电动壁纸刀带着挑衅的意味。

多蠢。做什么雕刻呀，多浪费时间。以他的天赋，如果只把这种东西当爱好倒也无妨。事实上，雕刻也许会精进他的技术，让他的切割技巧更上一层楼。总比打电动游戏、出去追女孩儿要好。但他现在知道，维姆想成为一名艺术家。傻小子。迪普罗猜，维姆要想成为一个职业艺术家，赚钱养活自己，这种可能性大概只有百分之一。他怎么可能靠做艺术取一个印度妻子？印度女人都是需要供养的，而且女人只会尊重能养得起自己的男人。

他想做雕刻家？简直是异想天开。儿子居然要把时间浪费在这种不切实际的幻想上，这让迪普罗感到失望。但真正让他伤心的，是儿子对于自己——还有整个拉赫里家族从事的钻石切割行业近乎羞辱的排斥。这是罪孽。因为维姆是整个家族里唯一的继承人。桑尼也被安排做过钻石切割，可惜这孩子没天分，手艺差得令人不忍直视。是的，他会像他妈妈一样进医疗系统（不过他是要做医生的，当然不会像迪维娅一样，只是个护士）。但他继承的是他母亲的职业，迪普罗·拉赫里需要有个儿子跟随他的脚步。

他走向工作室的门，壁纸刀的声音停下时，他也站定了脚步。

今晚已经做完了吗？

不，雕刻的敲击声再次响起。这也意味着，接下来他要做的事情，维姆不会听到。迪普罗用颤抖的手从口袋里拿出了一把钥匙，小心地尝试了几次后，锁上了地下室的门。然后，他拿出一根顶门杠，以四十五度角将一头顶在门把手上，另一头抵在地板上。他将顶门杠也锁住了。这根门柱由直径两厘米的回火钢打造，制造商在广告中称，只有两千摄氏度的火焰才能烧断它。当然了，一根镶有钻石的锯条也能行。

现在，维姆处于监禁之中。门已经被封死了。多年前，这里曾被用于钻石加工，所以低矮的窗户上早就安装了结实的铁条防盗窗。

迪普罗庆幸自己事先准备的策略成功了。还好他事先稳住了儿子，假装表现出"让步"。若是维姆有一丝怀疑自己可能会被锁在屋里，是无论如何都不会进来的。这个不听话的傻小子肯定会立刻冲出门逃走，不管身上有没有钱、带没带证件。

想要去加利福尼亚？那个州最出名的是什么？是钻石销售，罗迪欧大道每年的钻石销售额高达数十亿美元！

迪普罗将钥匙放进了口袋。

这孩子怎么能这么幼稚！他本可以成为二十一世纪最优秀的钻石大师……根据就是，那颗平行四边形钻石的切工！天才，纯粹的天才。

迪普罗现在也没有别的办法，除了将他锁在这儿，让他被关上几个月。他相信警察一定会抓到凶手，而维姆也会想明白。都是因为那场可怕的抢劫案，遭到枪击，再加上目睹师父的死，这一切扰乱了他的神智，让他开始胡思乱想。迪普罗认为，维姆只是暂时失去了理智。再说，把他关上一个月，也会让他冷静冷静，不再去想那个非印度裔的姑娘。

他感到了些许内疚。但随后他提醒自己，他这么做并非不人道，他当然不会虐待儿子，迪普罗深爱自己的孩子。维姆会在柜子里找到父亲为他准备的东西。他在里面放了一个舒适的睡袋，还有很多食物，包括零食和水，还有一些软饮。他想着也许儿子会喝酒，所以还放了些低度啤酒。地下室有电视。但是没有网络信号，当然也没有手机，这孩子也许会情绪不稳，给朋友打电话，让人帮他逃出去，还可能会报警，说自己被绑架了。

迪普罗明白，自己这样做会让他们之间的矛盾加剧。但维姆迟早会理解的，这是为了他好，他会感谢自己的。不过他这么做可不是为了要儿子感激自己，他甚至不求儿子理解自己的苦心。他只想让维姆明白，人们总要接受命运的安排，有些事情早就是命中注定，要接受。

迪普罗握住顶门杠，试着摇了摇，金属杠丝毫未动。

他很满意。还有一点开心……毕竟这么多天以来，一件接一件的事情一直让他很累、很烦躁。

他爬上了楼梯。

迪普罗·拉赫里现在心情大好，有兴致玩填字游戏了。而且他知道，妻子和他的另一个儿子——听话的那个——会让他尽兴的。

第三部分 锯切

三月十五日,星期一

31

那么,我的小母鸡在哪儿?

你在哪儿,小母鸡?

不累吗?不饿吗?不想吃点咖喱吗?辛辣咖喱大虾怎么样?想不想吃?印度香米做的米饭呢?还有人见人爱的酸奶沙拉?

弗拉基米尔·罗斯托夫在等一位年轻人,他在一家专门经营结婚戒指和订婚戒指的珠宝店工作。此时已是午饭时间,这该死的小东西最好赶紧午休。罗斯托夫和那几只爱情鸟——尤其是吞戒指的那只,玩得很开心。但现在得干活儿了。找到VL,然后割开他的喉咙。

这也是为什么他会蹲在这家脏兮兮的爱尔兰酒吧里。他坐在凳子上,点了一杯波本,一边慢慢喝着,一边盯着马路对面的大楼。

快点啊,我的小母鸡……你的弗拉基米尔已经没剩多少耐心了,你不会喜欢没耐心的弗拉基米尔的。他的多功能刀沉甸甸地躺在口袋里,刀刃已经饥渴难耐。

他的波斯,不,是伊朗小母鸡纳辛姆,帮了他大忙。纳辛姆告诉了他一个年轻男孩的名字,这人几年前曾为帕特尔工作,一直与宝石匠及其学徒保持联系。他的名字是科尔坦,但纳辛姆不知道他的住址,只知道他工作的地方——就是罗斯托夫正盯着的这家店。罗斯托夫有些遗憾,因为波斯佬居然完成了他的任务,这样一来,他就没理由去探望纳辛姆的家人了。他那两个丰满的女儿——谢赫拉莎德还有好看的小猫咪。

啊，家人，家人，家人……

在罗斯托夫的父母离婚并逃离了莫斯科郊区后，十二岁的弗拉基米尔来到了米尔尼，一个位于西伯利亚中部的小镇，那里当时只有两万人。如果地狱里肆虐的不是火而是冰，那米尔尼就是人间地狱。

大约七十年前，人们在这里发现了一条巨大的钻石矿脉，一个小村庄开始在冰原上形成。"米尔"（Mir）在俄语里是"和平"的意思。发现矿脉的地质学家给莫斯科发了一封加密信息，称他即将"点燃和平的烽火"，意思是说，他有了惊人的发现。小镇从此命名为米尔尼。钻石矿被称为米尔矿，在全盛时期，一年开采的钻石量高达两千公斤，其中两成都是高品质钻石。米尔矿的发现给戴·比尔斯公司带来了极大的恐慌，因为他们知道，米尔钻石矿的巨大产量将导致钻石价格暴跌。尽管如此，俄罗斯人依然有意识地操控市场，开始操控产量并购买别家公司的矿产储备——其中就包括戴·比尔斯公司——以期保持钻石高昂的价格。米尔矿最开始是一个露天矿井，最终开采到一千七百英尺深的地下，开采结束后，国有公司开始借此挖掘隧道。

读高中的时候，他的课余时间都是在矿洞里度过的。甚至是后来，他去读职业技术学院时，只要不在学校，罗斯托夫就会去钻石矿里干活儿。都是他叔叔格列戈尔·罗斯托夫逼他去做的。格列戈尔吹嘘他用自己的"人脉"给侄子找到了工作，实际上却并非如此，这些钻石矿一直都在四处求招矿工，只要愿意钻进地下矿井，他们基本上什么人都要。

挖掘露天矿坑是一项比较有挑战的工程：要先用喷气发动机加热地面，使其软化到足以挖掘的程度，然后开始施工。挖隧道却是一场噩梦。经常有工人被淹死或压碎，矿石粉尘对肺部的损害比每天抽三包烟还要大。化学烟雾会灼伤人的眼睛、舌头和鼻子。即使你能侥幸躲掉这些伤害，还会有不稳定的炸药随时能让你尸骨无存。

当然，比起灰暗阴冷冻得让人皮肤皲裂的地面，矿井里要暖和得多。弗拉基米尔更喜欢这里简单到枯燥的环境。这里只有石头、尘土和钻石，没有那些梳着平头的小青年，他们一直看他不顺眼，因为他是一个从莫斯科来的外来者。这里也没有那些从不正眼看他的女孩儿，没有整天耷拉着脸的叔叔和婶婶，他们面色阴沉地看着弗拉基米尔，好像一切都是他的错，本就狭小的公寓都因为他的到来而显得更加拥挤了。

他年纪小，没人指望他负担起一个成年人的工作量，大家更倾向于把他当成吉祥物。他在这里很安全，和他的石头待在一起，每天两班倒。有时候他在矿井里一待就是好几天，漫无目的地在矿洞里游荡。

有一次，一个监工在矿井里无意间撞见了他，罗斯托夫光着下身，裤子在一旁废弃的矿井边上堆成一堆。他慌慌张张地穿好裤子，不过那人还是注意到了他在做什么。监工没有责骂他，只是严肃地告诉他，这种事情只能在家里的卧室做，绝不能在这里做，下不为例。

但弗拉基米尔经常无视这种警告。他只要确保下次找个更荒凉的角落或石头堆就好了，不被发现就行。

变成一块石头。

可是他不能永远待在矿洞里。他必须回到地面，回到那栋四层公寓里。

格列戈尔叔叔……

外表上，格列戈尔是那种最没脾气的人，又干又瘦。然而他就像他爱抽的白波运河香烟，后劲很大。这种香烟以二十世纪三十年代古拉格监狱囚犯挖掘的臭名昭著的白海运河命名，至少有十万人在挖掘运河的过程中丧生。格列戈尔与弗拉基米尔一样，长着一张消瘦的脸，眉骨突出，宽阔的嘴唇有些发紫。肩膀上的骨头瘦得高高支起。他在矿里多是操控设备，或是拿一张写字夹板。他可能一辈子都没有举起过铁锹。弗拉基米尔觉得他的指甲最让人难忘——长而苍白，修剪得十分锋利。至少看起来是这样的。鉴于几乎每天晚上在黑暗嘈杂的公寓里进行的那些游戏，这些指甲总在弗拉基米尔的脊背上留下一道道鲜红的、火辣辣的伤口。

婶婶罗的样子则和叔叔完全相反。她身材滚圆，像煤渣砖一样结实。弗拉基米尔对她的第一印象就是一个球。身高只有一米五八的她让人望而生畏，若是婶婶想要什么东西，她的欲望就是宇宙中唯一的存在。

她很没有耐心。一旦弗拉基米尔让她不高兴了，她同样会在他身上留下愤怒的痕迹——虽然不是用手指甲。她一边痛骂他，一边将戒指转到手掌的方向，狠命抽打他。戒指上锋利的边缘和那颗来自米尔矿的钻石就会割破他的皮肉，所以婶婶的钻戒时不时会染上血。

几年之后，二十岁的弗拉基米尔已经在矿里当上了监工（你很少在矿里发现上了年纪的人）。叔叔婶婶死后，他一个人住在公寓里，三天打鱼两天晒网地上着学，最终勉勉强强毕业，拿到了地质学学位证书。

他对矿井有着不一样的情感。矿洞里静谧、温暖的水流在他离开矿井后依旧强烈地吸引着他。但罗斯托夫觉得米尔尼已经不能满足他的饥饿感了。

再加上又发生了其他的事情，比如米尔矿关闭了，矿藏基本枯竭。这也无形之中替他决定，再也不能回到米尔矿。

俄罗斯是世界上最大的钻石生产国之一，他也可以在别的钻石矿找到工作。但他决定，不。他要的不止如此。

饥饿……

也就是那时，弗拉基米尔·罗斯托夫意识到，自己出了问题。在矿井的时光、在客厅地板上的经历——叔叔婶婶在床上撒下碎石让他睡在上面……这些过去已经让他变成了钻石一样坚硬的东西，完全没有任何感觉。

去哪儿呢？

车臣最近很不安分，所以，为什么不参军呢？

变成一块石头是最好的预备训练。

不光是对进入军队来说，也是为了后来的事情。

后来的生活将他带到了美国。光鲜亮丽的、该死的美国。

他又喝了一小口爱尔兰酒吧的波本威士忌。

走吧，罗斯托夫有些恼火地想。

但就在这时，他眼前一亮。他看到对面店里，科尔坦正与一位客人握手告别，然后穿上了自己的外套。

罗斯托夫将杯中剩下的酒一饮而尽——虽然不是什么名牌酒，但味道不错，还便宜。他拿出纸巾擦去玻璃杯上的指纹。这么做也许有点偏执，可正是这种偏执让罗斯托夫得以幸存，没被关进监狱。按理说，他早就该进去了，或者早就被干掉了。

他回过头，再次恋恋不舍地看了一眼女侍者迷人的屁股，站起身，走到了寒冷潮湿的空气中。一辆柴油车驶过，喷出的尾气让罗斯托夫想起了自己的老家。这世上再没有哪个地方比莫斯科的尾气排放更糟糕了。

罗斯托夫没有过街。街边古老的十层建筑上安了很多监控摄像头。科尔坦工作的地方就在一楼——中城礼品店。与其他的珠宝店和钻石工坊一样，牌匾上避免提及任何有关宝石的信息。这么做是出于安全考量，也让追踪 VL 先生变得难上加难。

这种建筑一般都有非常棒的地下室——很棒，很安静——他却不能和科尔坦到某个地下室交流，因为到处都是摄像头，拱廊里还有武装的警卫。一楼还有另外两家珠宝店和一家皮草店，只批发水貂、灰鼠和狐狸皮草。而那个非裔警卫块头很大，看上去有些百无聊赖。他佩带了一把老式左轮手枪，但他并不像是那种会佩带或者使用手枪的人。

罗斯托夫的计划是先跟住这个男孩,然后找一个人少的地方接近他。巷子里就很不错,但是曼哈顿似乎没有巷子,反正他是没找到过。皇后区有,布鲁克林也有,这里却没有。曼哈顿有性感的女人、便宜的酒水、漂亮的钻石和数不清的高雅购物区……但就是没有小巷子。

罗斯托夫不知道自己要跟多远才能等到科尔坦落单。他不希望科尔坦走得太远或太久。那样的话,他就得等到科尔坦下班后,跟踪他到家里。而罗斯托夫并没有那么多耐心,他要找到VL,现在就要。他没有更多选择,其他的渠道都没有他要的消息。纳辛姆也只能查到科尔坦的名字。

结果证明,这个胖乎乎的黑发小子并没有走很远。科尔坦虽然是印度裔,却没有选择咖喱或印度烤鸡。他走进了一家最典型的纽约咖啡店,一名女服务员给他指了一个座位,他坐了下来。

能在这里动手吗?罗斯托夫有些不确定。这里人太多了。他观察过,这确实不是动手的最佳时机,可也算是个机会。

罗斯托夫的滑雪面具卷在头顶,变成了一顶普通的绒线帽,他也走进餐馆,坐在吧台前点了一杯咖啡。没等咖啡端上来,他就起身走向了身后的走廊,那是洗手间的方向。罗斯托夫走进去,在里面剧烈地咳嗽了半分钟,他看了一眼纸巾,扯下一些,回到了卫生间外的走廊。

他还发现了别的。有一扇通往地窖的门,没有上锁。餐厅的食材供给应该就在下面,随时都可能有员工进来。不过,厨房里的每个人似乎都很忙。

现在只剩下一个问题,这孩子吃完午饭后会不会用洗手间呢?

没有别的办法,只能等等看了。

罗斯托夫回到吧台,小口地抿着咖啡,男孩在一旁吃着三明治,时不时地摆弄一下手机——可能是在发短信,也可能是在脸书上浪费时间,或者在玩别的什么。科尔坦又叫了服务员。哦,拜托了,可别吃甜点了。

他没有,不,他要了账单,付了钱。

罗斯托夫将咖啡一饮而尽,再次用纸巾若无其事地擦着杯子。他将杯子推到一边,服务生将它收走了。罗斯托夫在吧台上留下了五美元。

好了,科尔坦,想要释放内存了吗?

是的!科尔坦穿上外套,经过走廊,走向了卫生间。

这么做确实有些冒险。但有时候,你会脑子一热,做一些正常人,甚至变态杀手都不会做的事。

变成一块石头。

他的疯狂常常是他的优势,罗斯托夫有时会想,每个人都应该向他学学。

男孩走进卫生间后,罗斯托夫就在地窖外的走廊里等他。

罗斯托夫背对着男卫生间的门。几分钟后,他听到了开门声,回头看了一眼科尔坦,后者正要出来,对他说:"劳驾让一下,先生。"罗斯托夫微笑着转过身,向四周看了看,确定没人后,狠狠地一拳打在了男孩的喉咙上,在他倒下来的那一刻将他一把抓住,罗斯托夫拉开了地窖的门,将男孩头朝下推下了铺着橡胶的楼梯。

男孩乒乒乓乓地滚了下去,动静很大。罗斯托夫转身看了看是否有人听见。

没有人听到,他们都在吃东西、聊天、玩手机。

俄罗斯人闪身钻进地窖,站在楼梯最上面一阶,将身后的门关上,掏出了多功能刀,看着下方阴冷又昏暗的地窖。

萨克斯正从母亲的房子里出来,她在儿时的卧室住了一晚。就在这时,电话响了。

她坐进都灵车的驾驶座,按下了接听键。

"罗德尼。"

罗德尼·萨内克是纽约警察局计算机犯罪部门的高级警探,他是个有趣的男人,从外表上看不出这人的具体年纪,应该是三十多岁。他热爱代码、黑客技术、算法和模块,还有各种数字化的东西。他还喜欢用超大分贝听摇滚乐。此刻,萨克斯通过电话就能听到他的办公室里的摇滚乐轰轰作响。

"阿米莉亚。我刚刚给莱姆打了电话,告诉他我有了新发现,他叫我直接打给你,说你离那地方比较近。"

"哪里?"

"皇后区。"

"出了什么事?"

"你还记得我们申请了搜查令吧,为了从供应商那里拿到帕特尔的通话记录。"

"记得。"

"我终于找出他的通信规律了。他的姐姐、其他钻石商,还有几通海外电话,都是打给南非和博茨瓦纳的,应该是生意上的往来,联系钻石订单什么的。没有任何打给缩写 VL 的电话。但过去几个月却和一个叫迪普罗·拉赫里的人有过十几通电话。"

"不错。"

"我做了些调查。实际上做了很多调查。最后那个名字——迪普罗——引起了我的注意,这是不是 VL 里的那个 L 呢?经证实,迪普罗的儿子也是一个钻石切割匠,叫维姆·拉赫里。等下,阿米莉亚,我最爱这段即兴演奏了。"

萨克斯听到一阵电吉他的演奏声,打了个哈欠。

"你能听到吗?要我重放一遍吗?"

"罗德尼。"

"好了好了,我就问问。我在车管所找到了一张维姆·拉赫里的照片,现在发给你,你查收一下。"

萨克斯的手机"叮"的一声响起,接着便看到了维姆·拉赫里的驾照照片。这张照片与周六凶杀案现场外大楼装卸口拍到的年轻男子十分相像。

驾照上显示,维姆·拉赫里的住址是杰克逊高地门罗街四三三八号,离她只有半小时车程。

"谢了,罗德尼。"

"免责声明:不确定他是不是你们要找的人。"

想要查清楚是不是这个人,也只有一个办法了。

32

位于皇后区杰克逊高地的门罗街对于自身定位一直有些犹豫不决，不知道是要中产化，还是保持原状。

门罗街悠闲而安静。过去的半个世纪乃至一个世纪以来，一直保持着它原有的样子。但谁知道呢？这里既住着小工厂、仓库和工地里的工人，也住着新进白领阶层的年轻人——他们多在广告公司、经纪公司、出版业和商业领域工作。一些艺术家也住在这里。

此时此刻，维姆·拉赫里家附近，人行道上只有零星几个人。一个穿着黑色棉服大衣、戴着贝雷帽的女人正在遛狗，小狗脖子上拴着可伸缩的绳子，一群仿佛有自杀倾向的松鼠就在附近，寻求千钧一发的刺激感，故意要在最后一刻从狗嘴里逃命，引得小狗也发疯一般地上蹿下跳。

一个骑自行车的男孩从身边经过，也许是逃学出来的，今天并不是周末。

一位穿着雨衣的商人，还戴着那种滑稽的雨帽。透明塑料制的帽子上面印着几朵黄色的小雏菊。

每个人都行色匆匆，大概是因为这潮湿又阴冷的天气吧。

但这些混蛋过得还算不错。

莫斯科每年的这个时候可比这里要糟糕百倍。

想到自己的家乡，弗拉基米尔·罗斯托夫认为纽约的这一带很像莫斯科西北部的普列斯妮娅区。不同之处在于，这里的房屋都是独栋的排屋。在莫斯科——哦，应该说在俄罗斯的每一座城市——人们都住在那种高耸的、冷漠的、永远阴森的公寓里，公寓楼都漆成斯大林制服的颜色。

罗斯托夫把丰田车停在了路边，站在一棵树下。他希望黑暗的树干能遮蔽他的黑色外套。

他悄悄地观察着朴素房屋内的维姆·拉赫里及其家人。

罗斯托夫对自己的侦探工作很满意。科尔坦全都招了，那孩子喉咙受伤，手腕也在摔下楼梯时断了。罗斯托夫将哽咽着的男孩拖到地下室一角，一个油罐后面，油罐散发出刺鼻的气味，让人眼睛刺痛。老式的暖气发出轻微的嗡嗡声。两人一个躺在地板上，一个蹲在他身边，都被热气包围着。

男孩喉咙受伤，无法讲话，这无疑让获取信息的过程复杂了些。但好处是，他也不会尖叫，不会被人听见，这当然更要紧。

罗斯托夫推出刀刃，科尔坦立刻开始流泪，泪痕在他暗褐色的皮肤上闪着光。他摇着头，不，不，不，嘴里还喃喃地说着什么，也许是解释——试着解释——向罗斯托夫说明自己没什么能给他的。罗斯托夫注意到，他的小指上戴着一枚镶有钻石的金戒指。就是那种浮夸又低级的戒指。当光从四面八方照进钻石的亭台和表冠，从钻石的每一个刻面照进去，只有那时，钻石才有生命。这种尾戒都是给什么都不懂的商人戴的，钻石被切得很浅，金属圈紧紧地包裹着它，它根本没法呼吸。而且尾戒上镶的大多是些劣质钻石。

简直是暴殄天物。

罗斯托夫微笑，注意力再次回到男孩的手指上，用刀刃轻轻抚过。科尔坦试着挣脱，但毫无用处。刻刀的爱抚愈发亲密。

"不，不，小母鸡，别费劲了，没用的。"

罗斯托夫只在科尔坦左手指腹上划了两道，他就用右手写下了维姆·拉赫里的名字和住址。科尔坦又回答了一些别的问题，然后他的午饭时间——还有他的生命——就都结束了。

现在，该干活了。

罗斯托夫依旧隐藏在树下，等到街上所有的行人、狗，还有骑自行车的人都离开，确定周围一个人都没有了，才开始朝拉赫里家走去。

这里和普列斯妮娅不同，可用作掩体的绿化景观更多。罗斯托夫充分地利用了这一点，在树木和篱笆之间隐秘地前进，尽量不让附近的居民看到他。

他注意到拉赫里家中亮着灯，蕾丝窗帘遮住了大半的窗子，不过依旧可以看到屋内有人活动。科尔坦说，维姆和他父母，还有一个弟弟同住。他父亲身有残疾，母亲是个护士，工作时间并不固定，弟弟则是大一新生。他们谁都有可能在家，也可能全都在。

当然，罗斯托夫可以把他们全杀掉。他必须好好计划一番。房里的人很可能在不同的房间，他贸然闯入肯定会被人听见。他们就会报警，然后把手机藏到沙发后面。在纽约这样的城市，警察几分钟内就会找上门来。罗斯托夫想了想，决定先观察一阵，等到他们都聚在同一个房间，然后迅速行动，把枪亮出来。他要控制住他们，用绳子或胶带把他们绑起来，最后再用刀，只能用刀，这里房子建得很密集，枪声一响，附近几十号人都能听见。

罗斯托夫蹲下身，藏在灌木丛中，悄悄绕到了房子背面。外墙漆成了淡淡的绿色，现在需要重新粉刷了。在一扇向后开的窗前，他可以看到里面有人影晃动。他站起身，窥视房内的情况。这里是厨房，一个四十多岁的女人正站在炉灶旁。她有着褐色的皮肤，一头浓密的黑色卷发，像洋娃娃的塑料头发一样闪闪发亮。罗斯托夫能看清她的脸，一副忧愁的样子。她一边心不在焉地搅动着锅里的东西，一边微微偏了偏头。罗斯托夫觉得她是在听什么动静，而且这声音让她很不安。有人在讲话。他侧耳倾听，也听到了对话的声音。虽然听不到讲话的内容，但似乎是两个男人在争论什么。随后就没了动静，远处传来了砰砰的声音，像是锤子的敲打声。

片刻后，女人转过身，一个五十多岁的男人走了过来。他头发灰白，大腹便便，似乎是刚从地下室的楼梯爬上来。男人表情烦躁不安。罗斯托夫缩回了脑袋，听着窗里的动静。

女人避开了他的目光，说道："你不该这么做。"

"这都是为了他好，他脑子里不知道在想些什么，傻小子！都是你，小时候把他惯坏了。"

这话也许没错，罗斯托夫想。

女人。

只有做那事的时候有用。好吧，她们还能煮煮饭。

这时，他又听到了房内某处传来电动工具的声音。听起来像是砂轮机或电动砂光机。似乎有人在施工。

另一个较为年轻的男性声音响起，好像在问问题，罗斯托夫没听清。

从地下室出来的男人肯定是维姆的父亲，他此时吼道："桑尼，回你自己的房间去，别管这些，这跟你没关系。"

那人回了一句什么，依旧没有听清。

"他没事，在他的工作间雕东西。回房间去，快点！"

桑尼是维姆的弟弟。也就是说，和父亲起了争执的维姆，此时正在地下室。

你不该这么做……

这是什么意思？

所以，屋里一共有四个人：妈妈、爸爸还有两兄弟。

这确实有难度。但罗斯托夫决定，越简单粗暴越好。如果维姆在地下室，他就溜进房子，快速解决掉见到的第一个人，不管是谁，直接割喉。然后，若是有人看见他，就赶紧杀掉第二个。就这样。维姆不会听到上面的动静的，因为他的电动机器太吵了。等他解决了上面的麻烦，再去地下室，探望一下维姆。

好了,你个小母鸡。我们开始吧。

罗斯托夫转身,向房前走去,他蹲在门廊前的灌木丛里,将手伸进口袋拿刀,就在他即将握住刀柄的时候,突然听到有车快速驶近。罗斯托夫立刻退了回来,紧接着,红色的车灯照亮了四周。一辆老式美国车在他面前停了下来。

妈的!俄罗斯人躲在浓密的灌木丛后,周围全是狗尿骚味。

一个女人走下了车。她身材纤细而高挑,一头红发在脑后绑成马尾。

不,不,不!

这只母鸡是个警察。他看到女人后臀上别着的警徽了,就在她的黑色运动外套下若隐若现。而且,他还能看出,女人的手有意无意地伸向后腰处,那里有一把格洛克配枪。罗斯托夫意识到,这只小母鸡是个内行,她知道怎么拔枪射击。

罗斯托夫很恼火。

若是他早半小时过来,现在就已经得手了。

至少她没有叫后援。她要找的男孩也不是嫌疑犯,只是个目击证人。她只是来问维姆几个问题,然后警告他,现在很危险。还有可能对他实行保护性监禁。

罗斯托夫眯起眼睛。他离这名女警察只有十五英尺远,所以,他注意到了一些其他的细节。一阵微弱的闪光。她的左手无名指上戴着一枚戒指,上面镶着一颗石头,微微闪着蓝光。是钻石吗?订婚戒指,很有可能。

一颗蓝色钻石。

他想起了温斯顿蓝钻。这颗要小得多,而且有瑕疵。毫无疑问。

罗斯托夫永远也不可能得到温斯顿蓝钻。

但这一颗怎么样?

女警察正站在门口,按门铃。他听到了门铃响起的声音。

罗斯托夫调整了自己的计划。他觉得这是天赐的机会。这个女人的到来会把屋内所有人都聚在一起。她会和他们交谈，然后向维姆问话。

所有的小母鸡围拢在一起。它们绝对想不到，一只狐狸会拿着刀枪张牙舞爪地冲进来。

33

"您说维姆不在家?"阿米莉亚·萨克斯问道。

"很抱歉,他确实不在。"

萨克斯正在与迪普罗·拉赫里交谈。看男人的肢体语言,如果她的感觉没错的话,此刻他相当惶恐不安——即便脸上堆出了伪装的微笑。

"他联系您的时候说了什么?"

看来她需要费些力气了。

"哦,就是昨天的事。他说一切都好,但是他要离开一阵子。"

"原来如此。您儿子和被害人杰丁·帕特尔是什么关系?"

"哦,不,不,完全没有关系。"

"没有关系?"

"没有关系,真的。他只是给帕特尔做过一些零活儿。"迪普罗·拉赫里长得并不高,但很胖。他的眼窝深陷,有着浓重的黑眼圈,深色皮肤,面色有些灰暗。他的妻子叫迪维娅,美丽的脸上有一双明亮的眼睛。萨克斯看到大厅的晾衣架上有一套医院清洁用品。显然,她不是医生就是护士。

她对于丈夫的话有些无所适从。此时双臂交叉,抱臂而立,深深地看了丈夫一眼。

"做点零活儿?"

"一些钻石加工的活儿。"迪普罗似乎被妻子的肢体语言惹怒了,他害怕自己的谎言被揭穿。他瞪了妻子一眼,后者无视了他,接话道:"维姆是帕特尔先生的学徒。"

男人厉声说道:"不是学徒!如果是学徒,他就会整天跟着帕特尔先生一起工作。他并没有,他没有跟着他学习。"

萨克斯好奇,为什么迪普罗会觉得维姆在帕特尔店里的角色决定了他对发生的抢劫案知不知情。

电动工具的噪声再次响起,是从房子的某处传来的,似乎是有人在施工,好像是在打磨东西。

"家里还有其他人吗?"也许其他家庭成员会知道维姆的下落。

但迪普罗快速回答道:"只有几个工人。"

"他说过什么关于谋杀案的事吗?他当时在场。"

"不,他不在。他正要去店里,但是到现场之前案件就发生了,后来他就离开了。"

"先生,证据显示,有符合您儿子特征的人出现在了现场,凶手开枪射击,他受伤了。"

"什么?哦,我的天哪。"

迪普罗的演技糟透了。

一个年轻人出现在起居室的拱门处。萨克斯最开始以为他就是维姆,随后注意到这孩子比维姆还要小几岁,是个十几岁的少年。

萨克斯本来要对迪普罗打出"妨碍执法"的牌;看见少年时,她就改了主意。萨克斯对少年微笑道:"你是维姆的弟弟?"

"是的,我是。"他看看地板,看看天花板,又看向一边。

"我是萨克斯警探。"

"我是桑尼。"

"回你房间去,"迪普罗喊道,"这里没你的事。"

但桑尼却开口问道:"你们抓到那个人了吗?打伤维姆的那个?"

迪普罗闭上了眼睛,一脸愁绪。他被自己的儿子揭了老底。

"我们正在努力。"

父亲再次大声喊道:"回去!"

男孩犹豫了一下,最终转身离开了。如果维姆的父亲还不合作的话,桑尼就是他的替补选手。萨克斯预感迪普罗的妻子不会直接与丈夫作对,虽然她敢肯定,这位母亲一定知道些什么。

楼下电动磨具的声音停止了。萨克斯松了口气,这声音一直很刺耳。

"我需要知道他在哪里,立刻。"

"发生了这样的事他很难过,所以他离开了。"迪普罗说道,"和几个朋友,也许去滑雪了。最近天气越来越冷了,但度假村还在营业,你听说了吗?"

他的妻子紧紧地盯着他——像是在说,他们家的人根本就从没见过滑雪场。

"这很重要,拉赫里先生。您也看过新闻了,那个自称承诺人的罪犯,就是他在追踪您儿子。"

"不可能的,维姆什么都没看到!"

"他已经杀掉另外一个目击者了。"

"但维姆根本不可能看到他。他戴着面具。我听说凶手戴着面具,新闻上说的。所以他不可能——"

"够了!"迪维娅·拉赫里喊道。

"不!"迪普罗咆哮着。

"够了,迪普罗,已经够了。"妻子平静地说,然后哀求地看向萨克斯,"你们一定要保护好他。"

"我们会的,我就是为了保护他才要找到他。"

所以,她错看了迪维娅,这个女人是会反抗她丈夫的。

虽然冷冷地瞪着迪普罗并没有什么用,但阿米莉亚·萨克斯还是瞪了他一眼。

随后,萨克斯问道:"他在哪里?"

"在楼下,地下室里。他的雕刻工作室在那儿。"迪维娅说。

萨克斯记起,莱姆他们曾推测男孩是个雕刻家。刚刚电动磨具的声音应该就是他,她早该想到的。

不重要了。萨克斯会立刻对他实施保护性监禁,将维姆转移到一个安全屋,然后在这里也做些安排,确保他家人的安全。

"所以你骗了我。"

这位父亲反驳道:"我是在保护他。"

但萨克斯认为,他这么做可不仅仅是为了保护儿子,一般家长都会尽快联系警察。

不过她只是说:"请您现在就去把他叫来吧。"

迪普罗的妻子向他伸出手,手心朝上。他绷紧了脸,很生气,但还是用颤抖的手从口袋里掏出一串钥匙,递了过去。

他把儿子锁在了地下室?

迪普罗目光冰冷地看着妻子,似乎是在责备她对自己的反抗,后者看了他一眼就别开了目光,朝房子后面走去。

34

弗拉基米尔·罗斯托夫戴上手套，轻轻握住了拉赫里家的前门把手。

啊，哈。这只小母鸡帮了他大忙，没有锁门。

省得他破窗而入了。那样太冒险了，肯定会引起注意，然后他还得开枪控制住里面的人。

他忍住了一声咳嗽（这时候咳嗽可真是要了命），透过门上的蕾丝窗帘向里看，即便有人看过来，也只能看到他的影子，看不清他的样貌。天色很暗，几乎没有背光，所以即便打开门进去，入口处也不会投下他的影子。

母鸡警察和丈夫在左边客厅。妻子似乎是去叫维姆了，在其他房间。另一个男孩——也许是他的弟弟——也在房里，不过此刻不见身影。警察想要见维姆也是正常的，她会向每个人问话。

我的小母鸡都在一个鸡圈里了。

罗斯托夫可以透过门厅看到红发女警的背影，她离门口大概有五步远。他想到了一个主意，四下寻找，在花园里捡起了一块大砖头，又来到前门，继续往里看。没错，没错，十分可行。罗斯托夫会快速冲进去，敲晕女警察，再亮出枪，控制住维姆的父亲。他要记得把警察的枪捡起来，再用警察身上的手铐铐住她。最后收拾维姆和他的家人。

至于这个警察?罗斯托夫又瞥了一眼她那白皙手指上的蓝色钻石。太诱人了。

变成一块石头。

罗斯托夫将滑雪面罩拉下来,左手持枪,砖头夹在腋下。他伸出右手,握住门把。

开始吧,小母鸡,我们开始吧。

突然,房子后面传来一声哭喊:"不!"是女人的声音,维姆的母亲哭着从厨房后面的一扇门里跑了出来。罗斯托夫刚刚看到过那扇门,似乎是通向地下室的。她跑到走廊里停了下来。罗斯托夫没动,依旧在门外的前廊。他蹲下身,已经不需要看戏了,他已经看得很清楚了。

"他不见了!维姆不见了!"

"怎么会不见了?"迪普罗勃然大怒,仿佛这是妻子的错。

"电锯!他用来雕刻的那把,他用电锯锯断了窗户上的铁条。"

所以,父亲把自己的亲儿子锁在了地下室的一个小房间里。

而现在,这小母鸡还他妈的逃走了?

罗斯托夫大着胆子向房内看了一眼,看他们会不会从前门走出来。但他们并没有这个打算。屋内的三个成年人都急急忙忙地跑到房子后面,跑下楼梯,去了地下室。

罗斯托夫离开前门,走下楼梯,翻进了拉赫里邻居家的院子。

他藏在树篱后,偷偷看着拉赫里家的院子,并没有维姆的身影。但他确实看到了:一扇低矮的窗子外,草地上放着几根粗粗的金属条。

罗斯托夫叹了口气,转身快步走到了人行道上。他上了车,开着车在寂静的街上来回转了十几分钟,但什么都没发现。他不敢多留,怕那个红发女警发动警力搜查整个社区。

他瞥了一眼副驾驶,上面散落着一些冷掉的炸薯条。他一把将薯条塞进嘴里,心不在焉地大口咀嚼几下,吞了下去。然后,他点起香烟,用力吸了一口。这是一次失败,没错。但弗拉基米尔并没有他以为的那样恼怒。

承诺人狡猾又阴险。

而且,即使他真的变成了一块石头,也总有后备计划。

35

下午三点。

昨天莱姆和爱德华·艾克罗伊德见面后发了一条短信，对方在回信中说今天三点他们可以打电话聊聊。

对方的身份，毫不夸张地说，是一个间谍。

林肯·莱姆和美国的间谍组织确实是有接触的，虽然需要避人耳目，联系得也不多，但不可否认，确实是有联系的。

莱姆之所以没能参与"猎鹰"的案件（那个墨西哥大毒枭现在正因谋杀和袭击罪名接受联邦审判），是因为他当时正在首都华盛顿协助一个新成立的美国安全部门。

莱姆和萨克斯因为最近的一起案件与该组织有了交集。因为一次秘密行动，他们与替代情报机构在意大利那不勒斯发生了激烈的冲突，两方人针锋相对。最后，莱姆和萨克斯挽救了该组织的声誉——同时挽救了很多人的生命。机构主管对二人的刑侦工作印象极为深刻，有了爱才之心，想要招他们加入。

但是，情报机构的工作无可避免地会涉及很多海外行动。鉴于莱姆的身体状况，尽管对方承诺会有很多极具挑战性的案件，他们还是拒绝了。再说，纽约城从不缺乏吸引人的案件，为什么要舍近求远呢？他和萨克斯的家在这里。但他还是很乐意飞去华盛顿协助他们成立新的部门，将现场调查刑侦学和物理证据纳入情报资源。

在华盛顿的第一次会议上,一位参与创建和资助替代情报机构的国会议员说:"很高兴能在这里见到莱姆警监和萨克斯警探。我知道二位一定会帮助我们完成任务,为情报分析、武器化提供新的动态参数。"

一般情况下,莱姆肯定会挑挑毛病,比如把"参数"这个名词换成动词之类的。但他提醒自己,他现在身处华盛顿政治圈,这些废话只要不在意就好了。不过他们这个想法真不错,很聪明。新建的部门将利用犯罪现场调查技术来分析情报,还能将它们"武器化"。

怎么找出一个美国驻法兰克福领事馆的内奸?用测谎仪测试所有人吗?不,只要找到一个员工,而他身上的痕迹又与敌对国总领事馆内的相匹配即可。

需要干掉一伙在日本活动的朝鲜行动队?只要给日本的刑警部门送去一点证据和鞋印,就能将这伙人关上很长一段时间。比直接动用狙击手更人性化。更重要的是,这种肮脏的工作,除了美国政府,还有好多国家在做。

新部门将成为替代情报机构的"证据情报"部门,这个说法非常有间谍的味道,就像"人工情报",或是"电子情报"。

莱姆的短信发给了达里尔·马尔布里,替代情报机构的主管。艾克罗伊德告诉莱姆嫌疑犯是俄罗斯人之后,他就联络了马尔布里,约好了今天下午三点的电话。

间谍活动显然要求极高的办事效率。三点钟刚刚过去两秒,莱姆的手机就响了。

"林肯,你好!"莱姆听到他的声音,回想起他的样子。马尔布里身材瘦小,一头稀疏的浅棕色头发。从他常用的方言推测,他可能来自卡罗莱纳州或田纳西州。第一次见到他时,莱姆还以为他只是个按规矩办事的低级外交官。光看他的外表和谦逊的态度,完全无法想象他管理着价值上亿美元的情报组织,包括战术小组。若是这群人想,他们可以轻而易举地让你消失。

"抱歉这么晚才打给你,欧洲那边出了点事情。简直一团乱。虽然还没有完全解决掉,但已经清理了一大部分。这件事我等下再跟你细说。我能为你做些什么?你想知道'证据情报'机构的近况吗?这么说吧,简直如鱼得水。虽然我对此了解有限。人毕竟不是鱼啊,游泳也不总是那么容易,当然还可能溺水。"

"是别的事情,很紧急。"

马尔布里知道莱姆向来直奔主题:"当然。"

"最近,市里有一个凶犯在逃。我们认为这人精神异常,痴迷于钻石。偷走了价值几百万美元的原石,就是未加工的钻石。他杀害无辜,在其中几桩案子里还会折磨被害人。"

"折磨?为什么?"

"很大原因是为了追踪目击证人,但也可能是他的变态兴趣。"

"细节?"

"并不多。俄罗斯人,来自莫斯科,英语很流利。白人,蓝眼睛,中等身形。喜欢穿黑色休闲服——品质一般,戴滑雪面罩。"

"还真是不按常理出牌啊,林肯。为什么行窃?资助恐怖袭击?洗钱?"

"这也是最奇怪的部分。他想挽救钻石不被玷污,我们的英国顾问说嫌疑犯完全是'失了智'。"

"他是想回到祖国母亲的怀抱喝红菜汤,还是有别的歪念头?"

"我们认为,当下他还是潜伏的状态。"

"你说最近一段时间,多近?"

"具体不太清楚。但我们在数据库里查找作案手法相同的案件,没有任何发现。所以,大概也就一周到十天,当然这也是一个假设。"

"用什么武器?"

"格洛克,短筒,点三八口径,还有一把多功能刀。"

"老天,有受过军事训练的迹象吗?"

"有也只是猜测。他很聪明，对监控和证据都很谨慎。"

"好的，你想让我查在这期间入境的俄罗斯人，看看其中有没有背景或情况可疑的人？"

"正是。"

"好吧，俄罗斯人、钻石、疯子、持有武器。我看看我能查到什么。我会派人带着设备去查的。"莱姆听到了打字声，速度极快，像是火车从老式铁轨上碾过去的声音。

马尔布里又说："可能得花点时间……而且就算查到也会是一长串名字。我们也不能不让他们入境，那群俄国佬，你知道吧？而且冷战已经结束了，你没听说吗？"

莱姆忍不住笑了起来。

"好了，林肯，正巧你在，我有个问题要问你。"

莱姆想起马尔布里刚才说的那句话。

我等下再跟你细说……

"嗯？"

"就是我刚刚说的欧洲发生的事。我们在巴黎郊区端了一伙激进分子的老巢，行动很顺利。但在过程中，我们的人注意到了一些看起来无关紧要的数字通信，在巴黎、中美洲和纽约之间进行。这个三点圆环让人不禁想起恐怖袭击。"

莱姆说："每天都有上百万封邮件来往于这条路线。"

"你说得没错，但这些不同。它们都经过了十二进制算法加密，几乎无法破解，这让我们有些紧张。"

莱姆有理工科的学术背景，知道十二进制技术系统，以十二为底数，又称为一打。二进制系统只有 0 和 1 两个数字，十进制系统有十个数字：0 到 9。十二进制有十二个数字，0 到 9 之外还有另外两个符号，通常是 τ 和 ε。

马尔布里接着说："因为加密包如此'毫无破绽'——我们的专家说——可以将这个软件当作武器。根据美国国务院的国际军火交易条例,这些信息相当于武器。因为纽约是通信源头之一,所以我想知道纽约警察局里是否有人接触过十二进制加密的电子邮件或文本。"

"没有,没听说过。"莱姆抬头看了一眼库柏,"梅尔,你经手过的数据里,遇到过十二进制加密的吗?"

"没有。"

"打电话给罗德尼,问问他有没有听说过。"说完,莱姆回到通话,"我们会找专业人士看看,等等吧。"

"谢谢,这事给我们带来了很大麻烦。我们追踪了发信人的地址,费了好大的劲儿,但没什么用,找到的当然只是个代理地址。"他又笑了一声,"毫无破绽。"

"如果有发现,我会告诉你的。"

男人与他道别后挂断了电话。

嗯,想法真有趣,以十二进制算法加密。虽说莱姆的专业主要是化学方向,但他对数学也很感兴趣,他知道很多数学家都认为十二进制更容易掌握,用来计数也更加方便。莱姆还读到过一个时钟是以十二进制计时的,这个计时器的一分钟,是普通时钟的五十五秒。举例来说,十二进制时钟显示的 $7:33.4\tau$,是普通时钟的 $2:32.50$。

令人着迷。

但是,当然,这与当下的案件无关。莱姆抛去脑内无关紧要的想法。他希望自己能帮上马尔布里,不过嫌疑犯四十七才是他现在追踪的重点。他的手机又响了,号码未知。

希望不是推销电话。

"喂?"

"莱姆先生?莱姆警监?"对方的英语带着西班牙语口音,不是很明显。

"您是?"

"我的名字是安东尼奥·卡雷拉斯·洛佩兹,是一名墨西哥律师,现在在纽约,我想耽误您几分钟。"

"我很忙,是关于什么事的?"

"我的一位当事人目前正在这里受审。"男人的声音低沉而悦耳,"我想跟您讨论一件眼下发生的事情,这事与您有关。"

"你的当事人是谁?"

"他也是一个墨西哥人。如果您看了新闻的话,或许听说过他。爱德华多·卡皮利亚。人们叫他'猎鹰'。"

鲜少有事情会让林肯·莱姆感到震惊。但听到对方的话,他甚至觉得原本麻木的身体都微微一震。此人说的正是那起他很想参与的案子。只是因为答应了达里尔·马尔布里去华盛顿协助建立新部门,才遗憾错过。

"我知道他,请继续讲。"

卡雷拉斯·洛佩兹又说:"我知道您是了解刑事审判程序的。在审判前,控方有义务向辩方提供证据文件。我们从联邦检察官那里收到的材料中,发现您的名字被列为潜在的物证分析员和证人,但备注显示您不在。"

"我确实申请了为检方提供相关资讯,但是我当时有事外出了。"

"我对您做了一些调查,不得不说,警监,您的背景和专业知识给我留下了深刻的印象,极其深刻的印象。"他停顿了一下,又说道,"我知道您一直在给检方提供咨询。"

"如果是民事案件,我给检方和控方都做过顾问,但刑事案件我只为执法部门提供服务。"

客户里偶尔还会有一两个间谍。

"嗯,是这样的。如果可以,我想耽误您几分钟跟您解释一下,审判正在进行,检方已经提起诉讼。但在查看证据的过程中,我们的专家发现了一些问题,令人不安。警方或是FBI操纵了一些证据。我的当事人本就不受欢迎,而且,实话说,他确实不算是个好人。他这一生做过很多错事，可是也不能因为莫须有的罪名受罚。"

"所以你们想雇我去调查清楚，证明检方操控证据？"

"我们会付给您丰厚的报酬。我知道您并不是一个在乎钱财的人，您更在乎是非对错。现在这起案子里就有极其错误的地方，可我找不到愿意帮我证明此事的人。我找过四名前检察官和退休的发证人员，还有两名专业的法证分析师，他们全都拒绝了。"

"你提起了排除证据动议？还是审判无效动议？"

"都没有。在没有找到实质性的证据之前，我们不想轻举妄动。"

莱姆思绪起伏。"据我所知，检方提起了多项指控。"

他听到一阵"咯咯"的笑声："哦，是的，因为我们之间不受律师和当事人之间的信息披露豁免权保护，我就不具体对您讲了。但我可以向您描述一个假设。一个嫌疑犯被控五项罪名。毫无疑问，其中某一项指控是确凿的——比如说，非法入境。而且确实有充分的证据可以证明他的罪行。但另外一些，性质比较严重的指控，比如携带致命武器袭击他人和杀人未遂，对于这些指控，他是完全无罪的。犯下这些罪行的另有其人。我的当事人，我的假想当事人，犯罪发生时根本不在场。"

"伸张正义。"莱姆低声说。

律师说道："是的，这才是当前的问题。莱姆先生，我阅读了很多关于您的资料，您曾经应一名在监犯人的请求，为他主持了公道。他含冤入狱是因为技术人员故意篡改了DNA化验结果，犯人本应无罪释放。您曾在法庭上讲，无论是故意的还是无心的，法证人员在处理证据时出现错误都是不可原谅的。您说过，真理至上。"

莱姆回想起这件案子。时至今日，他还可以清晰地记起那个男人的脸。因为一起自己并没有犯下的强奸案，这个可怜人已经在监狱里服刑八年之久。犯人的眼睛盯着他，写满了希望和绝望。那个法证技术员坚信他有罪，所以故意写了虚假的报告。莱姆记得，法庭上，他一直低着头。

莱姆说:"在我参与过的所有庭审中,我从来不以道德判断被告是否有罪。现在我手头有一件很大的案子,抽不开身,所以你要是想细谈的话,可以来我家。"

"真的吗,莱姆先生?不胜感激。"

"我不能做任何保证,但我想听听具体的细节。"

他们约好了来访时间,莱姆将自己的地址给了他,随后结束了通话。

他操控轮椅来到证据板前。库柏正在将皇后区犯罪实验室里得出的最新信息写到白板上:在雨水渠里发现的外套上并没有找到指纹。格雷夫森德案件中的毛发和棉签上也没有查出什么。

莱姆记下白板上的一些文字。随后又回想起墨西哥律师刚刚对他说过的话。他还想起了萨克斯、塞利托、库柏和其他人,所有为了调查不明嫌疑犯四十七而努力的人。他想着,如果他们知道了自己正在考虑加入那个大毒枭的辩护队伍,会做何感想。

这个问题的答案不会很好,所以他不再去想,将思绪拉回到白板上。

36

"卧病在床"并不适用于眼下的状况,用在过去倒是很合适。

那是很久很久以前。

这是会出现在简·奥斯汀和勃朗特姐妹的小说里的词。克莱尔·波特在大学时将这些书读了一遍又一遍。最近,她又在读了。

卧病在床。

一般来说,在那些书中,总会有一个角色躺在床上,裹在厚厚的毯子里,额头上放着一条退烧用的毛巾,遭受病痛的折磨。他们要么患有医生也无法诊断的疑难杂症,要么就是因为过度劳累。那时候人们总是过劳。每当在书中读到十八和十九世纪人们的生活时,波特总是很好奇,为什么当时的人会承受那么大的生活压力,以致动辄就要在床上躺着,休养几个星期,要么就乘船出游(那是高雅人士的选择)。

高雅,另一个好词。

我的卧床生活可跟高雅扯不上关系,三十四岁的波特想。

她家位于布鲁克林。此刻她正在一楼卧室里,躺在丝涟美姿床垫上,望着窗外的卡德曼公园。外面单调、潮湿、寒冷的天色,正映衬了她惆怅、无聊、低落的情绪。

波特身材苗条,有一头黑发。她是一名咖啡师。她卧病在床不是因为疲惫,也不是得了小说家笔下不知名的疾病——她被一条小狗绊倒了，而且是别人的狗。她和丈夫出门跑步，跑着跑着，路边突然蹿出来一只毛茸茸的小东西，波特见了本能地扭开了身子，然后就听到脚踝处传来一声脆响。

啊，见鬼，肯定是扭伤了，她当时想。

结果呢，大错特错。她的脚踝居然断了。

她接受了两次手术，然而伤口感染，不得不再次进行治疗。于是又上了手术台，植入钢钉。丈夫当时开玩笑说，她简直是个仿生人。波特知道，自己的伤势吓坏了丈夫，同时他也在为未来一段时间的生活担忧，波特的伤势意味着他要承担更多的生活压力，他们还有一个十八个月大的女儿。丈夫是一名平面设计师，在中城区两班倒地上班。波特难以想象，当医生说养伤期间两人不能有"亲密行为"时，他会如何勉强微笑着点头。医生说，那会加重她脚踝的伤势，又要拖半年才能痊愈（现在回想一下，这也是维多利亚时期小说中经常出现的桥段）。

借助一根拐杖，波特还是能照顾自己的。她可以自己去卫生间，或是到萨姆为她在客房里准备的迷你冰箱里拿东西，给他们的宝宝艾琳喂奶或者固体辅食。艾琳的小床就在她的床边。在她痊愈之前，这里就是她的全部活动空间了。

受伤之前，她特别喜欢烹饪、运动，并且十分享受咖啡师这份工作——她可以与人闲聊，还能遇见各种稀奇古怪的人和事。

不过这个月，波特还是要保持卧病在床的状态。

克莱尔·波特一直遵从医嘱，总是很小心。医生警告过她，她若是再摔上一跤，会造成更严重的后果：比如引起伤口感染或是皮肤坏死……真够可怕的。虽然医生没有提到截肢，不过波特在谷歌上搜到了，情况真的很严重的话，就要截肢。从那以后，"截肢"这两个字在她的脑子里生了根，怎么也无法摆脱。

好在她还可以继续线上学习。波特不仅是一名咖啡师，她还做了两年的餐饮咨询业务。她将平板电脑放在肚子上，看了一眼旁边的婴儿床。谢天谢地,小祖宗睡觉了,亲爱的宝贝!啊,她好想亲亲孩子太妃糖色的头发,但是她心有余而力不足……

卧病在床……

波特打开电脑,工作了几分钟,然后,该死的。她要上厕所。

波特想,大脑真是有意思,总能准确地感知到哪里会疼、会有多疼。她扭转身体,先是动一条腿,然后是另一条腿,接着是躯干和手臂,这样杂耍一般复杂的运动,才能让她在起身时不至于痛得掉泪。

或是吐出来。

波特坐起了身,还好,她只感受到了轻微的不适。她伸手抓过拐杖。

下一步,站起来。

深呼吸,调整好。好的,准备起来!

然后……好的,慢慢来……好的,起立……

波特的体重在五十公斤左右,她感到地心引力拉着她不断向下、向下、向下。她拄着拐杖,觉得自己重得像一堆砖头。但她还是支撑着,走了几步。只是视线开始模糊,头也有些昏沉。她赶忙低下头,深呼吸,提醒自己下次一定要起得更慢一些。晕倒?她无法想象这样摔倒会给她脆弱的骨头带来怎样的伤害。

波特感到头脑清醒了一些,于是开始向大厅走去,路过婴儿床时,她低头看了看艾琳。小家伙睡着了,沉入年幼孩童无忧无虑的梦境中,如果有梦,那一定也是简单而美好的梦吧。

克莱尔·波特蹒跚着走向洗手间——萨姆在浴缸里放了一个淋浴座椅,将挂在墙上的喷头换成了手持的设备。他还在马桶上给波特加了一个高凳,这样一来她的脚就不用承担太大的重量了。

在家养伤也有一个好处,那就是不用烦恼穿什么衣服。只有运动服和运动服,还有运动服……只要把青绿色的运动裤和内裤一起拉下来,再坐下,就完事了。

站起来是有点困难,但是她知道该怎么做。

肯定会很疼。

她起身,没有痛。该死的,等她伤好之后,右腿一定结实得像木棍。

就在克莱尔洗手的时候,她忽然感到房间一阵晃动。窗户咯咯作响,橱柜上一个玻璃杯子掉在了瓷砖地板上,碎成了十几片。

她倒吸了一口气。

上帝啊,这是怎么回事?又地震了吗?她看了新闻,知道钻井工地的事,报道里说,有一家建筑工地施工引起了地震,而且那个工地离这里只有半英里远。好多人提出了抗议,环保人士和大公司之间起了冲突。她记不起具体是怎么回事了。

啊,纽约市地震了!这可不是小事。下次打电话她得告诉妈妈。地震并不大,震感也不强烈,墙和窗都还完好。

让波特担心的是另外的问题,比较难搞的问题。

她光着脚,而地上都是碎玻璃。

蠢死了,她暗骂自己。她有一双拖鞋(好吧,是一只拖鞋,受伤的那只脚上什么都不穿),但是嫌麻烦,就没穿。若想走到走廊,就得跨越眼前五英尺左右的障碍路段。

波特低头看了看地上,玻璃掉下来的时候碎得很彻底。

该死。她现在的状况根本没办法把碎玻璃收拾干净,她不能弯腰。虽然大块的玻璃可以用拐杖拨到一边,但是白色的地砖上还有些小的碎片,她根本看不见。

毛巾。她可以把毛巾盖在碎片上,然后落脚的时候尽量绕过毛巾上凸起的地方。她希望那些小的碎片不会穿透毛巾。

波特将架子上最厚的几条毛巾扯了下来,扔在了从脚下到门口的地上。

第一步,完成。

她稍作休整,刚打算进行第二步,忽然间僵住了身体。

那是什么？她闻到了臭鸡蛋味。

"上帝啊，上帝啊……"

她想起在新闻上看到的可怕报道，那是第一次地震发生引起的事故。地震本身带来的破坏并不严重。只是碎了几块窗玻璃。但是燃气管道破裂了，引起的爆炸和火灾让好多人丧命。有一对夫妻被困在了车库里，最后烧死了。

不，她和女儿才不要做受害者。

她们家在一楼，可以逃出去的。她得去把艾琳抱起来，然后一瘸一拐地逃出去，路上还要大喊大叫，通知楼里的其他房客，让大家赶快逃命。

动起来，动起来，动起来！

迈出下一步。

再一步，波特感觉到玻璃碎片像蝎尾毒针一样穿透了毛巾，扎进了脚跟。

她尖叫一声，摔倒在地上。倒下的瞬间，波特松开了拐杖，及时伸手护住了头，这才没有直接一头撞到浴缸上。但这一跤摔得结结实实，剧痛蔓延到全身。她的视线再次模糊起来——因为疼痛。随后，双眼又被涌出的泪水模糊。

她躺在这里，闻到的燃气味道更重了，因为波特的脸就在浴室管道的检修面板旁，这条管道直接通向地下室，那里应该就是燃气泄漏的地方。

起来！**不管怎样，她都得起来！回到房间去救女儿！**

就算必须爬过那些碎玻璃也得去！

波特脑内出现了一幅画面：是新闻里播出的上一次地震后建筑物燃烧的画面——橙色的火焰伴着滚滚浓烟，形成了可怕的龙卷风。

去救女儿！

"艾琳！"波特忍不住哭喊道。

女儿应该是听到了妈妈的呼喊，又或者是被难闻的气味熏醒了，哇哇大哭了起来。

"不，宝贝，不哭，妈妈来了！"她挣扎着翻过身，面朝下，这样就能快点爬向女儿。

但她没看到，她受伤的脚踝已经卡住了，就在沉重的木质浴室柜下。她刚一翻身，就听到了细弱骨头断裂的声音，随之而来的剧痛迅速爆发。

克莱尔·波特和女儿一样，尖叫起来。她看着自己的脚，前几天外科医生植入的钢钉穿破了皮肤，鲜血从脚背上涌出。她呛了一下，感觉头重重地撞在地上，黑暗如浓烟一般笼罩了她。

37

维姆·拉赫里回到了自己最喜欢的车站——港务局。

他这次的状况比上次好得多,至少伤处没有上次痛得那么严重了。血腥杀戮给他带来的恐惧淡了很多。而且这次,他带了钱。

昨晚,在去地下室的工作间和他父亲"聊几句"之前,维姆去楼上穿了毛衣,顺便拿回了努里先生付给自己的三千美元,还有父亲的钱包。他拿走了父亲的两百块,那是他应得的。不,就凭父亲把他送到各个钻石匠那里做那么多的活儿,他欠自己的可比这两百块要多得多。维姆还带上了手机、一把匕首、牙膏和牙刷,还有阿黛拉给他的消毒液和绷带。当然了,还有他的书,维姆最珍贵的财产。

维姆一直计划着逃跑,原本是想趁着他们玩游戏或是在他们睡着后逃走。他装出妥协的态度,与父亲暂时和解,实际上却从没想过要妥协。但后来他才发现,父亲也是一句真话都没有。他本该想到的,那些都是谎话——实际上,他打算把维姆关在地下室里;想想那些堆在一旁的瓶装水、冰箱里的食物、睡袋,还有低度啤酒。

真他妈的恶心。

他气得发抖。

维姆离开了灰狗巴士售票窗口。从纽约到洛杉矶第七街一七一六号大街的单程票花了他三百一十七点五美元,要乘坐六十五个小时。

想到接下来要发生的事情,维姆感到一阵难过,他很害怕。

但这种情绪很快就被兴奋取代了,他知道自己做得没错。他打开手机,给母亲发了一条短信,说他爱她,也给弟弟发了同样的短信,说会去别的地方,到时再联系。

他买了一罐碳酸饮料,一大罐樱桃可乐。他有些开心(父亲从不让他喝任何含咖啡因的饮料,他认为这些东西会让手颤抖,影响钻石刻面)。维姆还买了一片比萨,站在一张凌乱的高桌旁,一边吃一边喝。这里没放椅子,大概是为了促进食客流动。

维姆低头看了看自己的行囊——在杂货店花一美元买的帆布包,从中拿出了像港务局一样能给他慰藉的东西。

那本书是他的精神支柱。他无数次埋首书间,寻求安慰,每次阅读都让他感到震撼。

这是一本二十世纪早期印制的《米开朗琪罗素描作品集》。在维姆看来,米开朗琪罗是有史以来最伟大的雕刻家。米开朗琪罗就是他的神。哦,他确实喜欢听流行乐、看漫画,若是父亲允许的话,他还喜欢看些电视节目。但他对米开朗琪罗的热爱是无法比拟的。每当他相信自己祖国的宗教信仰——转世——存在的时候(这种时候并不多,通常都是他喝醉以后),他都会幻想这位雕刻家古老的灵魂——至少一部分灵魂——转生在了自己的体内。

毫无疑问,米开朗琪罗是个天纵奇才。他雕刻出《大卫》和《圣母怜子》时,还不到三十岁。维姆还远没有达到那个水平,但他的一些大理石、花岗岩和青金石雕刻作品在纽约地区的比赛中,常常名列前茅。

而且维姆也是最近才惊奇地发现,他之所以对这位艺术家如此痴迷,也许还有另外一层更为玄妙的原因。有一次,在帕特尔先生那里工作的间歇时刻,他翻看着素描集。翻动间,他忽然间意识到,这本画册中米开朗琪罗的绘画虽然都是技艺高超的作品,但大部分画作都是不完整的。

这位艺术家似乎画不完一幅完整的画。

他在一五〇八年研究过的亚当像,只有头部和胸部,还有悬浮的、分离的手臂。他为《基督复活》打过的草稿上,是一个没有面孔的耶稣。

不完整……

这些不完整的素描就像我一样,维姆想。虽然他自己也承认,这种"痴人说梦"般的理论就像一部烂俗剧里描写的烂俗心理。

除此之外,维姆觉得他和米开朗琪罗之间还有一个相似之处,他曾把这件事讲给阿黛拉,后者一脸莫名其妙的笑,像是在说:你认真的吗?会不会有些太过了?

不,他并没有夸张。

这种相似之处在于:米开朗琪罗认为自己最首要的身份是一名雕塑家,他不怎么愿意给人作画。当然了,即使他对于绘画并不热衷,完成西斯廷教堂天花板上的绘画也仅用了四年的时间,还留有《最后的审判》等十几幅旷世名作。但米开朗琪罗的热爱并不在于绘画。比起画布,他更爱大理石。同样,对维姆而言,他更爱大理石,而不是珠宝。

绘画也好,钻石切割也好,都无法点燃他们内心的烈焰,这种火热的热情只有在做他们注定要做的事情时,才会燃烧起来,那是上天、神明,或是其他什么存在让他们存活于世的理由。

吃完了最后一块比萨,喝光了最后一口饮料。维姆对父亲的愤怒再次升起。他将书摊平放在桌子上,最后看了一眼波塞冬的雕像,然后收好,放回了包中。

维姆低着头。他戴着一顶黑色的鸭舌帽,离开了比萨店,一路上注意躲避三三两两聚在一起的警察,向候车厅走去。巴士就要发车了。

他坐在了候车厅的塑料椅子上,旁边坐了一位面容姣好的姑娘,看起来不到三十岁。维姆看了一眼她的车票,她和自己乘坐的是同一班汽车,至少第一段行程是一样的。女孩的吉他包上贴着地址签,上面写着伊利诺伊州,斯普林菲尔德。以维姆对这个地区有限的了解来看,女孩儿长得并不像中西部的人。她的头发染成蓝色和绿色,鼻子上戴了三个鼻环,眉毛上还有一个。也许,女孩在舞台上、秀场上和剧院里一鸣惊人的追梦之旅走到了尽头。她坚忍的表情似乎也暗示着什么,此刻她若有所思的样子似乎是丢掉了很重要的东西,但她已决定放弃寻找。这似乎比悲伤更悲伤。

随后,维姆又想,这都是他自己的想象,也许她其实正打算去大学时期的好友那里住几天,开怀畅饮盒装的葡萄酒,和当地酒吧的男孩睡觉,享受美好人生。

到底哪一个才是现实呢?

维姆·拉赫里觉得,年纪越大,他知道的反而越少了。

一阵雌雄难辨的广播响起,通知旅客巴士快要发车了。维姆弯腰提起帆布包,站起了身。

"知道他可能去哪儿吗?"

"不知道。"萨克斯对莱姆说了维姆·拉赫里"越狱"之后的事情。他很聪明,假装在雕刻,实际上是在锯防盗窗的钢筋条。

很糟糕,的确,亲生父亲成了监禁自己的狱卒。

萨克斯继续说:"他从父亲那里拿了三千美元——但孩子母亲说这钱其实是维姆的。迪普罗把儿子切割钻石赚的钱都存了起来,只给维姆一些零用钱。"

"这个年纪了还这样吗?"

门铃响起,汤姆去开门,片刻后,爱德华·艾克罗伊德走了进来。这次,他穿了一身两件套的西装。浅灰色条纹,熨烫得整整齐齐。白色衬衫配红蓝色条纹领带。莱姆想象着他穿这身行头在唐宁街十号参加会议的样子。

"林肯,阿米莉亚。"

他终于不再称呼"先生"和"女士"了。莱姆想,伦敦警察厅的礼仪模范也入乡随俗了。

保险理赔员也向库柏问了好。

"有新的线索吗?"他问道。

莱姆向他说明了最新的进展。

"维姆·拉赫里。"艾克罗伊德点了点头,"我们得接着查下去,但是被锁在自己家的地下室?"他皱了下眉头,"现在人又不见了。他难道不知道自己现在很危险吗?唉,他当然知道自己有危险。问题是他为什么不向警察求助呢?"

萨克斯说:"被关进地下室也许能说明点什么。我的猜测是他想逃离他父亲,就跟想要逃离嫌疑犯四十七一样。我们找到他,把他带进警察局,他就逃不掉了。"

汤姆想帮艾克罗伊德挂起外套,但他说自己不能久留,他和另一个客户有约。

艾克罗伊德对萨克斯说:"所以,你见过他的家人了。他们一定会知道他可能去哪里吧。他的朋友家,或者某个亲戚家。"

"他们倒是说了几个名字,但目前什么都没发现。维姆和家里人都不算亲近。他爸爸悬赏五百美元寻找他的消息,一个钻石店老板雇用维姆切割钻石,老板的儿子告发了他的踪迹。"萨克斯耸耸肩,继续说道,"我猜他父亲还会这么做的。这也许能成为我们的一个线索。他们若是有维姆的消息,也会联系我的。"

"你确定吗?"莱姆问道,"他们不会再把他关起来?"

"我拿出了'妨碍司法公务'这顶大帽子。所以,他们应该知道守规矩了。"

艾克罗伊德说,他这边还是没什么进展。"你们的嫌疑犯从帕特尔那里偷走的原石似乎是凭空消失了,这也说明,他确实是囤积钻石的疯子。再没有别人打听帕特尔学徒的事。而且人们嘴巴越来越紧,比平时还要严。所有人都被他吓坏了。我还听到传闻说,现在市场上订婚戒指的销量下降了百分之二十。"

嗯,嫌疑犯四十七确实是个神经病,但如果他是想宣扬钻石的神圣不可侵犯,那他做得相当的成功。

"当然,这些消息我打电话告知就可以了,但我还是想过来看看,把礼物给你送过来。"艾克罗伊德对莱姆说。他把手伸进一直拎着的塑料袋,从中拿出了一个大约六英寸宽、九英寸长的盒子,盒子上贴着电子产品的图片,塑料包装上反着光。艾克罗伊德剥去外包装,取出一个像平板电脑一样的装置,放在莱姆的轮椅旁,按下了侧面的一个按键,屏幕立刻亮了起来,显示一串菜单。"电子填字游戏,都是些隐意字谜。按难度分为不同等级,一共有一万多个。"

莱姆向萨克斯解释说,艾克罗伊德和他的丈夫正在参加纵横字谜比赛。然后又对她简单说明了隐意字谜是怎么回事。

萨克斯对游戏比莱姆更加兴致缺缺,但她承认,这个游戏确实很有趣。

艾克罗伊德说:"这个设备是声控系统操控,专门为……"

"你可以说'瘸子'或者'拐子',没关系,我也这样说的。"

"我本来想说'残疾人'但觉得不太合适。"

"我的看法是,一个四个单词组成的字母,开头的字母是'S',然后,完成以下句子:我才不在乎这些……?"

艾克罗伊德轻轻地笑了。

"谢谢你,爱德华。"莱姆由衷地说道,他确实很高兴。他有时会玩国际象棋,也尝试过下围棋,还有一种更为复杂的亚洲棋类游戏。但隐意字谜似乎更对他的胃口。他喜欢文字,喜欢它们相互组合在一起。这些谜语能让他的大脑保持活跃,抵御他最大的敌人:无聊。

艾克罗伊德离开后,他们接到了罗德尼·萨内克打来的电话。

他们追踪到了维姆的手机。"他已经不在这里了。GPS显示他正在去宾夕法尼亚的高速公路上向西行进,速度是每小时六十英里。他要么是开车,要么是坐了巴士。"

"应该是巴士,"萨克斯说道,"他们家只有一辆车,若是他偷着溜回去,我派去的安保人员会发现的。"

"也许是他的朋友开车送他去的。"库柏说道。

"周六的时候,他在港务局打了报警电话,"莱姆说,"他可能那时看过了汽车时刻表。我投巴士一票。你和塞利托马上组织追踪,联系宾夕法尼亚州的警方。"

挂断电话后,莱姆打给了朗·塞利托安排拦截车辆的行动。

门铃再次响起,莱姆看了一眼监控,一个秃顶的矮胖男子站在门前。莱姆不认识这人,但他很清楚对方是谁。

汤姆看了莱姆一眼,后者说道:"去吧,让他进来。"

不多时,那人走了进来。他环顾了一下整个房间。似乎是被震撼到了——惊喜多过惊讶。

"莱姆警监。"

莱姆并没有将他介绍给众人,只是说:"我们去休息室聊,在客厅对面。"

即使萨克斯和库柏对来访者感到好奇,他们也没有表现出来,二人继续手头的工作,与平时无异。

如果他们知道了……会怎么想?

38

安东尼奥·卡雷拉斯·洛佩兹并没有监控录像里看起来的那么胖，只是壮实。莱姆有些好奇，他年轻时是不是做过举重运动员或摔跤手。他快六十岁了，身上有些肌肉变成了脂肪，但看起来依旧很健壮。

他所剩不多的黑发全部梳向脑后，油光铮亮的背头上似乎是喷了发胶或定型喷雾，玳瑁框架的眼镜架在肥厚的鼻梁上。他满眼笑意，眼神灵动。

两个男人坐在一间小而精致的房间里，门厅的另一侧就是客厅。休息室里三面墙都立着书架，剩下的那面墙上挂着四幅钢笔画，画的是十九世纪的纽约。客人开口说道："正如我在电话中对您提到的，我是爱德华多·卡皮利亚的代理律师，美国不承认我的律师资格，所以，我现在在监督整个案件的辩护。"

"他在美国的律师是谁？"

卡雷拉斯·洛佩兹说了三个名字，都是曼哈顿的律师。而卡皮利亚案件的庭审是在纽约东区进行的，也就是长岛、斯塔滕岛、布鲁克林和皇后区。他知道其中一位律师，此人声名在外，是一位十分受人尊敬的刑事辩护律师，但莱姆从未参与过他出庭辩护的案件。

他倒不觉得自己这么做会造成什么冲突，但他认为，鉴于目前可能存在不当行为的情况，他最好还是不要与"猎鹰"的律师团队直接接触。另一方的公诉人是亨利·毕肖普。莱姆也从未参与过此人检举的任何案件。

"莱姆警监,首先……"

"我已经退休了,叫我'林肯'就好。"

"您可以叫我托尼,首先我得把这个给您。"他递了一个信封给莱姆,"这是一千块预付金,这样您就算是辩护律师的一员了。现在,我们之间的谈话将受到律师和当事人之间信息披露豁免权的保护。"

所以,说话不用再兜圈子了。

卡雷拉斯·洛佩兹拿出一张收据后,犹豫地看了看莱姆的手臂。

"我可以签字。"莱姆说道,拿起律师递过来的笔,在文件上寥寥几笔签下名字,"好了,说说具体细节吧。"

"好的。总的来说,我的当事人确实是非法入境的,我们承认这一点。他乘坐商务航班飞往加拿大,从那里非法进入了美国。但后来他乘坐直升机去了长岛,完全合法。雷达上没有检测到他的飞机,不过对于直升机来说是没问题的,直升机在美国没有最低飞行高度,所以不算违反联邦航空局的规定。与'猎鹰'见面的是一个保镖,这人为一个仓库老板工作,哈尔坎要买下这个仓库。直升机原地等待,对方开车过来载着卡皮利亚先生去仓库,让他亲眼看看那里,并与仓库老板商谈买卖事宜。"

"他携带管制物品了吗?"

"不,绝对没有,先生。我的当事人买这间仓库是为了在美国开办一家运输公司。"

"除此之外,你的当事人身上有任何禁令吗?"

"没有。"

"那为什么要非法入境?"

"因为大家都知道我的当事人在墨西哥的生意。大量毒品流入美国,人们认为我的当事人应该对此负责。他担心在入境的时候因为一些技术问题被扣留，或因为莫须有的罪名被捕。"

"继续说。"

"在仓库，我的当事人与设施的所有者会面——"

"他的名字？"

"克里斯托弗·科迪。他们讨论了一些具体条款，我的当事人在仓库里参观了一下。科迪正因为一些武器方面的指控接受调查，但这与我的当事人毫无关系。'猎鹰'对此毫不知情。当时，一名当地警官正在监视科迪。他看到我的当事人与科迪的保镖后，怀疑他是军火商，于是拍摄了'猎鹰'的照片，发到了警局办公室，并通知了FBI。他们指认了爱德华多·卡皮利亚，向边境保护局核实了情况，得知他是非法入境的。FBI的人和一些当地警察赶到了仓库。双方便发生了交火。科迪和他的保镖在枪战中被杀，一名FBI特工和拍摄照片的警察受了重伤。"

这些莱姆早就知道了。

"检方怎么说？"

卡雷拉斯·洛佩兹耸了耸肩，说道："就是他们的老一套。警察和特工进去，要求他们投降，然后里面的人就开了枪。"

"你的当事人是怎么说的？"

"警察并没有表明身份，而且是警察先开的枪，仓库里的人才开始回击。他们以为是有人持枪抢劫。无论是哪种情况，我的当事人都没有参与。他当时趴在卫生间的地板上，以免被流弹击中。坦白说，他吓坏了。他一直待在那里，直到外面的枪声停止。他出来后才知道发生了什么，然后就被捕了。"

"仓库里的其他人呢？和他一起的那些人，他们的证词呢？"

"科迪先生当场死亡，头部中枪。他的保镖昏迷一天后死亡。"

"污点证据都有哪些？"

"是这样的，我的当事人被捕时，是脸朝下趴在仓库地板上的。这期间，有个探员或是警察——他看不清到底是什么人——走了过来，对他进行了搜身。但是随后我的当事人感到有什么东西压了一下他的手和衣服，他看了一眼，是一块布。他确定这人是将枪击残留物转移到了他的身上。他当时问对方在做什么，那人说：'他妈的闭嘴。开枪打死两个人，你这辈子都别想出来了。'"

莱姆问道："所以说，检方认为，科迪被杀之后，是你的当事人捡起了枪，袭击了警察。"

"是的。"

"枪上的摩擦脊——指纹呢？"

"只有科迪的，没有我当事人的指纹。当时没有手套或破布，他没有任何东西能用来隐藏指纹。但是检方认为，他解开了自己衬衫的袖口，把手缩回袖子里，拿起了枪。这也解释了为什么他身上有枪击残留物，但枪上没有指纹。"

"想法不错，具体的指控是什么？"

"根据法律，非法进入美国——在不适当的时间或地点被称为'非法进入'。罪名成立，将被处以最高六个月的监禁和罚款。属于联邦轻罪。其他的指控还有非法携带武器、袭击执法人员、谋杀执法人员未遂，科迪的死——重罪谋杀。我们承认他非法入境，愿意为此申辩。现在，我们的问题是……"他紧紧盯着莱姆，说道，"您说过您很忙，正在处理一个大案子。"

"是的，没错。"

"我想请您帮个忙。您有没有时间去查看一下那些证据，看看能否找到警察在现场栽赃枪击残留物的证据。"

莱姆微微仰起头，看了一会儿天花板，思虑万千。

终于，他说道："我需要所有的法证调查文件。你们的，还有检方那边的。"

卡雷拉斯·洛佩兹回答道："我会把复印件送过来的，半个小时后就送来。谢谢您，先生，上帝保佑您。"他穿上外套，离开了。

莱姆拨通了普拉斯基的电话。他确实想自己调查"猎鹰"案污点证据的事，但显然是不可能的。必须得有人去现场看看。

"怎么了？林肯。"

"我需要你为我做点事。"

"当然，是嫌疑犯四十七的案子吗？"

"不，另一件案子。半个小时后会有一箱文件送过来。我要你来一趟，把它带回家。"

"带回家？"警官问道，"是，'带回我家'的，那个'家'吗？"

"没错。我需要你彻底查看文件中现场发现的所有枪械、衣物、静电痕迹和表面痕迹，做一下全面分析。"

"好的，林肯。"

"还有一件事。"

"什么事？"

"不要声张，不要把这件事告诉任何人。"

对面沉默了。

"听到了吗，菜鸟？"

"好的。"普拉斯基轻声说道，似乎只要声音大一点就会被人听到。

39

"又地震了。"

库柏说，眼睛继续盯着电视。

莱姆看向梅尔·库柏，顺着他的目光看去，屏幕上，摄像机在拍摄布鲁克林的一套公寓，此时的火焰和浓烟已经将公寓吞噬。与之前的事故相同，起火原因是第二次地震造成的燃气管道破裂。

现在，镜头切换成了市政厅召开的记者招待会。莱姆注意到了屏幕下方字幕上市长的发言：鉴于第二次地震的出现，本市决定拒绝东北地质公司恢复地热钻探——即使是深度有限的钻探作业的要求。屏幕上再次出现几位参与讨论的嘉宾。"一个地球"环保组织的领袖伊齐基尔、东北地质的首席执行官德怀尔，以及C.汉森·科利耶——阿岗昆综合电力公司的首席执行官。

在他们讲话时，画面再次切换到着火的公寓大楼，周围杂乱地停放着几辆消防车和救护车。

屏幕下方的字幕显示火灾目前已造成三人死亡。

门铃响起，无人应答。汤姆去了商店。莱姆看了一眼监控显示屏，来人是朗·塞利托。都这么多年了，他还是没有这里的钥匙吗？他们应该给他配一把钥匙。莱姆开了门。

"好了，你们准备好听这个新闻了吗？"

莱姆叹了口气，挑了挑眉。

塞利托用下巴指了指电视,画面中是螺旋状的火焰和不断升腾的滚滚浓烟。

底部的滚动字幕显示:多人死亡。

塞利托说:"林肯,这不是地震引起的。所有火灾都是人为纵火——伪装成是地震引起的火灾。"

"什么?"库柏问道。

"刚刚发生的地震,第二次地震。住在卡德曼广场的一个女人闻到了很重的燃气味。她以为地震破坏了燃气管道和电线,家里马上就要爆炸了。当时只有她和孩子在家,一个婴儿。但好消息是她的脚踝扭断了。我是说,脚踝全废掉了。她摔倒后再次扭断了脚踝,然后晕了过去。"

好消息?

"几分钟之后她就醒过来了,她被困住了,动不了。所以她做了什么呢?"

"接着说,朗。"

"她的大脑开始疯狂运转。她逃不出去,没办法走路,但她也许能阻止燃气爆炸。她打开了卫生间修理管道的面板,就是通往所有管道的那个,你知道吧?然后拿着淋浴喷头,开到最大,朝着地下室喷水,希望能喷到热水器的指示灯将它关掉。她一边喷一边尖叫,有人听到了,消防队和警察赶到那儿,从外面关掉了他们家的燃气,把那个女人和她的宝宝救了出来,还有楼里的其他房客。"

莱姆看着电视屏幕,旋风般的火焰。"所以这场火,是后来烧起来的。"

"对,"塞利托说,表情凝重,"三个死者,离克莱尔家只有几个街区。"

"谁?"

"克莱尔·波特。淋浴喷头,真是用脚才能想到的主意。"塞利托说完,又皱起眉头,"啊,不应该这么说,她现在正在做脚踝的紧急手术。哦，一个警察到她家的地下室检查燃气泄漏的情况，猜猜他发现了什么？"

莱姆再次挑眉。

"要是表情能说话。"塞利托说。

"当然能，我的就能。继续。"

"燃气管上有一个简易爆炸装置。"

这句话成功吸引了莱姆的全部注意力。一个简易爆炸装置。他问道："安装在燃气管道上，破坏管道，然后在燃气泄漏五分钟后自动点燃？"

"是十分钟。"

"但克莱尔喷洒的水让装置失效了。"

"没错，林肯。有时候确实会歪打正着。那个装置是塑料制的，装在一个恒温盒里。若是没被水浇，顺利点着了燃气，就什么痕迹都剩不下。即使消防队发现了什么，也不过是一块废墟里烧化的恒温装置碎片。完美纵火，什么证据都没有，也没有助燃剂。"

门铃再次响起。门外是一个穿着褐色西装的壮汉，手中抱着一个大纸箱。莱姆打开对讲机："是托尼送来的吗？"

卡雷拉斯·洛佩兹。"猎鹰"的律师。

男人靠近话筒说："是的，先生。"

是他之前要的关于篡改证据的相关文件。莱姆看了一眼塞利托，看他是否注意到了。但他并没有，他和库柏都盯着电视上的火灾现场。

"放在前门口桌子上就好。"

"好的，先生。"

莱姆打开门锁，男人将装着"猎鹰"案件的文件箱放下后就离开了。

他转头对塞利托说："火警去检查过之前的几起火灾了吗？"

"检查过了，第一次和第二次地震后的所有火灾现场，都去查过了。和克莱尔家的一样，现场都发现了烧焦的恒温器碎片。"

用精心设计的简易爆炸装置实施连环纵火，目的是什么？

"这还不算最有趣的，接下来才是最妙的。因为被认定是连环纵火，消防局的人立刻联系了实时犯罪监控中心，调出过去几周火灾发生地点附近的所有监控录像。"

计算机监控中心就在警局总部。

塞利托举起手机："监控在上周拍到一个人，鬼鬼祟祟地潜入克莱尔·波特家的地下室。来，看看这人是谁？"

手机上是一个男人的视频截图，他穿着一身黑衣，戴着绒线帽，手里拿着一件橙色安全背心和黄色安全帽。肩上背着一个包，似乎很重。

和同一天晚些时候拍到的嫌疑犯四十七一模一样，那时他正从工地出来前往地铁站。只是后来那个包不见了。

塞利托继续说道："我让实时犯罪监控中心的人将克莱尔家到钻井工地这条路线上的监控都调出来了。我们能看到，他直接去了工地，戴上安全帽，穿上安全背心后消失在了工地。过了一小时，他才出来走去地铁站。然后我又要求调出工地周围所有燃气引起的火灾现场附近的监控。就在那片区域里，两小时之内，嫌疑犯四十七每个现场都去过。"

上帝啊，是嫌疑犯四十七在燃气管道上安装炸弹，为了模拟震后火灾？为什么？莱姆说："我要看看那个爆炸装置，马上叫他们送过来。"

"已经通知了。我想到了你要看，他们随时会过来。"

"派一组现场调查人员去波特太太家公寓楼走格子。现场应该已经被污染得乱七八糟了，不过总得试试。"

"好，会的。谢了。我得走了，市长等着我做简报。不管你有什么好主意都会随时通知我的，是吧？"

莱姆哼了一声。

塞利托从衣架上拿起外套，走向门口。就在他出门时，罗恩·普拉斯基来了，他向塞利托点了点头，走进门厅。莱姆操控轮椅，到门廊处迎接他。

年轻的警员在空气中嗅了嗅："我闻到燃气味了。"

莱姆也闻到了，微弱的气味："是朗身上的。"他对普拉斯基说了简易爆炸装置的事，这个装置破坏了克莱尔家的燃气管道。"引爆之前被水浸湿了，但附近的人都闻到了臭鸡蛋味。"天然气虽然会引起爆炸并引起窒息，但气体本身是没有气味的。加入的臭鸡蛋味含硫物质，是为了在燃气泄漏的时候给人们预警。

莱姆告诉普拉斯基，地震后的火灾实际上都是人为纵火。

年轻的警员皱起眉头："是谁放的火？"

"看起来……注意这个词。'看起来'是嫌疑犯四十七。"

"不可能。"普拉斯基咕哝着。

"查一查就知道了。"莱姆用下巴指了指卡雷拉斯·洛佩兹的司机送来的那箱文件，"那些是'猎鹰'案子的文件。你今晚能做案件分析吗？"

他并不是真的在问。

"当然。"

"我还需要你去现场走格子。"

"什么现场？"

"长岛，'猎鹰'案发生枪战的仓库。具体位置都在文件里。记住——"

菜鸟低声说道："不能对任何人讲。"

莱姆对他眨了眨眼，普拉斯基被他罕见的表情惊得也眨了眨眼。

年轻警员拿起文件箱，奉命去执行机密任务了。

普拉斯基离开后，莱姆也回到了客厅——似乎没人注意到普拉斯基进来，又带着箱子离开。

门铃又一次响起，莱姆认出了来人，操控安全系统打开了门。

走进门厅的，是格林尼治村第六分局拆弹小组的一位警官。

"布拉德。"

"林肯。"布拉德·格芬警督身材健硕，头发灰白。他走上前，毫不犹豫地握住了莱姆尚能活动的右手。一般来说，人们都会被莱姆的残疾吓到，但眼前这个男人会趴在地上拿镊子和螺丝刀拆弹，知道自己随时可能会被炸成一团红色的血雾。所以，没什么能吓到他。若是将他比喻成某类人，那一定是军队里的教官，有一张刀刻般坚毅的面孔，梳着平头，眼神锐利。

他向其他人点头致意，随后径直走到客厅的一张检测台前。

"查到些什么？"莱姆问道。

"所有人都过来看了这个东西。"他从随身携带的公文箱里取出一个证据袋，"从来没见过这样的装置，但确实做得很精妙。"

他将证据袋提起来，拿给莱姆看。袋子里似乎是一个普通的白色恒温器外壳，还有一些别的金属和塑料部件，他认不出是什么。

格芬将袋子翻过来，说道："这儿，看到那个小孔了吗？计时器打开一个小开关，有酸液滴出来，融化燃气管道。然后，大概十分钟后，这个地方……"他指了指一个带有两个电极的灰色小盒子，"会擦出火花，点燃泄漏的气体和溶剂——溶剂十分易燃。所以，这十分钟的等待时间设计得很巧妙，既让燃气在房间里积聚，又不会将空气全部排挤出去。"

一个充满燃气的房间是不会爆炸的，和所有火灾一样，空气和燃料都是必需的。

"接下来就交给我们吧，布拉德。谢谢。"

格芬点了点头，走出了房间，行动间身体有些僵硬，这是在一次拆除战时遗留爆炸物行动中留下的伤患。一家妇女保健诊所里安装了一个简易爆炸装置。狂热分子计划中残酷而又讽刺的是，他们将炸弹安置在了两栋大楼之间——诊所和一个他们并不知道的教堂日托中心。如果当时人群没有被及时疏散，那么爆炸对日托中心造成的破坏和人员伤亡将比诊所更加严重。

库柏填好证据监管链卡片后,开始对残留物进行化验分析。他并没有找到指纹,于是将棉签送去做了DNA检测。他提取了一点残留物上的酸液样本,放入气相色谱仪中。结果要几分之后才能知道。

"数字计时器引爆,"库柏一边说,一边用镊子和探针检查着小部件,"电池续航时间约为两个月。"

"看起来不像是手工制作的。"莱姆说。

"确实不是,这是专业组装的,我猜是在军火市场上买的。"

"能查到来源吗?"

"不能,我从来没见过这样的装配。"库柏说着,看了一眼色谱质谱仪,"查到融化燃气管道的酸液了,并不是酸。是三氯苯。燃气管道通常都是聚乙烯材质,大多数酸无法溶解。但是苯衍生物可以。还有——"

"不,不可能。"莱姆盯着证据板,喃喃道。

"怎么了,林肯?"

事情不可能是他想的那样,或者说,在得知嫌疑犯四十七布置了那些炸弹之前,是绝对不可能的。

"打电话叫朗过来。你有爱德华·艾克罗伊德的号码吗?"

"有。"

"找出来,打给他,我现在就要见他。"

"好。"

"打给萨克斯。"他对自己的手机发出指令。

一分钟后,萨克斯接通了:"莱姆。"

"我需要你去调查一个现场。嗯,准确地说,是去调查一个你之前查过的现场,不过这次需要查点别的。"

"哪里?"

"那个地热施工工地,还是钻井那里。"

尽管萨克斯没有提起,但莱姆推测出,她就是在那里差点被活埋。

萨克斯没有说话。

有很多有能力的犯罪现场调查员,都可以去走格子,也有可能会找到莱姆需要的东西。但没人比得上萨克斯。他需要她来做这件事,只有她才行。

"萨克斯?"

"我这就去,"她语调平平地说,"告诉我你要找什么。"

40

四十分钟后,塞利托和艾克罗伊德都出现在了莱姆家的客厅中,梅尔·库柏也在。阿米莉亚·萨克斯此时也穿过走廊,走了进来。

莱姆注意到,萨克斯脸上空洞的表情已经消失了,重返可怕的活埋现场并没有让她失魂落魄。他能看到萨克斯的牛仔裤上还沾着泥点,但此刻,她的脸上是猎人般机敏的表情。

塞利托问:"出了什么事,林肯?"

"现在都还是理论推测。但假如,不管嫌疑犯四十七对钻石的执念是因为什么,他其实有另外的任务在身——他就是地震的幕后黑手。"

艾克罗伊德轻轻地笑了:"地震的幕后黑手?你的意思是说……他用了什么方法,制造了地震?"

"正是。"

塞利托说:"你赶紧把话说完,林肯,现在这个猜想还是漏洞百出。"

莱姆望着天花板,愁容满面:"我们……我本该想到的。为什么嫌疑犯四十七要费尽心思弄一顶安全帽进工地?为什么特地去工地买枪?在小酒吧或是街边某个角落碰面都没问题。不,他去工地是因为他想去那里,他另有目的。"

"什么目的?"塞利托问。

莱姆看向萨克斯,萨克斯说:"我刚刚又去了一趟工地,在好几个钻井区周围找到了黑索金的痕迹。"

黑索金是C4塑胶炸药的主要成分。

"在建筑工地里?"塞利托问,"C4从没有过商业用途。"

那是军用炸药。

"工地的经理告诉我,他们有个工人失踪了。就在嫌疑犯四十七去工地之后。而且七区托盘上的半吨水泥浆也不见了。"

"水泥浆?"库柏问道。

莱姆解释道:"这就是嫌疑犯四十七的计划,是他去工地的原因:放置燃气管道炸弹和C4炸药模拟地震。上周,他先是将简易炸弹安装在工地附近大楼的燃气管道上,然后换上背心和安全帽,和现在已经失踪的工人碰了面,工人带他到七区,他把C4炸药扔到几个钻井里,也许是所有钻井都放了。接着工人把水泥浆灌到放置了炸药的钻井中,这样一来,爆炸声就被掩藏了。随后,嫌疑犯四十七扔掉空包离开了——接着就是我们在监控中看到的那一幕,他来到了地铁站。当天晚上,我猜测,他应该是杀掉了那名工人,并且处理掉了尸体。"

"真他妈的离奇,林肯。这有可能吗?爆炸会引起地震?"

"这也是我要向专业人士咨询的。"莱姆看向艾克罗伊德,"你有没有接到过这种索赔?矿井里因为爆炸引起了地震?"

英国人再次提起了他早些时候说的事情,关于水力压裂和地热钻探会引起地震的事情。"但是爆炸会不会引起,我还从没听说过。不过我可以咨询一下公司的调查助理,纽约或伦敦应该都能找到人去查。这个我能肯定。"

"那就去查吧,如果可以的话。"

艾克罗伊德走向房间一角,拿出了手机,简短的对话后,他又走了回来。"很抱歉,我们的首席调查员从来没听说过爆炸引起地震的情况。她会联系伦敦的总部,等到上班时间,问一问其他部门有没有经历过类似案例。但我的想法是不大可能。"

莱姆看到萨克斯打开包,从中拿出一张名片,按名片上的号码拨了电话。

在等待对方接通时,她对房内众人说道:"唐·迈克利斯,州矿产资源部监督员。"

一个声音在电话那头响起:"你好,阿米莉亚。你还好吗?"

"很好,"她简短地回答,随后说道,"是这样的,我现在要开免提,要与你对话的是林肯·莱姆,纽约警察局的顾问,还有其他一些人。"

"啊,好的。"

"丹,我是林肯。"

"唐。"萨克斯纠正道。

"我们想知道,人为的爆炸能不能引发地震。"

对方沉默了片刻:"你们认为,这几天发生的地震不是天灾,是人祸?"

"我们还不确定,爆炸会引起地震吗?"

"嗯,理论上来说,可以,但是得差不多是核弹一样的装置,摆在恰当的位置,恰到好处的百万吨级威力。如果达不到这些条件,就不太可能。"

"C4炸药可以做到吗?你知道C4吗?"

"塑胶炸药,知道。但是它做不到,绝不可能。即使在断层线上放一两吨都不可能。跟地震不是一回事。但是……"

对方突然沉默。

"喂?"莱姆唤道。

接着,他们听到了快速的键盘敲击声:"好的,好的。给我一个邮箱地址,我想给你们看看这个。"

库柏说了一个地址,片刻后,他们收到了一封邮件。

迈克利斯说:"我给你们发了两份地震波曲线图。"

库柏灵巧的手指在键盘上飞速敲击着，随后，一些常出现在电视上和自然灾害大片里的波形图出现在了显示屏上。"看到了。"

监督员继续说："最上面的那张是最近一次地震的振波曲线。"

在图形的最左边，记录波形的黑色的线条开始出现起伏，持续了几分钟。接着，从图表的中段开始，线条出现了巨大的跨度和波峰尖锐的上下跳动。然后，随着时间的推移，线条逐渐平稳，直到归于震前的状态。

"现在，再来看看第二张图表。这是加利福尼亚州发生的一起真实地震的记录。看起来和刚刚那个没什么不同，但实际上还是有些细微的差别。在真实的地震中，我们能看到，只在地震发生前几秒钟才会出现微弱而短暂的震动，而纽约的地震中并不是这样。"

莱姆说："所以，爆炸不是为了引发地震，而是在模拟地震。"

"没错。"片刻后，迈克利斯又说，"但是你又怎么解释那些灾后火灾呢……啊，等等。莫非火灾也是炸药引发的——分散在不同的地点，让整起事件看起来更像是一场地震。"

没有人答话，他用不确定的语气问："到底是怎么回事，阿米莉亚？"

"我们还不确定，唐。但如果可以的话——请先不要说出去。"

"当然，好的。"

萨克斯看了看莱姆，示意他还有没有别的问题。

莱姆摇摇头。萨克斯谢过迈克利斯，挂断了电话。

莱姆重复道："到底是怎么回事？我们的嫌疑犯到底要做什么？"

"恐怖袭击，"萨克斯说着，又摇了摇头，"但没有人站出来负责。而且为什么要把袭击搞成自然灾害的样子？这不是恐怖分子的做法。"

一旁的塞利托说："我有个想法：他是用地震掩饰纵火。也许他给什么大地产商工作，烧了自己的房子来骗保。"

艾克罗伊德说："恕我冒昧，但是警督，从来没有人设计这么复杂的保险骗局。而且，专业的纵火犯从来不会跟谋杀或袭击罪沾边。他们只烧那些空无一物的建筑。"

"有道理。"

莱姆说："其实，我们可以从另一个角度来考虑。刚刚迈克利斯的说法：放火只是做做样子，为了让地震看起来更可信——这样一来就没人会注意地震波型曲线上的可疑之处。他做这些都是为了让地震更逼真……会不会是因为——他想阻止地热项目施工。"

塞利托说："想要这么做的人都有谁？能源产业公司都会将地热项目当成眼中钉。有人想要这块地，那块地可算是黄金地段。"

"环保人士，"库柏说，"'同一个地球'那群人？但我觉得环保人士应该不会使用C4……或是对有人居住的大楼放火。"

萨克斯说："不管他的目的是什么，在我看来，嫌疑犯四十七更像是一个枪手或雇佣兵。能够进入军火市场买C4和燃气炸弹。懂枪，还杀人不眨眼。我敢打赌，是有人雇用他。"

莱姆立刻表示赞同，随后说道："还有一件事，我们得做一个决定。"

萨克斯点头："说，还是不说。"

"宣布地震是假的？"库柏问。

"对，也许矿井里还有十几个他扔进去的简易炸弹。"

塞利托说："若是说了，会引起人们的恐慌，大家一定会想到恐怖袭击。"

"所以呢，就让他们以为是恐怖袭击，"莱姆反驳道，"我认为我们必须要说。并且告诉钻井工地附近的人们，他们自家燃气管道上很可能安有炸弹，让他们去检查一下。让他们知道，要是再有地震发生，应该立刻撤离或是检查是否有燃气泄漏。"

"让局长和市政厅来决定吧，但如果我们说了，就等于亮出了自己的底牌，"塞利托说，"那个疯子也许马上就会逃出城，证据就消失了。"

塞利托最后的顾虑让莱姆有些想笑,他要是想毁灭所有证据可是有些难度。

"我可以说句话吗?"艾克罗伊德问。

"当然,请讲。"

"我也认为这家伙脑子不正常,对钻石有异于常人的变态痴迷。但如果他真是被人雇来破坏钻探工程的,若是他发现了警方已经盯上他,一定会立刻卖掉我客户的钻石,然后逃出城。我想再联系一下钻石经销商,看看他们那里有什么动静,会不会有这种可能性。"

塞利托和莱姆同意了他的提议。艾克罗伊德穿上大衣,一副严肃的英国侦探模样。与众人道别后离开了。

塞利托也穿上外套:"我去跟局长和市长汇报一声,建议他们公布虚假地震的事情。我会派特警队和拆弹小组去,在那边设立行动点。派机器人下钻井,看看还有没有别的简易炸弹,排除危险。"

至于莱姆,他也有自己的任务。他再次给华盛顿首府的间谍朋友打了个电话。

41

联邦州警 J.T. 博伊尔在十二年的从警生涯中，接到过不少奇怪的任务。比如追回喝醉的大学生偷走的阿米什人的马车。还有最典型的，营救爬到树上下不来的小猫咪（"这不是我们的工作，女士，但您放心，我会尽力的"）。甚至还接生过孩子。

但他从来没去拦下过一辆大巴车。

这个任务是帮纽约警察局的一个忙。博伊尔曾与纽约警察局的人共事过，他还是很喜欢他们的，虽然不太赞同他们的一些言辞。登上灰狗巴士后，博伊尔开始寻找目标人物——某个案件中的在逃目击证人。这个证人涉及的案件还上了新闻，至少是上了广播。就是那个"承诺人"，专杀年轻订婚夫妇的连环杀手，肯定是个病态的畜生。

一个纽约的警探确信，目击证人就在这辆车上。他们的计算机部门找到了他的手机信号，然后做了些高科技的操作，让手机的GPS正常运转，显示了他所在的位置，同时又让他没法接打电话，这样就能防止有人通风报信，提醒他警察正在追踪他。手机屏幕显示无信号，他可能会起疑，但也不会太在意。没关系，博伊尔来了。

博伊尔打开车灯示意巴士停车，这辆车正要去往印第安纳波利斯。根据目击者维姆·拉赫甲买的车票显示，他要在那里转车，乘下一趟长途巴士前往圣路易斯，继续旅程，最终到达洛杉矶。警方知道他的行程，因为他们追踪了他的手机，得知他去了纽约港务局的长途车站，在查看了售票窗口处的监控后，发现了一名长相与他相符的年轻人买了该行程的车票。

不过现在，除了离这里十英里远的拘留所以外，他哪儿也去不了。这都是为了他自身的安全。承诺人知道他的存在，并且已经杀掉另一个目击证人了。虽然博伊尔也觉得，嫌疑犯大概不会大费周章地跑到这么远的地方追杀这个年轻人。

巴士停在了路边，博伊尔从自己的车上下来。他穿着标准的宾夕法尼亚州警制服：黑色长裤、灰色衬衫、黑色领带。他戴上灰色斯莫基熊帽子，拉好颏带，向巴士走去。

大巴的车门打开了。

博伊尔扫视了一圈车内的乘客，并没有可见的危险，和预期一样。"我们要找一位你车上的乘客。"他轻声对司机说。司机是个身材纤瘦的非裔美国人，此刻正满脸疑惑地看着他。纽约警察局早些时候决定不用无线电与博伊尔联络；他们不知道博伊尔能否演好，假装毫不知情，还担心男孩若是发现任何异常，会不会跳出车窗逃走。"他并没有武器在身，不会有其他问题。"

"不用紧张。"

至少那个声音粗犷的纽约警探说了，此人并未携带武器。目击证人一般都不会携带武器，但也有个别情况。这孩子看起来也不像是会带枪的人。再说，他是个印度人，就是那个大洋彼端的印度。在博伊尔有限的认知里，那个种族并不是一些会动不动就舞刀弄枪的人。

博伊尔记住了维姆的长相，此刻他从大巴座位中间的过道缓缓走过，表情难测，从周围乘客的眼中可以看出，似乎人人都在想是不是哪里又有了恐怖袭击。车上安了炸弹，还是有人带着枪藏在人群里，马上就要喊着"真主阿拉"开始大屠杀，又或者有人不为任何信仰，只是纯粹宣扬暴力。

面对"出了什么事?""出问题了吗?"等提问,博伊尔微笑着点头回答说:"不会耽搁你们太久的,各位。"

但是怎么回事?他没有看见那个男孩。车上有几个深色皮肤的男性,但年纪都太大,而且看起来应该是拉丁裔,不是印度裔。

博伊尔回到车厢前端,给纽约的警探打了电话。

"怎么样?"朗·塞利托接通了电话。

一点也不专业,他完全搞不懂这些纽约人。

但对于和他们打交道,他已经很有经验了:"长官,还是我,州警J.T.博伊尔。我现在就在这辆巴士上,已经查看过所有乘客。没有找到他。"

"你有没有——"

"检查卫生间?检查过了,长官。"

"——问过司机,有没有人在任何一站下车?"

博伊尔犹豫了一下。他转头问司机,有没有人在某个站点下车。

"没有,长官。"

"没有,长官,没人下车,"博伊尔说,然后补充道,"警探,您可以打个电话吗?"

"什么?"

"您可以打那孩子的电话吗?"

"哦,嗯,好办法。等等。"

话筒里传来咔嗒咔嗒的点击声,随后,塞利托说道:"我联系了计算机犯罪部门的警探,他正在追踪目击证人的手机。现在萨内克警探将与你通话。"

"嘿。"电话那头传来了另一个人的声音,博伊尔还听到了摇滚乐。

你永远也搞不懂这些纽约人在想什么。

"警探……"他没有尝试叫对方的名字,"我是州警J.T.博伊尔。"

"你好，州警。"

"嗯，你好，您可以打一下那孩子的电话吗？"

"当然，等我激活它。"

片刻之后，苹果手机默认的来电铃声响起，声音似乎是从前面第三、四排座位处传出来的。博伊尔走过去，看见一个乘客正从自己背包的侧袋里掏出一部手机，皱眉看着。

"小姐，我猜这不是你的手机，对吗？"

对方抬起头看着博伊尔。她染着一头蓝蓝绿绿的头发，面容姣好。只是在州警眼里，这份美貌被她的鼻环和眉环破坏了。她说："确实不是我的，长官，我也不清楚它怎么会在我的包里。"

罗恩·普拉斯基走进客厅实验室。莱姆马上就看出来了：普拉斯基有了发现，而他对此很不安。

"菜鸟？"

普拉斯基偷偷对他用力点了点头。一边偷偷摸摸，一边大张旗鼓，普拉斯基若是去做间谍，肯定糟透了。

"去休息室。"莱姆说道，回头看了一眼。

如果他们知道了……会说什么？

两个人穿过走廊，一起进了休息室。

"你查到什么了？"

"我有一种不好的预感，林肯。"

"没关系的。"

"'没关系'还有另外一句'别担心'，你知道人们说这两句话的时候，都是很需要担心的时候吧？我是想说，你没做违法的事情吧？"

普拉斯基去了那间仓库，枪战就是在那里发生的。爱德华多·卡皮利亚——也就是"猎鹰"案件的案发现场。

"我猜你也没有违法。"

"'猜'？那地方封住了。你知道的那是封住的。"

"那可是犯罪现场啊，肯定是封住的呀。但是那里没人，对吧。"

"没人，只有黄色警戒带，还写着禁止进入。哦，所以说，进去了就会违反联邦法，是吧。"

"你不会真的这么在意吧，菜鸟？"

"在意？那可是联邦法规，我最在意的就是联邦法规。"

莱姆被他逗笑了。他真是越来越像以前的莱姆了。

"说正事吧，我们说到哪儿了？"

普拉斯基从包里拿出了一打信纸大小的文件。"这些是检方、控方的弹道、痕迹分析，还有现场照片和图表。"

"很好，把它们摊开。"

普拉斯基依言照做，将资料摊在老旧的核桃木咖啡桌上。桌腿的末端有雕花。莱姆看着这些文件，随后问道："长岛现场采集的证据样本呢？"

为了隐秘调查"猎鹰"案件，莱姆专门找了一个私人的法证分析实验室，用以分析普拉斯基从现场搜集到的痕迹样本。普拉斯基打开了该实验室送来的一个信封，将检测信息拿了出来。

"劳驾，转过来给我看看，菜鸟？"

"哦，对不起。"

莱姆看着密密麻麻的数据。

"接下来是物证应答组的文件。"

"不光要我非法闯入犯罪现场，还要我从FBI总部偷东西。"

"你什么都没偷，普拉斯基，不要夸大事实。你只是拍了几张照片，仅此而已。"

"就像一个穷光蛋说这只手表是他从梅西百货柜台里借来的，仅此而已。"

律师的司机送来的那一大箱文件并不全，只是一部分犯罪现场调查和探员的报告，是庭审上需要的文件。莱姆需要所有的信息。

普拉斯基从另一个信封中拿出了另外十几张纸。这是他打印出来的照片，都是他用手机在FBI的证物室里拍的。普拉斯基将这些照片摆在莱姆面前，然后像给钢琴家翻琴谱一样，每当莱姆读完一页后，就翻开一张，露出下面一页。

好了，很好。全部看完后，莱姆发现这些文件中详细描述了许多他感兴趣的问题："猎鹰"身上发现的枪击残留物和其他痕迹、仓库底板上的痕迹、大量子弹射击的位置——枪上、地板上和天花板上以及被害人的身体里。数据证实，正如卡雷拉斯·洛佩兹所说的那样，枪上并没有"猎鹰"的指纹，但是他的袖口上确实有枪击残留物——毒枭的说法是，逮捕他的警察用一块抹布还是什么，将枪击残留物栽赃在了他的身上。

莱姆再次将所有资料读了一遍。

"怎么了，林肯？"

他表现得太明显了吗？莱姆为自己的发现感到沮丧。

这么大的问题吗？至少他得感谢"猎鹰"的律师找到他，说了伪造证据的问题。如果不是那个温和有礼的墨西哥壮汉，问题永远也不会暴露出来。

普拉斯基又问道："出了什么问题吗？"

"不，没有，你做得很好，菜鸟。"

"你是在嘲笑我。"

"不，我真心这么认为。有些时候，我说的话并不代表我的真实想法。这是所有人都有的毛病，应该注意改正。"

"好吧，我知道了。但是，你快点告诉我，我会不会因为这事惹上麻烦？"

"你为了更崇高的追求而努力时，能惹上什么麻烦？"

普拉斯基无奈道："你知道吗，林肯，我父亲说，永远不要相信一个用问题回答问题的人。"

42

"汉克，出了些问题。"

说话人是个瘦高的年轻助理检察官，长着一张娃娃脸，他说出"问题"这两个字时，亨利·毕肖普并没有什么特别的反应。亨利·毕肖普是纽约东区高级联邦检察官。此时，"猎鹰"的案件进展顺利。基础工作已经做好，他们刚刚掌握了发证专家将要出庭展示的证据，铁证如山，他没什么好担心的。

毕肖普虽有六英尺五英寸高，却很瘦，看上去比他的实际体型更瘦。金发男人面容修整得干干净净，坚持每天锻炼，那件布克兄弟牌西装下，藏着线条完美的肌肉。他将一份清单中的一项划去，整张单子还有好多项需要划去。他抬起头，问道："怎么了？"

拉里·多布斯是毕肖普中意的第一助理检察官，他继续说道："我刚刚接到了FBI物证反应小组打来的电话。"

物证反应小组。

毕肖普依旧沉着地说："我们把话说明白，能做到吗？"

"当然。"

"很好，现在，说细节。"毕肖普坐在他的办公室里，俯瞰着布鲁克林，注意到地平线上有一团烟雾升起，那是地震后发生火灾的地方，离这里并不远，地震发生的时候，他在办公室里也感受到了。

年轻而少言的助理检察官接着说："一个纽约警察局的警员，穿着制服,问了一些关于那个案子的问题。"

"我们的案子?"

"对。"多布斯答道。

"是'猎鹰'的案子吗?"

"对不起,汉克。是'猎鹰'的案子。"

"不要说'那个案子'。我们这里有太多所谓的'那个案子'了。"

多布斯与他之间只隔着一张厚重的桌子,此刻立即改口道:"'猎鹰'的案子。"

毕肖普若有所思地说:"纽约警察局的人,问问题。嗯。"

"猎鹰"案件的调查显示他违反了联邦法和州法,但纽约州已将此案移交联邦法庭优先审理。是的,毕肖普将"猎鹰"定罪之后,纽约州还会根据其刑罚对他提起诉讼。不过是锦上添花而已,甚至有些无关紧要,因为墨西哥毒枭将在联邦监狱里服刑,这辈子都别想出来。那么,为什么纽约警察局要掺和进来?"猎鹰"的关系网还没铺到纽约市。

多布斯继续道:"那人直接走进证据反应组。他知道所有的规矩、知道案宗编码、涉事人,还了解归档系统。他要看政务记录。看门的人什么都给他看了。"因为他穿着制服,还对案件了如指掌。

"你刚刚说'看门的'。你这么用词,是在推卸责任吗?"

多布斯的身体缓慢地前后摇摆,消瘦却精力充沛。"证物室的主管让一名巡警进入联邦证物室,还将案件相关记录一并转交给此人阅读,而此人并不在执勤名单中。"多布斯说完又加了一句,"啧啧。"

他刚刚最后说了什么?毕肖普又问:"是谁在管证物室?联邦特工?"

"不,一位很有正义感的平民。"

"哦,很好,我要把这人的头拧下来,我会的。不过你继续,接着说下去。"

"总之,那个警察说这是一起联合办理的案件。"

"联合办理，和纽约警察局吗？根本说不通，和拿骚县还有可能。纽约警察局跟这一点关系都没有，他们无权干涉，就这样。他还说了什么？"

多布斯说："他不仅要看那些文件，还要复印带走，不过看门的没让他这样做。但是，很可能，那个警察用手机拍了些照片。"

"该死！"毕肖普咆哮道。

"他做完这些后，打了个电话。看门——"

"知道了，就说'平民'好了，省事。"

多布斯对于接下来要说的话似乎还有些兴奋："那个平民，那女人说她听到警察对着电话说'林肯，我拿到你想要的东西了，还有别的事吗？'"

哦，看门的平民是个女人，拧下她的脑袋似乎有点不太好，但也可以安排。

而后毕肖普反应过来。

助理继续说："'林肯'，我猜说的是林肯·莱姆。莱姆和纽约警察局合作，而且他很了解物证反应小组，当初还是他协助成立的部门。他还写过刑侦和犯罪现场调查方面的书。他现在坐轮椅了，你知道的。"

"轮椅。"毕肖普沉思道，"他要我们的证据干吗？还要未授权的复印件？"他试图想明白其中关联，但是毫无头绪。多布斯一直在椅子边流连，毕肖普指着一把椅子让他坐下，然后打电话给了一位朋友。他问纽约警察局的副高级警监知不知道这件事。但毕肖普得知，并没有这回事，纽约警察局并没有在调查"猎鹰"。他们觉得这个墨西哥人就是坨狗屎，谁不这么想？在纽约市辖权范围内，唯一已知可以关联到"猎鹰"的死亡事件，都是服毒过量致死。当然这些毒品都是他搞进来的，而枪战又发生在他们辖区外。

毕肖普挂断了电话，望着窗外。深灰的烟还在升腾，火灾很严重。

他的脑内想了好多理由，解释莱姆为什么会参与进来。如果他真的参与其中的话。

"莱姆已经离开警局了，对吧？因为轮椅的关系。"

"哦，是的，汉克，已经离开好多年了，他现在只做顾问。"多布斯热切地答道。

"是给纽约警察局和我们做顾问，对吧？"

"是的。"

"他给辩护团队做过咨询吗？"

"我不知道。他应该会吧，很多人都会做的。"

"我们一直派人跟着'猎鹰'的律师和他的手下，是吧？"

多布斯说道："尽我们最大的努力在做了，汉克。他们人太多，还有十几个从墨西哥城来的。"

"查一查他们中有没有人去过莱姆的家里或是办公室。"

"好的。"

"现在就查。"

"好的。"助理立刻打了一个电话，与对方聊了几分钟后挂断了，"嗯，听听这个，汉克。"

啊，拜托。但毕肖普只是挑了挑眉毛。

他真的很想知道。"托尼·卡雷拉斯·洛佩兹，是'猎鹰'在墨西哥的首席辩护律师——我们对他实施了全天监控。他去了莱姆家，中央公园西侧。在去他家之前，他去了一家银行。大通银行，在里面待了十五分钟。"

"现金业务？取钱？还是电汇？"

"不清楚。没有申请审查令，所以我没办法查到更多细节。"

是卡雷拉斯·洛佩兹花钱请莱姆为他们的辩护团队做顾问吗？请他帮忙钻案件的空子？

我们的案子。

我的。

毕肖普沉默了一会儿,闭上了眼睛。他想象不到案件里有什么空子。当然,没有完美的犯罪现场调查员,没有完美的实验室分析员。而像莱姆这样的人,可以轻易地找到一个小小的细节,让调查前功尽弃。

并且帮助那个臭名昭著的杀人魔逃出生天。

经过了短暂的思考,毕肖普决定,无论如何也不能让这种情况发生。

他拿起手机,拨通了一个号码。

"长官?"

"来我办公室。"

"马上到。"

片刻后,一个衣着整洁的男子走了进来。他穿着灰色的西装,三十五岁左右。男人向毕肖普和多布斯点头致意。

"坐吧。"

男人依言坐下,毕肖普继续说道:"我需要你展开一项刑事调查,立刻就办,今晚就开始。"

"好的,长官。"联邦调查局特工埃里克·费洛应声道,随即从口袋中掏出笔记本,打开了笔帽。

43

替代情报机构的达里尔·马尔布里打了电话过来。

"你好,林肯,事情真是越来越有趣了!首先,你的那个嫌疑犯——你们叫他什么来着?"

"嫌疑犯四十七。"

"首先呢,四十七先生是个身手老练的钻石盗贼,然后,他还是个精神正常的连环杀手,自称承诺人。现在,我们发现他其实是个雇佣兵,有人派他在布鲁克林做见不得人的勾当。虽然是个神经病,却一点都不无聊啊。"

"达里尔?"

对方又笑了一声,说道:"我知道你想谈正事。首先是你要找的俄罗斯人,不管是一个还是几个——这些俄罗斯人的背景。若是一些特工或杀手想要离开某个国家,比如俄罗斯,并进入美国,他们会采取特定的路线。我们称之为'洗白',用来改变身份。为了洗白他们的背景,这些人会飞四个完全不相关的地方。这其中,有一条路线很常见:从莫斯科到第比利斯,再到迪拜,接下来是巴塞罗那,最后到达纽瓦克。四张机票,四种身份,我们认为,你要找的俄罗斯人,就是这么来的。四次航班,没有任何一个名字是全程飞下来的。不同的机票,不同的名字。但我们查了一下乘客的载货清单——嘘,接下来就是我们的秘密——发现四次航班上唯一的共同点。"

"行李。"莱姆打断道。

萨克斯点了点头:"他每次都把行李分开托运,但重量还是一样的。"

马尔布里笑了,兴奋地说道:"你们看,林肯,阿米莉亚。我说过了,你们两个太适合干我这行了!完全正确。四个男人飞四趟不同的航班,四个人托运的行李都是十二点三公斤?这会是巧合吗?不可能的。有一张照片可以证明我说的这些,你肯定会喜欢的,但我不能从入境检查处给你拿出来。那样会牵扯到国土安全部门,为了一个国内案件向你提供这种数据是……'违法的'。但我们确信,这就是你们要找的人。"

"他在纽瓦克降落时,也就是最后一段航程,用的是格鲁吉亚护照。约瑟夫·多宾斯,这个名字不在监视名单上。护照上的住址是新泽西州帕特森,也是假的。我会把他在飞机上使用的所有名字都给你。你们可以查查酒店登记表。不过我打赌他还有一个以前没用过的身份。"

"他有五个护照?"萨克斯问。

马尔布里只是咯咯地笑了起来。

莱姆将梅尔·库柏的邮箱地址给了他,让他将护照上的名字发过来。

"现在,"马尔布里继续道,"你们问过的炸药的事情。大约一周以前,我们接到警报,称有一批武器被走私到东海岸,是三包一公斤重的C4炸药,还有十二个Lehabahs。"

"十二个什么?"

"燃气管道炸弹。Lehabahs (הבהל) 希伯来语,有两个意思,一个是'火焰',另外一个就是'矛或武器的尖端'。"

莱姆觉得,这个词用来形容那些狠毒的小装置十分恰当,他问道:"是摩萨德①发明的？"

鉴于莱姆现在多少也参与了一些间谍活动，所以对世界各地的情报机构做了一些了解。据他所知，没人比摩萨德更善于使用或部署武器了。

"没错。就像你说的一样：伪装成燃气泄漏造成的火灾和爆炸。谁知道有多少个哈马斯和真主党恐怖分子的房子就是这样'意外'被烧毁的呢？"

三包C4炸药。他们不知道嫌疑犯四十七到底在东北地质的矿井里放了几个，他们必须假设，他还留着一包没有使用，打算再伪造一次"地震"。而且，他还有剩余的炸弹，他还想再杀多少人？

马尔布里此时问道："所以，请你说说吧，林肯，到底是怎么回事？"

"你看过纽约发生地震的新闻了吧？还有那几起火灾？"

"是的，当然看了。那可是到处都在播的大新闻。"

萨克斯解释说，嫌疑犯四十七伪造了地震，并人为制造了那些火灾。

"这就是他为什么需要那些设备。嗯，很聪明。"马尔布里作为替代情报机构的主管，工作就是找到不与敌人发生直接接触的解决方案。用伪造的地震隐藏纵火非常符合他们的行事手法。这显然给马尔布里留下了极深的印象。"为什么这么做？"

莱姆答道："我们还不知道。目前最合理的猜测是，他是为了破坏钻井工程。有人不想让这个地热项目继续下去。我们认为，这不可能是政治性恐怖袭击。"

马尔布里说："同意。C4炸药和燃气炸弹确实会引起人们的注意，但我们部门的算法数据显示，无法确定这些爆炸物是否属于已知的恐怖分子。不过我们会持续留意的。"

---

①摩萨德：Mossad，全称为以色列情报和特殊使命局。

"确实需要您留意。"

"既然我都已经打给你了……"

"怎么,达里尔?"

"我收到你的那封关于十二进制加密文件的信了,你说纽约警察局和联邦调查局都没人用过它。再次感谢你帮我查这个,顺便说一句,实际上这事情还有很多问题。我们一直没能破解这些信息,但确实追踪到了一些通信模式。巴黎塞纳河附近的一家旅馆,一家长住旅馆,在左岸。你去过吗?"

"没有,继续说。"

"那里特别棒,有种完全不同的气息和感觉。还有文化历史氛围。海明威、西蒙娜·德·波伏瓦、让-保罗·萨特,存在主义什么的。我跑题了。"

确实。

"证据情报组的几个人进去了,那个地方被打理得干干净净。我说得毫不夸张,他们用了大量漂白剂和清洁剂清理了DNA和指纹,还用砂纸清除了地板上的痕迹,在痕迹残留的地方倒上大猩猩牌胶水。这么说吧,不管这个人或组织是谁,他们做得非常、非常好。但是他们漏掉了一样小东西,一小块金属。我们没在任何金属数据库中找到匹配材质,是自制的东西。我们对它进行扫描检测,证实很有可能是镭。虽然还不是制造核弹的那个级别,但很有可能是脏弹的部分零碎。这让我们很紧张,你能帮我看一眼吗?"

"当然,达里尔。跟我讲讲,它是什么样的?"

"有韧性,有弹性,银色的。典型的机械雷管。你知道,现在出现了非电子器件的新装置——电磁脉冲,能轻易摧毁电子设备。"

"连夜寄过来吧。"莱姆说了自己的地址。

二人刚刚结束通话,莱姆的手机再次震动起来。是皇后区犯罪现场调查组总部。他接通了电话,打开免提,与那边一位法证分析师进行了简短的交谈。电话那头的男人报告说,他在卡德曼广场附近,克莱尔·波特公寓的地下室里,搜查了煤气管道上和周围的指纹,发现这些指纹要么是警员的,要么很老旧。无论如何,综合自动指纹识别系统的数据库中没有查到任何结果。波特家的门锁并不复杂,用一些简单的工具就能撬开。潜入波特家的人显然是随身携带这些工具的。该地区的警察表示,他们盘查了附近大楼内的租户和居民,但没人看到穿着安全背心、戴安全帽的男人。

莱姆与布鲁克林的警探交谈时,朗·塞利托曾打来电话。

莱姆回拨了电话,打到警察局总部,开了免提。

"出了新的问题。维姆把他的手机放到了一辆大巴上,州警在宾夕法尼亚追踪到了那部手机,不过是被塞到了一个女孩儿的包里。而维姆又回到了失踪状态,这狡猾的小兔崽子。"

"好吧。"莱姆叹了口气,这招确实聪明。

萨克斯说:"无论他要去哪儿,他都有两个小时的领先优势。他也许会乘美铁(美国铁路客运公司),或者别的公共交通工具,去新泽西,转到小一些的灰狗车站,或是去韦斯特切斯特。"

莱姆又说了马尔布里查到的内容。他让库柏将四份护照上的名字发给塞利托,嫌疑犯四十七很可能就是用这些名字洗白背景,来到美国的。

"好的,林肯。我会去查一查旅馆。"

莱姆提醒他,嫌疑犯四十七很可能留有另一个身份。

塞利托说:"嗯,我猜也是。但我们总得查一查。"

"还有,朗,你应该会很感兴趣。"莱姆说了马尔布里查到的关于炸药的事情。

"以色列情报局的燃气弹?搞死我吧。"

"达里尔还在查。"

塞利托说:"嗯,有一件事你得知道,林肯,特警队和拆弹小组已经和市政厅谈过了。为了排除危险,他们不会送机器人下钻井查看情况,而是在各个钻井口覆上防护罩。他们认为爆炸发生后至少会给附近十分钟的撤离时间。消防部也出动了更多的消防车和队员停驻在工地周围，因为若是再发生爆炸，工地将是事故发生的核心地区。他们可以在接到火灾报警后立即行动。再有……"

塞利托突然没了声音。

"朗？"

"他妈的活见鬼。"他嘟囔着。

"怎么回事？"

"刚刚接到报告，嫌疑犯四十七又杀掉了一个被害人。"

萨克斯问："订婚夫妇？"

"不。"电话那头停顿了片刻，大概是他还在读报告，"但也是关联案件。不知道为什么，但一定是。被害人叫科尔坦·波什。和维姆差不多的年纪，印度裔。也在钻石行业工作，也是学徒，和维姆一样。不可能是巧合。"

"现场情况？"萨克斯问道。

"时尚区一家咖啡店的地下室。离他工作的地方只隔一个街区，"塞利托停顿了一下，说道，"咖啡店的几个员工刚刚发现他的尸体，但看起来被害时间应该是今天中午，午餐时间。这狗娘养的割断了他的气管。用美工刀杀了他。"

"科尔坦可能是维姆的朋友，而且知道维姆住在哪儿。他也许已经将这个消息泄露给凶手了。"

"是的。他也受到了折磨，现场一片混乱。嫌疑犯割下了科尔坦戴戒指的手指，塞进了他的嘴里。是在被害人死后做的，但还是……"

"该死。"萨克斯喃喃道。

莱姆看向她。

"我们排查了钻石区、杰克逊高地，皇后区和布鲁克林的其他区，寻找任何可能认识维姆的人。我一点都没想到要去时尚区盘查钻石切割匠，但四十七想到了，他想到了我没想到的。"

是我们输了。莱姆在心里无声地纠正。但他知道，这些话对她来说毫无意义。不管这次失败她的责任有多少,只要有她的责任,她都不会轻易释怀。

塞利托说:"他现在知道了拉赫里的地址,但他不知道那孩子逃出来了。阿米莉亚,通知你安排在他们家的安保小组,让他们潜伏起来,不要被人看见,看他会不会去。"

"我会的。"萨克斯说,"但我觉得他不会那么蠢,不会这样轻易上当的。"她叹息道,"我去咖啡店现场走格子。"

塞利托说了地址,她匆匆走出客厅,心不在焉地扯过外套。过了一会儿,莱姆听到萨克斯的车子引擎发出吼叫,咆哮着带她驶进了车流。

莱姆看向窗外,凝视着外面暗褐色的黄昏。

也就是说,嫌疑犯四十七上周花了一整天的时间布置燃气炸弹,伪造震后火灾。假设还有更多炸弹存在,即使当局宣布他们知道这些地震是假的也无济于事。他们无法改变事实。说不准什么时候,另一个炸弹就会引爆。

而且,即使现在揭穿嫌疑犯四十七的诡计,他也不会移除这些炸弹,告知警察它们都在哪里。

44

承诺人的备用计划。

弗拉基米尔·罗斯托夫驾驶着一辆偷来的丰田车,小心翼翼地行驶在皇后区的街道上。准确来说,是在东艾姆赫斯特。

他开得很小心。罗斯托夫习惯在莫斯科开车,在那里你不需要特别小心,交通拥堵到你根本没机会发生高速碰撞。

这里可不一样。他一直努力去拿副驾驶座下的牛肉卷,结果一不小心,车头急转,他扶正方向盘,牛肉卷却滚到了副驾驶侧的车门口。

在哪儿?到底在哪儿?

啊,他抓到了袋子的一角,捡起来,用牙齿咬开纸袋,终于将冷掉却依然美味的牛肉卷放进了嘴里,大快朵颐。

莫斯科为什么就他妈的没这些好玩意儿?

三分钟后,牛肉卷和炸薯条全被消灭了。他打了个嗝,点燃了一支烟。罗斯托夫注意到美国几乎没有人在车里吸烟了。不过没关系,等他找到维姆,那只小母鸡,他就会把这辆车处理掉。他会确保这辆车里的烟足够多。

这是一个笑话:想要将一辆车里的证据清理干净,唯一的方法就是把它烧成灰。实际上这是一些俄罗斯犯罪团伙常用的行话。"灭了它。"黑帮老大经常这么说。

一般情况下，要烧掉一辆车往往是因为里面有指纹。有时候也会有具尸体，看你当时的心情如何。也有可能，你把人绑在车里，倒上汽油点火之前，对方还不是尸体。

罗斯托夫又想起了那个红发小母鸡。他想象着如果她是个牛仔。他最喜欢路易斯·拉摩写的西部小说了。那些故事就像是精雕细琢的珠宝，冒险的旅程就像一扇窗，让你看到过去的生活。莫斯科有哥萨克骑兵，蒙古有鞑靼，但是流窜的醉汉和强奸犯一点都不浪漫。美国的西部……啊，那是英雄的时代！罗斯托夫收藏了赛尔乔·莱昂内所有的电影。还有约翰·韦恩主演的约翰·福特的电影。当然，再没有比山姆·佩金法导演的《日落黄沙》更好的西部片了。

他有时会幻想生活在过去。德国人在墨西哥，西班牙人和葡萄牙人在南美和中美洲，法国人在加拿大和加勒比海。

而十九世纪的新大陆上，怎么能少得了俄罗斯人。

他要是能成为这些人中的一员该多好。带着他的六发左轮手枪和一匹马，当然，还有波本威士忌。不要忘记那些妓女。

他的思绪又回到那只女牛仔小母鸡身上，长着一头红发、白净的手指上戴着蓝色钻戒的女人。

是他的蓝钻，他的白净手指。

车子转过街角，他放慢了车速。弗拉基米尔·罗斯托夫此刻自我感觉相当良好，因为他比女牛仔警察要聪明得多。

因为他知道维姆·拉赫里要去哪里。

他的后备计划。

在时尚区的小餐馆里，他和科尔坦聊了很多。他对维姆的了解可不只局限于名字、住址和家人。这里切一刀，那里划一下，接着他就知道了，维姆有个女朋友。

我可以告诉你，但你不能伤害她！科尔坦写道（因为他喉咙坏掉了）。

"不，不，小母鸡。我一根头发都不会动她。我只是想和维姆谈谈，我也不打算伤害他。我可以撒尿发誓，我不会。"

罗斯托夫看了两遍才明白他写了什么。那孩子的手抖得太厉害。他写的是：你要是伤害她，我死都不会告诉你。

完全说不通。

"一根头发都不会，真的。"

撒尿发誓。这是罗斯托夫独创的说法，他很喜欢，还会再用。

他弯下腰，沿着那孩子的指甲缝划了一道。

三分钟后，大功告成。维姆的女朋友名叫阿黛拉·巴杜尔，住在皇后区东艾尔赫斯特，距离维姆·拉赫里家只有一英里左右。

谷歌地图上显示这里住着一位穆罕默德·巴杜尔。没错，他有两个女儿，阿黛拉和塔利亚，一个二十二岁，一个十岁。不过，很可惜，网上没搜到两个小东西的照片。有些家长的保护意识太强了。

"还有别人吗？"罗斯托夫问，"和维姆走得近的人？"

科尔坦大力摇了摇头，这是他最后的动作，罗斯托夫随后割开了他的喉咙。这是在帮他，罗斯托夫想。不然这孩子会怀着负罪感过一辈子，因为他出卖了维姆和他的朋友。

在他死后（他可是挣扎了很久），罗斯托夫切下他的小拇指，连同那枚寒酸的戒指一起放进了科尔坦张大的口中。承诺人没必要为自己的声明设限，他不该只局限在切那些放荡未婚妻手上的戒指。

阿黛拉·巴杜尔……

他很快就会来到她家了。

在等信号灯时，罗斯托夫从口袋里拿出一张纸巾，捂着嘴咳嗽了一会儿。他妈的，他生气地想，他这辈子最大的问题肯定是香烟。总有一天，他会戒烟，就不会这么咳嗽了。

他好奇阿黛拉长什么样子，是不是很性感。罗斯托夫通常喜欢白皮肤的女人，不过一想起那两只波斯小母鸡——小猫咪和谢赫拉莎德，他便开始想和一个肤色更深的女孩儿打发一下时间，性感不性感都不重要。他饿了，他需要一个女人，现在就要。

哦，对了，承诺人当然会遵守自己的承诺，他对科尔坦说过，可以撒尿发誓办到的事情。罗斯托夫要对那女孩儿做的事情，绝对不会伤害到她一根头发的。

45

"你就当是去冒险呀。"

"冒险，"阿黛拉·巴杜尔说，显然是困惑于维姆的用词，"这算什么冒险？一次远征吗？拍《霍比特人》吗？"

他们两人此时正在阿黛拉家的后院。她家的房子很不错，坐落在皇后区东艾姆赫斯特，离维姆家差不多一英里远。这片社区与拉瓜迪亚机场相邻，风向不好的时候，居民就要忍受喷气飞机掠过屋顶，尖叫着降落在四号跑道上的声音。而今天的风不紧不慢，算是安静的。

巴杜尔家的房子比拉赫里家大一些。阿黛拉的父亲有一份不错的工作，他在一家大型科技公司上班。阿黛拉的母亲和维姆的母亲一样，是一名护士。房子还带一个庭院，院内是精心打理的花园，这种布置在这片社区很少见。

不过，在维姆看来，更棒的是房后的一个独立车库，车库通向一条小巷，连接着所有的房子。

他和阿黛拉的初吻就发生在这里。两人大胆地在她母亲那辆斯巴鲁的后座上接吻，当然是在大人们入睡之后。他们彼此探索、爱抚、品尝，体温渐渐升高，挑逗着解开衣扣，拉开拉链。

但此时，两人的心情完全不同，现在他们关注的只有逃亡。

维姆不想被人看见，叫阿黛拉来到车库。他倒不是担心那个戴滑雪面罩的男人,他不可能找到这里的。维姆只是不想被阿黛拉的邻居发现,打电话告诉自己的父亲。

阿黛拉斜倚在车上,那是一辆旧的马自达,深绿色(这辆车里也有些美好记忆,只是后座小得可怜)。车库里已经停不下第二辆车了。一个老旧的工作台和各种软纸箱占据了余下的空间。纸箱上还贴着褪色的标签,写着里面存放的东西:母亲的碗碟、捐赠的衣物、书本、尿布。

维姆说:"你知道的,我不是没意识到这个决定有多重要。我的意思是说,你也可以换一换环境。"

"加利福尼亚?"阿黛拉问,"为什么是加利福尼亚?"

"你去过那里吗?"

阿黛拉露出神秘的表情,歪着头看维姆,说:"很久很久以前,在遥远的西方,有一个神秘的异乡。那里充满奇妙的魔法,但没有人类能够到达。"

维姆叹气,知道她这是在嘲讽自己:"我只是——"

"迪士尼乐园、乐高乐园、旧金山、约塞米蒂国家公园,我七月的时候去猛犸湖滑过雪。"

"我不是这个意思,我不是想说你……"

"幼稚,无知,天真?"

维姆又叹了口气,只是这次没有那么明显,随后恢复常态,问:"那你喜欢加州吗?"

"我当然喜欢,但两者不是一码事。你不能背上背包说走就走,还要求我——"

"我没有要求。"

"——和你一起走?"

"UCLA 的纯艺专业有雕塑课程,医学院也很棒,我查过了。"维姆握住了阿黛拉的手。

"现在不是想这些的时候。"她棕色的眼睛眯了起来。

"你是一起谋杀案的目击者,你明白吗?这不是平时!你还把它当成玩笑一样的冒险,这事很严重!"

"我不是说今天就跳上火车离开。我会先过去,找到落脚的地方,再——"

"坐火车去加利福尼亚?"她雕刻般美丽的眉毛皱在一起,"哦,因为你不能坐飞机,因为你在监察名单上,人们不会坐火车穿越美国,维姆,你觉得这不能说明些什么吗?"

维姆没有回答,只是说:"你会考虑一下吗?"

他松开了阿黛拉的手,走到一边,站在车库墙上一扇小窗前。窗子昏暗,外面的一丛杂草挡住了光。想到阿黛拉说的,他轻声地笑了起来,虽然看起来毫无道理,但他一直抗争的其实就是这个。

他的父亲——连警察也无法保护他免受其害。

他拼命想要远离的人,杀手一样让他恐惧的人。

维姆深爱阿黛拉·巴杜尔,对她一见钟情。那是在格林尼治村的一家咖啡店,那种老式的咖啡店,比星巴克要复古得多。那时,阿黛拉正在仔细研读一本解剖学书上的心脏图表,低声说出各个静脉、动脉肌肉的名字,还有其他相关的名词——医学生需要知道的名词——大概就是人们对心脏认知的全部。

他坐在一旁,打开了他那本米开朗琪罗。

两人开始谈话的契机是解剖,那些"血肉模糊"的交谈,穿插着一些关于大理石的话题。

他们开始约会,不久后就变成了正式的男女朋友。交往没多久他就想到了结婚。有些时候,他觉得结婚是可以靠脚踏实地的努力和计划达成的目标——就像大部分情侣。还有些时候,更多的时候,结婚这个目标,就像张开双手变成羽翼展翅而飞一样不切实际。

问题是,他们之间罗密欧与朱丽叶般的处境。

拉赫里一家是克什米尔的印度教教徒。克什米尔位于亚洲次大陆南部,景色优美。但这里一直充满争议,冲突频发。巴基斯坦和印度都声称对其拥有主权。一千多年来，克什米尔一直在印度教、伊斯兰教和锡克教领袖之间颠沛流离。当然，英国对此也保有话语权，毕竟是它给克什米尔取了怪异的名字：土邦。近年来，该地的印度教徒多是婆罗门种姓，居住在克什米尔谷底。这群人占居民的百分之二十，他们的宗教信仰比较温和，宗教和世俗生活相辅相成，尽量避免卷入酝酿已久的动荡。

可想而知，这种和平与独立并没有持续太久。二十世纪八十年代，激进的克什米尔独立运动兴起，这伙人多是极端穆斯林。它的任务便是种族清洗，这次民族冲突大爆发致使一九九〇年大批克什米尔印度人被驱逐，约有十五万印度人被迫流亡，也有一些人留在了被死亡阴影笼罩的谷底。如今，克什米尔谷底的印度教教徒仅剩几千人。

维姆在美国出生，对这些事本来并不了解，美国学校的历史课也很少涉及这些问题，但爷爷很了解印度的独立运动、强奸和谋杀以及大逃亡历史，所以维姆对这些历史也算了解。父亲常用这些话题教育他和桑尼。在大逃亡发生时，父亲已经来到了美国，但是他的很多亲戚不得不抛下一切，背井离乡，只为到污染严重、人口密集的首都新德里安身立命。几位年长的阿姨和叔叔很早就去世了。父亲认为，都是因为这次长途跋涉的迁徙。

他对所有穆斯林怀着深深的恨意。

比如阿黛拉·巴杜尔——若是父亲知道阿黛拉的存在，他根本不会在乎巴杜尔家族是否比他更早就来到了美国，不在乎巴杜尔的先祖们是不是与谷底的激进穆斯林毫无关联，不在乎信仰是否温和、是否拥有世俗的世界观，不会在乎印度的穆斯林现在也遭受了数量众多的印度教徒的报复。

不，父亲不会这样想。

讽刺的是：他父亲最终还是放弃了自己的坚持，勉强允许儿子娶自己心仪的印度女人结婚。不过他时不时地就会提起，莫卧儿帝国最著名的统治者阿克巴大帝都喜欢娶克什米尔女人为妻妾,因为她们的美貌。

最终,在母亲的大力游说下,维姆的父亲接受了非印度裔的儿媳。

但是一个穆斯林女人?

想都不要想。

如今,一个穆斯林出现在了格林尼治村,一边喝茶一边描绘着人类的心脏,也偷走了维姆的心。

维姆此刻转过身,看着阿黛拉,后者依旧靠在车上,抱着双臂。

阿黛拉又说了一遍:"你必须告诉他。"

我试过了。维姆·拉赫里想。结果就是他把我当成囚犯,关在了地下室。

维姆说:"你不了解他。"

"我是个穆斯林,维姆。我知道父母是什么样的。"

寂静弥漫了整个车库,又被骤然传来的雨声打破,屋顶没有隔温层,所以雨声很大。维姆抬头,看见了一个废弃的鸟巢。

阿黛拉有些无奈地看着他,说道:"做你认为必须去做的事情吧。我还要在纽约留三年。在那之后是实习期,实习期时间比较灵活。也许那时候我就可以去加利福尼亚了。但这三年,我必须留在这里。"

她说得已经很清楚了,并不是在威胁他,绝对不是。阿黛拉从不会威胁他。她只是简单而冷静地陈述了一个他们无法否认的事实:三年间什么都可能发生。

"你是要离开的,是吗?"

维姆点点头。

阿黛拉闭上了眼睛,用力抱紧了他。"你有钱吗?"

"有一些。"

"我有——"

"不。"

"可以借给你，我在格兰岱尔有一个熟人。"

"那是哪儿？"

阿黛拉笑了："洛杉矶，你认真做做功课。她在纽约大学教过一年书，她和她丈夫人都很好。你在这里等我，塔利亚还在家。"

阿黛拉的父母并不知道她在和维姆交往，但她和妹妹很亲近，他们三个曾经一起看过几场电影，还偷偷摸摸吃过几次饭。几个人很低调，都知道最好不要被认识的人看到。

维姆注意到了工作台上放着阿黛拉的手机、车钥匙和钱包。他想到了一个主意。他可以借阿黛拉的车，开去一个有火车站的郊区小镇，比如韦斯特切斯特，然后把车留在那里。阿黛拉可以坐火车去那里把车开回来。而他可以在那里乘火车去美国铁路公司的火车站，前往奥尔巴尼，然后再换乘，一路向西。

维姆将阿黛拉的车钥匙装进了口袋，她会理解的。

这时，他停住了动作。他听到有一辆车驶向街边，然后刺耳的刹车声响起，接着引擎声消失。维姆向外看，却并没有看到车。

没事的，他敢肯定，这应该是附近的邻居。他又一次想起，凶手能找到阿黛拉家的可能性几乎为零。

他倚在工作台上，等着他的朱丽叶回来。

46

为什么是这个时候?

阿黛拉回到房中,走上楼梯的时候想,她理解维姆想要逃离父亲的心情。正如阿黛拉所说,她自己的父亲也有点令人难以忍受。但奇怪的是,在一个男性为主的文化背景下,阿黛拉的母亲才是婚姻中强势的那一方(这与维姆的印度家庭完全相反)。毕业后,阿黛拉打算找一家离母亲远一些的医院实习。

但也不会太远。也许是康涅狄格州,或者长岛。

阿黛拉·巴杜尔喜欢秋天的落叶美景,毫无道理的喜欢。

这是她愿意去的最远的地方了。

加利福尼亚?当然不可能。

那里也不适合维姆。不过她想也许这样也不错,让维姆现在就离开,去西海岸住一阵子,直到他们抓住那个疯子。

阿黛拉看了一眼客厅,塔利亚坐在沙发上,十岁的小姑娘穿着一件《飞哥与小佛》①的 T 恤和牛仔裤。阿黛拉忍不住微笑。女孩儿一边在手机上打字,一边戴着粉色的头戴耳机听手机里播放的音乐,同时,还三心二意地静音看着迪士尼频道的动画片。

阿黛拉来到二楼,走进自己的房间,看了一眼墙上的海报:一

---

① 《飞哥与小佛》:*Phineas and Ferb*,迪士尼频道原创动画剧集。

张元素周期表,每一个元素都由某个日本动漫角色代表,水冰月代表"氢"、贝吉塔代表"氪"。她曾在网上看到过一张类似的,于是自己创造了这张周期表。她忽然笑起来,想到初中时和母亲的争吵。她想打印几张男孩乐队的海报贴到墙上,其实她并不喜欢那些乐队里的男孩,也没听过他们的歌,只是单纯想反抗母亲。

我那时可真是太"成熟"了,她感叹道。

阿黛拉从文件夹里拿出了支票簿,呆坐了一会儿。她的银行账户户头不小,她从高中开始就做了很多兼职。尽管医学院的学费高得离谱,但学生贷款承担了大部分费用(还款的日子还有几年)。她看了一眼余额,叹了口气,给维姆写下了两千美元的支票。

她将支票扯下来。撕纸的声音忽然有些令人不安,像是做外科手术时的声音。她想起了维姆的伤势,他还拒绝去看急诊。

阿黛拉再次叹气。

她下楼来到了厨房,向后门走去,就在这时,听到了熟悉的"咔嗒"声。

前门打开了。

糟糕!肯定是母亲提早回来了。但是为什么从前门进来?她应该会把车停在小巷的车库旁边。

阿黛拉走到厨房门口,偷偷张望客厅里的动静,随即僵住了,无声倒吸了一口气。

一个男人,穿黑色外套,头上戴着滑雪面罩,右手还拿着一把壁纸刀,正在四下张望。他看到塔利亚了,并快速从女孩的身后靠了过去。

不!不要!

阿黛拉转身,环顾了一下厨房,随后跑向岛台。片刻后,她手握一把十英寸的切肉刀几步奔向客厅。阿黛拉盯着那个男人,目光如钢铁一般坚定而锐利。

男人讶异地眨了眨眼,看着阿黛拉手中的刀,微笑道:"啊,小东西，原来你才是老大，阿黛拉。"

他就是那个凶手。

"还有小可爱塔利亚，小崽子们。"

见鬼了，他是怎么知道她们的名字的？

"你要做什么？"阿黛拉语气镇定，实际上，她一点都没觉得害怕。她告诉自己，这男人就是一块感染组织，一段破裂的血管、碎裂的骨头，只不过是个有待解决的临床医学问题罢了。

男人走近，阿黛拉将刀提到腰部的高度，刀刃朝上。这是她在一部间谍影片里学到的。

杀手再次眨了眨眼，停住了动作。

他的左手从口袋中拿出了一把枪。

阿黛拉出现了一瞬间的慌乱，努力镇静下来。她看着凶手，忽然微笑："你开枪，附近邻居都在家，他们会听到，你会被捕。"

男人对着塔利亚的方向点点头，后者还沉浸在像素和数字影音的世界。他说话带着奇怪的口音："她在听什么？现在小孩听的音乐都是些没用的垃圾，你不觉得吗？我喜欢弦乐，悠长的号角声。你懂的。"

"你想要钱吗？想要电视机？"

杀手看了一眼电视："六十英寸的电视机？真不错。你能帮我把它搬到车上吗？谢谢你，小东西。不，不对，你知道我想要什么，而且你现在就要告诉我。"

他用枪指着塔利亚的后脑。

"不！"阿黛拉失声叫道，走近了一步，她手里依旧紧紧握着刀，"别指着她，快把枪口挪开。"

"你不是确定我不会开枪吗？我害怕枪响，你有什么好担心的？"

"挪开！"

凶手犹豫了，不知道该拿她怎么办，随后将枪口指向了地板。

"我告诉你你想知道的，你就会走吗？"

"你爸妈什么时候回来?"

"很快。"

"那你父亲呢?他是警察还是当兵的,是不是随身配枪?还会空手道,像李小龙一样?"

"不,但是人越多,对你越不利。"

"哈,不不,我猜,他们近期都不会回来。你有刀,我也有。也许我们可以过两招,看看谁先被捅。"他充满恶意地咧咧嘴。

直到现在,塔利亚对她身后上演的紧张戏码依旧一无所觉。小小的脑袋还随着歌曲的节奏晃动。

凶手又举起了枪,这次枪口对着阿黛拉:"没时间跟你扯这些。"他脸上的假笑消失了。"维姆在哪儿?"

"我不知道。"

"你知道。"

他把枪装回口袋,拇指推出壁纸刀,走向了塔利亚。

阿黛拉立刻逼近凶手。胸口因为大口地呼吸起伏着,心脏剧烈跳动,血压升高,细胞充血。此时此刻,她狂乱的大脑里还有着奇异的清明,她的肾上腺素在飙升。

男人蓝色的瞳仁冰冷得如同大理石。对他来说,杀掉一个小孩就跟和她说话一样简单。

但他忽然间皱起了眉头,侧头倾听。

警笛声由远及近。

终于来了!

他的目光扫过阿黛拉,看向厨房。在厨房的墙上,警报器的开关面板敞开着,露出里面的应急按钮,阿黛拉在厨房拿刀的时候顺便报了警。

男人耸起肩膀,眼中满是疯狂。他冲向塔利亚,大概是想要拿她做人质,然后想办法逼出维姆。

绝不能让他得逞。阿黛拉突然扑向他,举刀猛砍。没有策略和技巧，只是挥刀劈向他的脸，速度很快，一瞬间刀刃似乎都消失了。

凶手比阿黛拉高，比她强壮得多——而且毫无疑问，比她更会用刀。但他并未料到她的突袭，本能地倒退了几步。阿黛拉顺势挡在了他和塔利亚之间。

男人一动不动地站了一会儿，阿黛拉很确定，他下一瞬间就会掏出枪来把她们两个都杀掉。他戴着面具，阿黛拉无法指认他。但他就是会毫无理由地杀人，因为他是个疯子。

凶手做了个鬼脸："妈的小兔崽子。我记住你了，我会再回来看你的。"说完，他快速逃向前门。阿黛拉追着他跑到门廊。看见他跳上一辆红色丰田车，飞速开远了。她没看到车牌。

阿黛拉跑向妹妹，一把扯掉了她的耳机，拉着她站了起来。头戴耳机被扯了下来，女孩吓了一跳，发出了一声惊叫。

"怎么了？"

"跟我来。"

"为什么？我——"

"快点！"姐姐命令道。

塔利亚点了点头，她比阿黛拉肤色更深些，此刻正惊恐地看着阿黛拉手中的刀。

阿黛拉牵着妹妹的手，飞快地从后门跑到车库。

维姆还在那里，正看着窗外。"我听到警笛声了，发生了什——"他的声音消失了，看着阿黛拉手中的刀和流着眼泪的塔利亚。

阿黛拉愤怒地低声说："他来了，那个男人刚刚到这儿来了。"

"那个男人？"

她脱口而出："你知道我说的是谁！"

"不！他在哪儿？"

"开车跑了，我报了警。"

"你还好吗？"

阿黛拉此时的声音更加轻柔，但怒气更胜："对，跟对方拼刀之后，我还好。"

"什么?"他瞪大眼睛看着她。

阿黛拉看了一眼窗外，确保闯入者没有绕回来。

"我们现在就得走，离开这里。现在就走，我开车到韦斯特切斯特，我们一起去，你可以把我送到火车站。"

"不。"阿黛拉说。

"上车吧，求你了。嘿，塔利亚，你想去兜风吗?"他挤出一丝微笑。

塔利亚躲到姐姐身后，擦去眼泪："发生了什么?"

"没关系的。"维姆轻声说道。

"不，有关系。"阿黛拉低声说。

维姆打开车库门，向外看去。

"外面没人。"他坐进了驾驶座，"上车，带上你的手机和钱包。"他示意了一下工作台的方向，"我们马上就报警，再通知你父母。"

"不。"阿黛拉低声说道。

"我现在就得走！我不想把你留在这里。"

阿黛拉对他轻轻笑了笑，走到车窗前，弯下了腰。

维姆问："你不跟我走吗?"

"不走。"

她倾身过去吻了他。

"我爱你。"维姆小声说。

"我也爱你。"她回应道。

然后一刀扎进了汽车的前轮胎。车胎发出轻颤，传来嘶嘶的声音，而后瘪瘪地贴在了轮辋上。

47

维姆·拉赫里被施以了保护性监禁。

承诺人,又名不明嫌疑犯四十七,得知了维姆女朋友的地址,显然是想通过她查到他的下落。但年轻女子的勇气和镇定没能让他得逞,最终报警吓跑了他。

客厅里,莱姆正在从阿米莉亚·萨克斯那里了解更多的细节,她刚去了纽约警察局位于斯塔顿岛的安全屋中,与维姆交谈。

萨克斯又补充说,赶到现场的警员第一时间请求协助定位该男子的车,一辆红色的丰田汽车,型号未知。而后,他们拘留了维姆。

维姆情绪不佳,但还算配合。萨克斯说,她在斯塔顿岛的安全屋中问了话,他却不能提供更多有用的内情。维姆解释说,他之所以没有站出来联系警方是因为害怕,不过莱姆认为,这肯定也与他家之前的闹剧有关。萨克斯也这样认为。

萨克斯报告称,维姆的口袋里有几块石头,看起来应该是金伯利岩。石头里含有水晶样物质,应该是钻石。莱姆猜这些石头可能属于帕特尔,维姆却留给了自己。他拿走了不属于自己的东西,这也令他不愿联系警方。

第四十七街发生凶杀案那天,他刚刚做完帕特尔先生交给他的工作回来,他走进了可怕的凶杀现场,之后报了警,告诉警察他看到了什么。

萨克斯又说，维姆并不知道那些失窃原石的事情。帕特尔最近也没对他提起过什么安保问题，从没对维姆表示过担心会有人来抢劫，也没接到不同寻常的电话。店里从未出现过假意打听钻石，实际上却关注监控和安保的人。据维姆所知，帕特尔先生在钻石行业里没有什么竞争对手会对他下此毒手。维姆虽然无法确定，但也难以想象帕特尔先生会接触有组织犯罪团体，或者借高利贷。

在萨克斯的问询中，维姆证实了他们的推测：他确实是个业余的雕刻家，希望在艺术界有所作为。这也解释了现场发现的其他痕迹：玉石和青金石。

警察在搜查了阿黛拉家后，没有发现任何嫌疑犯四十七留下的痕迹，也没有收到红色丰田的目击报告。

其他的调查（用艾克罗伊德含蓄的英伦腔来说）也不尽如人意。警方还对酒店进行了排查，没有发现任何叫多宾斯的人入住。自动指标共享系统里也并未出现嫌疑犯四十七用过的任何名字。

国土安全局和FBI一直在关注可能存在的恐怖袭击，确实有很多发现，但并不涉及走私C4或其他炸弹入境，并在布鲁克林中心地带伪造地震和火灾。

警方对嫌疑犯的潜在目标，也就是钻井工地附近半英里内所有的木质公寓和建筑进行了系统的搜查，并未发现任何安装在燃气管道上的爆炸装置。

艾克罗伊德也没在地下黑市发现原石出售的相关信息。

莱姆将轮椅遥控至窗前，凝视着宁静的灰色天空。常青树也在黯淡的天光中略显失色。街对面走过一个男人，小心翼翼地看着脚下结冰的地面。他的狗，一个毛茸茸的小东西，在人们身边跳来跳去，一副无忧无虑的样子。

莱姆沮丧地闭上了眼睛。

然后，就像过去也偶尔会发生的那样，案件调查出现了转折性的进展。

这一进展是罗恩·普拉斯基带来的。他走进客厅，向莱姆和萨克斯打了招呼，然后说："林肯，我发现了些东西，可能会有帮助。关于四十七的。"

这么说是为了与他们二人暗中调查的案件区分开来，也就是"猎鹰"的那起案件。

"好啊，我可是什么都没查出来，所以你说说吧，发现什么了？"

"我在想，谁会想要阻止钻井施工？我们提到过那些环保人士，但又觉得这样做太明显，所以我开始查能源产业公司。"

莱姆恢复了清醒："嗯，不错的想法，你发现什么了？"

"联邦贸易委员会受理了一起投诉，针对阿岗昆联合电力公司的不公平贸易行为。"

嗯，挺有意思。

"显然，这家公司雇用了一家竞对游说公司去——"

"一家什么？"

"竞对游说公司。他们会挖一些，或者编造一些黑料，打压你的商业竞争对手，或者和你一起参与竞选的政界人士。"

"竞对，有道理。但我讨厌这个说法，继续。"

"这家公司受雇去败坏一些替代能源公司的名声，所有会减少传统天然气和汽电产业公司收益的技术。比如说，他们会散布谣言，说风力发电杀死了很多海鸥；太阳能电池板会加重屋顶负荷，更易在火灾中倒塌，让消防员受伤。那些公司的员工真的会在风力发电厂附近放置海鸥尸体，都是死在别处的海鸥。还会发布一些装了太阳能电热板的建筑着火的照片，当然了，着火的房屋顶总会塌陷，却不一定是电热板造成的。"普拉斯基笑了笑，"他们还会调查——"

"地热钻探会不会引发地震。"

"没错。"

"阿岗昆，"萨克斯思索片刻，"是电视上的那个人吗？他在公司里是什么职位？"

汤姆想起来，回答道："C.汉森·科利耶，公司的主席还是首席执行官。"他皱了皱眉，"不过他不是说，他是支持电热项目的吗？"

萨克斯说："他必须这么说，不是吗？撇清嫌疑。现在想想，当时他不是说地表浅层的钻探不会引起地震，很安全吗？这明显是话里有话，实际上别有深意。"

莱姆瞥了她一眼。

萨克斯对普拉斯基点了点头："我们出去兜一圈。"

阿米莉亚·萨克斯来过这里。

阿岗昆联合电力公司位于皇后区阿斯托利亚，不久前他们公司的一些员工涉嫌参与了一系列涉及纽约市电网的犯罪活动。①萨克斯和莱姆被指派参与案件的调查。

这家公司为纽约的大部分地区提供电力和燃气，其主体设施和公司总部位于曼哈顿中城区对面的东岸，整个设施覆盖了多个街区。主体建筑高达两百英尺，建筑正面是红色和灰色的镶板。这里是那些涡轮机的所在地，也是整个设施的核心，到处可见庞大的管道和又粗又硬的电缆。

萨克斯和普拉斯基缓缓驶向坡上，驶近电厂。发电厂内最显眼的是四个高耸的烟囱，也是红色和灰色的，上面闪烁着红灯，警告低空飞行的飞机。夏天人们很难看到烟囱上涌出的雾气，但今天，三月的寒意挥之不去，一缕缕蒸汽升腾而出，在暗淡的白色天空中慢慢消散。

萨克斯踩下都灵眼镜蛇的刹车，对保安亮出了自己的警徽，说她和他们的首席执行官有约。保安身材魁梧，黯淡的皮肤就像被雾蒙起的天空，他看了一眼萨克斯和普拉斯基——后者还穿着制服。

---

① 见《燃烧的电缆》。

保安打了个电话，示意了一下身后，告诉萨克斯该在哪里停车。

另一个保安在大厅里接待了他们，带着两人来到一个房间。萨克斯在调查之前那起案件时来过这里。这是一间高管办公室，地板是二十世纪五十年代的风格，搭配相对"现代"的家具，上面摆放着印有棕色、白色和褐色的几何图样软垫。

墙上挂着许多黑白照片，记录了多年以来发电厂的变化。

这里的员工大多是男性，他们的着装似乎也停留在了七十年前：白色衬衫，黑色领带和西装，扣子规规矩矩地扣好，头发梳得一丝不苟。萨克斯甚至觉得闻到了父亲常用的百利发蜡的味道，但她知道这是不可能的，这更像是心理上的感觉，而非真正的味道。

警卫引领二人来到首席执行官 C.汉森·科利耶办公室外的等候区，几年前萨克斯来这里调查时，他还不是公司的负责人，她不记得当时是否在大厅里碰到过他。

她看着面前的肾形茶几，茶几上是几本商业杂志，《每月输电》《电力时代》和《电网》。

还有一本日期久远的《时代》杂志，大约半年前的一期。

"我们怎么问？"普拉斯基问。

"旁敲侧击。"萨克斯说，"告诉他你查到了公司的备忘录，看看他的反应。"

有时候，DNA 和痕迹物证可以帮你破案，还有些时候，一次眨眼和一滴汗也可以。萨克斯和莱姆的一位同事，加利福尼亚的警探，名叫凯瑟琳·丹斯，她擅长阅读人们的肢体语言。萨克斯不是丹斯那样的人体行为学大师，但她曾做过多年的街头巡警，对于这种剑走偏锋的问话技巧颇有天赋。

不管怎么说，他们其实没有太多选择。没有任何证据表明这位首席执行官与地震，或是嫌疑犯四十七有关。实际上，萨克斯知道，就算他是幕后主谋，他也不会直接参与这件事，最多雇用他人实施犯罪。也可能是竞对游说公司雇的人，然后把"材料分析和事件植入"的费用账单发给科利耶。

一个装扮精致的年轻女子出现在门口,她穿着棕色的西装,请萨克斯和普拉斯基跟她走。他们穿过一条长长的走廊,终于来到了首席执行官的办公室,女助理示意二人进去。

科利耶看起来像是一个退休的矿工,鉴于他的行业,这副外表也不无道理。萨克斯此前对他做过一些调查,据她了解,科利耶来电力公司之前,曾是一家大型服装制造厂的首席执行官。萨克斯想,不管是卖内衣还是供电,也许商业原则适用于所有行业。

"请进,警探,警官。"

他们握手问候之后,科利耶示意二人就座,屋子里是与几年前一样的椅子、沙发和茶几。

"那么,我能为二位做些什么?"

萨克斯开口道:"科利耶先生,您知道布鲁克林的地震吗?"

"当然,很奇怪。"他解开深灰色西装的扣子。他的领子上别着一个美国国旗,别针歪斜,国旗倒了过来。"记者说,这些地震可能是炸弹伪造的。没人知道原因,也许是为了阻止施工,媒体说这是工业破坏。"他苍白而布满褶皱的脸上浮现出了更多的皱纹,那是自然形成的岁月痕迹,不是太阳暴晒导致的,仿佛他每日在地下矿井工作,甚至生活在那里一样。"你们为什么而来呢,警探?是我想的那样吗?"

"我们查到了贵公司的备忘录,还有联邦贸易委员会受理的针对阿岗昆的投诉。"

科利耶点了点头:"是那些死鸟。那些鸟不是谁杀死的,是公司雇人去找有没有死掉的海鸥。我们怎可能跟第一天来的实习生说'去给我杀几只鸟回来'?而且事实上风力发电的风车叶片确实会杀死小鸟。游说公司只是说的时候添油加醋,为了加强效果。太阳能电池板?那都是众所周知的事实。那些照片里的天花板也不全是安装了太阳能电池板才塌的。但这在资本世界里真的不算什么。你们觉得我们会雇人安装炸药,误导人们以为钻探会引起地震?"

"你们真的这么做了吗?你们的游说公司确实做了这方面的调查,备忘录里写了。"

"确实写了。但你若是听到我在电视里说的——我猜你肯定听到了,你应该记得,我是站在东北地质这一边的,我还为他们辩护了。"

"你没有回答问题,你们有没有恶意破坏工地?"

"没有。这个回答够了吗?"

"竟对游说公司这样做过吗?"

"公司一年之前就解雇了他们,他们带来的负面影响实在是不值得。只是几只自然死亡的海鸥,真该让你看看我们当时收到的那些恐吓信。"

"这些信,"普拉斯基接话道,"也能教会你们做事应该更谨慎些。"

"不,警官,它教会我们在处理新能源问题上应该更机灵些,我们没想着要把他们逼破产。"

科利耶从抽屉里翻出了一本公司小册子,丢在他们面前。打开第一页,指着一段文字,阿岗昆全资子公司包括缅因州三家风力发电厂和一家太阳能电池板制造厂。

"我们收购了它们。"他打开另一个抽屉,抽出一沓厚厚的法律文件,扔到萨克斯面前,"若是不介意,还请先不要对外声张,这份文件还未公开。"

萨克斯看了一眼文件的首页。

购买协议

鉴于,阿岗昆联合电力照明有限责任公司(以下简称"阿岗昆")希望购买东北地质有限责任公司(以下简称"东北")

百分之二十（20％）的已发行普通股（以下简称"股份"）。东北希望将股份出售给阿岗昆。

因此，考虑到本文所述的相互义务，双方同意如下：

萨克斯并没有浪费时间看下去："你们买了他们公司的股份？"

"如果这家公司能够持续盈利，我们会把剩下的也买下来。他们得证明自己的价值。深钻地热，主要是开发火山热能储备，对于保障发电量来说是绝对有利的。至于大规模近地表钻探作业？这件事还没有定论。谁都说不准，你们家里用火炉还是热泵？"

"火炉。"

"这就是了，热泵都是些没种的懦夫用的。地热就是个热泵，现在外面有很多满嘴生态环境的懦夫。我真心希望我们的投资能物有所值，拭目以待吧。"

萨克斯的手机嗡嗡响起，收到了一条短信，她低头去看，然后站起了身。普拉斯基看了她一眼，也站了起来。

"谢谢你，科利耶先生。"

"埃文斯女士会送你们出去。"他再没说别的，也没有起身，只是打开眼前的一份文件读了起来。

助理走进房间，将两人送到大厅。

直到他们走到停车场，周围再没有别的员工，年轻的警官才低声说道："就这么算了？他就给我们看了一份合同。也许是他早就打印好的，以防有人揭穿他伪造地震的阴谋。我们怎么确定他不是幕后黑手？"

"因为这个。"

萨克斯举起自己的手机给他看，那是塞利托刚刚发给她的短信。

"哦，好吧，我们要去新泽西吗？"

"我们要去新泽西。"

48

这里是陆地与大海交会的地方,有着截然相反又奇异壮阔的美。

这里是岩石演化成艺术品的地方,天然雕琢的光彩下是鬼斧神工的非凡之美。

这里是草木繁茂的欣欣向荣之地,绿色的生命沿着悬崖峭壁拔地而起,随风自由生长。

这里是将生命献给大地的人,可能命殒黄泉的地方。

伊齐基尔·夏普罗的尸体静静地躺在消防队的救生篮里。正被一辆绞车从帕利塞德公园几百英尺深的悬崖中吊上来。

寒冷的傍晚,萨克斯、普拉斯基和一干新泽西州警站在那里看着消防队和救援队工作。他们轻声低语,一缕缕白气从口中溢出又消散。他们就站在夏普罗的车边,四周已经围上了黄色警戒带。

毕竟,自杀也是一种犯罪。

雇用了嫌疑犯四十七的是伊齐基尔·夏普罗。保险理赔员爱德华·艾克罗伊德查到了真相,不是警方。

艾克罗伊德告诉塞利托他的发现,警督立刻派出巡逻车去了夏普罗的办公室和家中,环保主义者看到了巡警的车,意识到警方已经知道了他的阴谋。

他在网上发布了一条自杀信息,开车到这里,结束了自己的生命。

夏普罗雇用嫌疑犯四十七后,给了他两个任务。首先,他要设法阻止地热钻探,这对环境不利。还有,就是指名要他抢劫杰丁·帕特尔。这位钻石切割工在圈内名头正盛,那些钻石矿使当地居民流离失所,污染了村庄和河流。杰丁·帕特尔是这些罪恶的帮凶。艾克罗伊德了解到,嫌疑犯四十七会卖掉那些原石,卖来的钱交给夏普罗处理,他会将钱捐给环保组织,去帮助那些不幸的人。

环保人士应该不会使用C4……或是对有人居住的大楼放火。

梅尔·库柏说错了。

夏普罗的遗书写得很清楚,他失算了,他只想吓唬一下大家,纵火导致无辜者丧命并不是他的初衷。是他雇用的那个人,那个疯子理解他,同样愤怒于人们对地球的破坏,自作主张地布置了一系列自爆引火装置,造成了多人伤亡。

也许正是这些间接造成的死亡促使他自杀。

"嗨,阿米莉亚。"

萨克斯转头,看到一位高个子的金发警官,年纪和她相仿。男人穿着制服,黑色的裤子,外缝处镶有橙色的条纹,上身穿一件粉蓝色衬衫,打着领带。他的手上还戴着橡胶手套,脚下穿着靴子。埃德·博尔顿是新泽西州警察局重案组从事犯罪现场调查的一名警官。此刻,他正将矢车菊蓝色的领带扯下来,放进口袋。

得知博尔顿负责现场的调查工作,萨克斯松了一口气。她知道博尔顿会做得和她一样彻底。

萨克斯将他介绍给普拉斯基,后者问道:"你们是怎么发现这里的?"

"巡警发现了这辆车,根据牌照查了一下他的行车路线。在你们发现他是周末两起地震的主谋以后,他的车子在整个相关区域跑了个遍。"

"确定过身份吗?是夏普罗?"

"没错。我们的技术员系着绳索下去了一趟,采集了指纹,调查之后发现,确实是他,几年前他参加一次抗议集会时曾被捕,指纹被记录在案了。太疯狂了，居然伪造地震。"

萨克斯问："现场怎么样？"

"除了自杀没查到别的可能性。没有目击者，而且他是从市里开车过来的，也就没有经过收费亭。"

所有进入新泽西的桥和隧道都是免费的。也就是说，不可能有监控拍到夏普罗被人塞进后备厢，再被抛到这里的画面。再者，除了嫌疑犯四十七，别人没有杀害夏普罗的动机。也许嫌疑犯四十七想要把那些原石据为己有。但即便如此，为什么要杀掉夏普罗呢？他可以带着钻石直接回俄罗斯。

而且，就算嫌疑犯四十七真的想杀掉夏普罗，也没必要这样故弄玄虚。他可以一枪打死夏普罗，只要找准时机和地点就好。他很聪明，但显然没有那么锱铢必较。

萨克斯说："证据都送到汉密尔顿了？"

那是州立警察局犯罪现场调查总部。

"是的。我们会尽快发一份给你们，还有尸检报告。"

萨克斯和普拉斯基看着救生篮里的尸体渐渐被拉上悬崖。一男一女两名健壮的消防员将救生篮拉近，解开缆绳，将尸体抬进了一旁等候的救护车里。

天气晴朗时，从这里可以看到曼哈顿壮丽的城市风光。现在，阴暗的天光下，曼哈顿就像是梦碎之地。零星灯光穿过灰色雾气传到这里，大大小小的建筑构成的城市天际线忽隐忽现，远远看去，就像一座鬼城。

"我们去他家里看看。"萨克斯说，"看看能找到什么。"

49

美国联邦检察官办公室里一片寂静。

工作日的傍晚,这是亨利·毕肖普最喜欢的时刻之一。此刻的办公室大楼里差不多已是人去楼空,大部分后勤人员也都离开了。

留下来的,都是一些忠诚且专注的勤勉之人。

精明强干的检察官从不松懈,自然也最喜欢这种人。

这里能给他慰藉,他住了十三个半月之久的上西区公寓却不能。

毕肖普望着漆黑的夜色,心里想着"猎鹰"的案子。有几个细节,不,是有很多细节,需要他反复推敲。他知道,每个案件都很重要,而这一个尤为重要。袭击联邦警察和当地警察——"猎鹰"犯下的罪固然可怕,但若是让他逃出生天,他还会犯下更恐怖的罪行。这种事情一定要立刻制止。

执法部门有这样一句格言:不能因为一个人还未犯下的罪行审判他。但亨利·毕肖普认为,通过某种方式,这种审判是可以实现的——只要给犯人定罪,在监狱里关好,就可以杜绝他将来可能犯下的罪行。

毕肖普决定将"猎鹰"的罪恶扩张计划无限延期。墨西哥毒枭入侵美国的计划将搁置很长一段时间,这也将大幅限制流进美国的毒品。减少执法人员伤亡、旁观者被害、未成年卖淫和军火交易,以及洗钱等不法活动。

想到此，毕肖普不可避免地想起整个案件审理中唯一的痛处：他没查到"猎鹰"的美国合伙人是谁。这人将在墨西哥毒枭回国后负责所有行动，他才是仓库的真正所有者（毕肖普知道，死于枪战的克里斯·科迪不过是个弃子）。

亨利·毕肖普真的很想把这个人也揪出来。

不过眼下，至少能把墨西哥毒枭关起来，阻止他在美国扩展业务。

有人敲了敲门，特工费洛正站在门边。

"进来吧。"

男人依言进来，端正地坐在椅子上。他和毕肖普之间隔着一张办公桌，桌子上堆满了卷宗文件。

"怎么样？"

费洛打开自己的文件夹，看了看上面的笔记，说："调查进展得不错。我们在墨西哥城有一个线人，他认识卡雷拉斯·洛佩兹律师团里的一个人。"

毕肖普喜欢秘密线人——告密者，这种人要么是没种，要么是没良心。不管哪一种，对警方来说都极其珍贵。

特工继续说道："事实证明，确如我们所想，林肯·莱姆受雇于卡雷拉斯·洛佩兹一伙，针对我们做证据分析，查找不正当行为。还记得卡雷拉斯去大通银行取款吧？那是付给莱姆的定金。事成之后，会付给他五十万美元的尾款，从莱姆的账户直接转入——他们知道莱姆的银行路由号码和账号。哦，对了，就算他什么都查不出，也能拿到二十五万美元。"特工耸耸肩，又说道，"他这么做也没有违法。我查了，他和这件案子有没有利益牵扯，但莱姆从来没和任何控方或相关人员有过接触，什么都没有。"

毕肖普冷笑："他觉得他能查到什么？我们这边是铜墙铁壁，不是吗？完全没有缝隙可钻。"

费洛什么都没说，只是点了点头。

"莱姆为什么要与我们作对?他难道不知道'猎鹰'是什么样的毒瘤吗?"

好吧,他说的是有些夸张,不过毕肖普对人对己都是如此,像是在向陪审团做结案陈词。

"下一步怎么走,长官?"

"你找到那个突袭证据室的警察了吗?"

"找到了,是罗恩·普拉斯基。本来是巡逻部的,但现在基本上是为重案组工作。没有违纪问题,曾因为勇敢受到嘉奖。"

若是其他情况下,亨利·毕肖普肯定不愿将一个受过表彰的警官关进监狱。但现在,普拉斯基和莱姆勾结在一起,显然是犯罪,还是很愚蠢的罪行。他应该知道的。普拉斯基是男性,而且很有可能是个白人。毁掉这样一个人的前程需要承受的压力要小很多。

"要起诉普拉斯基吗?"费洛说,"我们得一击必杀、一网打尽。"

一网打尽?这个词用得有些奇怪。但总的来说,毕肖普觉得他说得没错。

特工继续道:"妨碍司法公正,还有共谋罪。"

"窃取政府文件。"

"很好。"

"他还有可能违反了一些纽约警察局的保密条例和规章制度。但那不是我们的问题。我们只需通知内务部来处理就好。我要把他关到联邦监狱。纽约州怎么罚他都可以,但也得等他十年之后出来了再说。对普拉斯基下逮捕令,尽快带他归案。"

赶在他和莱姆找出他们受雇来找的所谓不当行为之前,将他抓起来。

费洛问道:"莱姆呢?您打算就这么放他……"显然,他想说"走"。但最后还是改口说,"就这么放过他吗?"

"不。把他控制起来,因为他收取了被盗政府文件。我们有什监禁单位能接收他？"

"把他关押在医疗单位。"

"不错。"

"他有一个看护。"

"一个什么？"

"护工，照料他日常生活的人。"

毕肖普嘲弄道："这事和护工没关系，他不用跟去。医疗单位里会有些年长的人或者护士给他搭把手的。"

费洛说道："我会和医疗机构那边提前打好招呼的。"

毕肖普看向窗外："还有一件事，我要让全国所有的执法机构都知道莱姆做了什么，他再也别想做咨询顾问了。我真心希望他已经想好了退休计划。不然等他出狱，余生就得靠看肥皂剧打发时间了。"

第四部分　打圆

三月十六日 星期二

50

"应该都检查完了。"萨克斯说,莱姆操控着轮椅向她靠去。

艾克罗伊德和塞利托也都在,萨克斯向三人说明她和普拉斯基的发现,又说了两人对证据的分析。

"那个叫'一个地球'的环保组织,我们在那儿什么也没查到,只有一些与夏普罗相关的线索,这也很正常,毕竟他是组织的领头人,每天都在那里。新泽西州警察局犯罪现场调查组的人查过了自杀现场,也就是帕利塞德公园,没发现任何与俄罗斯人或是燃气炸弹有关的线索。但是我们在夏普罗的车中发现了金伯利岩的痕迹。"

莱姆说:"这也将他和钻井工地或俄罗斯人联系在了一起,也可能与两者都有关系。"

"没错。"塞利托点头,随后又补充说,这一发现只是证实了他们此前的推测,并没有带来新的信息。

萨克斯继续说,他们查了夏普罗位于曼哈顿上城区的小公寓。他独自生活,虽然没有查到线索,但也侧面证实了夏普罗确实雇用了嫌疑犯四十七。

萨克斯在一张床垫下发现了地热项目施工图,七区的位置被圈了起来。还发现了五十万卢布——大约七千五百美元,这可能就是在嫌疑犯四十七完成任务后付给他的酬金。还有两部一次性电话,都已停用,通话记录也被删除了。

"手机上没发现指纹,我已经把它们送到了罗德尼那里。看看计算机天才能不能查出点什么。至于夏普罗雇用的那个俄罗斯人?我们可以确定他是雇佣兵,但要我说,他们是一路人。拯救地球,弥补我们对地球母亲造成的伤害。他只是比夏普罗做得激进了些,用了燃气炸弹。"

萨克斯又说,她在夏普罗的公寓里找到了大量的痕迹证据:矿物质、土壤、沙子、柴油和植物样本。这些证据表明,这位社会活动家的足迹遍布纽约市。不排除这其中有些痕迹是嫌疑犯四十七带进来的。但没有更多的证据用来缩小范围,调查人员就无法定位嫌疑犯四十七。

莱姆注意到,萨克斯此时盯着她刚刚记录下来的证据板上的信息,露出了伤感的神情。感受到莱姆的注视,萨克斯转过头,说:"这是件很悲伤的事,对吧。"

"悲伤?"塞利托嘟囔道,"这混蛋害死了六个人。"

"哦,我知道。他失控了,忘掉了自己的初衷。不过你们真该去他的公寓里看看。"萨克斯说道,夏普罗的公寓里放了成百上千的书,大多是和环境有关的。还有抗议的标语和海报,他打印下来贴在了破旧的墙壁上。夏普罗的很多同事在抗议活动中被催泪瓦斯制伏后被捕,他骄傲地将这些人的照片贴在墙上,他要记住这些人,这是美好的回忆。

"那地方就像是他的使命圣地。他做了很多好事,直到不久之前,他杀了人。当然,谋杀就是谋杀,不管是出于什么理由。"

莱姆发现了另一张萨克斯在夏普罗公寓里拍下的照片:一个黑金相间的陶瓷瓮,瓮上镶嵌着一小块青铜牌。里面装的是夏普罗妻子的骨灰。莱姆提起了这张照片。萨克斯补充道:"我查了一下他的妻子,死于癌症。病因很可能是她少年时期经历的一次有毒废物泄漏事件。"

莱姆操控轮转身,来到了保险理赔员身边,艾克罗伊德是今晚破解迷局的关键。他向一位钻石经销商打探消息，打探到的内容让他盯上了伊齐基尔·夏普罗。夏普罗问过经销商帕特尔的钻石来处，是不是从剥削原住居民的矿场里买来的。

艾克罗伊德想从钻石经销商处再打探一番，看看能不能查到夏普罗雇用嫌疑犯四十七的线索。

莱姆的目光投向窗外，一夜阴郁的寒霜将他房前的草木包裹了起来。他不知道这些剔透的晶体是杀死了绿植，还只是暂时给这些草木罩上了莹亮的冰茧，在阳光下像钻石一样闪着七彩光芒。

艾克罗伊德挂断了电话，说："好的，我打通了那个经销商的电话，他还是有些不安。我猜他是其实良心不安，毕竟在他告诉夏普罗帕特尔的事情后，帕特尔就遭遇了不幸。我现在就去见他，跟他谈谈。"

莱姆看着男人优雅地穿上外套，动作毫不拖沓。

艾克罗伊德又说："各位双手合十，祈祷我能有所收获吧。"

在看向莱姆时，他的语气有些犹豫，毕竟莱姆做不到双手合十。

他们的目光相遇，不约而同地微笑起来。

中央公园一角的灌木丛里——这里腥臭难闻，显然是因为狗都喜欢来撒尿，但是很隐蔽。弗拉基米尔·罗斯托夫站在这儿，看着对面林肯的屋子里走出一个穿米色大衣的男人。这人中等身材，留着浅褐色的头发。他裹紧衣服，抵御严寒。

冷？冷吗？这都不算什么，小母鸡。你一月份去莫斯科试试。

男人走下为残障人士设置的无障碍通行斜坡，来到了人行道，避开脚下几块结冰的路面。他一路向北，在十字路口处向西转，离开了中央公园。

罗斯托夫穿过灌木丛，快步跟上了他，从两辆出租车的间隙中穿过，缩短了与前面男人的距离。俄罗斯人依旧跟在后面。毕竟，现在监控无处不在,还配有高清镜头,罗斯托夫觉得有些摄像头还自带人脸识别功能,不过据他所知,人脸识别数据库中应该查不到他,至少在美国这边没有。

啊,小母鸡,慢点走,慢点走,对于一只老鸨来说,你走得太快了。

罗斯托夫的心情终于变好了些。要知道他刚刚经历了失败,和那个黑发的姑娘——阿黛拉的对峙,他不得不放弃计划逃走。更让他恼火的是,他在躲避警察时,瞥见了维姆在车库里!当时他就在屋里。而现在,维姆已经被保护性监禁起来了。

当时他很愤怒,现在好多了。

将注意力集中到眼前的任务上。

没错,承诺人还有另一个后备计划。小母鸡,你不知道吗?

罗斯托夫看到他追踪的男人走近一辆灰色的福特车,按下了车钥匙上的锁,车灯快速闪烁了一下。罗斯托夫现在离那人只有二十英尺,他低头,加快了脚步。当那人打开车门坐进去后,罗斯托夫也立刻坐进了副驾驶座。

"小母鸡!"

男人吓得坐直了身体,眨了眨眼,随后对上了罗斯托夫的目光。

俄罗斯男人微笑,伸出了手。司机苦笑着摇摇头,伸手握住了罗斯托夫肥厚的手掌,然后用手捏了捏他的肱二头肌,动作显得有些亲昵。这是士兵之间常用的打招呼的方式。过去他们曾是敌人,将来也可能是敌人,但至少现在看来,他们是有着共同目标的盟友。

51

"所以，小母鸡，我该叫你什么呢？名字？肯定不会是安德鲁·克鲁格先生吧。"

"用我自己的名字？你想什么呢，弗拉基米尔？当然不是，我叫爱德华·艾克罗伊德。"

"不错，不错，我喜欢这个名字。真够高雅的，这是个真实身份吗？"

克鲁格没有告诉他，他偷来的这个身份确实是米尔班克保险公司的雇员。该公司为数百家钻石和贵金属矿以及批发商提供保险。正如他告诉莱姆的那样，此人之前是伦敦警察局的一名警探，现在是保险公司的理赔调查员。除此之外，克鲁格对艾克罗伊德一无所知，剩下的都是他编造出来的，比如性取向。他扮演的艾克罗伊德是一个同性恋，并在莱姆无意识的辩护中更加鲜明地塑造了这一特征。这位顾问似乎是个包容的人（克鲁格曾对他公司的生意伙伴特伦斯·德沃说过，后者是他见过最直的钢铁直男，但是现在，在他的故事里，泰瑞和克鲁格已经结婚了——这是南非最大的笑话）。

隐意纵横字谜游戏确实是克鲁格自己的爱好，同时也是为了迎合犯罪学专家的兴趣。再加上克鲁格有很多英国客户，所以他能轻松地假装成英国人。

克鲁格这辆车也是租来的，此刻坐在驾驶座上的他，身体微微后仰，与罗斯托夫拉开了一些距离。后者身上散发着刺鼻的烟味、洋葱味和须后水味。"那你呢？我猜你也不是弗拉基米尔·罗斯托夫吧。"

"不，不。"俄罗斯人笑了，"上周我用了好多名字，现在我是亚历山大·彼得洛维奇。在美国落地的时候，我叫约瑟夫·多宾斯。现在我是彼得洛维奇——我更喜欢这个名字。多宾斯可能是犹太人。你喜欢亚历山大吗？我喜欢。布莱顿海滩那儿只有这个名字的护照，花了我不少钱。我喜欢布莱顿海滩，你去过吗？"

在钻石安全行业里，罗斯托夫是众所周知的极不稳定的闯祸精。精神还不太正常，不是一星半点的不正常。随心所欲地杀人就是典型表现。

"你知道吗？弗拉基——"

"亚历山大。"

"——我不是来这里旅游的。"

"哈，当然不是，我们不是游客，你和我都不是。"

克鲁格此刻才终于放松下来。虽然他知道俄罗斯人早晚都会找上他，但还是被对方吓得不轻。事实上，不用英式英语讲话让他觉得通体舒畅，这种演绎已经开始让他觉得厌烦了。他是南非人，讲英语时本来是南非口音。每次和林肯·莱姆还有阿米莉亚·萨克斯等人说话时，他都很警惕，努力把英国上流社会的语言说得地道些。

一层又一层的伪装，过去几周的日子可真是够了……

真正的凶手正是安德鲁·克鲁格。警方口中的嫌疑犯四十七并不是弗拉基米尔·罗斯托夫，而是他。是他杀死了杰丁·帕特尔和索尔·温特劳布，也是他伪装成爱德华·艾克罗伊德，骗过警方，介入了他一手策划的案件的调查。

"承诺人"出现时，克鲁格吓了一跳，这人直接模仿了他的角色，包括头戴滑雪面罩、佩戴手套，还有作案凶器：壁纸刀。不过克鲁格很快就意识到，模仿者很可能就是罗斯托夫。而且罗斯托夫

（或是他在莫斯科的老板）应该是黑进了他的电脑和手机，通过自己与甲方之间有关此次任务的对话，得知了南非方面在纽约的项目。罗斯托夫比警察更早地知晓了克鲁格的全部犯罪活动。

克鲁格立刻换了手机，安装了新的代理服务器，不过，他还是给一部他确信已经被黑掉的手机发了一条信息："罗斯托夫，联系我。"之后，他一直在等罗斯托夫的电话，但是他绝对没想到，这个男人居然会出现在自己的副驾驶座上。

"你怎么知道我在这儿？"

"啊，你真是什么都对你的客户说啊，我的朋友。太大意了，太大意了。"

克鲁格启动了车子："我们去别的地方聊，找个人少的地方。出问题了，弗拉基米尔，得想办法解决掉。"

"好的，好的。我们找个吃东西的地方？还有你记着，不是弗拉基米尔。我叫亚历山大，我是亚历山大大帝！"

半小时后，两人坐在了哈莱姆区的一家餐馆里。

安德鲁·克鲁格对纽约不熟，他上周才来这里，开始实施计划。而且他一直以为哈莱姆区应该都是些黑人和工薪阶层生活的区域，所以不太可能碰到警方的人。来到这里，他倒有些惊讶地发现，在这么个不起眼的小地方，虽然大多是些嬉皮士，不过白人还是不少，与黑人数量相差无几。

克鲁格觉得这地方还算不错。

对弗拉基米尔·罗斯托夫来说，这里是他的天堂。他很喜欢这家"玛莎正宗烧烤"。克鲁格小口喝着一杯雪碧，他一直假装自己爱喝单一麦芽威士忌，主要是为了接近莱姆和萨克斯。实际上他很少喝酒，只喝一点点皮诺塔吉红酒，一种他家乡特有的葡萄酒。

俄罗斯人正喝着自己的第二杯波本威士忌，忽然间，一阵咳嗽："该死的香烟，"他举起酒杯说道，"还是这个管用，真不错。"

克鲁格知道，罗斯托夫自小就在西伯利亚的钻石矿里干活儿，所以不是香烟害得他肺叶千疮百孔。不完全是。

这么多年来,克鲁格和俄罗斯人偶尔有过些交际,也曾有过交手。克鲁格已经很清楚,这人是个不折不扣的大酒鬼(但是他不喜欢祖国的伏特加)。同时,还是个贪吃鬼。此时,他正忙着消灭他点的餐食:一整块婴儿背部大小的肋排,看上去差不多有一公斤的肉量,还有一堆油炸小食品。

克鲁格点了一份沙拉,有一搭没一搭地在盘子里挑挑拣拣地吃着。

他正遭遇危机,实在是一点都不饿。

克鲁格看到,罗斯托夫的眼睛正在女侍者的屁股上流连。女侍者个子很高,身材结实,皮肤是烤好的吐司一样的焦糖色。克鲁格知道,罗斯托夫各方面的欲望都很强烈,对什么都是一副欲求不满的饥渴模样。

"你之前叫我什么?"

"叫你?"

"你上车之后?"

罗斯托夫大笑:"我说的是小母鸡,我的小母鸡。对我来说,所有人都是小母鸡!我也可能是别人的小母鸡。我喜欢你,你知道吗,安德鲁。你就是我的兄弟,我的父亲。"

克鲁格的眼睛在餐馆里扫视,叹息道:"用他们的话说,低调一点。"

"哈,好,好。"罗斯托夫张开一口发黄的牙齿,用力从肋骨上撕咬下一大块肉,大嚼几下后,咽了下去。接着,他别有深意地微笑:"首先!"罗斯托夫举杯轻轻碰了碰克鲁格的杯子,"敬你,我的朋友,这杯酒要敬你。你是个天才,能想出这么厉害的计划!你真他妈的是个天才。"

克鲁格抿了抿嘴:"只是没有按我想的那样发展。"

出问题了……

"那么,"罗斯托夫压低了声音问,"你是在给危地马拉的新世界矿业做事。"

他黑了克鲁格的电脑,所以克鲁格知道——该死的俄罗斯人。

克鲁格说:"对,新客户。之前从没接过他们的委托,你知道他们?"

"我听说过他们,是的,是的。"

"你呢,你来这儿是为多布罗姆工作的吧?"

多布罗姆是一家俄罗斯半国有的钻石开采企业。处于行业垄断地位。总部位于莫斯科。多布罗姆是俄语中"采矿"和"工业"两个词组成的一个复合词。它是世界上最大的钻石开采销售机构。罗斯托夫是他们的老朋友了,总是帮他们排忧解难,是"清道夫"。

"我他妈的还能替谁卖命?看看我这身破衣服,看看我总吃垃圾食品才胖成这样的大肚子。告诉我,小母鸡。新世界会给你预付款吗?"

"当然,先给一半。"

"他们可从来没给过我。他妈的,真该死!"他挤挤眼。喝下一大口威士忌,冲下满嘴的肋排肉。

克鲁格叹了口气。

一个"厉害的计划",以及两人在纽约的相遇,这一切都源于几周前,某人的一次奇遇。

一切还得从一个为新世界矿业公司工作的承包商说起,他也是一位雇佣杀手,所谓的"清道夫"。他联系了克鲁格,说圈子内大名鼎鼎的钻石大师杰丁·帕特尔有几块金伯利岩,是从布鲁克林一个地热钻井里挖出来的,这个地热项目属于东北地质公司。帕特尔检测这些石头后,发现其中蕴含着大量高品质钻石原石。在纽约发现金伯利岩,算得上是奇迹了。蛇纹岩倒是很常见,但它的表亲,蕴含钻石原石的金伯利岩,几乎是千载难逢。

如果这些矿井下的金伯利岩矿脉很大,且质量真如这几块石头这么好,并被这块土地的所有者发现,那么他就会将钻石矿的开采权授予一家矿业公司,肯定会是一家美国公司。这样一来,大量的钻石产出必将拉低市场上现行的钻石价格。更糟糕的是,一家美国的钻石矿业公司将比别国拥有更大的市场优势。消费者会觉得美国出产的钻石是合法的,没有雇黑工,而海外的钻石则不一定,还很有可能是第三世界国家产出的。两相对比来看,选择购买谁的钻石还需要考虑吗?这对海外钻石矿业公司来说将是灭顶之灾。毕竟美国市场的钻石零售购买量占全球总量的一半以上,每年都会制造近四百亿美元的收益。

当时,这位承包商提出,新世界公司将支付给安德鲁·克鲁格公司一百万美元,购买他们的一项专业服务:"设计产量下调。"

换一个词来说,就是迫害、威胁和行贿,偶尔还会采取更激烈的做法,以确保那些蕴含贵金属、铀和其他宝石的矿脉永不见天日。钻石行业在限制生产和竞争方面有着悠久且暴力的历史。

承包商想出的计划很高明:克鲁格去杀掉杰丁·帕特尔,并且问出还有谁知道发现金伯利岩的事,再把那些人干掉。然后,买通东北地质公司的一个员工,进入工地,在那里,把能找到的金伯利岩全部收集起来,统一处理掉。接下来,往矿井里扔C4炸药,再用水泥填上,然后在附近的大楼里安装燃气炸弹,所有的炸弹都是定时引爆的,燃气炸弹会紧随其后引发火灾。这样一来,就可以将整个矿脉破坏事件伪装成地震及其引发的次生灾害。

届时,政府会关闭工地,以防再次引发地震。他们再也不能挖出更多的金伯利岩了。

克鲁格将设备都布置好了,也清除了那些知道发现了金伯利岩的人。

在克鲁格的刀下,杰丁·帕特尔招出了索尔·温特劳布的名字,然后发誓说,再没有别人知晓此事。他死后,一个年轻人走进了店里——是维姆·拉赫里,他显然是店里的员工,因为他知道门锁的密码。克鲁格朝他开了一枪,但还是让他逃掉了。克鲁格确定,这个年轻人也知道金伯利岩的事,因为他手中拿着的就是一袋金伯利岩。

克鲁格知道,这个年轻人随时可能报警,所以他一直在想接下来该怎么做。他没时间彻查帕特尔所有的资料找出这人是谁——他快速翻找了一下,什么都没找到。为了将帕特尔的死伪装成是抢劫杀人,他刚刚布置过现场,在地上撒了一些装钻石的白色小信封。此时看着这些信封,克鲁格有了主意。

他要打入警察内部,假意帮他们寻找男孩,还有其他所有知道金伯利岩矿脉的人。

克鲁格作为一名雇佣杀手,在为这些钻石和贵金属公司工作时,经常要利用一些虚假身份(像弗拉基米尔·罗斯托夫做的那样)来完成任务。这次,他也打算这么做。

在帕特尔的店中,他发现了一些没有装钻石的空信封,在上面写下了钻石的编号和规格,还有"格雷斯·卡伯特",这是一家真实存在于南非的矿业公司。只不过公司下面的联系电话,他写的是自己在南非的商业伙伴泰瑞·德沃的一次性号码。

克鲁格将信封放在了工作台上,取走电脑的硬盘和记录了整个经过的安保录像,离开了。

接下来,他联系德沃,让他将语音信箱通知改成格雷斯·卡伯特公司的电话,并准备接受警察的盘问,警察会打电话来问一批钻石原石的事,德沃将扮演卢埃林·克罗夫特,卡伯特公司的高管。"克罗夫特"听到警方的问讯后会表现得十分震惊,然后派一位保险理赔调查员前去与警方接触,这位理赔调查员有着丰富的经验,可以帮助他们办案。

克鲁格摇身一变,变成了爱德华·艾克罗伊德,一个真实存在的米尔班克保险公司员工。这个身份克鲁格之前也用过,艾克罗伊德与克鲁格年纪相仿,是一个英国人,曾在伦敦警察局任职。米尔班克保险公司的网页上并没有此人的照片,克鲁格准备了印着艾克罗伊德名字和米尔班克公司名字的商务名片,上面的电话是他的一个一次性号码。

说起来简直荒唐得可笑,确实如此。有任何一个细节出问题,都足以毁掉整个计划。成功地骗过警方的可能性非常小,但克鲁格不得不冒这个险。

有那么一段时间,他运气确实不错。警察相信了他的假身份,C4炸药按计划爆炸了,火灾烧死了几个人,政府也关闭了钻井工地,他找到了索尔·温特劳布杀了他,而且,他也开始渐渐发现线索,就要找出帕特尔的学徒是谁了。

但他很快就遇到了阻碍:林肯·莱姆和阿米莉亚·萨克斯居然将看起来毫无关联的两个案件结合在了一起:杀死帕特尔的人去过地热工地。更糟糕的是,他们认为这人就是伪造地震的幕后黑手。他现在还记得,莱姆打电话叫他去到他家,当着众人的面,结合监控录像,完美地推断出嫌疑人去工地的真实意图,就是为了伪造地震和火灾。

这就是嫌疑犯四十七的计划,是他去工地的原因:放置燃气管道炸弹和C4炸药模拟地震……

那一刻,克鲁格用尽全部的意志力才冷静下来。他甚至确定,莱姆下一秒就会转头对他说:"我知道你就是那个人!把他抓起来,阿米莉亚!"

但他的担忧并未成真,艾克罗伊德的身份依旧未被揭穿,谢天谢地,莱姆和萨克斯也没有意识到他伪造地震的阴谋是商业破坏,毁掉工地下尚未被发现的钻石矿脉。他们也发现了金伯利岩,不过幸运的是,他们对矿石没有特别的关注。

当然,除了这些,不稳定的俄罗斯闯祸精出现了,弗拉基米尔·罗斯托夫大张旗鼓地加入了行动。

"好吧,所以你决定成为我的'克隆人',然后——"

"那他妈的是什么东西?"

"另一个我,你知道的。你在模仿我。你听到我在电话里说的了,我必须得找到一个目击证人。所以你决定出来帮我一把。"

"是的,是的,我找到了一个伊朗混蛋——纳辛姆——他帮我找到了维姆的一个朋友,科尔坦。科尔坦又告诉了我维姆的名字和他的女朋友,阿黛拉。我真他妈是个神探,是不是?哥伦布!"罗斯托夫耸了耸肩,"我差一点就抓到他了,但没成功,他妈的。"

克鲁格便顺势问起罗斯托夫为什么要帮他。多布罗姆应该和新世界一样,都想掩盖钻石矿脉的所在。所以他们为什么不省点麻烦,直接交给克鲁格来处理呢?

罗斯托夫将威士忌放下,手中的牙签指了指克鲁格,说:"你看,我的朋友,希望我这么说你不会不高兴:这他妈的可是件大事。你要是搞砸了怎么办?那些金伯利岩,哦,相当不错。我看过了检测报告。你知道每吨出多少克拉吗?"他向着窗外点了点头,大概指的是布鲁克林的地热工地,罗斯托夫几乎虔诚地低声说道:"那是博茨瓦纳的产量。"

尽管每个钻石矿的产量都不同,但业内的标准是,一个钻石矿至少要加工一百吨到两百吨金伯利岩才能生产出一克拉钻石。但是非洲国家博茨瓦纳的钻石产量是一般矿井的十倍。世界第一。

纽约的矿脉,也是如此。

"如果你觉得难过的话,我很抱歉,非常非常对不起,小母鸡。但我们不能冒险,这件事不能出岔子。所以振作起来!我来帮你了。你是蝙蝠侠,我就是罗宾。就交给我吧!"

52

我没有打这通电话。你从来没有接到我的电话。你不会对此有任何反应,不管怎样。明白了吗?

阿米莉亚·萨克斯站在莱姆家客厅实验室的角落里,听着电话里的弗雷德·德尔瑞如是说道,他是FBI纽约办公室的特工。

"好的。"

"林肯在你身边吗?"

这问的是什么鬼话?怎么回事?萨克斯想。

"是的。"

莱姆正在客厅的另一端,跟罗恩·普拉斯基讲话。

"他能听见你说话吗?"

"不能,说吧。"

"好吧,是这样的,情况不妙,阿米莉亚。我听到别人说,林肯正在被秘密调查,普拉斯基也是,就是我们,FBI在查他们。"

萨克斯没有动,难以置信的感觉令她浑身发颤:"我知道了,为什么会这样?"

德尔瑞是卧底行动方面的专家,身材瘦高的非裔美国人此刻语气里是不容忽略的烦闷,要知道,他可是会扮演军火商的人,可以拿着格洛克手枪和新纳粹分子谈判的人。但现在,萨克斯听到了他的沮丧,她从未听到过德尔瑞这样说话。

"他们一直在帮助'猎鹰'的辩护团队。"

萨克斯努力不让自己说出任何表达震惊或失望的话来："已经证实了吗？"

"哦，是的，英俊的汉克·毕肖普检察官，正盯着'猎鹰'不放，他已经搞齐了证据，要去逮捕他们了。罗恩和林肯。"

萨克斯僵住了："我知道了。"

她回想起，罗恩最近这几天一直行踪诡秘。他出去执行了好多与嫌疑犯四十七几乎毫无关系的任务。而且前天来的那个人，外表看起来是个西班牙人，不过也许就是"猎鹰"的助手或律师。

"我在想，他之所以参与到这件案子里是因为证据有些蹊跷。也许有特工或技术员耍了手段，好让'猎鹰'被多关一段时间。我的意思是，这人是个不折不扣的混蛋。我能看出来，莱姆对他一直很在意。但是……"他的声音低了下去，"他没有去找毕肖普，也没有去找任何人，直接自己插了一脚，搅和在了被告那边，他妈的，他还收了钱。很大一笔钱，几十万美元。看起来特别不像话。"

上帝啊，莱姆，你都做了些什么？

"他们马上就会行动，阿米莉亚。莱姆和普拉斯基会被联邦局拘留一段时间，不能保释，因为这个案子正在风口浪尖上，审理结束前，毕肖普绝对不会让任何人有机会捣乱。"

"甚至是……"萨克斯停顿了一下，想着该怎么说合适，"甚至是他这样的情况也不能？"

"不能。他们会把他安排到拘留中心的医疗部门，也不会让汤姆跟来。会有护士照顾他。"

萨克斯看了一眼莱姆，她能想象得到他们会怎样对他。

不，这不是真的……简直就是噩梦。

"所以，"德尔瑞继续说道，"我没有打过这通电话。赶快找个律师，也许会有用。但你和朗得接管调查不明嫌疑犯四十七。我得挂了，祝你好运，阿米莉亚。"

电话挂断了。

萨克斯控制自己,将目光从莱姆身上移开。她的眼神会轻易出卖她此刻的忧虑。

"朗?"萨克斯喊道。

塞利托看向她。她示意了一下前厅,塞利托跟着她走了过去。

"怎么了?"

萨克斯叹了口气,深呼吸,压低声音告诉他德尔瑞打来的电话——也就是他"没有打来"的电话。

这位大大咧咧的警探很少表现出情绪。此时他瞪大了眼睛,一时间什么也说不出来。

"他不会,一定是搞错了。"

"毕肖普搞错了?"萨克斯讽刺地说道,"他从来不会搞错。"

"不,"塞利托喃喃道,"收了钱?上帝。我知道他的工作是收费的,但是收'猎鹰'那种混蛋的钱?这下坏了。就算是被告赢了官司,这对他以后的咨询工作、对我们、可能对所有人来说都很糟。"

塞利托又说道:"好吧,疑罪从无。"

但有一项罪,莱姆确实犯下了,毫无疑问:他没有告诉萨克斯,他接受了"猎鹰"辩护团队的委托。这深深地刺痛了她。

欢迎走进婚姻生活,萨克斯嘲讽地想道。

不过塞利托说对了一件事:莱姆和普拉斯基需要找个律师。而且,从德尔瑞焦急的语气判断,立刻就得找。

塞利托说:"我认识一些人,一些代理过很多大罪犯的律师。我不喜欢他们,但这些人确实厉害。我现在就打电话。"

萨克斯听到屋后传来乒乒乓乓的声音,还有水流声,那是汤姆在折腾锅碗瓢盆。

萨克斯叹息道:"我去告诉汤姆一声。"

* * *

安德鲁·克鲁格啜饮着他的饮料。

他皱眉看着罗斯托夫:"好吧,就算多布罗姆不想让人知道钻石矿脉。那个'承诺人'又是什么鬼?怎么,你听说我用壁纸刀、戴滑雪帽,就买了一样的装备?"

罗斯托夫骄傲地说:"当然,我可真他妈的是个天才!是不是?"

"然后变本加厉,说什么没人尊重钻石,说它们是地球的灵魂?你还让那个女孩吞下了自己的戒指,切掉别人手指?你在瞎搞些什么?"

罗斯托夫了然地看着他:"瞎搞?嗯,瞎搞到全世界都当真了!"承诺人出现之后,再没有人觉得帕特尔的死会和布鲁克林的金伯利岩或是钻石有关。CNN新闻里都说,有个神经病在猎杀订婚情侣,所以肯定是这么回事。

克鲁格无法反驳。

俄罗斯人向前探了探身子,语调低沉地说:"但是,小母鸡,实话告诉我,你也知道大多数钻石公司都在做什么吧?把美丽的石头切割成碎片,然后卖给购物中心。毁了那些美好的原石,做成该死的饰品,就为了戴到那些女孩的胖手指上。"罗斯托夫的眼神变得阴沉而愤怒。"这他妈才是犯罪。"他举手又要了一杯酒,沉默地等着酒被端上桌。他快速喝了一口,说道:"是的,是的,多布罗姆,我最好的雇主,他们把东西卖给这样的商人,他们付我薪水,但我还是看不惯。你呢,我的朋友?我知道你心里在想:没错,承诺人是对的。让那些不懂钻石的人痛苦吧,让他们哭吧。"又一杯酒下肚。"好吧,我说得太多了,我要变成一块石头。不过也许,你心底里有一部分也一样疯狂?"

安德鲁·克鲁格想反驳他,但他不得不承认,罗斯托夫说得没错。钻石是这个地球上最完美的事物,你怎么能不去鄙夷那些践踏它的人呢?

不过他拿了人钱财，就要替人消灾。还有工作要做。他将雪碧推到一边，低声说道："现在，说说我们的问题。"

这回轮到罗斯托夫皱眉了："是的，是的，他们现在知道了。地震是假的，但你已经让那个'绿色和平'的蠢货背了黑锅。"

克鲁格说："不是'绿色和平'，是'一个地球'。"

"哈，都是蠢货。"

莱姆和阿米莉亚得知地震是有人在蓄意搞破坏后，艾克罗伊德知道自己需要一个替死鬼。他在工地看到了咆哮的夏普罗，便有了人选。他闯入夏普罗的公寓，布置了一些犯罪证据，等他回来后敲碎了他的脑袋。再打电话告诉莱姆，说他查到夏普罗盯上了杰丁·帕特尔。

接着，他开着夏普罗的车将尸体带到了帕利塞德公园。把尸体抛下悬崖后，克鲁格登上了一辆巴士，去了乔治·华盛顿大桥交通枢纽，乘地铁回到了他的住处。

"现在，天才智多星，我们接下来该怎么做？"

克鲁格说："情况没有看起来那么糟，你还记得工地里那个帮我搞定炸药的人吗？"

"嗯，我在你邮件里看见了。"

克鲁格悻悻地看了他一眼。

"这人怎么了，他在哪儿？"

"死了。他告诉我大部分的钻井都钻好了，再也不会挖出更多金伯利岩了。我可以全找出来，然后处理掉。现在最大的问题是那个叫维姆的男孩。星期六，他随身携带的石头不是来自工地——那时我已经把工地的金伯利岩清理干净了。可能是别人给他的。也许是另一个鉴定师，比如温特劳布。也可能是他在别处得到的。我们必须找到他，问出他到底是从哪儿得到的，以及有没有其他人知道。"

罗斯托夫用手指甲在牙缝间乐此不疲地挖着食物残渣。看着他的样子，克鲁格仅存的一点食欲也消失了。罗斯托夫对此毫无感知:"然后呢?"

克鲁格倾身说道:"我是这样想的。那个阿米莉亚知道维姆在哪儿,我们就让她说出来,但是不能杀她——她是警察,那样太冒险了。"

罗斯托夫问道:"但是弄伤可以吧?"

"弄伤没问题。"

罗斯托夫的表情瞬间就亮了起来:"好,好。我得说,我对她没什么好感。我差一点就抓到小母鸡维姆了,就是她搞砸了一切。我们怎么把她弄到手?"

"我会告诉她和那些警察,曼哈顿有个毒贩得到了些有用的消息。我会告诉阿米莉亚,这个经销商同意和她见面,只和她,而且是私下见面。然后,我们找一家安静点的珠宝店——不能在钻石区。我们先去,你和我,杀了那个经销商。你顶替他,假装是经销商线人,等她进来后,你做你想做的事情,问出维姆在哪儿,还有怎样才能找到他。等解决了这个问题,我们就能回去领赏金了。"

罗斯托夫难以置信地皱起眉头:"赏金?你个狗东西,危地马拉还给你们发赏金?"

"多布罗姆不发吗?"

罗斯托夫酸溜溜地笑了。他忽然倾身向前,靠了过来,一只手令人不安地放在了克鲁格的前臂上:"这个阿米莉亚,这只小母鸡……你看到她戴的戒指了吧?是钻戒,不是吗?"罗斯托夫的眼睛眯起,他的语气表明,这是个非常重要的问题,"是他妈的蓝宝石吗?"

克鲁格说:"是的,钻戒。"

罗斯托夫又问:"什么等级的?"

美国宝石学院根据四个"C"来评断钻石等级。分别是克拉(Carat weight)、颜色(Color)、切工(Cut),还有净度(Clarity)。克鲁格告诉罗斯托夫:"我没近距离观察过,但应该至少有两克拉重,蓝色,圆形明亮式切割,据我猜测,净度应该是极微瑕一级或二级。"

也就是说,钻石并非完美无瑕,但也只含有非常微小的内含物,肉眼看不见,是一颗值得人尊重的石头。

"你问这个做什么?"克鲁格好奇,尽管他基本上已经猜到这个疯子在想什么了。

"我们得让她痛苦,而我要留一个纪念品。"他仔细地观察着克鲁格,问道,"你不介意吧?"

"我只关心你能不能找到维姆。只要不弄死她,你想做什么都是你的事。"

53

莱姆环顾房间,发现塞利托和萨克斯都不在。这倒是奇怪。两人并没有离开,他们的外套还挂在旁边的衣架上。

他需要他们两个过来,继续分析证据表,看看这些记录能否提供线索,帮他们找到俄罗斯人或是下一个炸弹点。此时,白板上精心记录的内容沉默而隐晦,还带着一分傲慢嘲弄,这种感觉比以往更甚。

就在他想将妻子和警探唤回客厅时,门口传来了敲门声。

莱姆和普拉斯基看向监控显示屏:四个穿西装的人站在门外,其中一个还对着摄像头举起了一个东西,像是身份证件。

莱姆眯眼细看。

FBI。

原来如此。

萨克斯、塞利托还有汤姆迅速从屋后走进大厅。莱姆看着三人的表情,恍然大悟——他们知道"猎鹰"的事了。

"他们在搞什么鬼,林肯?"梅尔·库柏问。

"我不确定,但我想,菜鸟和我八成是要被捕了。"

"什么?"普拉斯基喊道。

"嗯,开门吧,汤姆,总不能让他们破门而入,是吧?"

四个人快速穿过门厅,来到了客厅。三个FBI特工,背景相当多元,就像咨询公司的广告里说的那样:一名白人女性,还有两名男性,一个黑人,一个亚裔。他们看起来不苟言笑,一副缺乏幽默感的样子,但在许多领域里,这其实是一个加分项,执法部门尤为如此。其实他们很清楚,当前环境下并不存在任何安全威胁,但刚一进门,他们便目光锐利地快速观察了每一个人,评估有无潜在威胁。

第四人正是亨利·毕肖普,东区的联邦调查局检察官。他身材颀长,比在场的所有人都高。

"林肯·莱姆。"说话的年轻人身材健美,像是个运动员,他是FBI特工,艾瑞克·费洛。

林肯对他说:"我没法举起双手,对不住啊。"

在场的所有人,不管是特工还是其他人,对这个玩笑的反应都十分冷淡。

毕肖普对费洛说:"我和莱姆先生谈,你押普拉斯基警官出去。"

费洛走向那位比他更年轻的男人:"警官,请把你的手放在我们能看见的地方,我要收缴你的警徽和武器。"

普拉斯基说:"你在说什么,这是怎么回事?"

他装出的困惑破绽百出,他很清楚这是怎么回事。

"林肯。"塞利托说着陷入了沉默,他和萨克斯很可能是听从德尔瑞的建议,选择装傻。前提是,确实是德尔瑞告诉了他们莱姆在协助"猎鹰"。莱姆看向萨克斯,后者回避了他的目光。

可以理解。

另外两名特工也走上前,其中一人收走了普拉斯基的格洛克手枪。

费洛说:"请将双手放到背后。"

"真没必要这样。"莱姆用一种过于平淡的语调说道,甚至还有一丝嘲弄,多少有点厚颜无耻。

费洛给普拉斯基戴上了口罩。

"回答我,毕肖普。这是怎么回事?"塞利托恢复镇定,表现得似乎真的很惊讶。

"真的,"莱姆又说,"没必要。"

毕肖普说:"莱姆先生,你和普拉斯基警官惹上了大麻烦。我们现在以妨碍司法公正、共谋不轨、未经授权使用证物信息三项重罪将你二人逮捕。"

菜鸟缓缓地看向莱姆。

你为了更崇高的追求而努力时,能惹上什么麻烦……?

检察官继续道:"你过去帮了不少忙,林肯。我承认。"

只是帮了忙?莱姆有些心酸地想。

"等到我们进行辩诉讨论时,也会考虑到这一点的。"

塞利托放弃了:"这是真的吗?林肯?"他露出了沮丧和失望的表情。

莱姆注意到萨克斯也双唇紧闭。

她的眼神啊。

而后,他决定,是时候了。

"好了,各位。可以了。亨利——我可以叫你亨利吗?"莱姆问。

毕肖普有些不明所以,惊讶道:"一般大家都叫我汉克。"

"好的,汉克。实际上,我正打算为你发一份备忘录,告诉你我们这边的情况。差不多快写好了。"

检察官的眼神毫无波澜,但莱姆相信,他看到了其中一闪而过的惊讶。莱姆用下巴指了指电脑屏幕,那上面正是一封写给毕肖普办公室的长信。毕肖普没有去看,而是一直盯着莱姆,后者说道:"还记得那个受伤的拿骚县警探吗?就是他发现了在长岛的'猎鹰',后来在抓捕行动中受了伤。"

毕肖普说道:"当然,巴里·塞尔斯,过几天他会作为目击证人出庭做证。"

"巴里是我多年前的同事,是我共事过的最好的犯罪现场调查员。"莱姆停顿了一下,又说,"我听说枪击案后,就请愿协助咨询检方,处理证据。我要确定,不管幕后的人是谁,我们都得准备让他面对无懈可击的指控。我想梳理整个案件的证据线索。"

"没错,我记得。"毕肖普说,"你是法证专家名单上的第一个。"

"但我有其他的事情要处理,必须去一趟华盛顿首府。很遗憾,但也没有办法。几天前,'猎鹰'的律师打电话给我。他想雇我查明缉捕队里有人栽赃证据,诬陷'猎鹰'。"

毕肖普惊怒交加:"那些都他妈的是狗屁——"

"汉克,听我说完。"

汉克忍住不发作,僵硬着表情做了一个"请"的手势。

莱姆继续道:"你知道你整个案件的薄弱点吧?"

高个子男人有些不自然地晃动了一下身体:"不是很清楚,没有。"

"第一,辩方声称'猎鹰'自始至终都躲在浴室里;第二,他身上的枪击残留物是被栽赃的,他从来没有碰过科迪的枪。"莱姆示意了一下电脑屏幕,继续说道,"我刚刚证实了这两个说法都是假的,彻底反驳了他们的说辞。浴室的地板上有种特殊的清洁剂残留物质。普拉斯基警官去了现场,他在那里调查了一番,采集了一些样本回来。我知道这种清洁剂的氯成分是有附着性的,如果'猎鹰'真的在浴室里,他的衣服或鞋子上就会有相同的分子残留,但并没有。"

毕肖普看向费洛,费洛是案件的首席调查员,他本应该第一时间发现这一点。特工依旧面无表情。

"至于他向警方开枪的证据,的确,枪上找不到他的指纹。你的推测是他解开了衬衫袖扣,然后拉下袖子,隔着衣袖拿起了枪。这样就能解释为什么枪上没有他的指纹,袖子上却有枪击残留物。"

毕肖普说:"推测,没错。但我希望陪审团能够想象出他就是这样拿枪的。"

莱姆有些愤怒地板着脸:"他们不用想象。我证实了,他确实是隔着衣袖握枪的。"

毕肖普眨了眨眼："怎么办到的？"

"那把枪是格洛克二十二式手枪，射击卢格尔九毫米子弹。脉冲反冲速度是每秒十七点五五英尺，反冲能量是六点八四英尺磅。'猎鹰'案发时穿的是宽松棉质衬衫，这么大的力量足以使衣服纤维压缩变形。实验室拍摄了显微照片，用以可视化追踪枪击残留物。我刚看过了这些照片，发现了反冲能量对纤维造成的影响。只有枪击才能产生这种压缩模式，这些都写在我的备忘录里。陪审团必将推断出是'猎鹰'开枪击中了巴里，而且这一推断是合乎逻辑的，因为巴里中枪时，科迪已经死亡。那开枪的还能是谁呢？"

毕肖普一时间说不出话来。

"我，嗯，很好，林肯，谢谢你。"然后他又皱眉说道，"但你为什么不提前告诉我？"

"如果他们说的是真的呢？"莱姆回答道，"如果真的有人对证据做了手脚呢？若是这样，我也会找出来是谁干的，情况有多糟，然后再通知你。或者，实话说，如果做手脚的是你，我就会直接打电话报告给华盛顿总部的司法部长。"

这番话引来了塞利托的笑声。

"所以你就假装帮助'猎鹰'，实际上是在支持检方？"

"并不是，这只是顺手为之，显然还有另外一个原因。"

"什么原因？"

"当然是要找到 X 先生。"莱姆皱眉说道，"到现在也没有头绪。"

"X 先生？"毕肖普眯起眼睛。他闭紧双唇，片刻后说道："哦，你是说'猎鹰'的美国合伙人？"

显然……

"他可能没有参与枪战，但他是整个事件的幕后黑手。"

费洛点头说道："我们确定他是仓库的所有者，但始终追踪不到这个人。"

"巴里·塞尔斯受伤也应该算到这人头上,他和'猎鹰'负有同样的责任,但我始终找不到任何线索。"

毕肖普叹了口气,脸上是毫不掩饰的沮丧:"我们什么都试过了,所有地方都查遍了,所有相关卷宗都看过,每一条细微的线索都追踪过。"

费洛补充说:"秘密线人、监察跟踪,我还打电话给中央情报局和国家安全局,询问海外通信线索。不管他是谁,现在对我们来说,他就是个看不见摸不着的幽灵。"

莱姆说道:"我想着总能找到一点线索的,笔记上的只言片语也好,能够指引我查出这位美国合伙人的大致方向。"他耸了耸肩,"什么都没有。"

"还好,你让这起案子板上钉钉了,林肯。谢谢你。"

毕肖普对莱姆露出极为罕见的微笑,说:"你打算怎么处置那笔钱?那笔咨询费?"

莱姆回答说:"哦,我给巴里设立了一份不可撤销信托基金,匿名的,他查不到这钱是从哪里来的。"

塞利托笑道:"你就不怕卡雷拉斯·洛佩兹对此不满吗?你觉得他会怎么做?"

莱姆耸耸肩,说道:"他是个律师,让他告我好了。"

毕肖普对费洛点点头,看了一眼普拉斯基的手腕。特工解开了手铐,随后,四个人不发一语,走了出去。

莱姆目送他们离开,普拉斯基还是库柏说了一句什么,他没有听见。他现在一心只想着一件事,确切来说,是一幅画面。他的朋友,巴里·塞尔斯。

他再次想起卡雷拉斯·洛佩兹第一次找上门时他想到的那句话,毫无疑问,辩护律师口中的那句话与莱姆此时所想,虽是同一句话,含义却南辕北辙。

伸张正义。

莱姆又一次看向萨克斯，她依旧不看他。这时，萨克斯的手机嗡嗡响起，她看了一眼屏幕，说："爱德华·艾克罗伊德。"她接通电话，简单地交谈了几句。她轻轻眯起了眼，莱姆知道艾克罗伊德一定说了什么很重要的信息。

挂断电话后，萨克斯说："那个钻石经销商，告诉爱德华夏普罗消息的那个人，说同意和警方交流，但必须是便装，不能穿制服。他担心顾客看到警察。爱德华建议我去和他谈谈，对方同意了。"

说完，她走到莱姆身边，弯下腰来，用只有两人才能听到的声音说道："不是很坦诚，对不对？"

她指的是莱姆和"猎鹰"的律师之间的秘密往来。回想当时，他不知道自己为什么没告诉她，也许是想和她保持距离，不想将她卷进来，以防事态恶化。事后审视一番，他才明白过来。

莱姆双唇紧抿，直直地看着萨克斯的眼睛，说："确实，不坦诚，我不该那样做的。"

萨克斯微笑："我是说，我们两个都一样。我没有告诉你在钻井工地发生的事情，你没有告诉我你背后做的调查行动。"

莱姆说道："即便过了这么多年，我们两个对此还是有些陌生。萨克斯，我不会再犯这种错误了。"

"我也不会。"她用力吻了他，随后走向门口，"到了市区，我会打电话的。"

54

阿米莉亚·萨克斯坐在老旧的福特车里,摇摇晃晃地驶过下东区破旧的街道,背部感受着轮胎每碾过一块鹅卵石带来的颠簸。在工地摔倒的时候,她先是跌在了木板上,而不是可怕的泥垫子上,恰好扭伤了她的脊柱。

又一次颠簸。

啊,真疼。

路面是铺着沥青的,但还有一些维修道路所需的大量的石头、砖块和钢板。

萨克斯心里一直对这个街区怀有好感,有些人将这里缩写为 LES(Lower East Side),她永远也没法接受。这个缩写过于高雅和时髦,与它烟火气浓厚的文化背景大相径庭。下东区有曼哈顿众多地区里最丰富多彩的历史:十九世纪末,这里成了德国人、俄罗斯人、波兰人、乌克兰人和其他欧洲移民的家。在这个熙熙攘攘的社区里,到处都是黑暗、幽闭的公寓,还有混乱的、堆满手推车的街道。在这里,诞生了詹姆斯·卡格尼、爱德华·G.罗宾逊和格什文这样的名人。很多电影公司,比如派拉蒙、米高梅和二十世纪福斯等,雏形都可以追溯到下东区。

第二次世界大战后,这个社区成了纽约市第一个真正融合的飞地,黑人和波多黎各人的家庭来到了长久以来白人的居住地,自此各自安好,和谐共生。

下东区也是"九·一一"事件之前,纽约市最大悲剧的事发地。"斯洛克姆将军号"船上一共有一千三百名德裔美国人,这些人要去参加教堂活动,然而,船只在东河起火,一千多名乘客丧生,悲伤像瘟疫一样在社区蔓延,这次悲剧引发了该区的一次人口迁移。几乎每一个下东区小德国的居民都向北迁移了几英里,在约克维尔重新定居下来。

不说探索频道上这些老生常谈,阿米莉亚·萨克斯对这个地方有着特殊的情感。那还是好多年前,她在这里第一次阻止了一起联邦重罪:一起持枪抢劫案,还并非当值时间。那是一个周日,她约了人一起吃早午饭,他叫什么来着?弗雷德?不,是弗兰克。她和弗兰克刚刚在卡茨熟食店饱餐一顿,正走在回去的路上,他突然停了下来,不安地指着一处说:"啊,那个人,你看见了吗?就是他,他是不是拿着一把枪?"

萨克斯装着食物的打包袋掉在了人行道上,格洛克手枪已经握在了她的手中,弗兰克也被她粗暴地推到一个垃圾箱后面。然后,她向前冲去,一边跑一边对路人喊:"趴下!趴下!警察!"紧接着,现场一片混乱。她和那个混蛋互相开了几枪,歹徒可能是脑子不好,居然躲进了一家台灯批发店里(商店的窗子上还写着:仅限信用卡支付),然后枪口指向萨克斯的方向。纽约警察局有规定,警察开枪便要一击必杀,但萨克斯还没准备好做出影响终身的决定。她一枪打在了歹徒的手上,解除了他的武器和潜在威胁。对她来说这一击轻而易举,而且,若是开枪造成死亡,她要交的报告就会复杂得多。回去的路上,弗兰克一直喋喋不休地与她聊天,直到将她送到地铁站。从那以后,弗兰克再也没有约她出去过。

现在,她驱车离开了多年前这条"决战正午"惊险枪战发生的街道——也就是包厘街,兜兜转转,来到了一个幽暗的高楼峡谷。这些已经存在了一百五十年,方方正正的五层楼公寓,今日依旧向灰暗的天空探出头。这些高楼外都建有消防梯。其中一个消防梯上系了一根老式的晾衣绳，上面挂着幽灵般飘动的衬衫、牛仔裤和裙子。也许是为了减少碳排放做出的微小贡献。

这条街上大多是居民楼，但也有一些底层的零售店在营业。一家干洗店，一家古着（也就是二手服装）店，还有一家二手书店，主要卖些神秘学的书。

还有，布劳斯坦珠宝店。

萨克斯将车半停在人行道上，把纽约警察局的标牌扔到仪表盘上，下了车。寒冷的天气让人们留在了家中，行人稀少的街道未能吸引观光客。此时此刻，街上已经不见人影。

萨克斯走到珠宝店前。店门上挂着一块表示"打烊"的牌子，不过爱德华·艾克罗伊德已经告诉过她，亚伯·布劳斯坦在等她。萨克斯向店内看去。展厅里都是些展示橱窗，房间里没有别人，漆黑一片，但后方亮着一盏灯，她能看见那里有人影晃动。一个男人穿着脏兮兮的黑色西装，戴着亚莫克便帽，正挥手示意萨克斯进来。

门并没有锁，萨克斯推门走了进去。

她向前走了三英尺不到，就被地上的什么东西绊倒了，她没看清，重重地摔倒在老旧的橡木地板上。

正当她震惊地发现脚踝处拦着一条粗电线时，房间后的男子冲了过来。单膝狠狠地压在了她的背上。肺部的空气全被这一下重击挤了出去，她感到一阵恶心。疼痛袭来，萨克斯痛叫出声。亚莫克帽子不见了，男子戴着熟悉的滑雪面具。

萨克斯伸手去够枪，男人抢先一步，将萨克斯的格洛克手枪和手机一起拿了出来，顺势装进了自己的口袋。他双手都戴着手套。接着，男人掏出她的手铐，将萨克斯双手铐在了身后。且毫无必要地在她后背上挥了一拳，背上再次传来疼痛，让她全身战栗，萨克斯再次叫了出来。

那人停下了动作，狠命地咳嗽了一阵。萨克斯能感觉到他的呼吸和唾沫喷在自己的脖子上。酒味、大蒜味，还有须后水的气味。

袭击者再次靠近，萨克斯绷紧了身体，准备再挨一拳。但预想中的拳头并未落下。奇怪的是，男人只是摸索着她左手的无名指，似乎是在研究她的结婚或订婚戒指。

萨克斯开口道："大家都知道我来了这里，你不能——"

"嘘，小母鸡，"他说话带俄罗斯口音，"嘘。"

接着，男人将她半拖半拽地移到了珠宝店的深处，扔在了铺着地毯的办公室地板上。她旁边躺着一具僵硬而苍白的尸体，这肯定就是真正的店主，亚伯拉罕·布劳斯坦。俄罗斯人从口袋中掏出一把壁纸刀，拇指推出一块锃亮的刀片。

萨克斯忽然想起莱姆说的话。

我不会再犯这种错误了……

这是他对她说的最后一句话。

55

"可怜的亚伯。"俄罗斯人嘴里念叨着。

他正在翻萨克斯的钱包,还有她的双肩包,因为戴着手套,所以他的动作有些笨拙。翻来翻去,他似乎没找到什么让他感兴趣的东西,于是将所有物品都扔在了一旁。

"可怜的小母鸡。亚伯拉罕,可怜的犹太人。犯蠢作死,说我和伊齐基尔·夏普罗的事。"他咂咂舌,又说道,"我看到他和保险公司的混蛋说话了,蠢货,你说他是不是个蠢货?"

他蹲在萨克斯身边,说:"来来来,我要问你点事。我要知道去哪儿找那个叫维姆的小子。你认识他?对,你认识。还有那个卖保险的。亚伯拉罕都告诉我了——我和他玩了几个小游戏之后,他什么都说了。你告诉我维姆在哪儿,还有那个爱德华姓什么,去哪儿能找到他们……只要说了,你就没事。一点事都不会有。"

显然,这是个陷阱。嫌疑犯逼着布劳斯坦给爱德华打了电话,安排了与警察在这里会面,但不能是别的警察,嫌疑犯就是想让她来。因为她知道维姆·拉赫里在哪儿。

疼痛从四面八方袭来,她的肋骨、头——还有手腕。萨克斯意识到自己从来没戴过手铐,此时钢铁环紧紧卡在皮肤和骨头上。她一下也动不了,男人刚刚膝部跪击在她的后背上,疼痛依旧,肺部空气被挤压出去,她挣扎着呼吸。

晕眩。

不，不能晕。绝对不能。

男人似乎此刻才意识到自己的伪装还穿在身上。他一把扯掉了布劳斯坦的外套，扔在一旁。

"犹太佬的衣服。"他又咳嗽了几声，用纸巾擦了擦嘴，低头看看纸巾，说："好，好，都还好。"

她不再关注眼前恶心的男人，转而分析起自己当前的处境，萨克斯闻到了酒味，但是男人看起来并没有醉，起码没有醉到给她可乘之机的程度。她要拖延多久才能获救？要等到莱姆打电话给她询问会面的进展，电话无人接通，他就会明白，只要三四分钟就会有警察过来。分局离这里不远。

但这三四分钟将无比漫长。

男人凑过来说："现在，你……"

他看了一眼萨克斯的身份证件。

"你，阿米莉亚女警，你是个乐于助人的人。你可以帮我。帮我，对你有好处。你帮我，我就放了你。"

"你叫什么？"萨克斯大胆问道。

"嘘，小母鸡。"

"还有一个燃气炸弹，我们都知道。也许还不止一个。告诉我炸弹都在哪儿。"

这话让男人停下了动作。他的眼神忽明忽暗。这并非毒品所致，他本身就是个不稳定的狂躁疯子。是的，他是个雇佣兵，是个雇佣杀手。但是"承诺人"的身份和他自认为肩负的使命也不是假的。萨克斯对他的判断自始至终都没有错。

他就是个疯子……

萨克斯继续说道："我们可以和地方检察官合作，还有国务院，可以给你争取些协议。"

"国务院。天哪，你看看你！一只绑了绳子的小母鸡，自己都快下锅了，鸡爪子还在乱抓，还在白费力气。我到底是美国人还是俄罗斯人？国土安全部对我了解多少？很聪明。嗯，我喜欢，小母鸡。你放聪明些，我就不会给你苦头吃。"

萨克斯终于平复了呼吸，她能感觉到之前摔倒和被男人重击的地方疼痛渐渐缓和。

稳住。要有计划。尽量拖延时间。

时间……

"我们知道你从莫斯科来。那张多宾斯的护照，还有其他的护照，巴塞罗那的，迪拜的。"

男人像是被人抽了一巴掌，愣住了。

萨克斯继续冷静道："他们会抓住你的，只是时间问题罢了。你现在已经进入观察名单了，永远也出不去这个国家了。"

男人回过神来，大力地点了点头："好，好啊，不过也许我有自己的办法出去呢。也许我就留在这儿不走了，这地方不错，我可以当司机！现在，回答我的问题。我要找的那个小子，还有那个卖保险的蠢货爱德华。你现在就要告诉我。"

"我们可以想办法——"

他突然站起身来，眼里闪着疯狂的光。向后收脚，然后，牛津鞋猛地踢在了萨克斯的腰侧。这一下并没有踢断她的肋骨，但将之前所有的疼痛全部唤醒了。萨克斯再次痛呼出声，眼泪也流了出来。男人又蹲下身，凑近她，将嘴唇贴近她的耳朵，他粗哑的声音里满是愤怒："别说废话，回答问题。"

萨克斯一声不吭。

"听到了吗？"

她只是点了点头。

没有办法了。萨克斯闭上了眼睛。她想着，至少这次他会留下些证据。

阿米莉亚·萨克斯知道，她就要死了。

她先想到了父亲，赫曼·萨克斯，一位获过勋章的纽约警察局警官。

然后，自然是莱姆。可惜，这么多年来，他们都像两条平行线，没有交集。

我不会再犯这种错误了……

接着是母亲，还有帕米——萨克斯救下的一个少女，对她来说，这孩子已经渐渐成为自己的女儿。帕米现在在旧金山读书。

俄罗斯人将她的身体完全翻了过去，让她脸朝下趴在了地上，然后用脚将她的双脚踢开。萨克斯的脸在粗糙的地板上剐蹭着。男人抓住她的左手，不顾她的疼痛，硬是将手拉高，再一次看着戴戒指的手指。显然，他是在看莱姆买给她的订婚戒指，他在看戒指上的蓝色钻石。

能不能把话题扯到这上面来，再争取点时间？萨克斯再次开口："听我——"

"嘘，嘘，我刚刚说什么了？"他将刀片抵在了她的无名指上，"好了，小母鸡。现在，我要问你问题。那个小子，那个叫维姆的男孩。愚蠢的小母鸡。我要找他聊聊，和他谈点事情。你要告诉我，他在哪儿，还有那个保险业务员。"

"不可能的。"

"我不会伤害他。不，不会！我不想伤害他。只是说话。聊聊天。"

"现在就投降，对你来说还不算太晚。"

男人笑了："可真有你的！快说，我怎么找到维姆？"

他一只手紧紧捏住萨克斯的无名指，她能感觉到。刀刃抵得更近了。

萨克斯挣扎起来，用尽全力，蜷缩手指，企图逃开男人的钳制，但他的力气更大。男人跨坐在萨克斯的身上，将全身的重量都压在她的臀部。萨克斯僵在了原地。

手指传来刺痛。

上帝啊，他要割掉她的手指！他要把它割下来！

萨克斯咬紧牙关，想着，这真的很讽刺，他要切掉她的无名指——莱姆发生事故后，唯一能动的只有无名指。

"维姆在哪儿？"

"我不会说的。"

萨克斯感觉到，男人力道收紧，就要切下去了。

萨克斯深吸一口气。紧紧地闭上眼睛。到底会有多疼？

然后俄罗斯人僵住了动作。他松开了对萨克斯的钳制。好像是在抬头看着什么。而后，他站起身，刀刃从她的手指处移开。男人的呼吸突然加重。

萨克斯感觉到了近距离射击带来的风压。俄罗斯人立刻倒下，身体向后，摔在了她的腿上。

随后，男人的尸体被从她身上拖走。萨克斯翻身，仰躺过来，看到了一脸惊恐的爱德华·艾克罗伊德。他盯着自己的手，手中握着一把格洛克手枪。并不是萨克斯的。艾克罗伊德把枪像烫手山芋一般扔在了一旁的桌子上，然后将萨克斯从俄罗斯人的尸体旁边搀扶了起来。

艾克罗伊德嘴唇在动，却没有声音。萨克斯还奇怪，男人为什么失声了。随即她明白过来。是刚刚的枪声让她暂时失聪了。

他应该是，萨克斯猜测，是在问自己是否还好。

所以萨克斯便回答："是，是的，还好。"

虽然艾克罗伊德应该和她一样，什么也听不到，但男人依旧在急切地说着什么，在萨克斯看来，他似乎在说："什么，什么，什么？"

56

珠宝店外，屹立两个世纪的建筑投下昏暗的阴影，萨克斯没有躺在轮床上，而是坐在救护车的后座上。

医护人员说她的伤并不严重，没有骨折，不管是被膝盖压的那一下还是被踢的那一脚，骨头都没事，只是有些挫伤。左手的第四根掌骨，也就是无名指的根部，被刀轻微割了一下。但只要上些优碘缠上绷带就没事了。

爱德华·艾克罗伊德就站在她旁边。他的脸上又出现了微微的笑意，只是眼神有些空洞，这也可以理解。艾克罗伊德解释说，他决定去店主那里和萨克斯一起见亚伯拉罕·布劳斯坦，想着也许能帮上什么忙。到了之后，他先从外面向里看了一眼，但什么都看不到，于是就进到了店里，而后，他震惊地看到一个男人跨坐在萨克斯身上，弯腰倾身，手里还拿着一把刀。艾克罗伊德看到柜台上放着一件黑色的外套，衣服口袋里有一支手枪——是俄罗斯人的武器；为了伪装成布劳斯坦，俄罗斯人脱下了自己的外套，穿上了店主的衣服。

男人看到他，立刻站起身，在他举刀的瞬间，艾克罗伊德扣动了扳机。

"我什么都没想，就开枪了。就这样。我……我在警察局工作了那么多年从来没有开过枪，也不会配枪在身上。"艾克罗伊德的肩膀垮下来，有些烦躁地用食指掐着拇指的指腹。

"没事的。"萨克斯说道。

尽管萨克斯知道，不可能没事的。第一次开枪杀人，这件事会在你脑海里印一辈子。你永远不会忘记。不管当时情况多么紧急，是不是出于本能。这致命一枪会不可磨灭地留在你的脑内、心底、灵魂深处。

艾克罗伊德几次询问医护人员和相关的警员，那个俄罗斯人是不是真的死了。显然，他希望自己只是打伤了那人。不过，他只要看看空弹壳，就该知道，已经没什么好怀疑的了。

萨克斯说："爱德华，谢谢你。"显然这样的感谢有些轻描淡写，但怎么表达才能称得上救命之恩呢？

然而，萨克斯对于整个事件有着更为复杂的感触。她的手指完好，保住了性命，但是，不仅不明嫌疑犯四十七死了，而且查出最后一枚燃气炸弹所在的最佳机会（可能也是最后一次机会）——也没有了。法医结束对尸体的初步检查之后，萨克斯穿上犯罪现场调查组的防护服，弯下腰去看俄罗斯人的尸体，就算死了，萨克斯也要试着从他身上找到一些线索。

"我知道这事很麻烦，先生。不过就我们两个人，我私下跟您讲，我要是你，我不会太担心的。"

安德鲁·克鲁格点点头，努力表现出犹豫和担忧："我……我不知道该说什么。"

这是一名身材高大的非裔警探，此刻正开着一辆未标记的警车将克鲁格送往一个警局的安全屋，他向克鲁格保证过，这地方并不是很远。克鲁格坐在克莱斯勒的副驾驶上。他并没有被捕，警探判断他的开枪行为是正当的，他说他会"为你主持公道的，艾克罗伊德先生。"

尽管如此，有些流程还是要走。警探必须发表声明，并进行一番调查，所有调查结果都将交给一名地方检察官办理。而艾克罗伊德的行为也将由这位检察官来定性。

"肯定不会变成针对您的案件的,我敢拿我的退休金保证。再说了,也不会有地方检察官对你提起诉讼,那样会毁了他们的名声。何况你还有免死金牌呢。"

"有什么?"

"哦,就像是那张'自由出狱卡'一样。"

克鲁格还是没明白他说的是什么:"什么?"

"你们在英国都不玩'大富翁'的吗?"

"不当商业竞争吗?"

警探似乎被他逗乐了:"啊,不重要。就是那个阿米莉亚——萨克斯警探——你不是救了她吗?她在警局里可是个大人物,她说话可有用了。"

他们不再说话了,车子安静地行驶了一段。

警探又说道:"我经历过。我也这么做过一次。做警察二十四年,我一枪都没开过。然后,就在十八个月前……"他的声音消失了,过了一会儿,才继续说道,"家庭暴力报警电话。一个男人,那家伙疯了,忘吃药了。他要开枪打死自己老妈。我和搭档正劝说他放下武器,但他忽然把枪口对准了杰瑞,我没得选。"他停了下来,沉默了好一会儿,才又说道:"他的枪没上膛。可是……嗯,你会释怀的,我就做到了。"

也没做到。

"谢谢你对我说这些。"克鲁格尽最大的努力表现得真诚,"我再也不是从前的我了。"

一个至少杀了十三个人,其中只有三人是枪杀的凶手如是说道。

克鲁格回想起罗斯托夫看到自己拿枪指着他头时的表情。震惊,然后立刻反应过来,知道自己被骗了。克鲁格先一步开了枪,抢在对方叫出自己的名字之前,杜绝了萨克斯怀疑两人认识的可能性。他直接瞄准了罗斯托夫的太阳穴。

弗拉基米尔·罗斯托夫必须死。

他已经计划很久了,就在他发现这人黑了自己的电脑和手机、并在纽约市演起"承诺人"之后。他那时也发现,莱姆和萨克斯很聪明,戏要做全套,他不光要推给他们一个幕后主使——狂热的伊齐基尔·夏普罗,还要把他雇来的生态恐怖分子也暴露出来,那便是弗拉基米尔·罗斯托夫。

克鲁格的计划就是去布劳斯坦店里,用他那把未登记的格洛克干掉罗斯托夫,他也是用这把枪打伤了维姆,后来又杀死索尔·温特劳布。在布劳斯坦店里枪击事件发生后的混乱中,他将几发九毫米口径子弹放进了罗斯托夫的衣袋里。为了让警方进一步将他和帕特尔以及温特劳布的凶杀现场联系起来。克鲁格还将罗斯托夫的手机、旅馆钥匙,还有那辆丰田车钥匙悄悄塞进了自己的口袋。

等警察结束质询之后(克鲁格觉得应该用不了多久),他会马上赶到罗斯托夫落脚的旅馆,清洗证据,然后处理掉俄罗斯人的一次性手机、电脑和车。

警车停到了分局门口,克鲁格走下车,开车的警探指引他走到前门。

"这边,艾克罗伊德先生。对了,顺便说,你没有被捕,我们不会采集你的指纹,也不会给你拍照,就是简单问几句话。"

"谢谢你,警官。真的谢谢你安慰我。发生这样的事简直太糟糕了。"克鲁格本想做一个擦泪的动作,但是他觉得这与他的人设不符,于是作罢。

57

阿米莉亚·萨克斯带了一些东西回到了莱姆的排屋。

首先是一些证据，部分是在布莱顿海滩的一户房间里搜集来的，弗拉基米尔·罗斯托夫过去几天就住在这里。还有一部分是在布劳斯坦珠宝店，也是她差点就被俄罗斯疯子切掉一根手指的地方。

然后就是一位纽约州矿产资源部检查员。

莱姆看了一眼之前与他在电话里聊过的男人，唐·麦克利斯，对他并不是很感兴趣。随后，又转头盯着萨克斯带来的证物箱。萨克斯注意到了莱姆的目光，说："没那么简单的，莱姆。"

她是在说他们眼前最要紧的任务：找出下一个燃气炸弹的位置。

"迈克利斯没准能帮上忙。"

迈克利斯身材偏瘦，看起来是个很认真的人，好吧，实际上萨克斯是想说"死板"。她解释了迈克利斯来这里的原因。她想让他看一看地图，比如先前火灾发生的地点，还有一些细节信息，帮他们缩小一下燃气炸弹的搜索范围。

萨克斯说："我想的是，为了让地震看起来更逼真，他应该是将炸弹放在了地表断层线上。若是这样，也许唐能找出来。"

塞利托耸了耸肩，不以为意，这时他的手机突然响了起来。

"市政厅，天哪。"他走到一旁去接电话。

迈克利斯想用电脑下载一些事故发生区域的地质图。库柏指着一台说他可以随意用。他还想看看之前燃气炸弹所在的位置，于是萨克斯把贴着该市地图的白板推到他面前。白板上大火被标记为红色，以震中为中心，也就是卡德曼广场附近的地热钻探现场，在其周围形成了一个大致的椭圆形。迈克利斯调出了该地区的地质图，开始认真研究起来。

库柏和萨克斯都穿上了实验室罩袍并戴好了口罩，二人开始查看各种证据，都是从布莱顿海滩一个汽车旅馆和布劳斯坦的店里搜集来的。

莱姆也查到了一些有用的信息。在萨克斯通知他不明嫌疑犯的身份后，他又联系到了替代情报机构的达里尔·马尔布里，请他查一下杀手的详细情况。对方发来了一份报告，总结了他短时间内能找到的所有信息。弗拉基米尔·伊凡诺维奇·罗斯托夫今年四十四岁，有俄罗斯军方背景，曾加入俄罗斯联邦安全局（前身克格勃），在过去的十年间是一名"顾问"。客户包含一些准政府组织，比如"俄气"——俄罗斯天然气工业股份公司，夏诺夫格罗德航运公司，包含石油钻井和游轮，还有多布罗姆，俄罗斯最大的钻石矿业公司。

马尔布里查到，罗斯托夫曾在西伯利亚的米尔钻石矿井里工作。"据我们了解，这家伙有些古怪，传言说他杀死了在同一个矿井里工作的叔叔。据说他叔叔被石头砸碎了头，但是当时矿井里并没有落石。因为死亡事件涉及该地区最大的雇主，警方没有往其他方向调查。在那之后不久，他婶婶也死了。死因很简单，有一天晚上，她不小心将自己困在了楼顶，被锁在了入口外。没人知道她当时是去做什么。那天晚上她只穿了一件轻薄的睡衣，鞋子都没穿。那是十二月份，温度低于零下二十摄氏度，当局对这件事也没有深究。有人曾投诉过，说他和楼里的一些年轻人有不妥当的行为。"

履历惊人啊，莱姆感叹道。

矿井，嗯，这就解释了他对钻石的痴迷……以及他为什么会在地热工地布置炸弹。

间谍先生又补充说，罗斯托夫在很多国家和地区都不受欢迎。包括德国、法国、瑞典，还有捷克共和国，他涉嫌袭击、勒索和违法商业行为，以及一些金融犯罪。证人不愿出庭做证，所以他从来没被带到法庭接受审理，只是被勒令离开，不得再来。在克拉科夫，波兰当局曾拘留过他，因为有人报警称他性侵了一名女子并殴打了该名女子的男友。此事受到莫斯科方面的干预，他被悄悄释放了。

在布劳斯坦的珠宝店里，萨克斯找到了男人的俄罗斯护照，护照上的名字是罗斯托夫，还有一本伪造的，名叫亚历山大·彼得洛维奇的护照，一把点三八口径的史密斯威森左轮手枪，几发散装的三十三和九毫米子弹，后者属于格洛克手枪，还有滑雪面具、布手套、血迹斑斑的多功能刀、香烟、打火机，以及现金（美元、卢布和欧元）。没有那辆丰田车的钥匙，虽然也不能保证，阿黛拉家外面停着的红色汽车真的属于罗斯托夫。他身上没有手机。

同样，也没有旅馆房间的钥匙。不过对该地区的汽车旅馆和酒店进行快速搜查后，便查到了一个亚历山大·彼得洛维奇的人在布鲁克林地区登记过入住，具体地点就是在布莱顿海滩的"海滩景住宅酒店"，萨克斯便去了那里，并进行了细致的搜查。不过她没有发现更多有用的信息。只有一些三十八毫米子弹、垃圾食品、杰克·丹尼威士忌酒瓶，还有马尔布里查到的那些他曾用过的假身份护照。萨克斯没有看到电脑或电话，也没有找到车钥匙或其他痕迹，没有任何指向燃气炸弹所在位置的线索。

价值五百万美元的钻石原石依旧毫无踪迹。

那些石头去哪儿了？罗斯托夫的电子产品呢？萨克斯猜测，他可能把所有东西，包括旅馆的钥匙，都放在红色丰田车里了，为了能随时快速逃离。车钥匙可能就藏在车胎的轮舱里。电视剧《绝命毒师》播出以后，很多罪犯都这么干，数量惊人。

她对莱姆解释说，由于缺乏线索，她决定征召这位地质学家——她承认，这是她走投无路想出的办法。在莱姆看来，这么做也没错。

萨克斯在白板上记下了仅有的证据，然后退了回来，双手叉腰，用食指折磨着拇指指腹。紧紧盯着证据板看。

莱姆和她一样。"还有什么吗？"他对库柏喊道。

"在检查旅馆房间里最后一点痕迹了，一分钟就好。"

但能检测出什么呢？可能他安置炸弹地点的一些特殊物质粘在了鞋底。但这得有多巧啊。

莱姆沮丧地皱起了眉，看了一眼旁边的唐·迈克利斯："有发现吗，唐？"

这位呆板的工程师弓着腰，一边研究着在线地质图，一边研究着描述之前大火的复印文件，回答道："我觉得有。他似乎是在卡纳西断层线上放置了炸弹。看到了吗？断层线直穿过布鲁克林市中心，延伸到卡德曼广场附近，然后进入了港口。这条断层线足有两英里长，不过大部分都在水下，只有半英里左右是在陆地上。"迈克利斯说着，在这个人口稠密的行政区画出了一条线。

见鬼了，莱姆想，这得有多少个地下室要搜查啊。"范围还得再缩小一些。"

梅尔·库柏喊道："最后的痕迹分析结果出来了。没有能定位罗斯托夫的东西。是些烟灰、番茄酱、牛肉脂肪与布莱顿海滩地区一致的土壤，还有金伯利岩。"

依旧埋首在地图上的迈克利斯此时问道："金伯利岩？"

莱姆回答道："没错。我们的凶手在第一个枪击现场，衣服和鞋子上粘到了一些金伯利岩。这些痕迹也被他带到了其他的犯罪现场。"

"你说的是蛇纹岩，不是金伯利岩，它们是一家人。"

"不，就是金伯利岩，里面有钻石晶体的那种，"库柏说着，抬起头，"我以为含有钻石的就是金伯利岩。"

"确实，"迈克利斯轻声说道，"但是……那个，我能看看样本吗?"

库柏看向莱姆,后者点了点头。

库柏取了一点石头样本,放在复合显微镜的载物台上,

迈克利斯坐在凳子上,弯下腰,开始调整载物台上方的灯光。他集中注意力看去。然后坐直了身体,靠在椅背上,眼睛看向别处。然后又回到目镜上。他用探针轻轻碰了碰石头粉尘和碎片。他的眼睛仍然贴着柔软的橡胶目镜,肩膀和脚跟却微微抬了起来。迈克利斯的肢体语言表明他在看一些不得了的东西。终于,他身体向后一靠,轻轻地笑了笑。

"怎么样?"塞利托问。

"嗯,如果你是在纽约市发现了这些石头,你就改写了地质学历史。"

58

"金伯利岩。"唐·迈克利斯对客厅里的众人说道,"你们可以把它想成承载了钻石的电梯,将它们从地幔带到地球表面。地幔就是地壳的一层,钻石形成的地方。"

检察员再次转头看向显微镜,再次情不自禁地研究起仪器上的石头样本。他继续将石头戳来戳去。"嗯,不错。"迈克利斯再次坐直身体,转过椅子,面对众人,说道:"富含钻石的金伯利岩——比如这块——从来没在美国境内任何地方出现过。这里的地质条件不利于钻石的形成。纽约是所谓的'被动边缘',我们处在稳定的地壳板块上。"

"也就是说,这里不可能产生含有钻石的金伯利岩?"莱姆问道。

男人耸耸肩,说:"更恰当来说,是'不太可能'。目前全世界范围内有大约六千个金伯利岩矿脉,不过这其中只有九百个含有钻石,只有几十个矿脉可以开采出足够多的钻石,给钻石矿带来盈利。美国境内一条这样的矿脉都没有。哦,几年之前在南部地区有过一些钻石生产,但现在都成了旅游点。你花上二十美元,就可以和孩子一起体验一次淘金。不过加拿大矿工多少年都没有找到过钻石矿脉,直到最近,他们已经发展成了一个钻石主要产地。所以,我觉得,这里有金伯利岩也不是完全不可能。"

检察员再次快速地看了一眼显微镜里的样本:"你们是在哪儿找

到这个的?"

莱姆回答说:"很多地方。在帕特尔的遇害地点,就是他被杀害的店里。他的学徒随身带着一个纸袋。我们没有过多考虑过这些石头是做什么用的,以为他是要将它做成首饰,或是雕刻用的。那孩子喜欢雕刻。"

"金伯利岩不可能用于雕刻。石头里面还有钻石,太硬了,不合适。"

莱姆皱起了眉头:"只是猜测。"

"其他的来源呢?"迈克利斯问道。

萨克斯说道:"在索尔·温特劳布家里也发现了金伯利岩碎屑——是一位被杀的目击证人。可能是凶手的鞋或衣服上粘了一些。"萨克斯耸了耸肩,说,"我们当时确实是这样想的,但也可能是温特劳布自己身上的。"

猜测……

莱姆问道:"如果有更大的金伯利岩,会很值钱吗?会不会有人为此行凶?"

"在任何小块的金伯利岩样本中发现钻石都像是中彩票一样。"迈克利斯皱起眉头说道:"不过……"

"怎么?"萨克斯问。

"没人会为了一块石头而杀人,但也许会为了这石头背后的意义。"

"什么意思?"

"如果这块石头是从一条很大的矿脉里挖出来的呢?在我看来,可有的是人会为矿脉开采权杀人,要么就是为了毁掉矿脉而杀人,为了不让任何人发现它的存在。"

"毁掉?"萨克斯问道。

迈克利斯回答道:"历史上从事石油和钻石这两种行业的人,为了维持产品市场价格,会不惜一切代价破坏潜在的资源发现。我说的'不惜一切代价',一点都不夸张。谋杀、破坏、威胁,他们都做得出来。工业级别的钻石，就是那种用来研磨、锉削和机械加工的廉价钻石，它们不会引来这种竞争。但是宝石级别的品质，就像这些。"他示意了一下显微镜，"哦，没错，绝对会引起厮杀。"

塞利托说："林肯，你是不是在想，这其实是某个钻石公司听说了这里也许有钻石矿脉，所以派来嫌疑犯将所有知情人杀掉灭口？"

莱姆点了点头："东北地质——他们挖出了这些东西，所以罗斯托夫来到纽约制造了这几起地震，阻止了钻探，确保他们再也挖不出金伯利岩。"

迈克利斯说道："其实这事并没有你们想的那么稀奇，还有一些所谓的'安保'公司会提供这种服务，你也可以雇用他们来确保某些潜在的矿井永远'潜在'下去，或是将现有的某个矿井关闭。为此，他们不惜炸毁大坝、贿赂政府官员，将矿山国有化。这种事情在俄罗斯特别常见。"

"而且罗斯托夫，"莱姆说道，"在多布罗姆矿业公司工作过，这家公司垄断了俄罗斯的钻石企业。"

"哦，他们对这种事绝对是轻车熟路了。做这种事的人或组织一直不少，但排在第一的肯定是俄罗斯人，他们最擅长耍阴招。"

萨克斯说道："温特劳布，他生前是宝石评估师。也许凶手杀了他并不是因为他是潜在目击证人，而是因为他检测了金伯利岩，并且发现了其中的钻石。"

塞利托嘟囔道："我们当时根本没有细想。温特劳布在凶手出现之前离开了。就算他是目击者，又能知道多少？嫌疑犯想让他死，是因为他知道金伯利岩的事情。"

萨克斯又说："凶手在帕特尔店里行凶并不是为了偷什么钻石，不过就是想杀掉帕特尔和其他任何可能知道金伯利岩存在的人。这也是为什么他折磨了帕特尔，并用枪托暴打了温特劳布。他想知道他们还有没有更多的金伯利岩，想知道是否还有其他人知晓此事。"

莱姆轻轻地后仰，将头靠在椅背上，闭上了眼睛，随后又睁开:"有人在钻井工地发现了金伯利岩,把它送到了杰丁·帕特尔那里,帕特尔又让温特劳布检测了石头。消息传到了多布罗姆的耳中,他们派罗斯托夫来这里破坏钻井施工,并杀掉所有知情人。"

迈克利斯说道:"多布罗姆绝对不想看到美国出现大规模的钻石开采。不仅是他们,没有任何外国矿业公司希望这种事发生。那会让所有矿业公司损失一半收入。"

梅尔·库柏问:"但是目前的情况真的会威胁到那些大公司吗?我是说,在布鲁克林开钻石矿,这得有多扯?"

迈克利斯回答说:"哦,其实一点也不难。时间上,这比挖地铁和供水隧道要容易得多,市里每天都在进行这些工程。在这里开矿可能会有一些法律障碍,不过也不是无法逾越的。我的部门得先批准采矿计划,还有其他的制度限制,比如我们这里不允许露天开矿。但你可以设置一个窄轴的自动钻探系统,从工程角度来看,小菜一碟。"

不过,莱姆想,如果这个人的目的就是阻止钻探,那夏普罗——

塞利托说出了莱姆所想:"那么伊齐基尔·夏普罗,他就不会是自杀。罗斯托夫杀了他,然后设计成自杀案。这个杀手绑架了他,拷打他,拿到他的脸书密码,伪造了自杀遗书。"

莱姆咧咧嘴,随后说道:"他需要造一个替死鬼,因为我们知道了地震是假的,也知道火灾其实是燃气炸弹引起的。"

突然间,莱姆像是被电了一下。

"卢布。"他轻声说道。

"活见鬼。"萨克斯显然和他想到了一处,"并不是罗斯托夫在夏普罗的家里留下了那些卢布。证据太明显了,肯定会指向他。不是罗斯托夫。闯进夏普罗家里并杀掉他的,另有其人。这人故意将线索引向罗斯托夫,做出假象,让我们以为他就是幕后黑手。当然,罗斯托夫也并不冤枉,他袭击了格雷夫森德的那对夫妇,还有婚纱店的那个女孩儿。当然还有维姆的朋友科尔坦,以及我。但他不是整个事件的主谋。"

结论已经近在眼前。

她看向莱姆，声音奇异的平静："是开枪杀掉他的人。"

莱姆知道，她说的没错："爱德华·艾克罗伊德。"

"可是，"塞利托说道，"我们调查过他。帕特尔的事情他也全都知道，他还知道那些钻石原石被偷走了。"

"什么钻石原石？"莱姆嘲讽地问，"我们找到过吗？发现过任何踪迹吗？"

当然没有。

"因为它们根本就不存在。"萨克斯说。

莱姆点头："他在帕特尔的店里伪造了那个装钻石的信封。我一直都没有想到这一点！为什么要把信封留下？为什么不把信封和钻石一起带走？他这么做是为了制造机会，潜入案件调查……好查出VL是谁。我们引狼入室了，该死的。"

"他是怎么做到的，林肯？"塞利托问，"阿米莉亚给南非的格雷斯·卡伯特公司打过电话呀。"

萨克斯倒吸了一口气，板起了脸，语气里是浓浓的怒意："不，我没有。我只是拨打了记在了信封上的电话，甚至没有上网查过这家公司是不是真的。"

"嗯……"莱姆有些不耐烦地看了普拉斯基一眼，后者点点头，随即拿出那张写着格雷斯·卡伯特公司的收据，去网上搜索。

普拉斯基点点头，说道："确实有这么一家钻石矿业公司。但他们的办公室号码并不是收据上的这个。"他试了试网站上该公司的联系电话，"对方只说'请留言'。"

"卢埃林·克罗夫特呢？"莱姆问。

普拉斯基在网站上找来找去，最后说道："确有其人，格雷斯·卡伯特的总经理。"

"如果你能查到他，那艾克罗伊德——我是说我们真正的嫌疑犯——肯定也能查到他。"

萨克斯用温和而厌恶的口吻继续说道："与我们通话的那个人，是假的克罗夫特，应该是艾克罗伊德的同伙。也许是唐所说的那些安保公司的一员。他将我们引向米尔班克保险公司。同样，这应该也是一家真正的公司，但艾克罗伊德伪造了自己与公司的关系。"

莱姆喊道："快点！我现在就要查出来！"

随后一系列打给格雷斯·卡伯特和米尔班克的电话证实了他们的推测，这确实是一个骗局。真正的格雷斯·卡伯特总经理卢埃林·克罗夫特与他们取得了联系，他确切地对警方表示，他们从来没有将原石送到杰丁·帕特尔处切割过。他自己也已经好多年没来过美国了，而且米尔班克保险公司也未对他们公司承保。

应莱姆的要求，FBI特工弗雷德·德尔瑞联系了国务院的人。海关和边境保护局证实，克洛夫特最近确实没有来过美国。打给米尔班克的电话证实了保险公司与格雷丝·卡伯特并没有商业关系。是的，该公司有一位名叫爱德华·艾克罗伊德的高级调查员，是的，他此前曾是伦敦警察局的督察。但他过去一周一直在伦敦，在米尔班克公司的总部。

塞利托自嘲地说道："好吧，照顾照顾脑子不好的人吧，我完全搞不懂了。这他妈的到底是怎么回事，林肯？"

"一家钻石开采公司得知纽约发现金伯利岩的消息，担心潜在的竞争对手出现，开始大规模开钻石。他们派艾克罗伊德来到这里，伪造地震，阻止地热钻探。并且还要他杀掉所有可能知情的人：帕特尔、温特劳布和维姆。他杀掉了前两个人，但是维姆逃掉了。艾克罗伊德就谎称自己客户的钻石被盗，以此为借口，伪造了身份，介入了我们的调查，为了找到维姆的下落。"

塞利托问道："那罗斯托夫又是怎么回事？他们是一起的吗？都是给俄罗斯人做事？"

莱姆悻悻然地说："人们一般不会将自己的同事一枪爆头。"

萨克斯说："确实。有两家公司听说了金伯利岩的事，一家派了艾克罗伊德出手，俄罗斯的多布罗姆派了罗斯托夫过来。艾克罗伊德算计了罗斯托夫当替罪羊，以防东窗事发。"

莱姆喃喃道："我本该想到的！黑色聚酯纤维只在帕特尔和温特劳布的凶杀现场里出现过。另外的案件现场只有棉纤维。这意味着，有两个不同材质的滑雪面具。还有两种不同的武器，格洛克和史密斯威森。看看，"他指着证据板上最近的信息，"在布劳斯坦的店里，罗斯托夫的身上带了几发九毫米的子弹，不过很有可能是艾克罗伊德故意放进去的。"

"莱姆！"萨克斯的声音听起来有些惊慌。

莱姆瞬间也明白过来："该死，他还有别的理由杀死罗斯托夫。"

"什么理由？"塞利托问。

萨克斯回答："让这件事情看起来像是'嫌疑犯四十七'已经死了，维姆就解除了安全威胁，我们就会撤销对他的保护性监禁。"

"维姆已经出去了吗？"警督问。

萨克斯懊悔道："是的，真要命。我打给了斯塔顿的安保人员，叫他们开车将维姆送去渡口。他身上没有手机，我们现在没办法联系到他。我这就给他家人打电话。"萨克斯说着拿出了手机。

莱姆对塞利托说："打电话联系布鲁克林他们安置艾克罗伊德的分局。让他们拘留他。"

"正在打。"警探拨通了电话，与对方简单地交谈了几句，随后变得愁容满面，说道："那个叫艾克罗伊德的，已经被放走了，手机打不通。他给的地址也是假的，现在没人知道他在哪儿。"

59

现在呢？

维姆·拉赫里走在街上，摆脱了地铁里压抑咸腥的空气，甚至还有一丝（虽然只是一点点）尿骚味。

他深深地吸了一口气。空气依旧冰冷而潮湿，天空灰蒙蒙的。他路过一户人家，房子很朴素，院落里草木修剪得整整齐齐。他知道，这里住着丈夫、妻子和他们年幼的孩子——虽然并没有迹象表明这里有小孩子。在郊区，这样的房子，院落里通常散落着三轮车和各种玩具。不过城区里就看不到。

街上并没有什么人。一个穿着黄色雨衣的女人背着购物袋，还有一个生意人，两人都低着头，耸起肩膀，迎着冷风向前走着。维姆忍不住想，他们急匆匆想要赶回去的，是什么样的家呢？若要他猜，肯定都是愉快的、舒适的。事实怎样其实都不重要，维姆羡慕他们，只是因为他想要羡慕而已。

他停下了脚步，看到一张报纸在风中飞来飞去，最后落在了离他不远的人行道上。

维姆轻轻地笑了，想道：布赢石头。

他蹲下身，端详着脚下的石头。这条街上的人行道是一百多年前青砖铺建而成的，也许还不止一百年。之所以叫青石，并不是因为它的颜色——青石本身是灰色的，而是因为年代久远，随着时间的推移，这些岩石已经变成了蔚蓝的色调，有时还会有绿色和红色。他伸出一只手按在一块青石上，想象着他能把这块石头雕成什么。他从中看到了一个浅浮雕：一条鱼，游在石头里。这条鱼可以完善他的雕塑《海浪》，而且并不难雕。他会像米开朗琪罗一样，只是简单地将不属于雕塑的部分移除。

维姆站起身，继续向家的方向走去。

想到家中工作室里等待他雕刻的鱼和静静躺在一旁的工具，维姆的心情好了许多，只是突然间，脑海中又出现了他无论如何也无法忘记的一幕：帕特尔先生的双脚一动不动地摊在工作室的地板上，脚尖朝向天花板。这段回忆像是被按下了重播键，一遍又一遍地在他脑海中重现。然后，其他的记忆涌来，冲淡了帕特尔先生的双脚，这些记忆里，父亲把他锁在工作室，努里先生的儿子出卖了他，温特劳布死了，警察找上了门。

钻石，都是钻石害的。

维姆气得一阵发抖。

他的思绪又回到了那个问题上：现在该怎么做？

几分钟后，维姆将见到父亲，他会说什么呢？维姆想要离开这里的渴望丝毫没有减弱，可他现在已经没有逃跑的借口了。之前还能说是为了躲避凶手的追杀，说是怕警察抓住他，因为他"偷了"帕特尔先生的金伯利岩。虽说他现在才知道那些石头毫无价值。现在，威胁已经结束，父亲会逼迫他留下来，他还有勇气说"不"吗？

他已经不再被追杀了，却感觉不到丝毫的安慰。太残酷了。

嗯，他会说"不"的。一想到这里，他的胃就紧张地揪了起来。但他会的，他会的。

维姆意识到自己的脚步越来越慢，这种下意识的行为令他不禁发笑。

还有两个街区就到家了。他路过一条行车道，车道前就是一座砖砌的平房。这时，维姆听到了一个男人的叫声："有人在吗？可以帮我一把吗？我摔倒了！"

维姆看了一眼小巷，里面是那个他刚刚看到的生意人。此时，男人正躺在他的车旁。

若是昨天，他遇到这种状况，一定会起疑。但现在那个俄罗斯人已经死了，他不再担心自己的安全。再说，这不像是在曼哈顿，在那里，钻石街上，他始终保持着警惕。但在皇后区这边，他很安全。

而且，也不会有抢劫犯穿着做工考究的大衣，一副会计师的模样。

那人滑倒了，他的腿弯曲着，双手抓着腿，口中呻吟着。男人瞥了维姆一眼，然后说："哦，感谢上帝。拜托，你能帮我把手机捡出来吗？掉到车底下了。"他皱了皱眉。

"当然，别担心。你的腿断了吗？"

"我不清楚，应该没有吧。但是一动就会疼。"

维姆快要走到男人身边时，看到了灌木丛里的什么东西。那是一块白色的正方形板子。

一个金属标识牌。维姆停住脚步，倾身去看上面的字。

  根据合约出售。

中介的电话就写在下面。

维姆看了一眼房间的窗子，里面一片漆黑。

刹那间，他明白了，这男人根本不是住在这里的！这是个圈套！这男人将前院里的标识牌拔出来藏进了草丛里，这样一来就可以把维姆骗过来。

该死！维姆迅速转身，但男人已经站起来一把抓住了他，押着他转了个身。男人并不算高大，他玛瑙色的眼睛十分冷酷，接着，他用力将维姆甩到车上，撞得他头晕眼花。胡乱挥舞的拳头被对方轻松躲过，紧接着，男人朝着他的肚子狠狠打了一拳。维姆当即跪在了地上，他举手示意男人等一下，张口吐了出来。

男人四下打量着，确保没人看见他们。他开口道："你还要吐吗？"奇怪的口音。

维姆摇了摇头。

"你确定？"

他是谁？是俄罗斯人的朋友？

"你要——"

"你确定你不会再吐了吗？"

"不会了。"

男人用银色的胶带绑住他的双手，将他拖到后备厢里，似乎在犹豫要不要把维姆的嘴也封住，但他担心维姆还会呕吐，那样的话，他很可能会窒息而死。所以最终没有这样做。

显然，歹徒想要让他活着。

至少目前是这样的。

60

开车穿过皇后区一段崎岖不平的道路,安德鲁·克鲁格正在寻找一个合适的地方,实施计划的下一步。

克鲁格知道,警方释放他,证明他们还没有怀疑他。不过他认为,只要有足够的时间,莱姆和阿米莉亚就能弄清他的整个计划。但克鲁格也知道,目前他们还没有往这方面想过。因为现在,他们正在疯狂地寻找下一个燃气炸弹。克鲁格将它放在了一个古老的木制住宅里,可以说是一个不折不扣的火药桶。伪造的地震会先将窗子震碎,然后,用不了多久,燃气管道就会泄漏出"沁人心脾"的燃料。进而引爆整座建筑。

克鲁格并不在乎有没有人烧死,他只在乎一个问题:维姆周六早上随身带的那包金伯利岩,是在哪儿找到的?

他将租来的福特车开到了工业园区,发现了一个废弃的停车场,这里的沥青地面已经龟裂开来,裂缝处生出杂草。他检查了一下,附近并没有旁人,没有私家车和卡车。更没有监控摄像头,他觉得也不大可能有,毕竟车库的屋顶都已经坍塌好多年了。

男孩已经许久不再撞击后备厢了,克鲁格开始担心他是不是已经死了。以男孩的年纪来说,会在这种天气里在后备厢窒息而死吗?似乎不大可能。或许刚刚路上的颠簸把他颠晕了,或是扭断了他的脖子,甚至出了别的事故?

妈的,最好不是这样。

克鲁格掀开后备厢的盖子,俯视着维姆·拉赫里。他似乎还好——如果被吓得要死算是还好的话。

和死有余辜的弗拉基米尔·罗斯托夫不同,克鲁格并不是个虐待狂。他不想以男孩的恐惧为乐。哦,当然了,他可以毫不犹豫地杀掉任何人——比如说,在公寓楼里放置燃气炸弹,或者杀掉帕特尔和温特劳布——更不用说杀罗斯托夫这种人。但他从不虐杀,至少不会出于兴趣这么做。死亡和痛苦都只是工具,就像钻石夹咀、磨光转盘,或是钻石刻小面时所用的橄榄油一样。

不过,他既不会从凌虐男孩的过程中感到快乐,也不会感到同情。他的使命才是最重要的。维持钻石居高不下的价格,比天价低一点而已。

克鲁格将男孩从后备厢里拖了出来。

"求求你,你想——?"

"闭嘴,仔细听我说。星期六那天,你走进帕特尔的店里,拿着一袋金伯利岩。"

维姆皱眉:"当时你在?是你杀了帕特尔先生?"他眼里的恐惧被愤怒取代。

克鲁格亮出了自己的匕首,男孩安静了下来。"我要问你一个问题。跟我说说那些金伯利岩。帕特尔是从哪里弄来的?听着,我也能让你痛不欲生,只要告诉我就好。"

"我只知道有人在布鲁克林找到了一块,就在他们钻井那里。废料堆旁边。"

"谁找到的?"

"我不知道,一个拾荒的人吧。我是个雕刻工,也去过建筑工地四处挑石头,他可能看见了石头里面有晶体,以为会很值钱。只是碰巧卖给了帕特尔先生。"

"那一袋石头怎么会到你手里的?"

"帕特尔先生还想要更多。我就出去找了。不过那个公司,那个钻井工地,他们把所有废料都运到了一个废品堆放场。"

维姆继续说:"帕特尔先生让我去废品场找。我去了四五次。终于找到了一堆。就是周六那天,我正带回去给他看。"

克鲁格问道:"那里有多少金伯利岩?"

"不多。"

"'不多'是多少?"

"十几块更大一点的——和你拳头那么大。剩下的大多是碎块和粉末。"

"这个废品场在哪儿?"

"科布尔山附近,拆建废料转运站第四区。"

建筑与拆除过程中产生的废料,克鲁格想,大概是这个意思。

"科布尔山是什么?"

"布鲁克林的一个街区。"

克鲁格又问:"在哪儿?"他从手机中调出地图,男孩低头看了一眼,但随即移开了目光。

克鲁格说:"你可以看,不用害怕。杀你不在我的计划内。整件事的罪魁祸首是一个俄罗斯人,他已经死了,如果你现在也死了,警察就会再次开始寻找嫌疑人。你是安全的。"

男孩点了点头,虽然他现在又痛又怒,但他没有失去理智。明白男人话中的逻辑。

虽然这明显是个错误推理。男孩很快就会死掉……凶手会是俄罗斯人的同伙,另一个虚构的俄罗斯人。杀掉维姆后,克鲁格会扯破自己的衣服,假装与袭击者进行了激烈的搏斗。然后,在维姆的尸体旁边放上一点证据,也就是他从罗斯托夫车里拿出来的东西——俄罗斯香烟里的几根烟丝、几枚卢布硬币——这样一来,这些东西就会像是凶手在打斗过程中掉在地上的。克鲁格还会将一部提前准备好的手机放在这附近,手机上没有指纹,只是在通话记录里有十几通打给多布罗姆的电话。手机里存了一些克鲁格随机输入的数字。这些电话都是罗斯托夫死后克鲁格拨打的。

这场戏绝对没有破绽吗？不，但是足够合理解释维姆的死了。

"所以呢？"

维姆犹豫了一下，指了地图上的一个地点。离这里并不远。

克鲁格帮他再次钻进后备厢，盖上车盖，开车驶离荒芜的停车场。二十分钟后，他们来到了废料场。

拆建废料转运站第四区。

克鲁格开车驶进宽敞的大门，这里的几个工人都没有注意到他，车子在一条宽阔的路上缓慢地摇晃着。路面上印着深深的车辙。这个院子有六个足球场大。二三十英尺高的废品堆随处可见。成百上千个废品堆像一座座迷你山峰，堆砌着石头、石膏板、金属、木材还有混凝土块……你所能想到的每一种建筑材料，这里都有。克鲁格推测，会有一些废品公司获得准许，可以有偿在这些垃圾中挑选可能有价值的东西。随即他又微笑，想到这些公司捡到一些铜管和电线时一定很高兴，却忽略了富含钻石的金伯利岩，并不知道它背后潜藏的价值要比那些废铜烂铁高出数百万倍。

他将车停在了一个废品小山后面，远离高速公路和入口，还有那些工人的视线。

他从福特车中走出，把维姆从后备厢里拉了出来。

克鲁格举起刀，维姆吓得缩起身体。"割开胶带而已。"男人对他说，他割断了胶带，维姆的双手自由了。克鲁格将刀收起，又将腰间别着的手枪亮出来，"跑，我就会开枪。"

"不，我不跑。"

"走吧。"

他们穿过暗褐色的废品山谷，顺着水流方向走去，推土机和自卸卡车正来回给等在水中的驳船装运废品。机械轰鸣声震耳欲聋。

"在哪儿？"

年轻人四下张望，确定了方向："那边。"维姆指了指码头的方向。两人在废品间穿行。维姆不时停下来辨认方向，然后继续前进，走过一个个转角，维姆喃喃道："垃圾更多了，太多了，这里看起来和上次有些不一样了。"

克鲁格觉得这孩子并不是有意拖延时间，他脸上的困惑货真价实。

这时，男孩眯起了眼睛，说道："这边，我确定。"他指着一个方向。

他们找了十分钟。克鲁格忽然停下，他低头去看，看到一辆大卡车轮胎印里有一小块金伯利岩。他弯腰捡起石头，装进了口袋。

他们的方向没错。

这是多么可怕的地方啊。三月的天气在大地上投下了一层灰色的阴影，地面变成了验尸台上尸体的颜色。潮湿和寒冷沿着你的脊柱向上蔓延，顺着大腿爬到你的腹股沟。这让克鲁格想起了几年前，他去过俄罗斯一个巨大的露天钻石矿。他的工作就是确保不让人发现含有金伯利岩的矿脉，也不让这里的钻石开采有机会展开。但是，他想，如果矿井得以打开，工人们会在这地下发现什么呢？他认为，这个矿脉含有的钻石，品质非常高。

那么，有没有可能，在钻探工地的地下，一直埋藏着一颗旷古绝今的钻石呢？克鲁格想到了两颗自己国家产出的宝石："库利南"，开采时重达三千一百克拉，是迄今为止发现的最大的宝石级钻石。这块钻石被切割成一百多颗小钻石，包括五百多克拉的"大非洲之星"和三百多克拉的"小非洲之星"。这两颗成品宝石分别是英国权杖和王冠的一部分。还有克鲁格最喜欢的南非钻石："世纪钻石"。原石重量约五百九十九克拉。经过加工，成品钻石重二百七十多克拉。这是一颗经过改良的心形璀璨钻石，是世界上最大的无色无瑕钻石。

克鲁格在将这种钻石深埋地下的行动中，扮演着令人心痛的角色。

但这就是他的工作，他会坚持到底。

"继续。"他低声说，"我们越早结束，你就能越早和家人团聚。"

61

阿米莉亚·萨克斯刚刚开车下了布鲁克林大桥,离她的目的地,东北地质公司只有几分钟的车程。都灵车发出曲调高昂的轰鸣声。

莱姆的推断是,不管他是叫艾克罗伊德还是别的什么名字,这人要找维姆并不单单是想要杀掉他,还不到时候。他想要弄清楚,在他血洗帕特尔的工作室之前,男孩是在哪里找到金伯利岩的。艾克罗伊德在逃跑之前还有一项任务,那就是处理掉他能找到的所有金伯利岩。按照这一推断,他所在的合理地点就是钻探工地。

钻井工地现在还是关闭状态,无人看管,艾克罗伊德可以和维姆在里面随意走动,维姆可以指给艾克罗伊德看,他是在哪里找到那些石头的。

正当萨克斯即将驶离高速公路时,她的手机响了。萨克斯点了一下接听键,而后打开了免提,将手机放在了副驾驶上,变速杆由四挡拉到三挡,都灵车在一辆缓慢行进的货车周围绕来绕去。

"我在。"

塞利托说:"阿米莉亚。我这里有人要和你通话,我接通这位女士了。"

女士?

"当然。"萨克斯放慢了些车速。

"咔嗒"声响起,一个女人的声音传来:"萨克斯警探?"

"是我，请问是哪位？"

"我是阿黛拉·巴杜尔。"

"维姆的朋友？"

"是的，没错。"年轻女子的语气听起来很担忧，但很镇定，"塞利托警探打电话告诉我，维姆失踪了，您正在找他。"

"你知道他可能会去哪儿吗？"

"我不确定，但是塞利托警探告诉了我钻石和钻井的事。还有维姆可能已经被那个男人绑架了，他对维姆的一些石头感兴趣。嗯，周六的时候，他中枪的那天早上，在地铁给我打了电话。他听起来很生气，因为帕特尔先生又给他派了些任务，让他去一个垃圾场找些东西，某种特殊的岩石。"

萨克斯明白，她说的就是金伯利岩。

"那天晚上我见到他时，他的皮肤下弹进了一块石头。"

"是的，子弹打中了他带着的一袋石头。朗，你在吗？"

"我在，阿米莉亚。"

萨克斯说道："他们应该就是去了那里。他带维姆去了垃圾场，找金伯利岩。不是钻井工地。"

"了解。我这就查一下东北地质的垃圾都扔去哪儿了。"

"联系工地的经理，一个叫肖尔的男人。若是联系不上他，就联系他们的首席执行官，他叫什么来着？上了新闻的那个，好像是德怀尔。"

"马上给你回话。"

萨克斯又问："阿黛拉，维姆还跟你说过别的吗？他周六早上到底去了哪里？"

"没有。"

"好的，谢谢。你提供的信息很重要。"

"塞利托警探有我的号码，您要是有任何消息……"此刻，阿黛拉的声音有些失控，她竭力控制住自己，"您要是有他的消息，请打电话给我。"

"好的,我会的。"

女孩挂断了电话。

萨克斯将车停在路肩上,等待塞利托的消息。期间有两辆车对她鸣笛,还有一人朝她竖了中指。萨克斯并未理会。

"快点,快点。"她小声说着,祈求朗·塞利托能快点回话。她的双腿不耐烦地动来动去,随后决定不再一直盯着手机了。

但眼睛还是黏在手机上。

萨克斯将手机屏幕朝下,放在了副驾驶上。

难熬的三分钟过去,塞利托终于打来了。肖尔告诉他说,所有来自布鲁克林东北地质公司的废料和钻井残余都被运到了拆建废料转运站第四区。在水边,科布尔山的东边。他解释说:"好几百家公司都用这个废料场,从全市的各个地方运来。"

"明白了,"萨克斯说道。她一把将变速杆换到一挡,然后一脚踩在离合器上,三秒内便汇入了车流,五秒后就冲在了最前列。

她知道废料场和驳船码头在哪儿。就在布鲁克林大桥公园码头的南面,大约五分钟的车程,对都灵来说是可以的,若是交通顺畅的话。但是交通并不顺畅。她将警灯放在仪表板上,降低车速,再次将车驶上路肩,加速,希望前面不会有人车胎没气或是突然急转弯。

"朗,我预计会在五分钟之内到达——希望如此。派警察和特警到废料场去,低调行动。"

"好的,阿米莉亚。"

她没有挂断电话,让塞利托结束通话。萨克斯丝毫不敢将双手从方向盘上移开,汽车在崎岖不平的路肩上疾驰。她可以从车子的后视镜中看到车身离右边的混凝土桥台只有几英寸的距离,左侧就是密集的车流。

萨克斯心想:我是不是太晚了?

随即,将每小时六十英里的车速提到了八十英里。

62

萨克斯赶在警察和特警队之前到了废料转运站。

她开车溜进了大门,驶进一个很大的院子,在她的记忆中,这个院子在夏天时总是尘土飞扬、闪闪发光,此刻却阴森而可怕。大门敞开着,她没见到任何安保人员。这里没有停车场,不过萨克斯在途中发现了一块空地。在两堆破碎的混凝土、烂木头和石膏之间,这里相对平坦,没有废料。一辆福特车停在附近。废料场都是些自卸卡车和推土机,私家车也只有小货车和SUV。

萨克斯停下车,走了出来。她拔出枪,小心翼翼地向福特车走去。车里没人。

她将手伸进车里,打开了后备厢。

后备厢是空的,太好了,萨克斯放下心来。感到如释重负。

维姆·拉赫里可能还活着。

一道光亮吸引了她的注意。两辆当地分局的警车加速行驶而来,随后停下,四名身穿制服的警员走下了车。

"警探。"其中一人说道,他的声音很轻。萨克斯认识这位身材偏瘦、淡黄色头发的警官,他叫杰瑞·琼斯,一名差不多十年兵龄的老兵。

"琼斯,追踪一下车牌。"

琼斯给他的摩托罗拉插上了耳机,以确保手机不会发出动静,联系了技术部门,并补充说:"现在就要,我们现在处于战术行动状态。好了。"

她向另外两名白人男警和一名非裔女警点了点头,问:"你们都知道凶手样貌了吗?"

他们表示知道。

萨克斯又说:"我们现在已经收缴了他的一把武器,但不排除他再次武装的可能。没有凶手持有长枪的迹象。他可能还会携带一把刀——壁纸刀。记住,和他一起的人质是名年轻男子,印度裔,黑发,二十二岁。我不知道人质穿着什么样的衣服。嫌疑犯最近一次露面时穿了一件棕色大衣,还可能穿黑色外套。如果有可能,我们需要活捉这个罪犯。他有我们需要的重要情报。"

琼斯问:"就是他布置了那些燃气炸弹吧?"

"没错,就是他。"

"他来这儿做什么?"女警问道。

"捡石头。"

几位警察面面相觑,不明所以。

没时间再解释了。

"琼斯,我们两个去西边码头。你们三个,去南面。你们三人的制服与周围景物颜色冲突,很容易暴露,所以要注意狙击位置。他会杀掉目击证人,所以也会对我们下手,而且绝对不会手软。"

"好的,警探。"一名警察说道。三人出发了。

萨克斯和琼斯与他们方向垂直,走向西侧。

琼斯的对讲机发出了微弱的"咔嗒"声。他听了一会儿,萨克斯听不到对讲机在讲什么。片刻后,琼斯告诉她:"特警队,十分钟后到。"

两人在成堆的岩石和废料堆成的山谷中快速穿行。琼斯歪了歪头——他的耳机会收到信号,说道:"好。"而后,他转头对萨克斯说,"查到了,车是从皇后区一个经销商那里租来的,租期为一个月。承租人叫安德鲁·克鲁格。用南非护照，住址为开普敦。经销商提供的此人在纽约的住址是假的。"

琼斯拿出他的手机，将驾照照片展示给萨克斯看，"是他吗？"

艾克罗伊德就是这个克鲁格假扮的，萨克斯点了点头。

和罗斯托夫一样，克鲁格应该也是钻石行业的特工，为多布罗姆公司的一个竞争对手工作。

人们一般不会将自己的同事一枪爆头……

此刻，萨克斯调动了所有的感官，集中注意力投入这场竞赛里。在不久前的一宗案件里，一个精神不正常的人痴迷于萨克斯，一直认为她是罗马狩猎女神，戴安娜的化身。

这是她受过的最高赞美，虽然出自一个疯子口中。

他们以最快的速度在院子中行进。萨克斯和琼斯一直保持低调，不停扫视一座废料山的山脊处，那里是绝佳的狙击位置。萨克斯感到呼吸急促，肌肉紧绷。

啊，她太喜欢这个状态了。

萨克斯忽略了在建筑工地被活埋之前身体左侧的摔伤，忽略了遭遇俄罗斯人时的惨痛经历。现在，她心无旁骛，只想着猎物。

萨克斯对琼斯打手势，告诉他应该查看哪里，何时快，何时慢。他也会不时这样指挥萨克斯。她怀疑琼斯应该从未与人交过火，能看出他的紧张和不安，但他态度积极……而且很有能力，从他娴熟的握枪动作中，能看出他的自信。

此刻，他们的行进开始变得缓慢。萨克斯并不想迎面撞上克鲁格，那将无可避免地引发一场枪战；她要悄无声息地接近他，然后将他拿下。

活捉……

她也不希望克鲁格从她和琼斯身后绕回来。两百英尺外，一台巨大的挖土机正往驳船上装废料。轰鸣的引擎和岩石滚进船里的响动盖住了所有声音。克鲁格可以神不知鬼不觉地接近他们。

所以萨克斯仔细检查着前方,也不断地检查他们的侧方和身后。

又走了五十英尺。在哪儿,在哪儿,到底在哪儿?

萨克斯和琼斯在码头旁看到了他们。

在两大堆岩石、木材和变形的金属中,克鲁格拖着走在他身后的维姆,他戴着手套的左手正抓着那孩子的衣领,右手握在黑色短外套下面。他正握着枪。

琼斯指了指自己,然后指了指克鲁格和维姆附近的一座废料堆的顶部,废料堆就在琼斯的右边,大约二十英尺高。他又指着萨克斯,做了个半圆的手势,然后指向左边的废料堆。

不错的作战计划。琼斯从高处监视克鲁格,而萨克斯从侧面绕过去。萨克斯指了指他们刚刚的待命区,竖起三根手指,代表另外三名警官,然后向琼斯的方向伸出手掌。意思是要他们原地待命。萨克斯不想让那三人不小心走近这里,但她没时间告诉他们目标的确切位置了。

琼斯走到一边,悄声通知了其他几人作战安排。他收起了枪,开始往废料堆上爬。萨克斯则小步跑向掩体,悄然接近刚才克鲁格和维姆所在的位置。

她小心行进,在绕过废料堆的时候,注意到他们的战术应该是合理的,只要她靠得更近一些就可以了。琼斯此时已经爬到了右边废料堆的顶部,他的武器瞄准了克鲁格。萨克斯只需要再拉近一点距离,就可以要求对方投降——她的声音还得大过挖掘机和推土机的轰鸣声。

琼斯看向萨克斯,点了点头。

萨克斯收到他的信号,以同样的动作回应他。接着,她开始向嫌疑犯和维姆靠近。他们停了下来,克鲁格冷酷的面容与他扮演的角色相去甚远,他弯腰对维姆说了什么,一边哭一边擦泪的男孩点了点头,向四周看了看,然后抬手指了一个方向,两人匆匆转身,继续向另一条废料山谷走去,将萨克斯和琼斯甩在了身后。显然维姆又发现了金伯利岩堆。

萨克斯看向琼斯，后者摇头，表示他看不见他们。萨克斯绕过离克鲁格最近的废料堆，悄悄跟了过去，她的目光穿过两人，向更前方看去。

哦，不……

不足二十英尺远的地方，一名男警正蹲在地上，背对着克鲁格。克鲁格毫不犹豫地从外套里抽出手枪，朝着那名警官的背部扣动了扳机。警员向前扑倒，枪掉落在一旁。萨克斯注意到，他们都穿着防弹衣，但那么近的射击距离，即使有防弹衣保护，他也会失去行动能力。男警挣扎着想要站起来。

克鲁格用左臂环住维姆的脖子，将他拉近，以免他跑掉。他们两个一起向受伤的警员走去。

走在两人身后的萨克斯也上前去，枪口对准克鲁格。"克鲁格！"她喊道，"放下武器！"

他并没有听到，又向前走近一步，瞄准，准备给那名警员致命一击。

她可以朝克鲁格开枪，使其丧失行动能力，但她也可能击中维姆。

她想着，只有克鲁格知道那些致命的燃气炸弹在哪儿，萨克斯降低重心，瞄准了克鲁格的后脑，轻轻用食指扣动扳机，枪声响起。

63

现在他们知道了他的本名，安德鲁·克鲁格，就可以针对他建立起一份准确的档案了。

萨克斯前去搜索死者在布鲁克林高地落脚的汽车旅馆，莱姆和联邦调查局的弗雷德·德尔瑞，以及南非警方和在整个案件中越发凸显出其作用的替代情报机构，多方均在努力，逐渐拼凑出嫌疑犯的信息。

杀手住在开普敦维多利亚及阿尔弗雷德区的一套公寓里，离海边不远。据南非警方称，这是一个非常豪华的社区。这名男子并没有犯罪记录，但在退伍后，他曾与一些从事钻石交易的"狡猾"商人来往。虽然他的父亲是种族隔离的倡导者，他却并不接受这一套理论，也许是因为这些偏见本身令他反感，更有可能是这种政策不利于经济发展。只要给钱，他不挑雇主，包括那些所谓的"黑色钻石"商人（一些出身贫寒，后来变得富有的人）。克鲁格在军队服役时从事爆破工作。未参军之前，他曾在采矿业工作，学习工程学，这也解释了他为何知道用炸药模拟地震。当然，也正是他的军事背景让他得以接触到C4炸药和燃气炸弹。

克鲁格的公司名叫AK服务公司（安德鲁·克鲁格的姓名首字母缩写），他是公司的总经理。他的伙伴特伦斯·德沃曾经是矿井里的监工。这家公司专门为宝石、贵金属和材料行业提供"安保工作"。

一位南非警探说,这种语焉不详的工作描述,其实可以翻译为"企业雇佣兵"。他们试图找德沃问话,但并未成功,德沃和他的妻子已经消失了。

克鲁格假扮艾克罗伊德混进莱姆和萨克斯等人中间时,自称很了解钻石,这并不假。南非警方突袭了他在开普敦的住所,一番调查之后,证实了他对钻石的痴迷货真价实。他的家中有数百本关于钻石的书籍、照片和文件,覆盖科学、文化和艺术领域。一位警探说,克鲁格还曾为这些钻石做过诗。

"这么告诉你吧,简直令人不忍直视。"

警察还找到了一些钻石,有原石也有成品,价值近两百万美元。另一名调查人员称,克鲁格的床头柜上放着一个奇怪的展品。一个低功率聚光灯从透明的玻璃镜片下方向上照射,而他在玻璃上放了一打钻石。光线透过这些透明的石头折射到天花板上,像布满星辰的天空,每颗钻石的边缘都闪烁着彩虹般的颜色。

莱姆想起,这些彩色的光叫"火彩"。

这次搜查提供了一些有关克鲁格雇主的消息。银行记录显示,克鲁格公司最近有两笔二十五万美元的电汇记录,都是来自危地马拉的一个账户。这些电汇都是在过去两周之内收到的,电汇备注上写着"第一期"和"第二期"。

警察还发现了一份打印文件,是一家叫"新世界矿业公司"的相关资料,该公司是危地马拉的钻石生产商。

但无论是国际刑警组织、欧洲刑警组织,还是当地的警方记录里,都没有查到他们最想知道的事实——最后的燃气炸弹到底在哪儿。

也许克鲁格所在的汽车旅馆里会有答案。莱姆觉得自己很快就会知道了。他已经听到了外面街道上跑车引擎的轰鸣和刹车的尖叫声。也许答案就在其中。

＊　＊　＊

　　萨克斯去了克鲁格长期住宿的汽车旅馆走格子，旅馆位于布鲁克林高地。

　　林肯·莱姆正在和刚刚归来的她一起查看调查成果。梅尔·库柏在检测另外一些证物。迈克利斯依旧在，随时准备帮忙，凭借他对这半英里长的断层线的了解，缩小燃气炸弹潜在的范围。

　　在克鲁格的汽车旅馆里，萨克斯发现了地热项目的图表和钻井工地的照片，工地周围的地图，报道中地震波形图与爆炸产生的波形图对比，证实地震是伪造的文章。他们无法追踪账户上发来的电子邮件，附件中还有金伯利岩样本的分析报告，与迈克利斯告诉他们的消息相符。克鲁格也调查了伊齐基尔·夏普罗和"一个地球"组织，这位已故环保主义者的地址被记在了一张便笺上。

　　萨克斯还发现了一个公文箱，与维姆在帕特尔店里看到的箱子外形相吻合。箱子里装有一个小型但功能强大的便携式显微镜，一些工具和金伯利岩碎片。他应该是带着这些东西去了帕特尔那里做分析，莱姆猜测。如果金伯利岩里确实含有钻石，他就会将金伯利岩拿走，靠折磨帕特尔获取更多信息。房间里还发现了一个纸箱，里面检测出了黑索金，C4炸药的主要成分，还有另外一个纸箱，外面标着希伯来语"מיםטסומרת"，意思是"恒温器"。也就是说，燃气炸弹伪装成了恒温器的模样。

　　萨克斯将照片用胶带粘在证据板上，说："还有一件事是真的，他真的很喜欢纵横字谜游戏，有十几本这种字谜书。"

　　这提醒了莱姆。

　　他看了 眼那份礼物：电子填字游戏机，艾克罗伊德送给他的。

　　爱德华·艾克罗伊德——莱姆还以为自己可以和他成为朋友。

　　五个字母，开头的字母是"J"，这个词有"叛徒"（Judas：犹大，出卖朋友的人；叛徒）的意思。但随即，他将脑中这一幕甩掉。

莱姆对梅尔·库柏说:"看看这里面有没有信号发射器。"

"什——"

"看看他有没有监听我们。"

"啊。"库柏用一套微型工具去掉了游戏机的后盖,看了一下里面,然后用探测针检查了一番。

"什么都没有,是安全的。"

库柏将游戏机重新装好,莱姆却轻声说:"不用了,扔了吧。"

"你不会是——"

"扔了。"

库柏照做了,莱姆和萨克斯继续查看各种证物。

燃气炸弹到底在哪儿?

笔记和地图没有给出任何答案。克鲁格的电脑锁住了,现在已经被送去了市中心罗德尼·萨内克那里,一同送去的还有两部一次性手机,以及他带去布鲁克林废料场的那部手机。那部手机没有锁住,通话记录显示曾拨打过俄罗斯的一个号码,看通话时间,是罗斯托夫死后拨打的。莱姆知道,他这么做是为了迷惑警方,让他们以为杀死维姆的人是罗斯托夫的某个俄罗斯同伙。但这是不可能的,尤其是萨克斯还在克鲁格的口袋中发现了一支俄罗斯香烟和几张卢布。显然,他想杀死维姆后,将这些所谓的"证据"散落在维姆周围,欺骗警方,烟幕弹而已。

不可能,确实。不过,在罗德尼证实那几通电话是克鲁格拨打的之前,维姆将一直留在地方分局的安全屋内。

萨克斯还找到了那辆遍寻不到的丰田车的钥匙——尽管车子还没找到——还有罗斯托夫旅馆房间的钥匙。

梅尔·库柏说:"发现了点东西,危地马拉矿业公司的资料,新世界矿业。他们的业务涉及整个拉丁美洲,到处都有他们的大型钻石矿山,生产的钻石多是工业级别的,并非什么品质上乘的产品。环保人士和政府都曾指责他们的露天开采和砍伐树木等行为破坏了热带雨林。他们付钱给一些小矿工，让他们掠夺土著人的土地。致使当地发生争斗——真枪实弹的争斗，造成数十名矿工和印第安人死亡。"

莱姆再次打电话给FBI特工弗雷德·德尔瑞，问他可否联络一下国务院，让安全部门和美国驻危地马拉大使馆或领事馆与新世界矿业公司的高层对话。

好像对方一定会配合一样，莱姆嘲讽地想。

"我们检查一下这些痕迹吧。"莱姆说道。

萨克斯发现的物品中有生蜂蜜、腐烂的毛毡、黏土、旧电线的绝缘碎片、昆虫翅膀的碎片——应该是蜜蜂类昆虫（从生蜂蜜的发现推测出这一结果，当然，也可能毫无关联）。此外，在汽车旅馆内发现的一双靴子上，还意外检测出了耕种土壤——轻质、吸收性页岩、黏土、含有秸秆和干草的堆肥——以及有机肥。

"啊。"

"怎么了，林肯？"

他并没有回答库柏，而是给谷歌麦克风下达了一个指令："屋顶土的组成。"有些时候你需要在浩瀚如海的数据库里打捞信息，有时候却并不用。

不到一秒钟，答案便跳了出来。

"太好了！"

萨克斯、库柏和迈克利斯都看了过来。

莱姆说："这只是个大致的方向，但我们也没有别的线索了。我觉得他应该是将至少一个燃气装置放在了政府大楼的背面，维尼格山这里。"

那是布鲁克林的一个老区，毗邻老海军造船厂。这个社区以一七九八年埃尔叛乱者和英国军队在爱尔兰的战斗命名，是一个风格奇异而混搭的地方。到维多利亚时期，古雅的建筑外面是阴森而威严的工业建筑。

"你怎么知道？"库柏问道。

莱姆知道，是因为尽管他不能像以往那样在大街上徘徊，却依旧认真研究这座城市里的每个社区、街区。他在他的刑侦学教科书里曾这样写道："一个犯罪学专家，只有对犯罪发生的地点了如指掌，才能称得上优秀。"

若要具体回答库柏的问题，那么最直接的答案应该是蜜蜂翅膀、蜂蜜、屋顶土、废料和毡的组合物。他认为这些物质来自布鲁克林的旧海军造船厂。那是世界上最大的屋顶农场，占地两英亩半，用以种植有机水果和蔬菜，屋顶土是一种有机土壤，十分利于蔬菜生长，同时又比普通土壤轻很多，对屋顶园艺来说，普通土壤太重。另外，这个农场也盛产蜂蜜。

离农场最近的居民区是维尼格山，那里到处都是老式的木质建筑。对于克鲁格来说，将是完美的目标，他的目的就是要引起火灾，让政府禁止钻探，所以火越大越好。

唐·迈克利斯弯腰伏在城市地图上，用红色记号笔精确地描绘出维尼格山地下的断层线。断层线一路向北，延伸进港口。

"这里，这条线左右两边的三个街区都要查。"

这比沿着断层线搜索要具体得多，但仍有几十栋建筑物的地下室要查，不知道燃气炸弹会在哪一个地下室中。

"扫描地图，复印一份给当地消防部门和警局的高级指挥官。现在就去。"

"好的。"

"萨克斯，你和普拉斯基马上过去。"

正当他们二人匆忙出门时，莱姆又说道："梅尔，打给消防部门……还有当地分局。有多少人叫多少人，挨个排查地下室。哦，通知侦查科，查查入室盗窃案宗记录，看看最近有没有发生入室盗窃却未失窃的案件。"

库柏点头,拿起了电话。

莱姆大声说道:"而且不只是巡警,凡是戴警徽的都给我派过去。所有人!"

64

几乎不可能。

萨克斯将都灵车提速,在曼哈顿大桥驶入布鲁克林的路上穿梭成一道红色的残影。她看向左侧他们即将搜索的区域——维尼格山,罗恩·普拉斯基大概也是这样想的。

几乎不可能。

谁能在这里找到小小的燃气炸弹呢?他们能看到阿岗昆电力公司里高耸的烟囱。分区的警长说这里有六个街区,却一点都不小。这个区域比她预想的要大得多。

萨克斯降低挡位,从匝道口下了高速,甩尾来到了杰伊街,一系列动作吓得罗恩·普拉斯基倒吸了一口气。尽管这么多年来,萨克斯一直是达妮卡·帕德里克①式的开车风格,他以为自己早已对飙车免疫了。

蓝色警灯无声而快速地穿过阴暗的街道,两旁掠过各种工业建筑、房屋、公寓和厂房改造的套房。砖墙和石墙上墙皮剥落,在风雨中剐蹭得伤痕累累,大部分墙面都很干净,没有涂鸦。垃圾桶被砸得粉碎,垃圾洒落在外。

肌肉跑车的"坏女孩"汽车悬架十分不拘小节,萨克斯可以感

---

① 达妮卡·帕德里克:北美著名女赛车手。

受到颠簸时背部和膝盖的疼痛，这是近期不幸遭遇的后遗症。维尼格山的街道并没有完全铺好，最初的比利时砌石块（人们会错误地将其认成鹅卵石）街道，有好几段路都已经磨损得十分严重。另一边的矩形花岗岩道路从未铺过沥青，经受了几个世纪马车、行人和车胎的洗礼变得光滑柔顺，也是此处唯一的路。

萨克斯将车开到了约翰街，那是警方定好的集合点，就在变电站对面。宽敞的院子就像科幻电影里的场景，到处都是灰色的金属箱子、电线、变压器。车子停在了一栋红色的砖造工业建筑前。它的前身也许是一家工厂，但现在这里开着五六家广告公司、设计公司和精品制造商。"蒙蒂的美食巧克力"占据了一整层。萨克斯的鼻子可以证明，这家公司的产品极其诱人。她已经不记得自己上次吃巧克力是什么时候了。她想了想，然后将这个问题抛诸脑后。

约翰街变电站这一侧已经停了四辆消防车和一辆消防大队长的车，还有六七辆警车和一辆无标识警车。现场有八名身穿制服的警察、两名便衣警探和一名身穿西装的警区队长。他是个非裔美国人，身材高大瘦削，皮肤黝黑，光头——阿奇·威廉姆斯。萨克斯曾和他共事，很欣赏此人的幽默感。有一次，他为了让一位目击证人放松下来曾说，他的名字特别好记，"阿奇·秃头王子"，然后指了指自己锃亮的光头。

威廉姆斯对萨克斯打了个招呼："警探。"然后看了普拉斯基一眼，后者自我介绍后，他也点头示意。

警监旁边是消防大队长，文森特·斯坦内罗。此人脸色苍白，身材魁梧，五十岁左右。萨克斯与他握手时，看到了他手上一块很大的伤疤，应该是多年前留下的。

斯坦内罗说，消防队员将通过天然气钥匙在这片社区散开。那是一种切断地下天然气管道供给的长杆装置，这些管道的阀门可以经由街道、人行道和住宅院里的方形小门进入。"我们目前排除了六个关闭小组。莱姆警监说要将维尼格山这边的长条区域全部覆盖，这是他的办公室发来的。"他拿出自己的手机,屏幕上正是迈克利斯画出了搜查区域的地图。

"这里地处断层线,我们要搜索断层线两侧至少两个街区的建筑。"

斯坦内罗叹息道:"你知道的,这边有好几英里长的管道。你们要记住,我们只能关闭事业公司的天然气供应管道,但很多住户的天然气都是私营企业供应的。除非用户自己或供气公司关掉开关,我们无权处置。"

威廉姆斯说:"我已经通知了盗窃犯罪中心,优先检查所有报警记录。还有一个程序负责检查所有维尼格山这边拨过的报警电话。"他耸了耸肩,"不过除非有人真的见过他作案,否则根本不会有人报警的。"

威廉姆斯问:"他是什么时候把这装置放进去的?"

普拉斯基回答道:"大概在上周。我们推测,最近十天左右,没法确定。"

"所以监控录像也帮不上什么忙。"萨克斯说。她看了一眼周围上百栋建筑,全都是巨大老旧的木质结构,又说:"疏散。"

"疏散什么?"斯坦内罗问。

"所有人,将断层线两边两个街区的人全部疏散。"

"那会造成巨大的混乱,"斯坦内罗不确定地说,"会有人受伤。年长的住户,还有孩子们。"

威廉姆斯说:"要是找不到炸弹,媒体可就要疯了。"

"如果这里有炸弹,而我们没找出来,他们就不会疯吗?"阿米莉亚·萨克斯不得不说出众人深知的事实。

威廉姆斯和斯坦内罗两位指挥官对视了一眼。

大队长问道:"你确定维尼格山这里有燃气炸弹吗?"

萨克斯想:确定?怎么样才叫确定?

她说:"当然。"然后又肯定地说道,"过去两天里,嫌疑犯每天都会安置一个装置,我们没有理由假设他会改变自己的模式。参照之前那些燃气炸弹的引爆时间,我们行动得已经太晚了。我认为,炸弹随时都会引爆。"

沉默片刻后,威廉姆斯说:"好,我们会照做,尽可能多地疏散居民,检查地下室的天然气管道。解除威胁后,再让居民回去。"

斯坦内罗点头。他将对讲机举到嘴边,下令警员开始疏散居民。

"这里有一所学校,对吧?"普拉斯基问。

"三〇七小学,离这里几个街区远。"

"疏散那里。"年轻军官说道。

"学校并不在断层线上。"斯坦内罗说着,对手机上的图偏了偏头。

萨克斯本想说句什么,但普拉斯基已经坚决地说道:"今天是学生上课的日子,要疏散。"

斯坦内罗顿了一下,说道:"好吧,我们会疏散的。"

威廉姆斯走向自己的办公室。"各位,上车,打开扩音器。就说这一片出现疑似燃气泄漏,所有人都要立刻从楼里撤离。不要携带任何物品,直接撤离。"

"走吧,"萨克斯对普拉斯基说,"我们得挨家挨户敲门了。"随后,对威廉姆斯和斯坦内罗说道:"我们从南面开始,然后向东,再向南排查。"

二人坐进都灵车,开车向南行进。普拉斯基环顾四周,一脸不安,问:"你觉得这里住了多少人?"他们要负责多大一块区域?

她估计维尼格山这边人口大约有五万人,在断层线附近算是人少的一片了。但她选了一个稍微温和一点的答案:"现在这个时间点的话,大概有八千人吧。"

"说实话,你觉得我们要疏散多少人?"

萨克斯苦笑一声算是回答。

65

卡梅拉·罗梅罗经常一本正经地说，自己是一名特工。

五十八岁的她对四个孩子和十一个孙辈都这么说。她说自己是一个为政府工作的特工。虽然她并不是在CIA或詹姆斯·邦德所在的特勤局，而是纽约市交通执法局。

这位身材结实的灰发女子一辈子都住在布鲁克林。两年前，她的小女儿也长大成人，离开了家，她决定要再去找一份工作。罗梅罗一直很喜欢警察题材的电视剧，比如《警察世家》。她觉得若是能在执法部门工作一定很棒（而且，汤姆·塞立克[①]随时可能成为她的上司）。

考虑到她的年龄（纽约警察局的年龄限制是三十五岁），罗梅罗是当不成持枪警察了，但交通执法人员没有年龄限制。并且，每当看到邻居普里尔把车随意停在消防栓前、人行道和斑马线上，她都十分气愤。但你指出他行为不当之处时，他的态度都十分无礼，简直不可理喻。罗梅罗觉得自己受够了。普里尔和像他这样的人再也不能继续肆无忌惮了。卡梅拉·罗梅罗是个很幽默的人，她也喜欢那些拥有这种品质的人。她很喜欢交通部张贴的标语："在这儿停车？别做梦了。"她怎么可能不愿意穿上制服，加入他们呢？

---

①汤姆·塞立克：《警察世家》里的角色。

的确,她并不是《警察世家》里那种执法的警察,不过她现在也有机会去做一些警务工作。她和其他交通执法人员与城市里的其他工作者一样,被命令去疏散居民,进入维尼格山区建筑的地下室,查看燃气管道上是否安有白色恒温器。

那是简易爆炸装置!

她知道这种东西,因为她看过电视剧里汤姆·赛立克的儿子曾接手的一个案子。交通执法工作中倒没怎么听说过这种装置。

卡梅拉·罗西娜·罗梅罗今天是拆弹小组成员。

她要搜索的街区是五栋无电梯公寓。与布鲁克林其他的公寓一样,因为离曼哈顿很近,所以楼里应该住满了租户。建筑本身也很老旧,若是房东厚道一点,也许会进行翻修,使其符合安全居住标准,但和那些新的居民楼相比,这里差不多就是个柴火堆。

罗梅罗正按照自己的节奏走向第一栋公寓楼时,突然停住了脚步。她感受到了脚下的震动。

那是什么?是不是早前通知他们的假地震?

罗梅罗的对讲机响了起来:"注意。所有负责疏散居民的人员,现已证实,卡德曼广场附近的简易炸弹已爆炸。必须立刻疏散!现距离第二次爆炸和火灾,还有十分钟。"

罗梅罗快速迈动粗壮的双腿,马不停蹄地朝着街角的大楼加速前进,想要按下对讲门铃疏散居民。

糟糕。这栋楼没有对讲门铃,甚至连门铃都没有!你要是想来串门肯定要事先通知住户,或者大喊一声,告诉别人你来了。

罗梅罗开始大声呼喊。

无人回应。

想想办法,快想办法!这可怎么办?她从街上捡起一块松动的铺路石,用力砸在了大楼前门的玻璃窗上,然后跳到一边,躲开掉落的碎玻璃。罗梅罗手伸进门内,打开了大门。走进门后,她开始大喊:"警察!紧急燃气泄漏事件!请迅速撤离大楼!"她一边挨个砸门，一边大喊。

深处的一扇门打开了，一个穿着T恤衫和牛仔裤的拉丁裔男子走了出来，他皱着眉头。交谈几句后，罗梅罗了解到此人是校长。她告诉这位校长他们面临的危险，后者瞪大了眼睛，点点头，说他会告诉楼内其他住户的。

罗梅罗的对讲机又响了："交警罗梅罗，收到回复，完毕。"

她的心脏狂跳，她从未收到过紧急调派的任务，立刻回复道："罗梅罗在。完毕。"

"你在前街吗？"

"是的。完毕。"

"布鲁克林抢劫犯罪中心一周前接到报告，离你疏散位不远处，前街八〇四号。有人头戴安全帽、身穿安全背心用一把螺丝刀撬开了地下室的窗户潜了进去。房内没有物品失窃，符合嫌疑犯的侧写。我们认为他可能将装置放在了那里。"

"距离我只有三栋楼远。"然后，她提醒自己要按照规定，加上一句："收到。"

她语气冷静而沉着。实际上心里在想：天哪！真吓人！

"我们已经派了拆弹小组过去，请尽量疏散居民，还有九分钟。记好了。"

远处响起了警笛声。

"收到，完毕。"

罗梅罗全速跑向第四栋大楼，这栋建筑在街上不算大，但因为是木质结构，所以是最脆弱的。万一燃气炸弹被引爆，这里就会像浸透汽油的抹布一样，瞬间燃起大火。三月天气寒冷，住户的窗子都紧紧关闭，但罗梅罗可以透过窗子，看到几户房屋中亮着灯光。

依旧没有门铃，而且这栋楼的大门上还没有安窗户，实木大门。

妈的，活见鬼。

八分钟，罗梅罗估算着时间。

她看了一眼地下室的窗户，都有金属防盗栏，上面还挂着重型挂锁。

"出来啊！"罗梅罗大喊，"燃气泄漏，快出来！"

没人回应。她捡起一块石头，向二楼的窗子砸去，因为一楼像地下室一样，也是安着防盗窗的。二楼的玻璃被砸碎了，但里面要么是没人，要么就是有人但没听见，或者选择置之不理。

是的，就是这里，罗梅罗可以闻到燃气的味道。

"撤离！"

依旧毫无反应。

罗梅罗四下打量，看到大楼对面平行停放着一排汽车。她注意到了其中有雷克萨斯和其他一些不错的车，另一些就比较普通。若说卡梅拉·罗梅罗对什么比较了解的话，那一定是汽车。她走到那辆雷克萨斯旁边，屈起膝盖，用力撞在车子的前翼子板上，被撞的位置立刻出现了凹陷，车子的警报声尖锐地响起。

她越过了一辆福特金牛座和一辆斯巴鲁，对着一辆奔驰和英菲尼迪如法炮制，警报声越发刺耳响亮。

楼里开始有人打开窗子。罗梅罗注意到大楼的顶层，一个女人和两个孩子正向窗外张望。

"出来！燃气泄漏！"

她身上的制服给她的话语增加了可信度和权威性。女人很快消失在窗边。又有几个人打开窗查看，她用英语和西班牙语重复了警告。

罗梅罗看了看远处，还没有拆弹小组的影子。也没有其他警察赶来。

现在还剩六分钟。

公寓楼门打开了，人们开始往外跑。燃气的味道越发浓重。罗梅罗扶着门让大家快跑，同时朝着昏暗的楼内喊道："燃气泄漏！燃气泄漏！赶快撤离。这座大楼要爆炸了！"

就算整座大楼只有四分之三的房间里住了人，也还有二三十人没出来。也许他们睡着了，或是有一些残障人士。

没办法疏散这些人。

卡梅拉深吸一口气，脑海中闪过赛立克局长。她跑向了地下室门口，结实的双腿一步步快速走下摇摇欲坠的楼梯。鼻尖全是臭鸡蛋味，她感到一阵恶心。

地下室潮湿而昏暗，这里唯一的光亮就是从安有防盗窗的小窗口外照进来的。窗户很小，又位于高处，罗梅罗根本看不清室内的情况，更别说找出隐藏在燃气管道上的小装置了。但她知道，无论如何，也不能开灯。

动动脑子！我们要在地下室里找出一枚炸弹，打开电灯会引发什么后果，无法预估。

还剩四到五分钟，罗梅罗暗自推测。

下面好像有三个大房间。此刻，她身处最前面一间，这里主要存放了一些杂物，似乎是用作了仓库。她快速检查后，发现头顶有电线和污水管道，但似乎没有输送天然气的管道。第二个房间里有炉子和热水器，还有几十条管道和电线。这里的燃气味道更浓。罗梅罗的头越来越沉，感觉快要晕过去了。她小跑到一扇窗户前，用胳膊肘打碎玻璃，深吸一口气，然后回到第二个房间，在错综复杂的管道中寻找那个装置。

她瞥了一眼热水器，注意到热水器是电控的。然后她找到了炉子，炉子很热，此刻却并未启动，上面有一些指示灯，还有某种点火装置。除了那名男子安置的炸弹外，加热装置本身随时都可能打开，引爆燃气。罗梅罗找到并按下了紧急切断开关。

她再一次感到晕眩，跪倒在地，大口呼吸。显然，天然气比空气轻，此时天花板的位置已经集聚了大量的天然气，只有低处的空气可供呼吸。罗梅罗深吸气，抑制住了呕吐的冲动，站了起来。她找到了炉子的煤气输送软管，顺着这条软管找到了燃气管道，直径大约一英寸。管道的一头消失在混凝土墙里，另一端延伸到了第三个房间。她匆忙赶去，经过一番权衡，最终打开了手机上的灯。

并没有发生爆炸。

罗梅罗将手机贴近管道，发现燃气管道消失在十几个箱子和其他租户存放的物品后：卷起来的地毯、破旧的椅子和一张桌子。

还有一分钟，罗梅罗想。

她听到身后打碎的地下室小窗处传来喊叫声，并未理会。

现在已经没有退路了。

《警察世家》……

她将手电光从右侧转到左侧，然后——是的！找到了！一个白色的小塑料盒被粘在燃气管道上，下方裂开了一个直径半英寸的小洞，燃气嘶嘶地漏出来。

她向前探身，在堆积如山的家具和箱子上摸索着。罗梅罗并没有什么计划，只是想把那小盒子扯下来，然后朝它吐口唾沫。要是这东西有电池，就把电池取下来。然后她会冲到窗前，把它扔出去。

此时，卡梅拉·罗梅罗的脑海里浮现出了几张面孔——已故的丈夫和最新加入他们大家庭的双胞胎孙子——她将这个塑料小装置从复杂的管道和电线间扯了下来，转身向楼梯跑去。

几秒钟后，罗梅罗再次看向这个装置时，发现它并没有开关，"啪嗒"一声轻响，几不可闻，一道蓝色的火焰在她眼前亮起。

66

阿米莉亚·萨克斯驾驶着都灵眼镜蛇飞快赶到前街。

她迅速踩下刹车,整条大道上停满了消防车和其他紧急救护车辆。

萨克斯走下车,几步跑到救护车那里,一个身材结实、身穿制服的拉丁裔女子正坐在轮床上。

"罗梅罗探员?"萨克斯问道。

一位男性医护人员正在照料她,女人听到有人叫她,眯起眼睛。

"是的。"

萨克斯表明身份,关切道:"你现在怎么样?"

交通执法人员卡梅拉·罗梅罗转头问自己身旁的医护人员:"我现在怎么样?"

男医护名叫斯皮罗,长得又瘦又高,他回答说:"哦,没什么实质性伤害。至于眉毛,嗯,你以后需要好好化妆了。还有一些轻微灼伤,就当是痱子吧。喷点贝克挺喷雾就可以了。手就是另外一回事了,没什么大不了的,而且你现在也感觉不到——我给你打了麻醉。你要是个男人,头发不被烧光,也要烧掉一大半。而且,这股焦味得留一段时间。你看我,我老婆都叫我'秃头猿'。"

罗梅罗转头看向萨克斯:"就是这样。"

斯皮罗对她说:"算你运气好吧。"

"我也这么想,长官。"

但萨克斯知道,这跟运气没多少关系。燃气炸弹启动时,是罗梅罗拯救了整栋大楼,以及这里包括她自己在内的十多条人命。当时地下室里已经充满了燃气,她没来得及将装置带出地下室,刚刚来到楼梯井的位置,装置就点燃了,令罗梅罗受伤的是引爆装置起爆时引发的小股火焰,蓝色火苗点燃了装置里剩余的化学物质,这种化学物质本来是用来融化燃气管道的,极度易燃。而她离管道已经足够远,所以地下室才没有被引爆。

"我已经将此事通知了你的上司,罗梅罗探员,你会收到传唤的。"

罗梅罗眨了眨眼,表情有些沮丧。

啊,她会错了意,萨克斯微笑道:"哦,不,不是你想的那种传唤。我的意思是,你会受到嘉奖。这是警察局长亲口说的。"

她的眼睛亮了起来,好像听到了什么萨克斯不知道的有趣的事情。

犯罪现场勘察车来了,萨克斯的神经紧绷起来。

她向面包车内的司机挥了挥手,这位亚裔证据收集技术员之前也曾与萨克斯共事过,她对萨克斯点点头,将勘察车开得更近了些。

"对了,警探?"

萨克斯转头看向罗梅罗。

"还有些麻烦。"交通执法员说道。

"什么麻烦?"

"我为了引起人们的注意,用膝盖撞坏了好几辆车。为了让警报声大一点,好让楼里的住户听见。"

"做得很聪明。"

"可能吧。但是我碰了一台雷克萨斯,车主很不高兴。他亲口说要告我。我该找个律师吗?他真的能起诉我吗?"

"他在哪儿?"

罗梅罗指了指一个三十岁上下的男人,他穿着西装,留着标准的华尔街精英短发，戴着一副圆框眼镜。瘦长的脸上露出做作的假笑，正居高临下地对一名巡警说教，不时伸出手指戳着巡警的胸膛。

阿米莉亚微笑道："不用担心，我会和他谈谈的。"

"您确定吗，警探？"

"哦，当然，我很乐意。"

维姆·拉赫里想，他此刻乘坐的这辆老式汽车里的汽油、废气和机油味可比罪犯开的那辆要浓烈得多。当然，他觉得跑车里的味道也很可能与这位女士狂野的开车方式有关。

"你还好吗？"萨克斯问他。

"还好，嗯，没事。"他一只手紧紧抓着安全带，一只手扶着车座。

萨克斯微笑，降低了车速。

"抱歉，我总这样开车。"她说。

萨克斯警探将他从杀害帕特尔先生的恐怖男人手中救了出来，随后，她告诉维姆，他们在尸体上发现了一部电话，电话很可疑，它曾在罗斯托夫死后拨出过一个俄罗斯号码。还有其他人牵涉其中吗？萨克斯和莱姆并不这样认为，但还是谨慎为妙，所以维姆一直待在布鲁克林一间警方的安全屋里，直到纽约警察局的一位电脑专家证实，这些拨出的电话只是烟幕弹，是安德鲁·克鲁格为了洗脱嫌疑做的。维姆终于可以回家了，他问萨克斯警探，是否可以送他回家。

她说她很乐意。

现在，萨克斯驾驶车子转了个弯，停在了男孩位于皇后区的家门前。没等维姆下车，前门便打开了，母亲和桑尼在雾蒙蒙的清晨匆匆迎面走来。

维姆对萨克斯说："您能等我一会儿吗？"

"当然。"

他下车,还没走到门口就与家人拥抱在了一起。两兄弟间先是有些尴尬,维姆抬手揉乱了桑尼的头发,两人推搡、打闹起来,终于大笑出声。

"你有没有哪里不舒服?"母亲问他,用医生一样的眼光上下打量他。

"没有,我很好。"

"哥,又遇到枪战了?你身边怎么总是这么危险啊,都上新闻了。"

就在萨克斯警探击毙那个杀手十分钟后,十几辆新闻媒体的面包车奇迹般地从四面八方涌进了垃圾场。

桑尼说:"姑妈从新德里打来电话,说你上了那边的新闻!"

国家首都新德里,也就是说有数千万人都在电视上看到了他。

姑妈已经七十多岁了,但上网的时间比维姆知道的任何年轻人都要久。

母亲再次拥抱了他,随后走向褐红色的福特车。她弯下腰,与萨克斯警探说了几句话,感谢她救了儿子的性命。

桑尼问他是否看到了罪犯中枪的全过程,然后又问:"就发生在你眼前吗?"

"晚点说,兄弟。我要去里面拿件东西。"

维姆发现家里的车不在,父亲应该去了别的地方。谢天谢地。维姆现在一点也不想看到他,一点也不想。

他走进地下室,看到防盗窗已经换了新的,这很正常,毕竟这里是纽约,安全意识越强越好。不过门上的锁和搭扣被卸下去了,顶门杠和固定的卡扣不见了,储备的食物和饮料也都没有了。

工作室不再是恶魔岛①了。

维姆走向壁橱,从中拿出了自己要找的东西,用一张报纸包了

---

①恶魔岛:美国加州旧金山湾内的一座小岛,曾是著名监狱。

起来,然后回到前院。他让母亲和弟弟先回去,然后走到萨克斯的副驾驶侧,坐进了车里。他说:"我有一件东西,想送给您和与您一起工作的那个男人,莱姆先生。"

"维姆,你不用这样做。"

"不,我想送给你们,是我刻的一件雕塑。"

他打开报纸包装,将雕塑放在了仪表盘上。这是他去年雕刻的一个四边金字塔。维姆以为自己必死无疑的时候,一直挂念着它。这件雕塑高七英寸,底座宽也是七英寸。萨克斯倾身去看,抚摸着深绿的花岗岩,说道:"很光滑。"

"是的,很光滑,也很规整。"

"的确。"

米开朗琪罗认为,你要先掌握雕刻基本的几何体,而后才能在石头上雕琢出活的生命。

他接着说:"这件雕塑的灵感就是来自钻石,自然界中发现的钻石多是八面体,也就是两个底座贴在一起的金字塔。"

萨克斯说:"然后八面体会被一分两半,用来切割成圆形钻石。"

维姆笑了:"看来您受了不少钻石行业的专业教育。"他也倾身,伸出一只手指碰了碰雕塑,说:"它去年在布鲁克林的艺术评审比赛中获得了一等奖,在曼哈顿的一场比赛中也得了一等奖,在新英格兰雕塑展中得了二等奖。"

他想起,最后那场比赛父亲不让他参加,他托了一位朋友替他参加比赛。

"一等奖。"萨克斯有些惊讶地重复道,同时研究着眼前平平无奇的几何体。

维姆开玩笑道:"当镇纸还不错是吧?"

萨克斯有些狐疑地笑道:"可不止如此吧,我有种感觉。按下一个按钮,它就会打开吗?"

"不太一样,不过你已经很接近了。看看它的下面。"

萨克斯举起雕塑，将底座翻了上来。她倒吸了一口气，底座里面是空的，那里雕刻着一颗心脏——不是那种贺卡上的心形，而是一颗解剖学意义上的人类心脏，有着清晰而精确的静脉、动脉和心室。

雕刻它，维姆花了十八个月的时间，用最小的雕刻工具。你也许会说这根本算不上是雕塑：因为只有那块镂空的空间才是心脏，这块石头并不是。

米开朗琪罗·迪·罗多维科·博纳罗蒂·西莫尼先生，我做得怎么样？

"它叫'隐藏'。"

"维姆，我不知道该说什么。这太惊人了。你的才华……"萨克斯将雕塑放回仪表板上，倾身拥抱了他，维姆的脸一下子涨得通红，笨拙地将手放到了萨克斯的背上。

随后维姆下车，走向家中，那里他的家人——虽然不是全部的家人——正在等他。

67

晚上九点，林肯·莱姆决定：是时候喝一杯了。

他坚定地用颤抖的手把几指高的格兰杰威士忌倒进了沾着几滴水的华登峰水晶杯中。他相信，这只杯子唤醒了威士忌。

这只杯子标志着他的一次胜利。虽然他这辈子从来没对这种奢侈小物有过兴趣，但他已经决定要和坚不可摧的实验室塑料平底烧杯告别了。作为一个常年卧床的高位截瘫患者，他已经用了好多年这样的烧杯了，但他决定要用一些高雅时髦的东西。嗯，所以，万一他的手指抓不住，一百三十七美元就会瞬间化为碎片。

但他已经掌握了这项技能，并且确信。虽然没有客观证据能证实这一点，不过水晶杯里的威士忌，味道似乎更醇厚了。

萨克斯在楼上洗澡。汤姆在厨房准备晚餐。莱姆推测，晚餐应该有大蒜和一些甘草为主的香料或调料，也许是茴香。他不是美食家，甚至不算是美食爱好者。不过他发现，了解菜肴也是一笔知识储备。几年前，一起案件中的一位雇佣杀手喜欢烹饪，不同菜肴的各种配料成分是追捕此人的重要线索[①]。杀手的业余爱好不仅给他带来了极大的乐趣，也为他的主业工作提供了帮助，杀手得以用他那把极其昂贵和锋利的刀具作案。人质常常是有问必答，毕竟他们面

---

① 见《杀戮房间》。

前闪着寒光的可是一把日式剖鱼刀。

莱姆一手握着沉重的酒杯，用另一只手的手指操控轮椅来到嫌疑犯四十七的证据板前。

他当然很高兴，罗斯托夫和克鲁格都被干掉了，而且没有任何警员受重伤。市长打来电话致谢。地热项目的负责人德怀尔也打电话向他表达了感激之情。不过在莱姆看来，案件调查并未结束，还有很多漏洞没查清。比如那位失踪的工人，他曾帮助克鲁格进入工地，在钻井中布置C4炸药。莱姆认定，此人应该已经遇害，但为了死者的家人，他会不惜一切努力找到他的尸体。

伸张正义……

南非警方显然十分迫切地想要追捕克鲁格"安全公司"的其他雇员，他们逮捕了一些底层的行政人员，最终找到了特伦斯·德沃和他妻子的所在。他们跑去了南非的内陆国家莱索托。这条逃跑路线实在是有点蠢，现在德沃已经被加入了航空公司的黑名单，他若是想开车出行，就不得不回到挥着逮捕令待他多时的南非警方的怀抱。

南非警方会在一两天内处置德沃。

至于这一切罪恶背后的钻石矿业公司，纽约警察局对外联络处和联邦调查局已经联系了两家涉事公司。多布罗姆没有做出任何回应，多半是没有后文了。雇用克鲁格的危地马拉新世界公司倒是回了电话，但言辞坚决地否认与此案有任何关联。

俄罗斯和中美洲插进来的两条腿似乎都断掉了，这部分的调查被迫停滞。

但莱姆决心一定要解开所有谜团。

另外一个更为紧迫的问题是，他们不知道纽约市里是否还有别的炸弹存在。不能仅仅因为三公斤的C4炸药就认定东北地质公司的工地只放置了三枚炸弹。

也许克鲁格将三公斤炸药分成了四五份，还布置了别的燃气炸弹。

警方还在沿工地附近的断层线搜索其他可能的目标,消防局也一直在该地区待命,以防地震再次发生,那将是另一起火灾的信号。拆弹小组和特警队与东北地质的人一起,终于开始挖开钻井,排查潜在威胁。

漏洞。

此时此刻,莱姆盯着证据板,又想到了一件事情,指示手机拨打了一通电话。

"嘿,林肯,怎么了?"朗·塞利托听起来有些不耐烦。

"只是想和你跟进一下案件进展。你那天来找我,说有一个燃气装置没有引爆,在那个女人——克莱尔·波特家的地下室?"

"嗯,怎么了?"

"你那天来我这里之前,去过现场吗?仔细想想,这很关键。"

"有什么好想的,答案是'没去过'。我当时在市中心,别人打电话报告了这件事情,我从来没去过那个现场,问这个做什么?"

"只是案件中有些漏洞。"

"随便吧。还有别的事吗?我们在看《行尸走肉》呢。"

"什么?"

"晚安,林肯。"

问题一个接一个地浮现出来。

但他转过轮椅,来到客厅的入口,将解决这些问题的念头暂时搁置,他现在要关注的是今晚最重要的事情。

与他的新娘共进晚餐。

阿米莉亚·萨克斯走进了房间。她穿着一件绿色长裙,低胸无袖的设计。

"你看起来好美。"莱姆说道。

萨克斯微笑,然后有些不由自主地问:"你看起来有心事。"

"不是什么要紧的大事。汤姆,开饭了!能先把红酒打开吗?拜托了,谢谢。"

他再次看向萨克斯,他真的很喜欢这条裙子。

第五部分　刻小面

三月十七日 星期三

68

墨西哥律师安东尼奥·卡雷拉斯·洛佩兹镇静一如往常,拽了拽自己的背心,看着坐在他对面的当事人。

爱德华多·卡皮利亚,也就是"猎鹰"。不过,大概全世界只有他长得最不像鸟了:肥胖、秃顶、斜眼、大鼻朝天。若论长得像,他的绰号应该叫"巨龟"。别看他这副德行,他依然是全世界最危险的人之一。此刻,他的双手双脚都被铐住了,镣铐锁在地板的钢环上。

审讯室在纽约东区卡德曼广场的联邦法院里。这座现代建筑经典而优雅,只是略显破旧。许多作奸犯科的不法分子都从罪恶街头流向了这里,但由于他们触犯的是联邦法,所以责罚往往比州法院审理得更轻。

两个男人都穿着西装,被告也按照惯例穿西装,因为穿连体衣出庭很容易让陪审团产生偏见,会先入为主地认定被告有罪,这有违《第六修正案》——公正审判的权利。

墨西哥律师时常会想,美国宪法实在是太古雅、太迷人……

房间外站着两名守卫,他们是为了确保"猎鹰"插翅难逃。想到这里,卡雷拉斯·洛佩兹忍不住发笑。

此时,他的钢笔正在面前的黄色便笺上不停地书写,笔尖发出"沙沙"的轻响。别人看见,肯定以为他在记录联邦检察官毕肖普刚刚说出的耸人听闻的新证据。对方说，新的证据分析表明，他的客户并没有如他所说的那样，枪战时一直躲在浴室里，实际上，他拿起了枪并向警察开了枪。

那个狗娘养的林肯·莱姆摆了他一道。

当然，这也是最为讽刺的地方，因为卡雷拉斯·洛佩兹亲自找上莱姆，就是为了让他上钩。律师想出"污点证据"的荒谬事件，只是为了制造面见莱姆的理由。他要亲自研究这个人。卡雷拉斯是个很会"看人"的大师，若是莱姆已经开始怀疑嫌疑犯四十七的案件与钻石矿脉无关，而是另有目的，比如与"猎鹰"有关，卡雷拉斯一眼就能看出来。但是，所幸莱姆还什么都不知道，这位刑侦学专家也许在分析指纹和痕迹证据上敏锐异常，但对于眼下正在发生的事情却一无所知。

一小时之后，"猎鹰"将重获自由。他们计划将他从法院劫走，送到委内瑞拉的一个复式公寓。目前，计划进展顺利。

有传言说美国和这个乱糟糟的南美国家之间没有引渡条款，实则不然。一九二二年两国签署的引渡协定仍然有效，尽管引渡的罪行有点奇怪（比如重婚罪）。美国有将逃亡的杀人犯和毒贩运回国的规定，但是，当然了，这些规定只有在对方国家愿意执行的情况下才有效。而且，取决于给他们的钱数后面有几个零，委内瑞拉的执法力度着实有些一言难尽。

自从"猎鹰"在长岛枪战后被捕，他们便开始制订这个逃跑计划了。

卡雷拉斯·洛佩兹知道，在法庭上为"猎鹰"辩护无罪是行不通的。事实上，和检方说的一样，"猎鹰"抢过仓库经理克里斯·科迪的手枪，枪击了战术组的警察巴里·塞尔斯。逃跑是他唯一的选择。卡雷拉斯给墨西哥贩毒集团的一位"和事佬"打了电话，此人在瑞士日内瓦，叫弗朗索瓦·莱特普斯。卡雷拉斯付了他一百万美元，若是他成功解救"猎鹰"，还将收到剩下的三百万美元尾款。

莱特普斯曾建议更换解救行动的地点，换到纽约以外的其他地方，他认为在纽约行动会出问题。但是不行，因为只有纽约东区有司法权，一旦"猎鹰"被定罪，他将直接被关到安全地点。直到政府出动飞机，把他运往臭名昭著的科罗拉多超级监狱，之后他绝无可能从那里越狱。

所以纽约是唯一的选择。布鲁克林区的联邦法庭是整个审讯环节里安保最为薄弱的一处，莱特普斯制订了一个计划，在"猎鹰"来到法庭后，他将引发事故，让警方不得不撤离庭内所有人。他们会趁乱控制住运送他的装甲车，借机逃走。

可是如果简单地打电话谎报有炸弹威胁，实在太过可疑，会让执法部门对"猎鹰"产生更大的怀疑。

于是，莱特普斯决定制造燃气泄漏事故，这样一来，法院就不得不疏散人员，同时又不会将事故与罪犯企图逃跑联系在一起。具体来说，莱特普斯打算雇用杀手来破坏附近的地热钻井，并在周围建筑内布置燃气炸弹。

莱特普斯事先将一批博茨瓦纳富含钻石的金伯利岩运到纽约，卡雷拉斯·洛佩兹让几个他从墨西哥带来的亲信兵分三路，处置了这些石头，其中一些扔到了地热钻井工地，还有一些扔到了工地的废料垃圾场。最后，卡雷拉斯还派人将一些小块的金伯利岩送到了钻石行业内有名的切割大师杰丁·帕特尔那里。切割匠对金伯利岩进行了检测，发现其中蕴含丰富的高品质钻石原石。帕特尔怎么想并不重要，他只要得到这块石头就好。

莱特普斯假扮危地马拉矿业公司的一个承包商，其实该公司对此毫不知情。他以公司的名义雇用了安德鲁·克鲁格，让他去纽约布置炸弹、阻止地热施工，并杀掉帕特尔和温特劳布。随后，疯狂的俄罗斯人出现了，加入了摧毁并不存在的钻石矿脉的任务，但这已经不重要了。重要的是，警方已经相信，在布鲁克林法院附近，有一系列的燃气炸弹潜伏在无人知晓的地方。

任何燃气泄漏事件都会被引向克鲁格和他的破坏计划。

可怜的安德鲁·克鲁格，他并不知道自己只是一枚弃子，还以为是在为新世界矿业公司工作，到死都不知道自己被人算计了，从一开始就是。计划中的一个关键点就是让警方查到，杰丁·帕特尔等人遇害与钻石矿业破坏潜在矿脉有关。

林肯·莱姆不知不觉间便着了道。

卡雷拉斯·洛佩兹一副全神贯注的模样，皱着眉头，又在纸上记了些东西。他摇摇头，似乎是有些不满意，划掉了一行。又补充了一条。这是一份十分重要的文件：一张晚宴所需物品的购物清单，宴会将在明晚的墨西哥城举行。卡雷拉斯的妻子并不喜欢烹饪，他却很喜欢。

鸡肉、波布拉诺辣椒、法式鲜奶油、香菜、勃艮第白葡萄酒，还是夏布利酒？

他一边想着龙舌兰的味道，一边装模作样地读着一份法庭文件，就在这时，整个建筑都微微颤动了一下。

C4炸药的威力。这枚炸弹并不是克鲁格布置的，是卡雷拉斯·洛佩兹的人在地热现场布置的。这个简易爆炸装置并没有设置成定时爆破，而是通过无线电信号引爆。因为爆炸必须与"猎鹰"出现在法院的时间相一致。

门外走廊的守卫也相互对视了一眼，随即转过头，神色如常。

卡雷拉斯·洛佩兹的手机发出短暂的提示音。

他低头看到短信："你姑妈出院了。"

这句话的意思是，卡雷拉斯的人已经开始将燃气的味道（并不是真的燃气）吹进法庭的空调系统中。

卡雷拉斯·洛佩兹将屏幕切换到当地新闻，一条紧急插播的新闻报道出现：布鲁克林地区又发生一起人为地震事故，请居民注意燃气泄漏状况，若有泄漏发生当立即撤离。

又一条短信发了过来："接她的车到了。"

直升机已经落地,正在布鲁克林区靠近水域的一个建筑工地待命。这架飞机将把卡雷拉斯和"猎鹰"带到斯塔顿岛的一个简易机场。在那里,私人飞机会分别将二人送往加拉加斯(委内瑞拉的首都)和墨西哥城。

卡雷拉斯·洛佩兹为接下来要发生的事情做好了准备:法院大楼里的人将被紧急疏散。警卫人员会要求卡雷拉斯离开,然后把"猎鹰"押送到停在一楼装载口的武装押运车中,将他送回拘留中心。

但是"猎鹰"的撤离行动并不会按照联邦执法官的计划进行。驾驶装甲押运车的可不会是警卫,而是卡雷拉斯·洛佩兹的人。他们会穿上警卫制服,用装有消音器的武器杀掉警卫,然后接管货车,开到出口,等待"猎鹰"和押送他的两个警卫。一旦他们进入车内,关上门,那两个警卫也会死。然后,他们会开车全速前往直升机等待的地方。

明天的这个时候,"猎鹰"将在加拉加斯的复式大院里享受美好的生活。卡雷拉斯则与此事毫无关系,届时,他将在家中研究拉丁式红酒烩鸡,烹饪他的独家配方,并在事后赞叹整个计划多么精妙。

谢谢你,弗朗索瓦·莱特普斯先生。

或者该说:Merci。[①]

这般想着,卡雷拉斯闻到了一丝燃气味。

他抬眼,看向"猎鹰",后者微微皱了下眉头。卡雷拉斯·洛佩兹从黄色的便笺簿上撕下购物清单,小心叠好,放进了口袋。

一分钟后,大门被打开,一伙警卫冲了进来。

"所有人员,马上撤离。"其中一人对卡雷拉斯 洛佩兹说道,"你从前门出去。"随后转头对"猎鹰"说,"你跟我们走,什么都别说,低头,听指挥。"

随后,他们出于礼貌或是规定,用西班牙语重复了刚才的话。

---

① Merci:法语"谢谢"。

"猎鹰"站了起来,一名警卫上前,将地板上的镣铐打开。

卡雷拉斯·洛佩兹一脸关切地问道:"这是怎么回事?"

"燃气泄漏。那个混蛋安装的燃气炸弹,新闻里的那个,他在这边也安了一个。动起来,快点!"

"天哪!"卡雷拉斯·洛佩兹喃喃道,他请求神明保佑,随后走向了门口。

69

他要的就是混乱，混乱已经到来。

安东尼奥·卡雷拉斯·洛佩兹穿过街道，正对着联邦法院的囚犯押解口。他坐在一家咖啡厅二楼临街的位置，这里可以看到整个行动过程。

此时，街上站满了救援人员——实际上是预备救援人员，因为爆炸和火灾还未发生。消防车、警车和救护车，当然还有媒体的车停得密密麻麻。人们像对法西斯分子敬礼一样，拿着手机，高举手臂，似乎是想记录灾难爆发的瞬间。警察通过扩音器，要求人群退到路障后。"立刻后退！这里很危险！可能发生火灾和爆炸！后退！"警告声严厉而响亮，人们却并不在意。

卡雷拉斯的豪华轿车就等在咖啡店后面。他对莱特普斯的计划很有信心，不过他是个务实的人，他得留条后路。这个计划也不是万无一失的。万一警察开枪打死了他的人，把墨西哥毒枭关进了监狱，他就会立刻逃离这个国家。

他有家人，有钱，还有一份烹饪菜单在等他呢。除此之外，他还有一架喷气式飞机，都是他自掏腰包买的。

他紧张地看着街道，看到押运"猎鹰"的武装车辆向前驶去，紧接着，手机便收到了一条短信："你姑妈正在回家的路上。"

也就是说，车里的警卫都死了，他的人已经接管了装甲车。

现在是最关键的时刻。

之前审讯室外的两名警卫会押着"猎鹰"走出来，一起坐上押运车。卡雷拉斯看到，装卸口外还有三名警察，三人拿着冲锋枪，检查着人群。在他看来，这些人有些过分小心了。不过也可以理解，他们肯定不想让囚犯逃走，但也不想在燃气炸弹爆炸时被烧死。此时燃气味应该已经相当浓郁了。他们和城市里的其他人一样，都很清楚，燃气管道上的定时点火装置正在倒计时，从爆炸到火灾发生，只有十分钟的时间。

然后，"猎鹰"和那两名警卫出现在了门口。

他们以最快的速度走向押运车，此时"猎鹰"腿上依旧戴着链条，门打开了，他们三人走了上去。"砰"的一声，车门关闭。

然后，里面亮起几道微弱的闪光。

他们的人用消声手枪杀掉了警卫。

街道已被疏散一空，只剩下押运车。车子快速驶远，在拐角处消失不见。

又来了一条短信："她目前还好。"

这是最后一条加密信息，表明警卫已经全被处理掉，押运车正在前往约定的直升机降落点。

卡雷拉斯·洛佩兹起身匆匆下楼。走过咖啡店的后楼梯，走近他的豪华轿车。他上车，司机跟他打了个招呼，然后出发。凯迪拉克绕着拥堵的街道转了一圈，很快，他们便开上了高速公路，只比"猎鹰"的押运车慢五分钟左右。

押运车上装有 GPS 定位系统，车子的行程将被跟踪记录。所以莱特普斯将直升机待命地点选在了高速公路旁边，也是去往拘留中心途中的某个位置。就算有人查询定位，他们也会以为押运车驶离高速是为了避免交通堵塞。

押运车很快就会停在约定地点，让车上的人和"猎鹰"下车。拘留中心的人会意识到不对劲儿，但等增援警力赶来时，"猎鹰"和卡雷拉斯·洛佩兹早就不在了。

现在，卡雷拉斯·洛佩兹的凯迪拉克慢慢驶近那辆押运车。他能看到，两车之间只有一百码的距离。一分钟后，他们来到了岔路口，先是押运车，然后是豪华轿车，先后开进了一个空旷的停车场。停车场内杂草丛生，旁边是一个破旧的工厂。高耸的标牌上只有几个残存的字母，足有六英尺高。这些字母曾被漆成亮眼的红色，现在却伤痕累累，呈现病态的粉红。

押运车和凯迪拉克均停在了直升机旁，飞机的螺旋桨不停地旋转着，还有一辆面包车也停在了这里，车边上站着律师的人。

卡雷拉斯·洛佩兹回头看了一眼，没看到追捕的警车，头顶也没有警察出动的搜寻用直升机。东河与港口交汇处，波涛汹涌的水面上也没有其他船只。

当局对他们的逃跑还一无所知。拘留中心的人很快就会起疑，因为押运车迟迟不到，他们就会派人前来搜索。不过，那也是十分钟之后的事情了。

卡雷拉斯·洛佩兹走下车，对司机说："快离开吧。"然后塞给了司机五百美元，和他握了握手。

"谢谢您，先生，很高兴能为您服务，等您下次来。"

大概永远不会再来了。不过卡雷拉斯还是说："期待再见。"

凯迪拉克缓缓驶出破旧的停车场。

卡雷拉斯向押运车挥了挥手，"猎鹰"此时可能正在车里翻找死去警卫的钱包和武器。"猎鹰"曾经为了一个钱包杀过人，并不是因为里面的钱，而是因为他喜欢压花皮革，还有对方妻女的照片。"猎鹰"曾对卡雷拉斯说过，他把那张照片放在了自己的床头，放了好多年。

即便过了这么久，每当想起这件事，卡雷拉斯还是觉得不寒而栗。这位客户可真是个怪胎。

押运车的门打开了。

"好啊!"卡雷拉斯·洛佩兹喊道。

很快他就僵在了原地,低声道:"该死。"

因为车上走下来的并不是"猎鹰",而是一个红发女警,全副武装,手中拿着机关枪。紧随其后的是三名,不,四名——六名警官,他们穿着防弹衣,一半写着ESU(特勤队),另一半写着FBI(联邦调查局)。

"不!"律师喊道。

其中两名警官冲到直升机前,将飞行员拉了出来。其他警官快速逮捕了律师的手下。红发女警和一位年轻的金发警官迅速走来:"举起手!"女警喊道。律师叹了口气,舔了舔干燥的嘴唇,举起双手。他在林肯家中见过她。

怎么会?怎么会变成这样?

明明是完美无缺的计划。

却被毁掉了。

怎么会?卡雷拉斯满脑子都是这个问题,他想不通。

直到女警铐住了他的双手,金发警察搜他的身,他还在想,到底是怎么回事?

短信没有问题。

"猎鹰"确实上了押运车,他亲眼看见的,还看到了开枪时的闪光。

真的吗?

卡雷拉斯是个聪明人,他想:不,不对。他们一定是已经知道,或是猜到了这个逃跑计划,所以赶在司机和警卫被害之前,向他的手下提出了认罪协议,得知了他们的暗号和逃跑计划的细节。

车内的闪光也并不是枪击产生的,有可能是手机或者手电的光,让外面的人误以为第二批警卫也已经被干掉了,就在押运车转弯的时候,车被掉了包,换成了现在这辆,并按照计划一路来到了他们的约定地点。

但这并没有解释卡雷拉斯最大的疑问：林肯·莱姆到底是怎么怀疑到他们在策划逃跑的？

女警察说："坐下，我来给你补补课。"

她的话让他稍微安下心来，卡雷拉斯说："请告诉我，你们是怎么知道的？你们怎么可能知道我们在做什么？我很想知道，你可以告诉我吗？"

她没有理会，而是看向一辆驶过来的黑色豪华轿车，车子停了下来，一个身材颀长的男人走了过来。

卡雷拉斯·洛佩兹叹了口气，是美国检察官亨利·毕肖普。

女警走到他面前，两人交谈了几句。毫无意外地，他们谈话间一直不时地看向他。

最终，毕肖普点了点头。两人缓缓向律师走来。

70

莱姆坐在残障人士多功能车里,离布鲁克林水边的追捕行动地点不远。

他正看着窗外,听着警用频道里断断续续的通话。

没错,昨晚他和萨克斯享受了一顿愉快的晚餐。

但他们并没有讨论电影或政治,也没有像平常夫妻一样在吃饭时说些无关紧要的逸闻趣事。他们谈起了案件中的漏洞,这让莱姆再一次思索起钻石区的案子。

"不对,萨克斯。案件里好多细节对不上。"

"比如?"

她正醉心于美味的勃艮第葡萄酒——霞多丽。酒香恰到好处,没有在橡木桶中浸泡太久,这是法国人才能掌握的微妙技艺,莱姆对此深信不疑。他已经将格兰杰威士忌束之高阁。若喝葡萄酒,就一定要喝这种令人望而生畏的精品。

他说起了案件中最关键的一个细节:"杰丁·帕特尔最初是从哪里得到金伯利岩的?"

萨克斯点了点头:"我从没想过,是个好问题。"

他讽刺地说:"难道是有人散步,无意间走到钻井工地或是垃圾场,碰巧见到一块不起眼的黑石头,就随手拿给了杰丁·帕特尔吗?"

"对，说不通。"

"还有一个问题：伪造地震，会不会有点太荒谬了？就好像我们注定会发现整个事件是出闹剧。"

"没错。若是案件进展太快，基本没时间回头细想。"

莱姆说道："假设说，案件里还存在一个'Y'先生。"

"'X'先生已经被用了吗？"

莱姆微笑："还记得吗？我之前用过了。"

"哦，对，继续吧，'Y'先生'。"

"他也有一个计划。'Y先生'或是他的手下，匿名联系了克鲁格，自称为新世界矿业工作。他们得知布鲁克林的一个钻探点挖出了富含钻石的金伯利岩，情况很紧急。他们雇用克鲁格伪造地震，阻止钻探，并解决掉帕特尔和所有知情人。"

"还有，"萨克斯说道，"'Y先生'应该是事先从非洲运来了一些金伯利岩，提前布置在工地。"

"正是如此。还记得我们发现的那些痕迹吗？芸香科松风草属灌木，也叫五彩灌木，是非洲的植物。"

接着，莱姆又享用了一口沾了茴香奶油酱和苦艾酒的小牛肉。以前，也就是他事故之后的几年里，他吃饭通常都要汤姆来喂。最近，只要有人把他的食物切碎，或是做成那种一口就能吃掉的，他就可以自己吃饭。

萨克斯说："也就是说，到现在为止，伪造地震掩藏矿脉不过是'Y先生'精心编排的一场戏，实际上却另有目的，是什么呢？"

"最初我也没有想到，但后来，我问自己，为什么要选在布鲁克林？为什么要在东北地质公司的工地？'Y先生'可以选择那一片任何一个工地。为什么一定要是东北地质？因为卡德曼广场有什么不同吗？是什么让卡德曼广场如此特别？"

"是那些政府大楼，法院。"

莱姆再次微笑："还有其他线索可以把这块拼图联系起来吗？"

"我有一种感觉,"萨克斯说,"你是在明知故问,你早就想到答案了。"

"那天,普拉斯基来这里,说他闻到了燃气味,我猜是因为朗刚从克莱尔·波特家地下室的现场回来,他们在那儿找到了燃气炸弹。装置没有爆炸,但它确实融化了天然气管道,出现了严重的燃气泄漏。我以为他去了现场,所以才会有燃气味。但我后来给他打了电话,他说他并没有去过现场。"

"所以,到底是哪里来的味道?"

"'猎鹰'的律师给我送来的一箱文件里——'Y先生'给我送来的。"

"Y先生!"萨克斯的眼睛亮了起来,"卡雷拉斯·洛佩兹。"

"没错,他的一个手下把文件给我送了过来。不管他们去过哪里,肯定有燃气,也许他们测试过燃气装置,或是发生了泄漏。一些味道沾到了文件上。所以,这些燃气炸弹肯定和'猎鹰'的律师有关。也许和他的庭审有关。"

萨克斯若有所思道:"这也解释了为什么卡雷拉斯·洛佩兹会来找你,说长岛仓库有人栽赃枪击残留物。"

"是的,他想了解嫌疑犯四十七案件的调查进展,关注我们的行动,确保我们没有对钻石矿脉这场戏起疑。我要是没有找出长岛枪击案里的关键证据,并且交给毕肖普,他应该会成为我们这里的常客——嗯,间谍。"

萨克斯放下刀叉,说:"但是,上帝啊,莱姆,他计划将'猎鹰'劫出去……也许就是明天。我们却在这儿干坐着。"

莱姆耸了耸肩:"明天之前,也不会出什么事。我给我的朋友汉克·毕肖普打了电话,他说'猎鹰'明天十点钟才会出庭。再说,我们的晚餐还没吃完。"

萨克斯揶揄地看了他一眼,说道:"而且你应该已经给朗、罗恩、德尔瑞还有特警队的人都打过电话了吧?他们什么时候到?"

"半小时后，不会打扰我们吃甜点的。汤姆？汤姆！你不是要为阿米莉亚做点特别的东西吗？"

然后，今天早上，塞利托和德尔瑞启动了他们前一天晚上制订的行动计划。他们认为卡雷拉斯·洛佩兹可能会让自己的人装扮成警卫，劫持押运车。所以几个FBI特工和卧底警探对法院内外的警卫进行了排查，发现其中有两名警卫是他人冒名的，还带有安装了消音器的武器。德尔瑞以他特有的，令人生畏的审讯风格将二人成功说服。只要他们说出计划的细节，就可以减轻面临的指控。（"我再三跟你们保证，你们两个若是不好好交代，就会被'特殊'照顾，关进'特殊'监狱，有多'特殊'我就不描述了，总之你们应该不会喜欢就是了，更别说里面的人都是些什么来头了。听懂了吗？"）

目前为止，进展顺利。

接下来便是权衡选择。莱姆、萨克斯、德尔瑞和塞利托，以及一些纽约警察局的高层领导，还有市政厅的人，一起进行了会谈。

他们知道，不会有真的燃气炸弹袭击。卡雷拉斯·洛佩兹只是让手下的人弄来一些燃气的味道，好让人们从法院撤离。他们不会真的安装燃气炸弹，毕竟这样有可能误伤客户。所以联邦法警和纽约警察局的警员可以忽略这些所谓的"泄漏"，然后把话传出去，告诉众人并没有危险出现。只要打开窗，让味道散出去，庭审就可以继续了。

但是，莱姆认为，如果他们能将卡雷拉斯·洛佩兹拿下，便可以和此人做辩诉交易，以换取"猎鹰"美国合伙人的线索。

也就是说，他们必须让劫狱计划进行下去——不过要将"猎鹰"的押运车换掉，换成一辆载了战术作战队员的货车，将"猎鹰"的逃亡计划进行到直升机起飞之前这一步，再将卡雷拉斯·洛佩兹及其手下整个团伙一网打尽。

而事情的进展，与他们计划的一模一样。

这时，莱姆的手机响起短信提示音。

仅供参考：卡雷拉斯·洛佩兹已接受辩诉交易。指认了"猎鹰"的美国合伙人，长岛花园城的罗杰·惠特尼。谢了，林肯。

毕肖普

莱姆听到身后车门发出响动，回头去看。

萨克斯正站在车门边，肩上挂着机关枪，枪口朝下，头盔被她摘了下来，拿在左手。莱姆想，她现在这身装扮竟然与昨晚的绿色长裙一样迷人。

"能搭个便车吗？"

"嗯，总能给你腾个地方的。"

萨克斯坐进车中，关上了门。坐正身体后，她将机关枪的弹夹取了出来，又将枪膛里的子弹退了出来。这时，二人四目相对。

"所以，"萨克斯说道，"结束了。"

"结束了，萨克斯。"

71

维姆·拉赫里昨天并没有看见父亲。

与母亲和弟弟吃过晚饭后,他去找了阿黛拉,回来时已经很晚了,车子停在车道上,父亲回来了,但已经睡下了。

今天早上醒来时,维姆发现父亲已经出门了。

不管这男人在忙什么,他都没告诉自己的妻子,更不会告诉桑尼。但话又说回来,爸爸从不会跟家人分享任何事情,除非是来自上天的旨意。

维姆知道,毫无疑问(但是有些恐惧),父亲在给自己找下一家工作室,他又要被送出去做学徒了。但这应该并不容易。尽管维姆切割钻石的技艺高超,但他已经坏了名声。他现在已经与钻石行业里最糟糕的事情联系到了一起——抢劫和谋杀。哦,他确实是无辜的,而且整个案件最后似乎也和钻石没有多大关系,但钻石匠们才不会去分辨其中细节。只要提起维姆,他们就会想到钻石大师杰丁·帕特尔的陨落。

维姆·拉赫里成了鲜活的证明,非洲的血钻、西伯利亚的奴隶劳工,再到比利时的武装抢劫,闪耀钻石的另一面是见不得人的黑暗和罪恶。

但他的父亲会用尽所有方法,祈求也好,发怒也好,直到有人接受维姆。

现在，他回到了自己的工作室，正在查看一块两磅重的青金石。维姆喜欢这种深蓝色的矿物质。一般来说，人们会用青金石做首饰，但也有人会以合理的价格，买大块些的石材做雕刻。它在艺术和珠宝制作领域历史悠久，图坦卡蒙的丧葬面具上就用到了它，中国的艺术家还会在垂直平面上雕刻微型村庄，就像玉石浮雕。青金石最早发现于阿富汗的巴达赫尚省，除此之外，其他颇具异域风情的西伯利亚、安哥拉、缅甸、巴基斯坦等地也均有发现，而他手中这块特殊的石头则来自科罗拉多州宜人的峡谷。

维姆翻来覆去地观察着青金石，等着它对自己吐露心声，告诉他，它想要通过维姆的双手重生成何种模样。但此刻，它却沉默不语。

楼梯上传来脚步声。

维姆知道是谁。他将手中嵌有黄金纹理的青金石放到了工作椅上。

"儿子。"

维姆对着眼神疲倦的男人点头示意，心想，给一个没人要的站街女拉皮条是个苦差事啊。

爸爸手中拿着两个信封，一个大的，一个小的。维姆瞥了一眼。猜那里面装的应该是切割任务签订的合同。他的眼睛再次看向父亲。

面前的男人说："昨天晚上没见到你，我太累了，直接去睡了。不过你妈妈告诉我，说你一切安好。和那个男人离开后没有受伤，那个杀手……"

离开……

"是的。"

"你没受伤，我很感激。"爸爸说道，随后又觉得自己的用词有些荒谬。

父亲看向那块青金石："帕特尔先生的孩子和家人去了市中心，他们一家要举办一场小型的葬礼和火葬仪式。"在印度教中，火葬是唯一被接受的安葬方式。在印度,葬礼与火葬要在同一个地方举行。当然,传统上,遗体是在一个露天的火葬架上焚烧的。在这里,印度教的葬礼仪式发生了变化,以适应西方社会。

父亲又说:"他们今晚会在他姐姐家举行一场追悼会。这也是我昨天晚归的原因之一,我去帮了一下忙。你今晚去吗?"

"当然,是的,当然会去。"

"你要是想,也可以在追悼会上说些什么,不想说也没关系。"

"我会的。"

"好,你会做得很好的。"

沉默。

这也是我昨天晚归的原因之一……

现在就要揭露他晚归的其他原因了。他的新师父是谁?

维姆·拉赫里决定,他不要再认新师父了。结束了。他要对父亲说"不"。

拒绝的话即将脱口而出。

维姆深吸一口气,刚要开口,父亲却在这时将那个较小的信封递了过来。他的手今天并没有抖得很厉害,说:"给你。"

维姆将准备好的独白吞下,接过了信封。他看了一眼父亲的眼睛。

男人耸耸肩,像是在说,打开吧。

维姆打开了信封,看到里面的东西后呼吸一滞。他看了看父亲,又低头看了看信封。

"这是——"他哽住了喉咙。

"是的,德夫·努里公司的支票。"

支付给维姆·拉赫里,只给他。

"爸爸,这里有将近十万美元。"

"你还要纳税,不过还是会剩下三分之二吧。"

"可是……"

"你为他切的那颗钻石,平行四边形。"他的口吻略显生硬,"德夫在一场私人拍卖会上卖了三十万美元,他打算给你百分之十。"

在纽约地区,一位才华横溢的钻石切割工一年有望赚到大约五万美元。努里先生愿意为一天的工作支付他三万美元,无论以什么标准来衡量,都极为慷慨。

"但我没有同意。我们商量了一下,他同意付给你百分之三十三。但这里并不到十万,因为他坚持减去已经付给你的三千美元。我觉得,我们也没法反对,是吧。"

维姆没忍住,轻轻地笑了。

"开个账户吧,把钱存进去。都是你的钱了,你想怎么用都可以。现在,我要说点别的。你会接到很多电话。纽约地区的所有钻石匠都想雇你为他们工作。我听说这些人中有很多人都愿意收你做学徒。他们都听说了你切割的平行四边形,有些人叫这块钻石'维姆切割'。"

的确很有趣,他没有变成人人喊打的过街老鼠,但还是令人沮丧。来自父亲的压力又回来了。比之前更加温和,却依旧沉重。

父亲轻声说:"你可以选择任何一个人,为他们工作,报酬都很优厚。但我希望你在做决定之前,再考虑一下这个。"说着,他将大一点的信封也递了过来。

维姆打开信封,看到了一本学校介绍手册,是长岛一所经过认证的四年制大学。一张黄色的便利贴夹在中间。维姆打开那一页,是艺术硕士课程的页面。有一个关于雕塑的学习项目,包括在佛罗伦萨和罗马交换一学期。

维姆的心脏似乎在颤抖,他抬头看向父亲。

男人说道:"那么,我要说的都说完了,接下来就看你了。当然,也许你想去别的学校,不过我和你妈妈觉得,你如果真的想去读艺术,我们希望你可以是杰克逊高地的米开朗琪罗,而不是洛杉矶的米开朗琪罗。"

维姆并不想拥抱他的父亲，却无法控制这种渴望。

骤然相拥的尴尬很快消失了，两人拥抱的时间比预想得还要长，然后分开。

"我们五点要去帕特尔先生的姐姐家。"父亲转头走向了楼梯，"哦，还有，你怎么不请阿黛拉一起去呢？"

维姆瞪大了眼睛："你怎么……"

父亲脸上露出神秘的表情，但他的意思很明确：永远不要低估父母的智力与洞察力。

父亲离开了工作室，走上台阶。维姆拿起青金石，再次翻来覆去地看着，等着石头对他吐露心声。

72

"巴里。"莱姆在客厅里,开着免提与巴里·塞尔斯通话。

"林肯,我很生你的气,你知道吧?"

"是吗?为什么?"

"我是个底层人,你却让我喜欢上了这种真正的苏格兰威士忌。这么贵的东西。实际上,是琼很生你的气,我倒是不在意。"

一阵沉默。

莱姆说:"我们打倒他了,巴里,他要被关一辈子了。'猎鹰'。"

"老天,我以为这案子会很难办。"

"嗯,后来就好了。"

巴里也沉默了片刻。

"而且我们抓到他的合伙人了,那个美国人。"

莱姆可以听到对面男人忽然沉重的呼吸声。

"你插手了吧?"

"还好,帮了一点小忙而已。"

塞尔斯笑了:"胡扯,我才不信。"

"爱信不信吧。"

"这才是我认识和欣赏的林肯·莱姆。"然后,塞尔斯不再提这个略显伤感的话题,说道:"嘿,我和我妹妹聊过了,她想了个主意,我安了一个临时的义肢,就是一个钩子,你知道吧。她正要把孩子们带过来,猜猜怎么着,我们要玩金刚狼的游戏,他们会喜欢的。"

"玩什么游戏?"

"那个电影啊,你知道的。"

"金刚狼的电影?"

"你不怎么出门,是吧,林肯?"

"嗯,你们能想到这个好办法,我很替你高兴。"

"我们很快就会见面的,到时候请你喝威士忌。"

挂断电话后,莱姆操控轮椅再次回到证据板前,手机嗡嗡作响,有人来电。

他按下了接听键。

"林肯。"电话中隐约传来一声招呼,被电吉他喧闹的演奏掩盖了。

莱姆忍不住大喊道:"罗德尼,看在上帝的分上,音乐关小点!"

"这可是吉米·佩奇①。"

莱姆叹了口气,不过电话那头的计算机犯罪专家应该听不到,毕竟这声叹息分贝太小。

"好吧好吧,我就是说说,你知道齐柏林飞艇②的专辑在美国销量排行榜排第二吧。"罗德尼调低了音量。听他播放的音乐,你可能会以为他留着齐肩的卷发,身上有文身和各种穿孔,穿着前襟开到肚脐的衬衫(如果现在的重金属乐队吉他手还是这身行头的话)。不过,实际上,他看起来就是一个技术宅。

阿米莉亚·萨克斯走进客厅,弯腰吻了一下莱姆。

罗德尼说:"我找到一些关于金伯利岩事故的消息,你应该想知道。"

"你们管这起案件叫'金伯利岩事故'?"萨克斯问,声音里带

---

①吉米·佩奇:英国著名吉他大师、作曲家、音乐制作人。
②齐柏林飞艇:七十年代著名的英国摇滚乐队。

着笑意。

"我还挺喜欢的,你不喜欢吗?看看你的戒指,多漂亮。好了,我要说的是,你把那个律师——卡雷拉斯·洛佩兹——的一次性电话发来之后,我检查了一下手机的记录。发现他打了很多电话给那些聚集在法院大楼、直升机停机坪和监狱里的人。"

"什么?"

"监狱,就像以前的西部片一样。牢房。"

"罗德尼,说正事。"

"但更有趣是,大部分电话和短信都是与一个巴黎号码之间的往来。第六郡。也就是'区'的意思。"

"我知道。"萨克斯说。

"信号范围在卢森堡及其周围。卢森堡是指一个花园,但你可能也知道。"

"这个我还真不知道。"

罗德尼又说:"不管那人是谁,过去几周,律师和这人没少联系,打电话也好,发短信也好。就像是在做汇报一样。"

"也许是个行动顾问。"萨克斯说,走到一个检测台的证物箱前,"你之前以为律师就是'Y先生',是他策划了一切。也许这个人才是。"

"有可能。"

"莱姆。"萨克斯说着,举起一个证物袋。那是卡雷拉斯·洛佩兹的每日计划表。封面里贴着一张便笺,上面记着一个名字:弗朗索瓦·莱特普斯,名字旁边还记着一串数字。也许是银行账户。

法国名字,会不会是电话那头的巴黎人呢?

罗德尼说:"接下来是比较奇怪的地方。"

在一个已经十分奇怪的案件中,还有更奇怪的地方。

"这些短信的加密算法,就是你前几天打电话问过的,十二进制算法。用阿拉伯数字零到九,再加上 τ 和 ε。无巧不成双啊!"

莱姆的眼睛缓缓看向证据板。

"解不开吗?"

"若是能解开它,我也能参加《与星共舞》了。"

"那是什么?"

"答案是'不可能'。"

"我先挂电话了。"林肯结束通话,冲梅尔·库柏喊道,"我们从替代情报机构收到的八个包裹呢?国际物流的。"

包裹昨晚就到了,但是莱姆一直在忙着处理案件,没有顾得上看。

库柏打开包裹,里面并没有信件,只有达里尔·马尔布里写的一张便条。

好吧,来吧,不管是什么线索,都是好的。

库柏拿起一个小的证物信封。信封里是一块小小的新月形金属,辐射监测呈阳性,但强度不至于造成危险。莱姆正在仔细研究它。

他想起马尔布里曾对此表示忧虑,他担心这可能是一个脏弹定时器的碎片,机械雷管的一部分。之所以使用机械雷管,是因为电子雷管可以被现有科技轻而易举地破坏掉。

现在,莱姆知道,马尔布里该担心的不是这个。

某种程度上来说,这块小小金属碎片背后的隐患,比脏弹更令人不安。

莱姆立刻给马尔布里打了电话。

"林肯!你还好吗?"

"时间不多了,也许有情况发生。还记得你邮给我的那小块金属吗?"

"记得。"男人的声音很机敏。

"我要再问你几个问题。"

"当然。"

"关于嫌疑人,留下这个碎片的人,你还查到什么了吗?"

"我们终于找到了他经常停留打电话的那家咖啡馆,是在——"

"在卢森堡公园附近。"

"我的天哪,林肯,没错。你怎么——"

"证据情报组的人有什么发现?"

"什么都没有。没有指纹,没有可用的痕迹,也没有DNA,只有外貌描述。"

"长什么样子?"

"白人男性,四十岁到五十岁。法语流利,但可能带有一点美国口音。"

莱姆将头靠在皮质椅背上,突然岔开了话题:"不是炸弹,达里尔,不是恐怖袭击。"

"不是?"

"你没什么好担心的。"莱姆停顿了一下,继续说道,"该担心的人是我。"

"你?这倒奇怪。"

"我会发给你一份详细的报告。"莱姆说,随即结束了通话。

他看着证据板上的信息。不可能的,另一方面……

"莱姆,怎么了?"萨克斯问,她注意到了莱姆皱起的眉头。

他没有回答,而是又打给了罗德尼·萨内克,问他卡雷拉斯·洛佩兹联系多次的巴黎号码是多少。

"是个已经停用的一次性号码,林肯。我们已经打了十几次了。"

"把号码给我就好了。"

罗德尼将号码给了莱姆。

"谢谢。"莱姆轻声说着,挂断了电话,看着这串号码。

他通过声控系统编辑了一条短信发给这个法国手机号,一条很简单的短信。

"发信息或是打电话到此号码——林肯·莱姆。"

短信发送后,他对萨克斯说:"我们不是说过,整个案件太过复杂了吗?"

"是的。"

"你还记得钟表的附加设计叫什么吗?像是日期、月相、潮汐还有不同时区的时间?"

"叫'复杂功能',怎么了,为什么说这个?"

"马尔布里在巴黎发现的嫌疑人使用的加密程序包,和卡雷拉斯·洛佩兹秘密的巴黎联络人通信所用的加密程序是一样的,都是十二进制系统编写。十二,就像钟表上的时间。"

他用下巴指了指那一小块金属碎片。"那不是雷管上的装置,是钟表发条。辐射也不是脏弹上的,是钟表或手表上的镭元素。替代情报机构怀疑的那个人……还有受雇设计"猎鹰"逃跑计划的人,是同一人。这人有一个爱好,制作计时装置。"

"不!"

答案是肯定的,莱姆确信。

此人不是别人,正是查尔斯·维斯帕西安·黑尔,不过他更喜欢用自己的化名,理查德·罗根,若是不这么具体的话,莱姆想到的只有他的绰号:钟表匠。

莱姆短暂地闭上了眼睛,又睁开,回想起自己前几天还在想钟表匠,他记得自己当时正将嫌疑犯四十七和他作比较,嫌疑犯四十七很聪明,但远没有达到钟表匠的水平。现在,回想一下,嫌疑犯四十七,也就是克鲁格,不过是整个计划中一枚小小的齿轮罢了。两相比较,那位犯罪天才的不凡之处越发明显。

"莱姆,"萨克斯说道,"莱特普斯。在法语里是'时间'的意思。"

他嗤笑一声,说道:"他还和墨西哥人有联系。记得几年前的那个案子吗?一个组织雇用了钟表匠,我要是没记错的话,那次是要他完成一次暗杀任务。所以卡雷拉斯·洛佩兹一定是知道他的,才会找他帮客户脱困。"

萨克斯问:"你觉得他会联系你吗?一旦他知道行动失败了,我能想象到,他会立刻把手机扔进塞纳河。"

但莱姆知道,这部手机并没有被处理掉,而且"活"得好好的。钟表匠一定还留着它,至于原因,只有一个。

不到十分钟,莱姆的手机响了起来,随之而来的是几通接连发来的短信。

你好,林肯。许久未见。据我所知,你一切都好。天哪,我还担心事情会变成这样。我试图在其他地方实行营救计划,只要不是纽约。因为担心你会发现端倪,阻碍计划实施。但遗憾的是,我们别无选择,不论对"猎鹰"还是对我来说,布鲁克林是唯一有机可乘的薄弱环节。

于是在下不才,为了掩你耳目,竭尽所能地制订了行动计划,但结果如你我所见,未能如愿。我确实收到了委托的预付款,但你害得我损失了剩下的三百万美元尾款。对此,我并不在意。令我困扰的是此次失败对我声誉的损害。消息传开后,人们会想:钟表匠宝刀已老,他的计时器已经跟不上时间了。毕竟,一年里哪怕只损失千分之一秒,也不算是一年,这样的时钟就是残次品,而时间,是绝对的。

这种事情绝不会再次发生。我可以保证,我们还会再见,而我们的重逢之日也将是永别之时。这次就此别过。林肯。还有一句话想送给你,希望它能陪你度过无眠长夜:Quidam hostibus potest neglecta; aliis hostibus mori debent.

查尔斯·维斯帕西安·黑尔
谨上

莱姆并非博学的学者,但这句话他还是能看懂的。

"对一些敌人可以网开一面，对另一些敌人必须斩草除根。"

他又读了一遍短信，想看看能从中发现什么线索，查到钟表匠是在哪里编辑的短信，或是他下一步会去哪里。什么都没有。现在，这个号码是真的弃用了。莱姆让库柏关掉自己的手机，取下电池扔出去，然后通知服务商注销这个号码。

他拿起固定电话，对着上面的声控麦克风命令道："呼叫替代情报机构，达里尔·马尔布里。"

略微刺耳的拨号声响起。

两声呼叫铃后，一个女人机械化地说道："你好？"

"达里尔·马尔布里呢？"

"很抱歉，他现在不在。"

"事关重大。"

"我可以传话给他，您可以——"

"请告诉他，是林肯·莱姆找他。"

短暂的停顿后，女人说道："请您稍等，先生，我这就通知他。"

The Cutting Edge by JEFFERY DEAVER
Copyright © 2018 by Jeffery Deaver
This edition is arranged with Gunner Publications, LLC in association with
CURTIS BROWN – U.K. Through Bardon-Chinese Media Agency.
Simplified Chinese edition copyright © 2021 New Star Press Co., Ltd.
All rights reserved.

著作版权合同登记号：01-2020-1095

图书在版编目（CIP）数据

致命雕刻／（美）杰夫里·迪弗著；王冉译．——北京：新星出版社，2021.4
ISBN 978-7-5133-4395-4

Ⅰ.①致… Ⅱ.①杰… ②王… Ⅲ.①长篇小说-美国-现代 Ⅳ.①I712.45

中国版本图书馆 CIP 数据核字（2021）第 047420 号

致命雕刻

［美］杰夫里·迪弗 著；王冉 译

责任编辑：曹晓雅
特约编辑：郑　雁
责任校对：刘　义
责任印制：李珊珊
装帧设计：人马艺术设计·储平

出版发行：新星出版社
出 版 人：马汝军
社　　址：北京市西城区车公庄大街丙3号楼　　100044
网　　址：www.newstarpress.com
电　　话：010-88310888
传　　真：010-65270449
法律顾问：北京市岳成律师事务所

读者服务：010-88310811　　service@newstarpress.com
邮购地址：北京市西城区车公庄大街丙3号楼　　100044

印　　刷：北京天恒嘉业印刷有限公司
开　　本：910mm×1230mm　　1/32
印　　张：15
字　　数：251千字
版　　次：2021年4月第一版　2021年4月第一次印刷
书　　号：ISBN 978-7-5133-4395-4
定　　价：69.00元

版权专有，侵权必究。如有质量问题，请与印刷厂联系调换。